AF498361

Louis Weinert-Wilton

Die Panther
(Ein Weinert-Wilton-Krimi)

e-artnow 2018

Louis Weinert-Wilton
Die weisse Spinne (Ein Scotland Yard-Krimi)

Louis Weinert-Wilton
Der Teppich des Grauens (Spionage-Thriller): Kriminalroman

Louis Weinert-Wilton
Die Königin der Nacht: Kriminalroman

Louis Weinert-Wilton
Der Drudenfuß (Ein Weinert-Wilton-Krimi)

Louis Weinert-Wilton
Der schwarze Meilenstein (Kriminalroman)

Louis Weinert-Wilton

Die Panther (Ein Weinert-Wilton-Krimi)

e-artnow, 2018
Kontakt: info@e-artnow.org

ISBN 978-80-273-1210-8

Inhaltsverzeichnis

1

»Spang«, fragte Oberinspektor Murphy und wischte sich das Naß aus den Fettpolstern um die schimmernden Äuglein, »lesen Sie denn auch wirklich den ›Sunday-Narrator‹, wie ich Ihnen empfohlen habe? Da ist jetzt wieder eine Geschichte drin« – Murphys dicke Unterlippe zuckte, und er schneuzte sich nachdrücklich – »bei der man aus dem Weinen nicht herauskommt.«

Der Sergeant wollte zwar den Chef wegen einer anderen Sache sprechen, blinzelte aber sofort verständnisvoll und dämpfte seine dünne Stimme zu einem vertraulichen Flüstern. »Jawohl, Sir. – ›Der Vampir von Deptford‹…«

»Furchtbar aufregend, was?« schnaufte der gemütvolle Murphy. »Wie das arme Ding von dem verdammten Schurken ausgebeutet wird!«

»Ich glaube, er wird es nicht mehr lange treiben«, tuschelte Spang ebenso erregt. »Höchstens noch zwei oder drei Fortsetzungen. Die Polizei ist ihm ja schon auf den Fersen, und er wird wahrscheinlich gehenkt werden.«

»Unbedingt«, entschied der Oberinspektor mit einem neuerlichen Schneuzer, aber plötzlich bekam sein gerührtes Gesicht einen höchst mißmutigen Ausdruck, und er ließ seine schaufelartige Rechte klatschend auf den geliebten »Sunday-Narrator« fallen.

»Finden Sie es in Ordnung, Spang«, knurrte er, »daß unsereiner erst solche Romane lesen muß, wenn er etwas erleben will? Ich glaube, es ist schon eine Ewigkeit her, daß wir so etwas selbst mitgemacht haben.«

»Ungefähr drei Monate, Sir. Sie wissen, die gewisse Geschichte mit dem desertierten Matrosen, der mit seiner Bande die ganze Umgebung bis hinunter nach Surrey unsicher gemacht hat. Wir sind dann auch im Gefängnishof mit dabeigewesen, und noch auf der Falltür hat er Ihnen eine lange Nase gedreht.«

Murphy erinnerte sich und nickte melancholisch.

»Es war ein schöner Frühlingsmorgen, aber verdammt kalt. Ich habe mir damals einen Schnupfen geholt, den ich wochenlang nicht loswerden konnte. Aber bei solchen Gelegenheiten wird man sich wenigstens bewußt, wozu man eigentlich da ist und hat seine Befriedigung. Armselige Defraudanten und lausige Diebe zu fangen, ist kein Beruf, und etwas anderes gibt es nicht mehr zu tun. – Höchstens noch solche verrückte Geschichten, wie jene in Essex.«

Der Sergeant fand endlich Gelegenheit, anzubringen, weshalb er eigentlich gekommen war.

»Mr. Hearson möchte Sie sprechen, Sir. Er ist aus Chesterhills, und vielleicht hängt es mit dem gewissen Fall zusammen.«

Der Oberinspektor nickte und wackelte einige Male mit seinen fleischigen Ohren, was bei ihm ein Zeichen erwachenden Interesses bedeutete. Er erwartete zwar von dem Besuch nichts Besonderes, aber man konnte schließlich nicht wissen … Mr. Hearson, ein gut gebauter Mann von kaum fünfzig Jahren, kam in seiner Eigenschaft als Mitglied des Grafschaftsrates, aber es schien sich doch nicht um den eigenartigen Vorfall zu handeln, der sich dieser Tage in der Nähe seines Wohnsitzes abgespielt hatte.

»Ich muß vielmals um Vergebung bitten, daß ich Sie wegen einer Auskunft in Anspruch nehme«, entschuldigte er sich in seiner überaus höflichen und bescheidenen Art und rückte pedantisch an seiner Brille. »Bei der Grafschaft wissen wir uns jedoch in diesem nicht alltäglichen Fall keinen rechten Rat, und im Ministerium, wo ich eben vorsprach, hat man mich an Sie gewiesen. Ihre besonderen Vollmachten sollen sich ja auch auf unseren Distrikt erstrecken.«

Der schlanke, tadellos gekleidete Herr mit dem Gelehrtengesicht machte eine kleine Pause. Er schien von dem Oberinspektor irgendeine Aufmunterung zu erwarten, aber dieser saß mit einem breiten Lächeln da und drehte beschaulich die dicken Daumen. Es war sein Grundsatz, die Leute vorerst einmal ausreden zu lassen, und sein Besucher schien dies zu erraten, denn er fuhr nun mit geschäftsmäßiger Knappheit fort.

»Die Frage, um die es sich handelt, ist folgende: Ist es bei uns einer Privatperson gestattet, auf ihrem Grund und Boden wilde Tiere zu halten? Wir haben nämlich seit kurzem einen Mann mit dieser seltsamen Liebhaberei in unserer Gegend, und es ist möglich, daß wir uns vielleicht schon heute oder morgen von Amts wegen mit dieser Sache befassen müssen. Selbstverständlich möchten wir dabei nicht gern einen Mißgriff tun.«

Die Ohren Murphys bewegten sich unmerklich, und seine kleinen Augen begannen zu funkeln.

»Wilde Tiere ...! Schau, schau«, murmelte er überrascht. »Und die läßt er so frei herumlaufen?«

»Das eben nicht«, erklärte Mr. Hearson mit ernstem Gesicht. »Sie sind in einem großen Park in einem regelrechten Zwinger untergebracht, aber ...«

»Natürlich«, fiel der Oberinspektor verständnisvoll ein, »das will gar nichts besagen. Mit diesen wilden Tieren ist das so eine Sache. Ich habe einmal gelesen, daß zum Beispiel so ein Elefant einen riesigen Baum mit derselben Leichtigkeit ausreißt, wie unsereiner einen Rettich. Da sind ein paar Gitterstäbe für ihn die reinsten Zahnstocher.«

»Es handelt sich um schwarze Panther«, erklärte der Herr aus Chesterhills mit Nachdruck. Murphy ließ ein überraschtes Schnalzen hören und wiegte bedenklich seinen dicken Kopf.

»Auch das noch! Ich habe mir sagen lassen, daß das besonders heimtückische und gefährliche Viecher sein sollen.«

Hearson nickte bestätigend.

»Sehr richtig. Es könnte ein furchtbares Unglück geben. – Ich vertrete daher die Ansicht, daß man die Tiere unschädlich machen sollte.«

Der Oberinspektor war dafür Feuer und Flamme.

»Unbedingt. Sobald sie jemanden gefressen haben, muß man sie schleunigst umbringen. Kurzweg erschießen. Oder noch besser, vergiften. Diese großen Katzen sollen ja ein schrecklich zähes Leben haben!«. Er dämpfte plötzlich seine Schneidigkeit und zog nachdenklich an seiner schwammigen Nase. »Aber das ist eigentlich nicht Sache der Polizei«, meinte er bedächtig. »Davon verstehen wir nichts. Da müßte sich Ihr Sheriff schon einen Tierbändiger oder einen Wärter aus einer Menagerie verschreiben.«

Der besorgte Mr. Hearson war von dieser Auffassung offenbar etwas enttäuscht.

»Sie glauben also nicht, daß schon jetzt irgendwelcher behördlicher Zwang zur Abschaffung der Tiere erfolgen könnte? Es ist doch einigermaßen unverantwortlich, zuzuwarten, bis etwas geschieht.«

»Sehr unverantwortlich sogar«, pflichtete Murphy bei. »Dasselbe sage ich auch immer, weil wir unsere schweren Jungens erst aufknüpfen dürfen, wenn sie einen um die Ecke gebracht haben.«

Der Herr aus Chesterhills zuckte mit den Achseln und machte Miene, sich zu erheben.

»Ich hätte gern einen anderen Bescheid mitgenommen. Unsere Bevölkerung ist nämlich sehr beunruhigt, und ich kann dies nach den letzten Vorkommnissen einigermaßen verstehen.«

Der Oberinspektor wackelte wieder einmal ganz leicht mit den Ohren.

»Haben Sie Vorkommnisse gehabt? Was Sie nicht sagen!« meinte er leichthin, und als der andere ihn mit einem etwas überraschten Seitenblick streifte, begegnete er einem so nichtssagenden, interesselosen Gesicht, daß er ganz verwirrt wurde.

»Ich dachte, daß Sie davon wüßten. Man spricht ja bei uns sogar davon, daß Ihnen der Fall übertragen worden sei. – Die gewisse Sache von dem Schwerverletzten«, fügte er erklärend hinzu, »der vor einigen Tagen bei Kelvedon aufgefunden wurde, aber spurlos verschwunden war, als man ihn bergen wollte.«

Murphy sah einige Sekunden völlig verständnislos drein, dann schlug er sich plötzlich an die breite Stirn, daß es nur so klatschte.

»Richtig«, platzte er triumphierend heraus, um jedoch sofort in einen etwas wehmütigen Seufzer überzugehen. »Mit dem Gedächtnis hatte ich leider schon immer mein Kreuz. Aber wenn man ihm etwas nachhilft, geht es schon. Sie werden sofort sehen.« Er kniff die kleinen Augen noch mehr zusammen und starrte krampfhaft nach der Decke, als ob es dort schwarz auf weiß geschrieben stünde. »Am verflossenen Samstag«, begann er dann den amtlichen Bericht herunterzuleiern, »also vor vier Tagen, kurz nach ein Uhr nachts, stieß eine Straßenpatrouille der Automobile Association etwa eine Meile südwestlich von Kelvedon auf einen verlassenen Wagen. Als der Motorradfahrer anhielt, vernahm er plötzlich aus einem kleinen Gehölz neben der Straße einen wilden Schrei und im selben Augenblick auch einen Schuß. Er eilte der Stelle zu und fand nach etwa hundertfünfzig Schritten einen bewußtlosen Mann mit einer tiefen, schweren Wunde, die vom Hinterkopf bis zur rechten Schulter lief. Der Patrouillenfahrer legte dem Schwerverletzten in aller Eile einen Notverband an und machte sich dann schleunigst auf den Weg, um ärztliche Hilfe und einen Krankenwagen herbeizuholen. Als er in dieser Begleitung nach etwa einer halben Stunde zurückkehrte, war jedoch der so arg zugerichtete Mann nicht mehr aufzufinden, und es ist bisher nicht gelungen, über sein Verbleiben und seine Person irgendwelche Anhaltspunkte zu gewinnen. Nur soviel steht fest, daß er selbst sich nicht entfernen konnte und daß in der fraglichen Zeit kein Auto und auch kein anderes Fahrzeug die betreffende Straßenstrecke passiert hat. Der führerlose Ford-Wagen befand sich noch immer auf seinem Platz, aber er trug keine Nummer und enthielt auch nicht die geringste Kleinigkeit, die einen Schluß auf seinen Besitzer zugelassen hätte. – Nun«, schloß der Oberinspektor und blinzelte seinen Besucher selbstgefällig an, »habe ich die Geschichte im Kopf, ha?«

»Vollkommen«, gab Mr. Hearson verbindlich zu. »Es ist tatsächlich alles, was bisher über den eigenartigen Vorfall bekannt geworden ist. Was sonst noch gesprochen wird, sind natürlich unkontrollierbare Gerüchte. Die Leute entwickeln bei solchen Gelegenheiten immer eine sehr rege Phantasie. So will beispielsweise ein Forstwart in dem betreffenden Gehölz die Fährte von großen Raubtieren entdeckt haben«, – der Herr aus Chesterhills rückte wieder an seiner Brille und lächelte nachsichtig – »und es sind nun die wildesten Gerüchte im Umlauf. Man lebt in einer geradezu panikartigen Furcht, und niemand traut sich mehr aus seinen vier Mauern.«

»Diese verdammten Löwen!« knurrte Murphy verzweifelt, aber Hearson verbesserte ihn höflich.

»Panther. Schwarze Panther.«

»Selbstverständlich. Ich habe mich nur versprochen. Das passiert mir öfters. Und schließlich ist es ja auch ganz egal, ob den Mann Löwen oder Panther verspeist haben. Jedenfalls ist er weg, und wir haben nun die Scherereien. Ich werde wohl selbst einmal hinschauen müssen, obwohl ich kein Freund von solchen Landpartien bin. Aber mit den Bestien möchte ich nicht in Berührung kommen. Wo sind sie und wem gehören sie?«

»In Spittering Farm. Der Besitzer dieses alten Landhauses soll ein gewisser Aubrey Rayne sein. Er hält sich aber, soviel ich weiß, die meiste Zeit in London auf, und draußen haust ein Mann, der sich Forge nennt. Ich kenne aber weder den einen noch den anderen persönlich und vermag leider keine weitere Auskunft zu geben.«

Einige Minuten, nachdem Mr. Hearson aus Chesterhills sich empfohlen hatte, veränderten sich die Züge des Oberinspektors mit einem Schlag, und er sah mit verkniffenen Augen und gespitzten Lippen vor sich hin. Dann holte er aus seiner dickleibigen Brieftasche einen arg zerknitterten und verwaschenen Papierfetzen hervor und betrachtete ihn zum soundsovielten Male innerhalb der letzten achtundvierzig Stunden eingehend von allen Seiten. Dieses verschmutzte Stückchen Papier war so ziemlich die einzige Ausbeute der Nacht, die er geopfert hatte, um sich völlig allein auf dem Schauplatz der rätselhaften Begebenheit in Essex umzusehen. Er wußte aber zur Stunde noch immer nicht, ob sein Fund mit dieser Sache überhaupt zusammenhing. Das segmentförmige Schnitzel war offenbar vom Rand eines Schriftstückes abgerissen, und nur die unverkennbaren Blutspuren gaben ihm einige Bedeutung. Die wenigen zusammenhängenden Worte in Maschinenschrift, die es enthielt, waren völlig belanglos, und bloß die deutlich lesbare Stelle »...der kleinen Lady mit der Pantherkatze...« gab Murphy plötzlich zu denken.

Wenn er dazu noch das sorgfältig ausgestochene Lehmstück mit dem ungewöhnlichen Fährtenabdruck nahm, das er ebenfalls von seinem nächtlichen Ausflug mitgebracht, und die Angelegenheit, die den ängstlichen Mr. Hearson aus Chesterhills eben zu ihm geführt hatte, so fand er, daß es um ihn mit einem Male von unheimlichen Großkatzen wimmelte.

2

Schon in der nächsten halben Stunde sollte Murphy nochmals diese Feststellung machen können.

Wenn Ben Kitson gerade ein reines Gewissen hatte, hielt er es für überflüssig, sich der Polizei gegenüber jener respektvollen Höflichkeit zu befleißigen, die er sonst vor diesen gefürchteten Herren an den Tag zu legen pflegte.

»Es ist ein Skandal, wie bei uns zu Lande ein Gentleman, der nicht das geringste ausgefressen hat, behandelt wird«, sagte er entrüstet und zog mit einem energischen Ruck wieder einmal die Hosen hoch, die an den hageren Lenden keinen rechten Halt hatten. »Wenn ich ein Lord oder ein Rothschild wäre...«

Er vollendete nicht, was dann wäre, denn Spang war eben damit beschäftigt, die verschiedenen Dinge in Augenschein zu nehmen, die man fürsorglich aus seinen Taschen gezogen hatte, und Ben fand es geraten, sich dieses Inventar rasch noch einmal einzuprägen. Erstens, damit er auch wirklich alles zurückerhielt, wenn man ihn wieder laufen ließ, und zweitens, um nicht durch eine unangenehme Frage überrascht zu werden, falls vielleicht doch die eine oder die andere verfängliche Kleinigkeit darunter sein sollte. Aber seine Raubvogelaugen entdeckten unter den mageren Schätzen wirklich nichts, was ihn hätte in Verlegenheit bringen können, und nur der kunstvoll gebogene Stahlhaken hätte gerade nicht dabei sein müssen. Aber schließlich konnte er ja nicht dafür, daß der Schlüssel zu seiner Gartentür eine so primitive Form hatte, und solch eine Kleinigkeit rechtfertigte noch lange nicht, daß man seine beschauliche Sommerwanderung in Essex gestern rücksichtslos unterbrochen und ihn nach Scotland Yard hereingeschleift hatte. Er sollte bei einer großen Sache mitgetan haben, die vor etwa acht Tagen gedreht worden war, aber er hatte draußen in der Grafschaft ein zwanzigfaches Alibi, an dem selbst die mißtrauische und heimtückische Polizei nicht rütteln konnte. Lauter ehrenwerte, mildtätige Honoratioren, bei deren Nennung der anfangs so eklige Sergeant immer kleiner geworden war.

»Was haben Sie denn hier für eine Kostbarkeit?« fragte da Spang plötzlich und kramte unter den Habseligkeiten ein Ding hervor, das nur um weniges größer als eine Patronenkapsel war und auch genau so kupfrig schimmerte. Aber trotz der Winzigkeit mußte etwas Besonderes daran sein, denn der Sergeant besah es von allen Seiten, bog und putzte daran herum und nahm dann sogar eine Lupe zur Hand.

»Wie sind Sie dazu gekommen, Kitson?«

Der Landstreicher war auf alles eher gefaßt als auf diese Frage, aber sie gab ihm seine gute Laune vollends wieder. Von diesem Stückchen Blech, das er eines Tages fast verschluckt und dann mechanisch in die Westentasche geschoben hatte, konnte ihm keine Gefahr drohen.

»Ein Taufgeschenk von meinem seligen Herrn Paten«, erklärte er mit einem herausfordernden Grinsen. »Sie können sich denken, was für ein zarter Junge ich gewesen sein muß, wenn das Ringlein gepaßt hat. Natürlich bloß am kleinen Finger.«

Der Polizist lächelte etwas dünn und ließ noch immer kein Auge von dem verbogenen Metallstreifen.

»Passen Sie auf, daß Sie nicht auch noch ein Paar Armbänder dazu bekommen. Ich glaube, Mr. Murphy wird sich ein bißchen mit Ihnen unterhalten wollen. Jedenfalls werde ich ihn fragen.«

Ben riß wieder einmal heftig an seinen Hosen, aber sein Gesicht verriet diesmal nichts von Entrüstung, sondern arge Bestürzung. In seinen Kreisen bekam man so etwas wie Vitriolgeschmack im Mund, wenn der Name fiel, den er eben gehört hatte. Man nannte Tybald Murphy »die heulende Daumenschraube«, und wer etwas auf dem Kerbholz hatte, wußte, daß seine Stunde geschlagen hatte, wenn er es mit ihm zu tun bekam.

Der Stromer fühlte sich schuldlos wie ein neugeborenes Kind, aber trotzdem schlotterten ihm ein wenig die Knie, und seine hageren, stoppligen Wangen waren etwas fahl, als er vor dem Gefürchteten stand.

Murphy saß mit dem gleichen lebhaften Interesse über dem winzigen Kupferblättchen wie vordem sein Gehilfe, und seine Mienen wurden immer strahlender, je genauer er es sich besah.

Die eingeprägte Figur war unzweifelhaft ein zum Sprung geducktes Katzentier und daneben stand die Ziffer 5. Auf der Rückseite aber war ein R eingeritzt und darunter in winzigen Buchstaben, aber deutlich lesbar »Murphy«.

Der Oberinspektor konnte sich an diesem Namen nicht genug sattsehen, und als er endlich das feiste Gesicht hob, lag darauf so leutselige Milde, daß der wanderlustige Tagedieb seine Beklemmung sofort wieder los wurde. Die schweren Jungen, die überhaupt in allem ein etwas großes Maul hätten, schienen von der »heulenden Daumenschraube« viel zu viel Wesens zu machen, und schon die ersten Worte des freundlichen Mannes bestätigten ihm dies.

»Mr. Ben Kitson? Ich freue mich immer sehr, wenn ich eine neue Bekanntschaft mache. Wahrscheinlich werden wir uns aber nun öfter sehen. Mit Kleinem fängt man an, mit Großem hört man auf. Heute ist es ein Täubchen. Natürlich nur aus Versehen, ich weiß. Ich esse Täubchen auch sehr gern«, gestand er und schmatzte mit seiner dicken Unterlippe. »Meine Wirtin kauft sie, glaube ich, immer auf dem Geflügelmarkt in Hoxton. Dort sollen die schmackhaftesten zu haben sein. – Wie sind denn sie zu dem Tierchen mit dem kleinen Blechring gekommen?«

Er blinzelte Kitson schelmisch an, und dieser bekam es wieder mit seiner guten Laune zu tun.

»Es ist mir zugeflogen, Sir«, erklärte er ernsthaft, und der Oberinspektor nickte ebenso ernsthaft zurück.

»Wie ich es mir gedacht habe. – Nachdem Sie ihm mit der Schleuder eins hinaufgebrannt hatten. – Wann war denn das und wo?«

Der Landstreicher schubste mit den Hosen, und in seine Mienen trat kühle Abwehr. Nach seiner Gesetzeskenntnis war die Geschichte mit der Taube eine Sache, die niemanden etwas anging, und er wollte sich deshalb nicht schikanieren lassen. »Die heulende Daumenschraube« sollte einmal an den Unrechten geraten sein.

»Keine Ahnung mehr«, meinte er obenhin und zuckte bedauernd mit den Achseln. »Unsereiner erlebt so viel, wenn er über Land reist...«

Wieder nickte Murphy verständnisvoll und klappte dabei die ausgiebigen Finger seiner Rechten langsam auf und zu. Dann schloß er sie zur Faust und sah Kitson so mitleidsvoll an, daß diesem plötzlich höchst unbehaglich wurde.

»Junge«, sagte er, und seine gefühlvolle Stimme vibrierte, »es gibt kein größeres Unglück als ein schlechtes Gedächtnis. Meins ist ja auch nicht gerade das Beste, aber wenn es sein muß, bekomme ich es schon heran. Schade, daß Sie mit dem Ihren nicht auch so umspringen können.« Seine Augen hafteten traurig auf Kitsons etwas unsicherem Gesicht, und seine Faust bewegte sich wie ein Schmiedehammer gemessen auf und nieder. »Denn was wird geschehen, du Grashüpfer? – Wenn du dich binnen zwei Minuten nicht ganz genau an den Tag und den Ort erinnerst, wird dir meine Hand in den faulen Mund fahren, daß deine schönen Zähne wie Erbsen im ganzen Zimmer herumkollern werden. Und dein ganzes weiteres Leben wird selbst das weichste Täubchen für dein armes Gebiß zu hart sein.«

Ben Kitson war kein Held. Er sah noch, wie der Oberinspektor seine große silberne Taschenuhr bedächtig auf den Tisch legte, dann begannen seine langen dünnen Beine wie Rohre zu schwanken, und er mußte sich krampfhaft die Hosen halten.

»Bei Chesterhills, Euer Gnaden«, stieß er hastig hervor. »Auf einem Hügel mit einer hohen Föhre. Vorgestern, gerade so um Mittag herum.«

»Woher kam sie?« fragte Murphy sanft.

»Von der Küste. Ich sah sie schon von weitem heranstreichen. Sie flog etwas unsicher und nicht sehr hoch, und ich dachte mir, daß dem Tier wohl etwas fehlen dürfte.«

Der Landstreicher hoffte, daß der ungemütliche Mann mit dem freundlichen Gesicht damit zufrieden sein werde, denn mehr hatte er wirklich nicht zu sagen. Aber der Oberinspektor saß mit geschlossenen. Lidern und vorgeschobener Unterlippe regungslos da, als ob er ein kleines Schläfchen hielte, und auch als er endlich blinzelnd erwachte, blieb er zunächst völlig stumm und machte sich nur umständlich in seinen Taschen zu schaffen. Dann legte er zwei Schillinge auf den Tisch und dazu aus einer Aschenschale zwei Zigarrenstummel von der ansehnlichen

Dicke und Länge seines Daumens. »Mr. Ben Kitson«, sagte er dabei höflich und mit väterlichem Wohlwollen, »ich nehme an, daß Ihnen bei Ihrer Sommerreise das Geld ausgegangen sein dürfte. Hier haben Sie eine Kleinigkeit, damit Sie sich sattessen und durch einen Schluck stärken können, aber wenn Sie alles versaufen sollten, werden Sie in des Teufels Küche geraten. Sie sind bereits dreimal wegen Landstreicherei vorbestraft, und wenn Sie die Polizei ein viertesmal erwischt, werde ich dafür sorgen, daß Sie eine dauernde Anstellung im Arbeitshaus bekommen. Ich meine es gut mit Ihnen, und deshalb gebe ich Ihnen auch noch zwei Zigarren. Es ist ein vorzügliches Kraut, aber sie haben keinen rechten Zug. Vielleicht versuchen Sie es, ihnen mit Ihrem Sperrhaken Luft beizubringen. Wenn es nicht geht, kauen Sie sie einfach. Und gegen Abend suchen Sie Sam Waterstone in Stepney auf. Er wird Ihnen eine Unterkunft verschaffen und Sie etwas ausstaffieren, denn morgen fahren wir beide über Land! Sie werden pünktlich um neun Uhr beim Holborn Viadukt sein. Und wenn Sie zu irgend jemandem auch nur ein Wort von dem fallen lassen, worüber wir beide uns unterhalten haben, so prügele ich Sie windelweich. Es würde mir zwar schrecklich leid tun«, – er bekam nasse Augen, und seine Stimme wurde unsicher – »aber Sie können Gift darauf nehmen, daß ich es tun werde.«

Erst in gehöriger Entfernung von Scotland Yard wagte es Ben Kitson, seine eiligen Schritte zu hemmen, um zunächst einmal eine der Zigarren Mr. Murphys mit zitternden Händen in Brand zu setzen. Er brauchte dazu ziemlich lange, aber dafür qualmte dann der Stengel wie ein nasser Heuschober, und der Landstreicher konnte darangehen, sich die Ratschläge und Aufträge der »heulenden Daumenschraube« noch einmal nachdrücklich einzuprägen. Er wußte, daß diese verdammt ernst gemeint waren.

Unterdessen war Murphy eifrig damit beschäftigt, die beiden Besucher der letzten Stunde seiner Kartothek einzuverleiben. Wer immer mit ihm in Berührung kam, mußte es sich gefallen lassen, auf einem Stück Pappendeckel verewigt zu werden, und der Oberinspektor nahm diese Arbeit äußerst genau. Er notierte nicht nur alles, was er über den Betreffenden wußte und in Erfahrung bringen konnte, sondern auch alles, was er über ihn dachte, und das waren zuweilen sehr unangenehme und gefährliche Dinge. Glücklicherweise vermochte sie aber niemand zu lesen, denn die Schriftzeichen der »heulenden Daumenschraube« bestanden nur aus ungefähr millimeterstarken Schattenstrichen von verschiedener Größe und jede der schiefen Zeilen ähnelte einem abgenagten Staketenzaun. Bei Mr. Hearson aus Chesterhills nahm der Oberinspektor sein abgegriffenes »Who's who?« zu Hilfe, und je länger er an den verschiedenen Würden und Ehrenstellen und den Klubs zu schreiben hatte, desto ehrerbietiger wurde sein rundes Gesicht.

Als er endlich damit fertig war, beutelte er einige Male höchst nachdenklich an seiner Nase und setzte dann mit fester Hand noch zwei Reihen dicker Pflöcke hinzu.

Als auf sein Klingelzeichen Spang lautlos wie ein Fuchs ins Zimmer geschnürt kam und den Chef stumm und melancholisch in das riesige Tintenfaß starren sah, glaubte er etwas für dessen Zerstreuung tun zu müssen.

»Ich meine«, sagte er mit geheimnisvoller Wichtigkeit, indem er den »Sunday-Narrator« aus der Tasche zog, »daß wir mit dem alten Mann, der im letzten Kapitel plötzlich aufgetaucht ist, eine große Überraschung erleben werden. Es kommt mir ganz so vor, als ob...«

Er konnte nicht vollenden, denn Murphys große Hand fuhr mit einem raschen Griff nach dem »Sunday-Narrator«, zerknüllte ihn und warf ihn verächtlich in eine Ecke.

»Sie sollten sich in Grund und Boden schämen, Spang, als Beamter von Scotland Yard solchen albernen Schund zu lesen«, rügte der Oberinspektor würdevoll und streng. »Sie scheinen zu wenig zu tun zu haben, aber ich werde Sie schon in Schwung bringen. – Stellen Sie fest, wo ein gewisser Aubrey Rayne wohnt, und dann machen Sie sich fertig, mich zu begleiten.«

Der Sergeant war an die wechselnden Ansichten und Launen seines Chefs gewöhnt und trollte sich eiligst.

Der Assistent am Zoologischen Garten besah sich das Lehmstück, das ihm Oberinspektor Murphy ohne weitere Erklärung behutsam auf den Tisch gelegt hatte, sehr lange und eingehend, dann gab er Auftrag, einen bestimmten Aufseher zu rufen.

»Meiner Ansicht nach ist das entschieden die Fährte einer Großkatze«, meinte er, »ich möchte mich jedoch auf mein Urteil nicht ganz verlassen. Aber der Mann, der kommen wird, wird es uns mit unfehlbarer Sicherheit sagen. Er hat sich jahrelang in allen Weltteilen herumgetrieben, und gerade diese Tiere sind seine Spezialität.«

Der kleine ausgetrocknete Mann hatte aus seinen geschlitzten Augen auch kaum einen Blick auf den scharf umrissenen Abdruck geworfen, als er bereits im Bilde war.

»Die linke Vorderpranke eines Panthers. Es ist aber kein ausgewachsenes Exemplar.«

Murphys Augen funkelten, die Ohren gingen wie Wedel hin und her.

»Eines schwarzen Panthers?«

»Es kann auch ein gefleckter gewesen sein«, erklärte der alte Jäger mit einem Achselzucken.

»Wollen Sie sich vielleicht unsere Tiere ansehen?« fragte der Assistent entgegenkommend, und Murphy war von diesem Vorschlag sofort begeistert. Er hatte an diesem Vormittag schon so viel von diesen gefährlichen Bestien zu hören bekommen, daß es ihn gelüstete, sie näher kennenzulernen. Seine zoologischen Kenntnisse und Vorstellungen waren sehr verschwommener Art, wenn er aber mit einer Sache irgendwie zu tun bekam, liebte er es, darüber völlig im klaren zu sein. Der kleine dünne Spang schlürfte teilnahmslos hinter ihm drein, wie ein wohldressierter Hund hinter seinem Herrn. Er hatte keine Ahnung, worum es sich bei dieser seltsamen Exkursion eigentlich handelte, und Neugierde kannte er nicht. Er wußte, daß ihm eine vorzeitige Frage höchstens eine saftige Grobheit seines Chefs eintragen konnte. Wenn es an der Zeit war, würde ihn dieser schon auf die Fährte setzen, und dann begann seine Arbeit.

In dem ausgedehnten Raubtierhaus äugelte der Oberinspektor lebhaft nach allen Seiten, aber er mußte sich eine ziemliche Weile gedulden, ehe sie an Ort und Stelle waren. Man hatte die drei schwarzen Sundapanther, zwei alte Tiere und ein junges, sogar von ihren gefleckten Artgenossen abgesondert, da ihre unzähmbare Wildheit jede Verträglichkeit ausschloß. Sie hatten auch kaum die kleine Gruppe vor ihren Gitterstäben erblickt, als sie die langgestreckten Leiber aufschnellten und mit federnden Gelenken und fliegenden Flanken einen erregten Rundgang begannen.

Murphy hielt seine Melone mit beiden Händen an die Brust gedrückt und wandte keinen Blick von den fast tiefschwarzen wiegenden Körpern der geschmeidigen Katzen. Erst nach langen Minuten wandte er langsam den Kopf und winkte den Sergeanten ganz nahe heran.

»Sehen Sie sich das genau an, Spang«, raunte er. »Das sind sehr bösartige wilde Tiere. Ich mache Sie darauf aufmerksam, weil man bei Ihrer Einfalt nie vorsichtig genug sein kann.«

Spang riß gehorsam die Augen auf und nickte krampfhaft, wie er es immer tat, wenn er absolut nicht wußte, was sein Chef eigentlich von ihm wollte.

Erst als sie den Regents Park schon längst passiert hatten und in einer klapprigen Autodroschke gegen Süden fuhren, öffnete der schläfrige Oberinspektor wieder den Mund, und der arme Sergeant mußte abermals eine wenig schmeichelhafte Kritik seiner geistigen Fähigkeiten über sich ergehen lassen. »Wenn ich nicht wüßte, daß es bei Ihrer Beschränktheit ganz zwecklos ist, möchte ich Sie fragen, weshalb Sie mir eigentlich diesen Tagedieb Kitson mit seinem Stückchen Blech herangeschleift haben. Wissen Sie überhaupt, was das für ein Ding war?«

Der Sergeant machte sich so dünn wie möglich und blinzelte seinen Vorgesetzten forschend von der Seite an. Wenn dieser so gesprächig und ausfallend wurde, war gewöhnlich etwas los, und Spang machte seine Hechtschnauze noch spitziger als sie ohnehin schon war.

»Ich dachte, es sei ein Ring von einer Brieftaube«, bemerkte er etwas unsicher. »Jedenfalls kam mir das Zeug verdächtig vor.«

»Was Sie nicht sagen!« höhnte Murphy. »Es kam Ihnen verdächtig vor! Wenn ich meinem Hannibal, der doch nur ein Geschöpf mit vier Beinen ist, so ein Blechstück zeigen werde, auf dem eine Zahl, ein Panther und mein schöner ehrenwerter Name in einem Kreis eingeritzt sind, wird ihm das nicht nur verdächtig vorkommen, sondern er wird sofort auch wissen, was das zu bedeuten hat. Aber das ist eben ein intelligenter Hund, mein Lieber. Intelligenz, das ist die Hauptsache, und die haben Sie nicht. Wenn Sie sie nämlich hätten, würden Sie schon längst den gelben Affen bemerkt haben, der hinter uns drein ist, seitdem wir die Nase aus Scotland Yard herausgesteckt haben. Falls Sie sich aber unterstehen sollten, jetzt den Kopf nach ihm umzudrehen«, fügte er mit leiser Drohung hastig hinzu, »so kriegen Sie einen Puff, daß Sie wie ein Ball aus dem Wagen springen. – Wo, sagten Sie, daß dieser Aubrey Rayne wohnen soll?«

»118, Brook Street«, gab Spang dienstbeflissen zurück und starrte mit steifem Hals geradeaus.

Murphy beugte sich schnaufend zu dem Schofför und gab die Adresse weiter.

»Bei dem nächsten Zigarrenladen, an dem wir vorüberkommen, können Sie einen Augenblick haltmachen«, fügte er hinzu.

Das Stoppen geschah etwas unvermittelt, da der Mann das Geschäft erst im letzten Augenblick gewahrte, und der luxuriöse offene Zweisitzer, der dicht hinter der Droschke her war, mußte sich bequemen, rasch auszuweichen und vorzufahren.

Der Fahrer war ein eleganter Herr von etwa vierzig Jahren, aber viel konnte man von ihm nicht sehen, denn es schien plötzlich an der Kupplung irgend etwas nicht in Ordnung zu sein, und er hatte den Kopf tief nach unten gebeugt.

»Haben Sie ihn?« fragte Murphy leichthin, indem er aus der Droschke kletterte.

»Totsicher«, hauchte Spang, und er wußte, was er sich zutrauen durfte. Obwohl er dem Colonel Rowcliffe nur für den Bruchteil einer Sekunde voll ins Gesicht hatte sehen können, saß das Bild fest in seinem Gedächtnis, und er war imstande, den Mann fortan unter Tausenden wieder herauszufinden. Er besaß zwar keine Intelligenz, aber dafür hatte er andere besondere Fähigkeiten.

Der Mann in der Brook Street sah sehr vornehm aus, und ebenso vornehm war jedes Stück seiner Umgebung, aber Murphy hatte seine Erfahrungen und gab auf derartige Äußerlichkeiten nicht viel. Wesentlicher war für ihn das glatte männliche Gesicht mit der etwas starken geraden Nase und den scharfen grauen Augen, die ständig nur unter halbgeschlossenen Lidern hervorblickten, aber der Teufel sollte da klug werden, wenn weder in dem einen noch in dem anderen ein Ausdruck lag.

Dieser Mr. Aubrey Rayne trug eine geradezu steinerne Maske, und der phlegmatische Oberinspektor begann nervös zu werden. Er hatte geglaubt, daß die Nennung seines Namens genügen würde, den andern unruhig oder neugierig zu machen, aber der Mann mit dem tadellosen Scheitel, in dem es hie und da bereits etwas silbrig schimmerte, tat nichts dergleichen. Er blies den Rauch seiner Zigarette mit gespitzten Lippen vor sich hin und wartete mit höflicher Gelassenheit, was Scotland Yard von ihm haben wollte. Murphy kannte diese Taktik und hielt sehr viel von ihr, aber nun, da sie sein Gegenüber anwandte, wurde sie ihm höchst unsympathisch. Der Mann schien sehr viel Zeit zu haben, mehr als er selbst, und war imstande, stundenlang unerschütterlich verbindlich dreinzusehen.

Der Oberinspektor zerrte an seinen dicken Daumen, daß sie knackten, und beschloß, einen Schritt weiterzugehen.

»Es handelt sich bloß um eine kurze Information, Mr. Rayne«, sagte er bieder und bescheiden. »Sie sind wohl Ausländer?«

»Nein, ich bin Engländer«, erklärte der Herr mit dem kalten Gesicht und sah angelegentlich auf seinen eleganten Straßenschuh.

»Um so besser«, stieß Murphy aufs Geratewohl hervor, um das Gespräch, das schon wieder ins Stocken zu geraten drohte, in Fluß zu erhalten. »Aber Sie kamen wohl erst kürzlich aus dem Ausland?«

»Allerdings. Ich habe die letzten drei Jahre auf Java verbracht.«

»Java! – Sehen Sie, da haben wir's. Ein schönes und interessantes Land. So ganz anders, als unsere langweilige Insel. Und die Leute dort mögen wohl auch von einem etwas kernigeren Schlag und nicht so schreckhaft sein, wie hierzulande.« Er blinzelte nach dem Herrn des Hauses, und als dieser noch immer kein Interesse verriet, rieb er sich verzweifelt das Kinn.

»Ich kann mir ganz gut vorstellen, daß man sich zum Beispiel auf Java ein paar Panther hält, wie bei uns ein paar Hunde, und daß dies dort weiter nichts ausmacht. Aber bei uns…«

Zum erstenmal sah der gefürchtete Mann von Scotland Yard die grauen Augen voll auf sich gerichtet und hielt unwillkürlich inne. In dem Blick lag etwas, was er sich nicht sofort zu deuten wußte.

»Sie wollen von den Tieren in Spittering Farm sprechen? Hat es irgendeinen Anstand gegeben?«

Murphy war froh, daß er endlich dort war, wohin er gelangen wollte, und hob abwehrend beide Hände.

»Einen Anstand? Keine Spur«, erwiderte er lebhaft. »Die Pantherchen sollen ja gut verwahrt sein, wie ich mir sagen ließ, und sich tadellos benehmen. Aber unsere Landbevölkerung hat zu solchen exotischen Tieren leider keine Beziehungen und traut ihnen nicht recht. Einem Javaner macht es gewiß gar nichts aus, mitten unter diesen netten Katzen spazieren zu gehen, aber so ein Engländer aus Maldon oder Chesterhills bekommt es schon mit der Angst zu tun, wenn er nur hört, daß so etwas irgendwo in der Nähe hinter Gitterstäben hockt.«

»Ist eine Beschwerde eingelaufen?« forschte Rayne mit seiner ruhigen Stimme weiter, und der Oberinspektor stellte fest, daß sie ganz zu dem seltsamen Blick paßte.

»Eine Beschwerde war es gerade nicht«, erwiderte er, »aber man wollte wissen, ob so etwas erlaubt ist. Natürlich habe ich entschieden ›ja‹ gesagt, denn wo kämen wir hin, wenn wir auf die übertriebene Ängstlichkeit gewisser Leute Rücksicht nehmen wollten. Da könnte nächstens einer sagen, daß er sich vor meinem Hannibal fürchtet und verlangen, daß dieses herrliche Tier umgebracht werden soll. Das gibt es natürlich nicht, ob es sich nun um einen Hund oder ein paar Panther handelt. Solange Ihre javanischen Haustiere hübsch in ihrem Käfig bleiben, darf ihnen nichts geschehen. Und deshalb habe ich mir eigentlich erlaubt, Sie aufzusuchen. – Sie lassen sie doch hoffentlich nicht hie und da ein bißchen auslaufen?«

Murphy machte eine kleine Pause. Er hatte in sein gemütliches, harmloses Gewäsch wieder einmal eine wichtige Frage eingeflochten und war begierig, was der zugeknöpfte Mr. Rayne darauf wohl erwidern würde. Aber die Antwort brachte ihn nicht weiter.

»Ich denke nicht daran.«

Der Oberinspektor entschloß sich, mit verständnisvollem Gesicht zu nicken, war aber weit davon entfernt, locker zu lassen.

»Sehen Sie, das habe ich mir gleich gedacht. Das wäre wohl auch keine so leichte Sache. Wenn ich meinem Hannibal von Zeit zu Zeit ein bißchen Freiheit gebe, so pfeife ich einfach, wenn ich glaube, daß es genug ist, und der Hund ist da. Oder manchmal auch nicht, weil er zuweilen seinen eigenen Kopf hat, aber schließlich kommt er doch. Nun kenne ich mich zwar in den Lebensgewohnheiten von Panthern nicht recht aus, aber ich glaube, daß diese sich nicht auf den Pfiff dressieren lassen und überhaupt nicht mehr kommen, wenn sie einmal draußen sind. Man müßte sie also wohl an der Leine führen«, fügte er nachdenklich hinzu und schob die dicke Unterlippe vor. »Kein Spaß, so etwas, aber wenn man mit den Tieren umzugehen weiß, ist vielleicht gar nicht so viel dabei.« Er faltete die Hände über dem Bauch und sah den andern mit kindlicher Naivität an. »Halten Sie das für möglich?«

Er erhielt nur ein kühles Achselzucken zur Antwort und war darüber sehr enttäuscht.

»Deshalb bin ich nämlich auch gekommen«, erklärte er niedergeschlagen. »Ich möchte, daß Sie mir als Mann, der in solchen Dingen erfahren ist, etwas helfen. Die Leute behaupten, daß außerhalb Spittering Farm Pantherspuren entdeckt worden seien. Ein Forstwart soll das aufgebracht haben, aber was versteht so ein Kaninchenjäger schon davon. Der hat in seinem Leben höchstens die Fährte einer wildernden Katze oder eines Fuchses zu Gesicht bekommen. Da hätte ich natürlich nicht das mindeste darauf gegeben. Aber nachdem man mir auch im Zoologischen Garten gesagt hat, daß es die Tatze von einem Panther sei, kenne ich mich nun nicht aus.«

Er schnaufte tief auf, und das viele Sprechen schien ihn so angestrengt zu haben, daß er für eine Weile erschöpft die Augen schließen mußte. Nur die Spitzen seiner Ohren bewegten sich unmerklich.

»Ich kann mir die Sache ebensowenig erklären«, sagte Aubrey Rayne, und es klang so gelassen und bestimmt, daß der Oberinspektor rasch die Äuglein wieder aufriß. Aber in dem beherrschten, hochmütigen Gesicht war nichts zu lesen, und Murphy dachte verzweifelt an das neue Blatt seiner Kartothek.

»Dieser Mann wird uns noch viel zu schaffen geben«, knurrte er, als er einige Minuten später zu dem wartenden Spang wieder in die Droschke kroch. »Nicht viel mehr als dreißig, aber abgebrüht wie der älteste Galgenvogel. Merken Sie sich das Haus, und wenn Sie einen Mann herauskommen sehen, den Sie für einen Gardeoffizier halten, das ist er.«

»Dieser Mann von Scotland Yard spricht zuviel, und das gefällt mir nicht«, sagte fast in demselben Augenblick Aubrey Rayne zu dem Diener mit dem würdigen weißen Haarkranz um die schimmernde Glatze, der ehrerbietig vor ihm stand. »Die Sache wird nicht so glatt ablaufen, wie wir gehofft hatten, denn man weiß, daß die Tiere draußen waren. Da muß es natürlich Lärm geben.« Er schien etwas ärgerlich und marschierte mit großen Schritten auf und ab. »Wo sind die Kleider, die ich Samstag nachts getragen habe?« fragte er dann plötzlich.

»Ich habe sie sorgfältig gereinigt und aufgebügelt.«

»Das ist zu gefährlich, denn gewisse Spuren lassen sich wahrscheinlich trotzdem nachweisen. Verbrennen Sie sie sofort«, entschied Rayne, »in einigen Stunden könnte es vielleicht schon zu spät sein. Und dann lassen Sie in Spittering Farm wissen, daß man dort alles bereithalten soll. Die Sache mit dem Mädchen muß in Ordnung gebracht werden, bevor man uns von irgendeiner Seite in die Quere kommt.« Der große breitschultrige Mann sprach bestimmt und mit einer Ruhe, als ob es sich bei seinen Anordnungen um die alltäglichsten Dinge handelte. »Wird sich das heute noch machen lassen?« Er warf einen raschen Blick nach der Uhr, und zum erstenmal klang aus seiner Stimme eine leise Ungeduld. »Es ist knapp vor eins. Bis Sie die gewissen Dinge hier besorgt haben, wird es zwei Uhr werden. Können Sie das Mädchen jederzeit erreichen?«

Der Diener verneigte sich bejahend, und in seinem ehrlichen Schafsgesicht zeigte sich ein verschlagenes Lächeln.

»Unsere Leute sind sehr geschickt und zuverlässig, Sir. Sie lassen die Lady seit einer Woche nicht eine Minute aus den Augen, und wenn Sie den Befehl geben, wird er in kürzester Zeit ausgeführt sein.«

Rayne sah aus den halbgeschlossenen Lidern auf den Mann hinab.

»Ohne jedes Aufsehen, Tom!« sagte er nachdrücklich. »Schärfen Sie das den Burschen gehörig ein. Und sagen Sie ihnen, daß ich ihnen das Genick breche, wenn sie vielleicht Gewalt anwenden sollten.«

Tom gestattete sich, leicht die Hand zu heben.

»Dazu wird es nicht kommen, Sir. Ich weiß, daß es sich um eine Lady handelt, und es wäre einigermaßen unverantwortlich, sie diesen ganz tüchtigen, aber etwas, rauhen Leuten zu überlassen. Ich werde daher die Sache selbst übernehmen.«

»Wissen Sie auch, daß nach dem englischen Gesetz mindestens fünf Jahre darauf stehen?«

Auf den kleinen Mann schien das wenig Eindruck zu machen, denn er schlug die etwas vorstehenden Augen auf und lächelte. »Ich habe doch schon Dinge gewagt, bei denen es um den Kopf ging, Sir«, bemerkte er bescheiden.

»Wie Sie wollen«, sagte Rayne kurz. »Natürlich ist es mir lieber, weil ich weiß, daß ich mich auf Sie in jeder Hinsicht verlassen kann. Aber ich habe es Ihnen nicht geheißen. Ich werde mich auch bemühen, Sie herauszuhauen, wenn die Sache schief gehen sollte, aber das kann eine sehr geraume Zeit dauern, und ein englisches Gefängnis ist kein angenehmer Aufenthalt.«

»Man muß sich an alles gewöhnen, Sir«, meinte Tom phlegmatisch, und sein Herr zuckte kurz mit den Achseln.

»Vergessen Sie nicht die Kleider und dann verständigen Sie Mr. Forge, daß ich unterwegs bin.«

In der nächsten halben Stunde tat Tom mit pedantischer Genauigkeit alles, was ihm befohlen worden war. Er trennte Knöpfe und Schnallen von einem Bündel von Kleidern und schob dann Stück um Stück in den zugigen Küchenofen. Als er endlich fertig war, öffnete er für alle Fälle das Fenster und den Luftschacht und ließ sogar einen elektrischen Ventilator spielen.

Wenige Minuten vor zwei Uhr verließ der nett gekleidete ältere Herr das Haus. Er sah mit seinem Widdergesicht und den großen abstehenden Ohren zwar nicht sonderlich hübsch aus, aber er machte einen sehr vertrauenerweckenden Eindruck, und darauf kam es schließlich vor allem an.

5

Grace Wingrove saß mit einer zornigen Falte zwischen den dunklen Brauen und einem Zucken um den hübschen Mund in der Seitenkulisse der kleinen Parisiana-Bühne, und alles in ihr war in Empörung. Sie hatte das Gefühl, daß ihre gegenwärtige Stellung, die dritte, die sie innerhalb eines Jahres bekleidete, nur mehr von allerkürzester Dauer sein würde, aber diese Aussicht erleichterte sie eigentlich mehr, als sie sie bedrückte. Sie war eben wieder einmal hereingefallen, und je früher sie wieder loskam, desto besser war es.

Sie hatte sich, nachdem an ihr letztes Büro die Gerichtssiegel angelegt worden waren, um das verlockende Angebot einer »Sekretärin mit perfekten französischen Kenntnissen und stilistischen Fähigkeiten für ein Kunstinstitut« beworben und war in dem intimen Parisiana-Theater im Südwesten gelandet. Hier hatte sie von der Korrespondenz bis zur Verfassung der Tagesprogramme die gesamte Büroarbeit zu besorgen, denn der stets geschäftige fette Direktor huldigte dem Grundsatz, für möglichst wenig Geld möglichst viel Arbeit zu verlangen. Aber dafür durfte sie am Abend in den pikanten Schwänken französischer Herkunft, die sie selbst zu übersetzen hatte, die verständnisvollen, diskreten Stubenmädchen spielen.

Diesmal aber sollte Grace Wingrove sogar avancieren und nebenbei auch noch eine Hauptrolle, eine junge Dame in einer Badewanne, übernehmen, und deshalb war es zu dem Krach gekommen.

»Das werde ich nicht tun«, hatte sie entrüstet abgelehnt, aber der zappelige Regisseur mit dem Nußknackergesicht, der die vertrottelten Ehemänner spielte, hatte gerade einen besonders schlechten Tag.

»Sie werden es tun!« hatte er zurückgebrüllt. »Das ist doch die einzige Rolle, zu der Sie überhaupt taugen. Wenn wir hier ein anständiges Theater hätten, würde man Sie außer in einer Badewanne oder in einem Bett überhaupt nicht auf die Szene lassen. Natürlich schlafend. Sie können ja weder gehen, noch stehen, und wenn Sie den Mund aufmachen, bekommt man Krämpfe.«

Sekundenlang hatte das junge Mädchen Miene gemacht loszufahren, aber dann war es bei einem verächtlichen Blick aus den dunklen Augen und einem Achselzucken geblieben.

Mittlerweile ging auf der Szene die Probe weiter, und die geladene Atmosphäre brachte es mit sich, daß der gallige Regisseur mit dem weiblichen Star auch aneinander geriet. Miß Jetta Ormond war eine zierliche Person mit einem pikanten Gesichtchen und einem roten Bubikopf und hatte den Teufel in dem quecksilbernen Leib. Damit, und mit ihren wunderbaren Beinen, heimste sie ihre stürmischen Erfolge bei dem zumeist aus Lebemännern bestehenden Publikum des Theaters ein. Im übrigen hatte sie falsche pathetische Töne und eine etwas schrille Stimme, die zuweilen wie eine Kindertrompete klang.

Sie hatte eben in einer schwülen Liebesszene wieder einmal einige ihrer schrillen Laute zum besten gegeben, als der Regisseur sich entsetzt an die Ohren fuhr.

»Einen Augenblick, Miß Ormond, das halte ich nicht aus. Hier muß irgendwo ein Pfau sein. Ein Pfau ist ein wunderschönes Tier, aber er hat keinen Verstand, und wenn er schreit, ist das so, als ob man einem mit einer Gilletteklinge über das Trommelfell fahren würde. – Inspizient, sehen Sie nach, wo das Vieh steckt und schmeißen Sie es hinaus, denn so etwas hat nichts beim Theater zu suchen. – So, und nun setzen wir fort. Die ganze Szene noch einmal von vorne!«

Miß Ormond duckte sich wie eine gereizte Katze, und ihre funkelnden Augen suchten nach einem Gegenstand in der Nähe, mit dem sie dem Mann im Zuschauerraum bei der nächsten Anzüglichkeit die gebührende Antwort geben könnte. Vorläufig begnügte sie sich mit einer indirekten Erwiderung.

»Wenn Sie den blöden Pfau finden, Inspizient«, quietschte sie, »so fragen Sie ihn, ob er früher nicht vielleicht Regisseur war.«

Vielleicht hätte das kritische Geplänkel seine unabsehbare Fortsetzung gefunden, wenn in diesem Augenblick nicht Colonel Rowcliffe auf der Bühne erschienen wäre. Der elegante, dunkelhaarige Herr mit dem etwas verlebten gelben Gesicht durfte sich das erlauben, denn er war nicht nur der Freund von Miß Jetta, sondern auch ein Mann, den der Direktor in seinem gutturalsten Tonfall nur »Mein hochverehrter Gönner« nannte. Diese ehrenvolle Bezeichnung kostete den Colonel zwar sehr viel Geld, aber dafür durfte er in dem Theater aus- und eingehen, und schalten und walten, wie es ihm beliebte. Wenn seine Freundin, Miß Ormond, Probe hatte, kam er gewöhnlich zu dieser Stunde, um sie abzuholen.

»Darf ich warten, bis Sie fertig sind?« fragte er mit höflicher Förmlichkeit, »oder wünschen Sie, daß ich Sie später abhole?«

»Warten Sie!« entschied der Rotkopf mit einem herausfordernden Blick nach dem Zuschauerraum. »Wir werden dann rascher vom Fleck kommen, weil gewisse Leute den Mund nicht so voll nehmen werden.«

Der Regisseur klatschte etwas krampfhaft in die Hände.

»Wir probieren sofort den letzten Einakter, meine Herrschaften, den ›Besuch in der Badewanne‹. Spieldauer zwanzig Minuten. Wenn Sie alle bei der Sache sind, können wir die Kleinigkeit in einer halben Stunde fix und fertig gestellt haben. – Miß Wingrove, auf die Bühne! Wir beginnen.«

Grace trat hochaufgerichtet aus der Kulisse. Sie wußte, daß nun die Entscheidung kam, und in ihrem stolzen Gesicht und ihrer ganzen Haltung lag kampfbereite Abwehr.

»Sie wünschen?« fragte sie kurz.

Dem Regisseur lag daran, sich vor dem Colonel in Szene zu setzen.

»Ich wünsche gar nichts«, gab er brüsk zurück, »sondern wir gehen jetzt weiter. Nehmen Sie sich einen Stuhl in den Hintergrund und markieren Sie damit die Badewanne. Davor kommt ein Vorhang. Los!«

Das junge Mädchen rührte sich nicht.

»Ich habe Ihnen bereits erklärt, daß ich dafür nicht zu haben bin«, sagte sie ruhig.

»Geben Sie keine langen Erklärungen ab«, schrie der nervöse Mann, »denn die helfen Ihnen gar nichts.«

»Dann werde ich mir eben selbst helfen.«

Die Worte flogen blitzschnell hin und wieder, und Miß Ormond begann höchst ungeduldig zu werden. Sie hatte es bisher unter ihrer Würde gefunden, an eine so unbedeutende Kollegin, wie es Grace Wingrove war, auch nur einen Blick zu verschwenden, und sie war nicht gesonnen, sich durch eine solche Person aufhalten zu lassen.

»Machen Sie keine Geschichten«, herrschte sie das junge Mädchen über die Schulter an. »Glauben Sie, ich werde Ihretwegen hier die Zeit vertrödeln?«

Die Sympathien Graces für den rotköpfigen Star waren nicht groß, und die Einmengung von dieser Seite brachte ihre mühsam behauptete Selbstbeherrschung völlig ins Wanken.

»Das verlange ich nicht. Setzen doch Sie sich in die Badewanne, und alles ist in Ordnung. Sie brauchen ja dazu überhaupt nichts mehr abzulegen.«

Miß Jetta schnellte mit wutverzerrtem Gesicht herum, und ihre Stimme überschlug sich.

»Sie unverschämtes Ding, was nehmen Sie sich heraus? Wie können Sie sich unterstehen, so mit mir zu sprechen? Bin ich Ihresgleichen? Habe ich mich wie Sie im Zirkus oder in Matrosenkneipen herumgetrieben und mir alle möglichen Dinge auf den Leib malen lassen?«

Grace stand einen Augenblick wie erstarrt, dann aber geschah etwas so blitzschnell, daß es selbst der in unmittelbarer Nähe befindliche Colonel nicht zu verhindern vermochte. Das junge Mädchen holte mit der Hand aus, und noch in derselben Sekunde gab es einen klatschenden Schall, dem ein gellender Wutschrei des Stars folgte.

Dann ging Grace Wingrove hocherhobenen Hauptes von der Bühne ab und überließ das Feld Miß Ormond, die sich wie eine Wahnsinnige gebärdete. Sie raufte sich das Haar, weinte und schrie, und als Rowcliffe versuchte, sie zu beschwichtigen, entlud sich ihr ganzer ohnmächtiger Zorn über ihn. »Das werde ich Ihnen nie vergessen, Sie jämmerlicher Feigling«, heulte sie. »Ich werde in gröbster Weise beleidigt, und Sie stehen wie ein Haubenstock daneben. So etwas muß ich mir gefallen lassen – von einer tätowierten Dirne! Sie ist genau so ein gemeines wildes Tier, wie die Katze, die sie auf der Schulter hat.«

Der Colonel faßte seine Freundin etwas unsanft am Handgelenk.

»Was hat sie?« raunte er hastig und halblaut.

Miß Ormond sah in der Gelegenheit, das Geheimnis ihrer Gegnerin ausplaudern zu können, einigen Trost und bezähmte daher den Weinkrampf, in den sie verfallen war.

»Ein wildes Tier hat sie auf der Achsel. Einen Tiger oder so etwas. Ich habe es genau gesehen, als sie sich einmal umzog. Es ist mindestens fingerlang. Scheußlich. Und von solch einem Auswurf der Menschheit muß ich mich mißhandeln lassen.«

Sie brach neuerlich in ein hysterisches Schluchzen aus und stampfte mit den Füßen, aber auf den Colonel schien das alles keinen Eindruck zu machen. Er war noch fahler als sonst und starrte sie wie geistesabwesend an. Dann griff er hastig nach Hut und Stock und stürmte ohne ein Wort in wilder Eile davon. Er hatte Glück. Grace war rasch noch in ihr Büro gelaufen, um ihre paar Habseligkeiten zusammenzuraffen, und Rowcliffe sah sie gerade durch das Tor schlüpfen, als er von der Bühne kam. Sie verließ das Gebäude in förmlicher Flucht, und der Colonel mußte gewaltig ausgreifen, wenn er sie noch einholen wollte, bevor sie in dem dichten Straßengewühl verschwand. Er kannte sie nicht persönlich, obwohl ihm ihre äußerst vornehm wirkende Erscheinung schon längst aufgefallen war, aber Miß Ormond hatte scharfe Augen und duldete keine Seitenblicke.

Nur ihr Name war ihm bekannt, und als er endlich dicht hinter ihr war, rief er sie etwas atemlos und erregt an.

Sie wandte flüchtig den Kopf, aber als sie ihn erkannte, begann sie noch mehr zu laufen. Er mußte sie jedoch unbedingt sprechen und blieb daher trotz des Aufsehens, das diese Jagd erregte, dicht auf ihren Fersen. Endlich kam er so nahe, daß er sie am Arm zu fassen vermochte.

»Miß Wingrove«, begann er hastig, aber sie versuchte sich loszureißen, und als ihr dies nicht gelang, schreckte sie selbst vor einem öffentlichen Skandal nicht zurück.

»Lassen Sie mich«, stieß sie heftig hervor. »Wollen Sie, daß ich die Hilfe der Polizei in Anspruch nehme?«

Die Sache war jedoch Rowcliffe so wichtig, daß er sie noch immer nicht freigab.

In diesem Augenblick löste sich aus der Menge, die sich bereits angesammelt hatte, ein ehrwürdiger älterer Herr mit einem Widdergesicht, lüftete vor dem jungen Mädchen mit großer Höflichkeit den Hut, maß den Colonel mit einem herausfordernden Blick und deutete dann einladend auf ein Auto, das dicht am Rand des Gehsteigs hielt.

Rowcliffe ließ unwillkürlich locker, und Grace benützte diese Gelegenheit, um ohne Bedenken in den Wagen zu schlüpfen. Gleich darauf saß der hilfsbereite Herr neben ihr, und das Auto fuhr schnell an.

Der Colonel sah ihm gespannt nach und nagte nervös an seinem buschigen dunklen Schnurrbart. Was er seit zwei Tagen vergeblich zu finden bemüht war, hatte ihm eben ein lächerlicher Zufall in den Weg geführt. Und wenn sich ihm Grace Wingrove augenblicklich auch entzogen hatte, nun, da er wußte, wer »die Lady mit der Pantherkatze« war, konnte sie ihm nicht mehr entgehen.

6

Peter Forge stieß zwischen den verräucherten Zähnen und der ebenso verräucherten Dauerbrand-pfeife einige unartikulierte Laute hervor, und diese mußten Fürchterliches bedeuten, da das gelbhäutige Gesicht, das sich eben wieder in dem Torspalt gezeigt hatte, blitzschnell verschwand.

Dann nahm er wieder seinen schwerfälligen Spaziergang längs der verwitterten Mauer von Spittering Farm auf und blickte dabei ungeduldig den Fahrweg entlang, der in einer Entfernung von etwa einer Meile in die Landstraße mündete. Weiter reichte sein Auge nicht, da die Gegend hügelig und mit Waldparzellen bestanden war, und Peter Forge bekam es immer mehr mit der Unruhe zu tun. Das Teufelsding, durch das man von hier bis hinein nach London und, wie er sich hatte sagen lassen, sogar noch viel weiter sprechen konnte, hatte ihn wieder einmal nervös gemacht, und er wäre froh gewesen, wenn er Mr. Aubrey Rayne schon an der Seite gehabt hätte.

Er watschelte in seinen weiten Beinkleidern, der losen Leinwandjacke und dem offenen Hemd breitspurig und unbeholfen wie ein Tanzbär den ausgetretenen Rasenpfad auf und ab, und seine Pfeife qualmte wie der Rauchfang einer Lokomotive. Er ähnelte dem mächtigen Strunk eines Urwaldbaumes mit vier abstehenden Aststümpfen, und es war nicht so recht zu unterscheiden, wo der kurze dicke Hals aufhörte und der gewaltige Schädel mit den ergrauenden langen Haarsträhnen ansetzte. Von den Schläfen lief um das Kinn ein schütterer Schifferbart, und das übrige Gesicht bedeckten viertelzöllige Stoppeln. Auf keinen Fall sah der Mann vertrauenerweckend aus, und wenn er zuweilen mit einem kräftigen Knüppel in der Rechten durch die Gegend wanderte, wich ihm alles auf Hunderte von Schritten aus. Peter Forge merkte das sehr wohl, und in seine harten Züge kam dann ein Grinsen, das sie noch wilder erscheinen ließ.

Nach einer langen weiteren Viertelstunde wirbelte auf der Landstraße eine dichte Staubwol-ke heran, und nachdem Peter für Sekunden die Augen verkniffen hatte, streckte er vier Finger gegabelt in den Mund, und durch die Luft schnitt ein gellender Pfiff, der alles ringsumher in Aufruhr brachte. An dem wuchtigen Holztor schlug polternd der starke Riegelbalken em-por, und der halbnackte Malaie stemmte sich gegen die Flügel, die in ihren Angeln kreischten. Hinter der Mauer schien eine Schar von unterschiedlichstem Federvieh in lärmende Rebellion geraten zu sein, und dazwischen klang, wie aus unendlicher Ferne, ein seltsamer langgezogener Ton, der plötzlich all das lärmende Leben lähmte.

Aubrey Rayne lenkte seinen großen Tourenwagen bis vor das einstöckige Wohnhaus mit dem seltsamen hohen Dachaufbau, und zum ersten Male hatte er ein Auge dafür, daß Spittering Farm ein sehr verwahrlostes und höchst unfreundliches Stück Erde war. Das Wohngebäude an sich ging zwar an, denn es war erst kürzlich frisch gestrichen worden, und im Innern hatte ei-ne Anzahl italienischer Arbeiter wochenlang gegraben, durchbrochen und gemauert. Aber was ringsherum war, sah trostlos aus. Der ausgedehnte Komplex innerhalb der Umfassungsmau-er war teils Hof, teils Garten und teils Park, und mit dem Gras zwischen den Pflastersteinen wucherten die Büsche und Bäume wild durcheinander. Hier und da stand in diesem Gewirr ein altes Wirtschaftsgebäude mit schiefem Dach und brüchigem Mauerwerk, in dessen Ritzen Büschel von Unkraut trieben.

Peter Forge stapfte eilig heran, und in seinem gegerbten Gesicht lag lebhafte Spannung, aber der große Mann in dem weißen Staubmantel machte es sich erst auf der rohen Holzbank neben den Stufen bequem und ließ ihn eine ziemliche Weile warten. Als er endlich zu sprechen begann, war es etwas ganz anderes, als Peter erwartet hatte.

»Sie sind schon wieder einmal nicht rasiert, Forge«, sagte er mit ernstem Tadel. »Ich schätze, mindestens acht Tage. Das dulde ich nicht. Wir sind augenblicklich in England und nicht auf Java, und es ist gar nicht notwendig, daß Sie hier als Leuteschreck herumlaufen. Man schenkt uns ohnehin bereits zuviel Aufmerksamkeit. Die Polizei…«

»Die englische Polizei kann mich…«, erlaubte sich Peter ungeduldig und respektlos einzu-flechten, aber er verstummte sofort, als er einen Blick aus den halbgeschlossenen Augen des anderen auffing.

»Die Polizei war heute bereits bei mir«, fuhr Aubrey mit Nachdruck fort, »und sie wird sich heute oder morgen auch in Spittering Farm ein bißchen umsehen. Darauf können Sie sich verlassen. Und der erste, den sie fassen wird, werden Sie sein. Dann kommen Sie mindestens eine Stunde unter eine heiße Dusche, und man wird Sie mit harten Bürsten bearbeiten, als ob Sie eine Tanzdiele werden sollten. Und Ihr ausgefranster Bart und Ihre Mähne werden auch zum Teufel gehen.«

Das waren schlimme Aussichten, und Forge war davon so betroffen, daß er die neue Pfeifenfüllung, die er in der hohlen Hand hielt, achtlos zu Boden rinnen ließ.

»Verdammt!« brummte er kleinlaut. »Was ist los?«

Aubrey Rayne zündete sich gelassen eine Zigarette an.

»Was ich Ihnen vorhergesagt habe, als Sie sich damals in den Kopf setzten, mit den Katzen auszurücken. Man hat die Fährte entdeckt, und wenn man damit auch nicht viel beweisen kann, so wird man uns nun jedenfalls scharf im Auge behalten. Und das können wir gerade jetzt weniger denn je brauchen. Wenn alles glatt abläuft, wird das Mädchen schon in der nächsten Stunde hier sein…« Er erinnerte sich plötzlich an eine andere Sache, die nicht weniger arge Unannehmlichkeiten bereiten konnte, und seine Frage klang besorgt. »Wie geht es ihm heute?«

Peter fingerte an seinen dünnen Barthaaren und wiegte mit dem mächtigen Schädel.

»Ein niederträchtiger Hieb, Sir«, meinte er ausweichend.

»Alles bis auf die Knochen zerfleischt. So etwas habe ich noch nie gesehen. Es ist fast genau so, als ob ihn eine wilde Bestie gerissen hätte. Einen Zoll höher und es wäre mit ihm aus gewesen. Aber er scheint noch rechtzeitig den Kopf geduckt zu haben, und der Schlag ist hauptsächlich auf die Schulter gegangen. Dort ist alles kaputt.«

»Hat er schon gesprochen?«

»Kein Wort. Nicht einmal die Augen hat er bisher aufgemacht. Er hält ja etwas aus, aber es war doch zu viel Blut, was er hat lassen müssen.«

»Wir sollten unbedingt einen Arzt hinzuziehen, Forge«, meinte Rayne bedenklich und richtete sich zu seiner vollen Höhe auf. »Die Verantwortung ist zu groß.«

Peter wußte, daß der feine Herr vor ihm das nicht leiden mochte, aber er mußte zunächst einmal durch den linken Mundwinkel in weitem Bogen ausspucken, um deutlich zu erkennen zu geben, was er von dieser Idee hielt. Und dann kleidete er seine Ansicht hierüber in Worte.

»Sir, wenn ich ihn nicht wieder zusammenflicke und hochbringe, dann kann auch so ein bebrillter Bader mit seiner Schulweisheit nichts ausrichten«, meinte er entschieden. »Wir haben uns siebzehn Jahre in allen möglichen Winkeln der Sunda-Inseln herumgetrieben und haben hie und da einen gehörigen Puff abgekriegt, aber was man einen Doktor nennt, haben wir nie gebraucht. Sie wissen es ja selbst am besten. Wenn Sie damals, statt uns, so einem studierten Kopf in die Hände gekommen wären, hätte er einfach die Achseln gezuckt und gesagt: ›Einscharren‹. – Und wie stehen Sie nun da, ha?« Der Alte ließ seinen Blick mit einer gewissen Genugtuung auf dem stattlichen Aubrey ruhen und rieb sich umständlich die Stoppeln. »Was aber Al betrifft, so ist die Sache so: Wir haben heute den fünften Tag, und er bekommt alle drei Stunden einen Umschlag von unserem Kräuterwasser. Übermorgen oder überübermorgen wird ihm das die Hitze ausgetrieben haben, und ich kalkuliere, es wird dann mit ihm rasch bergauf gehen. – Und wenn ich mich um ihn kümmern dürfte statt des Frauenzimmers…«

Rayne schüttelte sehr energisch mit dem Kopf.

»…So würden Sie ihm den Rauch ihrer Pfeife ununterbrochen in die Nase blasen und er läge in einer Räucherkammer. Ich kenne Sie. Da ist schon Mrs. Fanny besser am Platz.«

Der vierschrötige Mann spitzte neuerlich den linken Mundwinkel, ließ es aber dabei bewenden.

»Er hat in seinem Leben Frauenzimmer nie gemocht«, knurrte er widerspenstig. »Genau so wie ich. Und meine Pfeife würde ihn gewiß nicht umbringen. Im Gegenteil, da er den Tabak ebenso gern hat wie ich, würde es ihm sicher nur recht sein, wenn er wenigstens davon zu riechen bekäme.«

Mr. Peter Forge war sehr gekränkt und gereizt, und das kupferbraune Gesicht mit den schwarzen Augen und der platten Nase erschien noch grimmiger und tückischer als sonst, aber Rayne kümmerte sich nicht weiter darum, sondern sah mit verkniffenen Lippen nach seiner Uhr. Eben jetzt mußte Tom mit der Ausführung seines heiklen Auftrags beschäftigt sein, und von dessen Gelingen hing zuviel ab, um die Nerven des jungen Mannes nicht aufs äußerste anzuspannen. Seit Monaten war alles bis aufs kleinste für diesen Fall vorbereitet worden, und er hatte selbst mit seinem scharfen Verstand und seiner kühlen Ruhe alle erdenklichen Möglichkeiten erwogen und ihnen Rechnung getragen. Das ganze Unternehmen war zeitraubend und mühsam gewesen, und nur, weil es vielleicht auch abenteuerlich werden konnte, hatte er sich dafür gewinnen lassen.

Nun war das erste Abenteuer vor einigen Tagen tatsächlich eingetreten, aber es war gleichzeitig auch die erste arge Schlappe gewesen. Der Schwerverwundete in Spittering Farm war eine Sache, die er nicht ins Kalkül gezogen hatte, und nun stimmten plötzlich alle Berechnungen und Pläne nicht. Es war irgend etwas geschehen, was er sich nicht zu erklären wußte, und solange der Mann nicht sprach, gab es eine unbekannte drohende Gefahr, die jäh hereinbrechen konnte, ohne daß er die Möglichkeit einer Abwehr sah. Wenn aber »die Lady mit der Pantherkatze« sich erst in seinen Händen befand, war wenigstens das Wichtigste getan. Unbedingt aber mußte Al Evans wieder auf die Beine gebracht werden, und er beschloß, selbst nach ihm zu sehen.

»Benachrichtigen Sie mich, wenn Tom in Sicht kommt«, sagte er, »aber lassen Sie sich in diesem Aufzug nicht blicken. Das Mädchen soll nicht mehr geängstigt werden, als unbedingt notwendig ist.«

Er betrat die Diele, deren neuer Bretterboden mit einem dicken Läufer belegt war, und Peter erwischte unter einem halblauten Fluch gerade noch mit der Fußspitze die Kehrseite des gelbhäutigen Burschen, der eben an ihm vorüberflitzte.

Das Innere des Hauses war von peinlicher Sauberkeit und duftete nach harzigem Holz und dem Lack der Türen und der reichen Täfelungen, die zu dem bescheidenen Äußeren nicht recht passen wollten. Die erste Tür zur Linken stand halb offen und gewährte Einblick in eine geräumige Küche mit blitzblankem Metallgeschirr, und dann kam noch eine weitere Tür, und zur Rechten gab es ebenfalls zwei Eingänge. Die Wände waren bis zur Decke mit gebeiztem Holz verschalt, und eine Treppe aus demselben Material führte in das Obergeschoß.

Den Flur schloß ein schmaler Gang ab, der quer durch das ganze Haus lief, und Aubrey Rayne wandte sich nach rechts und schob sich nach einem leisen Klopfen geräuschlos durch die nächste Tür.

Eine große stattliche Frau mit flachsblondem Haar wandte etwas unwillig ihr gesundes Gesicht, schnellte aber sofort von ihrem Sitz auf, als sie den Eintretenden erkannte. Der junge Mann nickte ihr flüchtig zu, und sein erster Blick galt dem einfachen Feldbett, das in der Ecke neben dem vergitterten Fenster stand. Unter der Decke zeichneten sich die Umrisse einer unendlich langen Gestalt ab, und auf den Polstern ruhte ein umfangreiches Leinwandbündel, aus dem nichts weiter als eine mächtige Hakennase, ein Paar geschlossene Augen und ein eingefallener Mund mit blutleeren Lippen hervorsahen. Es war kaum mehr ein Anzeichen des Lebens in diesem fahlen Gesicht, und Raynes Sorge stieg aufs höchste. Er gab der Frau einen Wink, ihm zu folgen, aber erst, als sie vorne im Flur angelangt waren, wagte er die Frage zu tun, die ihm auf dem Herzen lag.

»Sie haben doch gewisse Erfahrungen in solchen Dingen, Mrs. Fanny – glauben Sie, daß es sehr schlimm steht?«

Er sah ihr forschend in das noch immer recht hübsche, sommersprossige Gesicht, aber sie schüttelte sofort entschieden den flachsblonden Kopf und begann umständlich ihre umfangreiche Schürze glattzustreichen.

»Von sehr schlimm kann man nicht mehr reden, Euer Gnaden«, meinte sie bestimmt. »Er hat kein Fieber, und der Puls wird von Tag zu Tag besser. Heute mittag habe ich ihm sogar schon einige Löffel Brühe einträufeln können, und er hat sie behalten. Auch kommt es mir vor, als ob er sich hie und da schon ein bißchen rühren würde.« Sie zog plötzlich die Stirn kraus und sandte einen wenig freundlichen Blick durch die Tür auf den Hof. »Man kann ja von dem Pavian, den Sie Mr. Forge nennen, denken, wie man will, aber auf Heilkräuter scheint er sich zu verstehen. Aber sonst soll er seine Hand von dem Kranken lassen. Ich muß das Euer Gnaden sagen«, fügte sie mit großer Zungengeläufigkeit und einem bedrohlichen Unterton in ihrer tiefen Stimme hinzu. Die resolute Frau faltete die kräftigen Hände, und der Blick ihrer wasserblauen Augen verhieß nichts Gutes. Peter Forge war nun einmal nicht ihr Liebling, und so oft Rayne nach Spittering Farm kam, mußte er aus ihrem beredten Mund immer irgendeine Klage hören, die mit einer Drohung schloß, an deren Ernst nicht zu zweifeln war. Die robuste Mrs. Fanny machte den Eindruck, als ob sie sich selbst vor dem Teufel nicht fürchtete, und um des lieben Friedens willen hatte der junge Mann anfangs einige Male den Versuch unternommen, ein halbwegs leidliches Verhältnis herzustellen. Seine Vermittlung war aber auf keiner Seite sonderlich günstig aufgenommen worden.

So war es bis heute beim alten geblieben, aber trotzdem ging das Leben auf Spittering Farm seinen geregelten Gang, und Rayne wußte, daß dies vor allem der Tüchtigkeit und Tatkraft von Mrs. Fanny zuzuschreiben war. Er kannte die Frau seit vielen Jahren, obwohl er nicht wünschte, daß davon gesprochen wurde, und er hatte sie schon vor Monaten eigens zu dem Zweck nach der Farm gebracht, um für das junge Mädchen eine weibliche Hilfe zur Hand zu haben, falls sie einmal hier untergebracht werden sollte. Daß Fanny sich in ihrer energischen Art sofort des ganzen Hauswesens angenommen hatte und daß sie zur Stelle gewesen war, als man einer geschulten und verschwiegenen Krankenpflegerin bedurfte, war sehr gelegen gekommen. Aber ihre eigentliche Aufgabe sollte erst jetzt beginnen, und Aubrey Rayne fand es angezeigt, ihr diese in allen Einzelheiten klarzumachen. »Das Mädchen wird vielleicht in der ersten Zeit etwas schwierig zu behandeln sein«, meinte er und vermied es, dem forschenden Blick der wasserblauen Augen zu begegnen, »aber auf keinen Fall dürfen Sie die Geduld verlieren. Sie ist ganz als Dame zu nehmen, und ich hoffe, daß wir nicht vergessen haben, was eine solche benötigt. Nur ihr Zimmer soll sie bis auf weiteres nicht verlassen, und ich wünsche auch nicht, daß sie erfährt, wo sie sich befindet. Im übrigen werde ich nun einige Tage hier bleiben, und Sie können sich daher jederzeit an mich wenden.«

Fanny war eine brave und rechtliche Frau, und an der Sache war ihr, wie an so vielem in Spittering Farm, nicht alles klar, aber wenn Mr. Rayne etwas anordnete, war sie ohne Bedenken dafür zu haben.

»Ich verstehe, Euer Gnaden«, sagte sie und machte sich wieder angelegentlich an ihrer Schürze zu schaffen. »Der jungen Lady soll es an nichts fehlen. Und auch das übrige werde ich schon besorgen. Aber der scheußliche Waldmensch darf mir dabei nicht in die Quere kommen. Bleuen Sie ihm das gehörig in den unfrisierten Schädel, Euer Gnaden.«

Sie war schon wieder bei Mr. Forge angelangt, der das Um und Auf ihrer Sorgen und ihres Ärgers bildete, und Aubrey hob etwas ungeduldig die Hand.

»Das habe ich bereits getan«, bemerkte er, und Fanny konnte fast noch in derselben Sekunde zu ihrer größten Genugtuung feststellen, daß es wirklich sehr gründlich geschehen zu sein schien. Peter polterte nämlich in diesem Augenblick mit einem gewaltigen Satz zur Haustür herein und stürmte in förmlicher Flucht nach rückwärts. Sein Gesicht glühte vor Erregung und seine Augen funkelten, aber als er an den beiden vorüberflog, wandte er grimmig den Kopf weg und stieß nur keuchend die Worte hervor: »Der Wagen...« Dann hörte man irgendwo in dem Quergang eine Tür ziemlich unsanft ins Schloß fallen und einen Riegel kräftig einschnappen. »Es wird gut sein, Mrs. Fanny«, sagte der Mann mit gelassener Ruhe, »wenn Sie für alle Fälle vor dem Haus warten.«

Die stattliche Frau strich sich hastig einige Male ordnend über das glatte Haar und eilte dann mit wiegenden Hüften ins Freie, während Rayne durch eine der Türen im Flur hastig verschwand.

7

So kam es, daß Grace Wingroves erster Blick auf ein gutmütig lächelndes sommersprossiges Frauengesicht fiel, und dieser Anblick hatte etwas so Beruhigendes, daß das junge Mädchen wenigstens die ärgsten Besorgnisse schwinden fühlte.

Sie war während der fast zweistündigen eiligen Fahrt ein Spielball der wahnsinnigen Gedanken und tollsten Pläne gewesen, aber schließlich hatte sie doch immer wieder eingesehen, daß ihr nichts anderes übrigblieb, als sich vorläufig in die seltsame Lage, in die sie geraten war, zu fügen.

Es hatte eine ziemliche Weile gewährt, bis sie erkannt hatte, daß sie blindlings in eine geschickt gestellte Falle gegangen war. Die Vorgänge auf der Probe und die Szene auf der Straße hatten sie derart mitgenommen, daß sie wenigstens eine Viertelstunde teilnahmslos und mit geschlossenen Augen in der Ecke des Wagens gesessen hatte, bevor sie sich dessen bewußt wurde, was eigentlich vorging. Sie schrak auf und streifte den stummen Mann an ihrer Seite mit einem Blick, in dem sich ihr plötzlich erwachtes Mißtrauen widerspiegelte. »Ich danke Ihnen für Ihren Beistand«, sagte sie hastig und gepreßt, »aber nun bin ich wohl in Sicherheit. – Bitte, lassen Sie halten.«

Ihre Augen hingen in ängstlicher Spannung an den Mienen ihres Begleiters, aber sie begegnete nur einem verbindlichen Lächeln. Der vertrauenerweckende Herr mit dem Widdergesicht rührte sich nicht, und das Auto behielt sein rasendes Tempo bei.

In ihrem jähen Schreck versuchte sie den Vorhang an der Scheibe zu ihrer Rechten zu entfernen, um auf diese Weise irgendwie Hilfe herbeizurufen, aber sie mußte entdecken, daß der Stoff eine feste Verkleidung war, die allen ihren Anstrengungen widerstand. Es fiel ihr nun erst auf, daß auch das andere Fenster und selbst die Scheibe zum Führersitz auf die gleiche Weise verschlossen waren, so daß nicht einmal ihr Blick in die Außenwelt dringen konnte. Sie war eine völlig hilflose Gefangene, und so sehr sie sich auch mit der Gedankenschnelle, die die Gefahr zeitigt, den Kopf zermarterte, sah sie doch keinen Weg zur Rettung. Einen Augenblick dachte sie daran, es auf einen verzweifelten Kampf mit dem Mann neben sich ankommen zu lassen. Sie besaß Mut und eine gewisse geschmeidige Kraft, aber auch kühl berechnende Überlegung, die sie in keiner Lage verließ. Und diese veranlaßte sie schon in der nächsten Sekunde, von einem derartigen aussichtslosen Beginnen abzusehen. Selbst wenn es ihr gelang, des einen Herr zu werden, so saß vorne noch ein zweiter, und es gab für sie keine Möglichkeit, sich aus dem fest verschlossenen Wagen, der sich bereits wer weiß wo befand, zu befreien.

Sie machte noch einen letzten Versuch, ohne an einen Erfolg zu glauben.

»Lassen Sie mich aussteigen. Ich will annehmen, daß es nur ein Scherz war.«

Ihre Stimme klang kurz und herrisch, und ihre Hand klammerte sich mit festem Druck um den Arm ihres Begleiters. Aber der Herr mit dem weißen Haarkranz und der roten Widdernase schien ihre Worte nicht zu hören und ihren Griff nicht zu fühlen, sondern hatte wiederum nur sein verbindliches Lächeln, und plötzlich kam ihr der Gedanke, daß sie es vielleicht mit einem Irren zu tun habe. Sie kauerte sich rasch wieder in ihre Ecke und beobachtete ihn scheu aus den Augenwinkeln. Wenn ihre Vermutung zutraf, so wurde dadurch ihre Lage womöglich noch gefährlicher, und sie mußte doppelt vorsichtig sein.

Ein jäher Ruck warf sie plötzlich aus ihrer Ecke, aber bevor sie noch recht wußte, was geschehen war, fiel das Licht des sonnigen Sommernachmittags in das Dunkel des Wagens, und ihr Begleiter stand mit ehrerbietig gezogenem Hut am geöffneten Schlag.

Grace blinzelte einen Augenblick verwirrt und geblendet, dann gewahrte sie die rundliche Frau auf der Treppe, die verlegen die Hände an den Hüften rieb und so etwas wie einen Knix machte, und sie setzte mit verkniffenen Lippen und finsteren Brauen den Fuß auf den Tritt.

Mrs. Fanny war einigermaßen ratlos, aber dann kam ihr der Einfall, daß das Alltäglichste vielleicht das beste sei, und sie setzte ihre Zunge in lebhafte Bewegung.

»Sie werden gewiß müde sein, Miß, und ein bißchen ausruhen wollen. Die Hitze bringt einen ja förmlich um. Und dabei dauert das schon eine volle Woche.« Sie fuhr sich mit dem

Handrücken über das glühende Gesicht und wandte sich einladend nach der Tür. »Aber hier drinnen haben wir es hübsch kühl. Und ich werde Ihnen sofort ein Bad bereiten, und dann bekommen Sie den Tee.« Sie war bereits in der Diele und hielt ihre freundlichen Augen über die Schulter ununterbrochen auf Grace Wingrove gerichtet, die zögernd an der Schwelle stand und nach einem Weg zur Fluch suchte. Aber sie gewahrte nur eine hohe Mauer mit einem massiven Tor, das Gewirr eines verwahrlosten Gartens und den Mann mit dem Widdergesicht, der noch immer mit gezogenem Hut wartend hinter ihr stand, und sie mußte sich sagen, daß sie wohl nicht viel weiter als einige Schritte kommen würde. Sie warf trotzig den Kopf zurück und schritt entschlossen hinter der blonden Frau drein, die Holztreppe hinauf.

Wenige Minuten später befand sich Grace allein in einem Zimmer des Obergeschosses, und wenn sie nicht das fatale Geräusch in den Ohren gehabt hätte, das das Umdrehen und Abziehen des Schlüssels verursacht hatte, so hätte sie sich höchst behaglich fühlen müssen. Der Raum mit der durchlaufenden Holztäfelung war nicht sonderlich groß, aber er hatte ein hohes und breites Fenster, durch das Licht und Wärme flutete, und alles roch nach Frische und Sauberkeit. Die Möbel waren durchweg neu und sehr geschmackvoll, und als Grace in ihrer Ruhelosigkeit, mehr mechanisch als neugierig, die zierlichen Schränke öffnete, die mit der Wandverkleidung eins zu bilden schienen, siegte für Augenblicke das weibliche Interesse über ihre Erregung. Es war da, wohl geordnet, mit farbigen Schleifen gebunden und sogar mit säuberlichen Zetteln versehen, eine ganze Wäscheausstattung aufgestapelt, und es fehlte von den Strümpfen bis zu den Taschentüchern auch nicht das winzigste Stück. Unwillkürlich faßte das junge Mädchen mit spitzen Fingern vorsichtig hier und dort nach einem Eckchen der hauchdünnen Gewebe, die sich wie Spinnfäden anfühlten. Sie hatte solche Herrlichkeiten nie in ihrem Leben besessen, und nicht einen Augenblick kam ihr der Gedanke, daß sie für sie bestimmt sein könnten. Auch der zweite Schrank war mit allen möglichen wundervollen Dingen, wie Pyjamas, Morgenkleidern, Hausschuhen und ähnlichem angefüllt, und als sie eine kleine Schiebetür in einer Nische der starken Holztäfelung öffnete, fiel ihr Blick in ein reizendes Badezimmer, auf dessen Toilettetisch es von geschliffenem Glas und silbernen Beschlägen nur so blitzte.

In diesem Augenblick vernahm Grace, wie der Schlüssel wieder ins Schloß gesteckt wurde und, wie bei einem Unrecht ertappt, beeilte sie sich, die Türen rasch wieder zuzuschlagen. Aber die stattliche Frau stand bereits auf der Schwelle und zeigte mit einem strahlenden Lächeln ihre gesunden Zähne. »Haben Sie sich schon ein bißchen umgesehen, Miß?« fragte sie eifrig. »Gefällt es Ihnen hier oder haben Sie noch einen besonderen Wunsch? Hier neben der Tür ist die Klingel, und wenn Sie etwas benötigen, bin ich sofort bei Ihnen. Ich heiße Fanny.«

Sie sprach noch geläufiger als sonst, und alles an ihr war hausfrauliche Geschäftigkeit. Sie stürzte zunächst ins Badezimmer und ließ das Wasser laufen, dann entnahm sie einem der Schränke mit sicherem Griff einen Stoß von Tüchern und Wäsche und schob das junge Mädchen sanft durch die Tür in der Nische. Grace Wingrove kamen diese Stunden mit ihren fast märchenhaften Ereignissen wie ein Traum vor. Kaum hatte sie ihr Bad beendet, als auch Mrs. Fanny schon wieder zur Stelle war und ihr mit der Geschicklichkeit einer vollendeten Kammerjungfer beim Ankleiden half. Plötzlich aber wurden die wasserblauen Augen sehr groß, und die Frau starrte mit förmlichem Entsetzen auf die zarte, runde Schulter des Mädchens, von der sich eine große häßliche Tätowierung abhob.

»Oh, was haben Sie denn da?« entfuhr es ihr, und in diesem Augenblick erwachte Grace aus ihrem wundervollen Traum. Sie bedeckte die Stelle blitzschnell mit der Hand und ihr brünettes Gesicht färbte sich vor Scham und Empörung noch dunkler. Aber die Frau merkte das nicht und mußte ihrer Verwunderung noch beredteren Ausdruck geben.

»Es ist wahrhaftig so ein ähnliches Tier, wie wir sie hier im Haus haben. Haben Sie sie nicht vielleicht schon gehört? Der große Käfig ist dort drüben« – sie deutete durch das Fenster – »und manchmal pflegen sie es ganz schrecklich zu treiben. Aber Sie müssen sich nicht fürchten, Miß«, fügte sie rasch hinzu, als sie dem eigenartigen Blick des Mädchens begegnete, »denn sie können nicht heraus, und außerdem ist der Indianer immer in der Nähe, dem sie wie Hunde folgen. Eigentlich ist es kein Indianer«, stellte sie gewissenhaft richtig, »aber er sieht ganz so aus und ist auch von irgendwo weit her. Aber warum haben Sie so ein grausliges Tier auf Ihrer feinen Haut? Wie sind Sie denn dazu gekommen?«

Während sie so mit sichtlicher Lust und Liebe drauflos plauderte, frisierte sie mit großem Geschick das wellige dunkle Haar, aber nun machte sie eine Pause und schien eine Antwort zu erwarten.

»Ich weiß es nicht«, gab Grace kurz und hart zurück, und Mrs. Fanny schüttelte erst verwundert den Kopf, dann aber kam ihr zum Bewußtsein, daß sie vielleicht eine Sache berührt hatte, die dem schönen Gast unangenehm war, und sie beeilte sich, ihren Mißgriff wieder gutzumachen. Aber zwischen den Brauen des Mädchens stand plötzlich wieder die trotzige Falte, und diese glättete sich auch nicht, als die rührige Frau Grace fürsorglich in einen Fauteuil drückte und den Teetisch mit allen möglichen Leckerbissen herbeischob.

»So, und nun stärken Sie sich, Miß. Ich war heute noch nicht so recht vorbereitet, aber von morgen an sollen Sie alles haben, was Sie wünschen.«

Grace Wingrove fand es an der Zeit, ihre erste Frage zu tun.

»Weshalb hat man mich hierhergebracht? Und wie lange will man mich hier festhalten?«

Sie bemühte sich, ihrer Stimme einen entschiedenen Ton zu geben, aber es gelang ihr nur halb, und die Wirkung ihrer Worte auf die Frau war nicht so, wie sie es erwartet hatte. Sie war darauf gefaßt gewesen, einer verlegenen Ausflucht zu begegnen, aber Mrs. Fanny sah sie mit einem unbefangenen Lächeln an und tat ungemein bieder.

»Das kann ich Ihnen wirklich nicht sagen. Aber ich begreife, daß Sie es gern wissen möchten und werde es Seiner Gnaden ausrichten.«

Das junge Mädchen setzte die Tasse klirrend nieder und hob betroffen den Kopf.

»Seiner Gnaden? Wer ist das?«

»Oh, Sie werden ihn ja gewiß kennenlernen«, meinte die blonde Frau ausweichend, und auf ihrem Gesicht lag ein Leuchten, das verriet, was Seine Gnaden für sie bedeutete. »Nun langen Sie aber ordentlich zu, und dann werde ich mit ihm sprechen.«

Rayne war über die Botschaft, die ihm Fanny mit wichtigtuender Vertraulichkeit überbrachte, nicht sehr erbaut, obwohl er eigentlich darauf vorbereitet war. Schließlich mußte man ja dem Mädchen irgendeine Aufklärung geben, aber er wußte wirklich nicht, was er ihr sagen sollte. Der Mann, den die ganze abenteuerliche Geschichte eigentlich anging, lag bewußtlos auf dem Krankenlager, und er selbst war in die Sache nur bis zu einem gewissen Punkt eingeweiht. Soviel Evans seit einem Jahr auch über seinen Plan gesprochen hatte, sobald die Rede auf die Beweg gründe und den Zweck gekommen war, war er immer verschlossen und schweigsam geworden. Rayne hätte ja für seine Mithilfe volle Offenheit fordern können, und er hatte auch einmal die Bedingung angedeutet, aber dabei war in das harte Gesicht des Mannes ein so ängstlich flehender Zug gekommen, daß er davon abgesehen hatte. Er schuldete Evans außerordentlich viel, und da dieser die kleine Lady mit der Pantherkatze auf der linken Schulter um jeden Preis ausfindig machen und in seine Hände bekommen wollte, hatte er sie zur Stelle geschafft, obwohl der Mann augenblicklich mit dem Tode rang und vielleicht nie mehr zu sagen vermochte, was weiter geschehen sollte.

Es war für Rayne keine angenehme Aufgabe, dem Mädchen gegenüberzutreten und ihrer begreiflichen Erregung standzuhalten, aber er mußte sich ihr unterziehen. Vorher wollte er jedoch Peter noch einmal über die Sache ausholen.

In Peters Stube sah es primitiv aus, wie in einem Blockhaus. Er stand eben mit dick eingeseiftem Gesicht beim Fenster, glotzte in einen halb erblindeten Spiegelscherben, und während er mit der Linken vorsichtig seine breite Nase in die Höhe hielt, schabte er mit der Rechten mit einem vorsintflutlichen Messer an der Oberlippe herum. Das gab ein Geräusch, wie wenn eine Sense durch ein Ährenfeld schneidet.

»Sie sind ja so lange mit Evans beisammen gewesen«, sagte der junge Mann etwas ratlos, »daß Sie von ihm sicher dies und jenes gehört haben. – Was ist eigentlich mit dem Mädchen los, und was wollen wir mit ihm beginnen?«

»Weiß ich nicht«, knurrte der vierschrötige Mann unhöflich und gallig und zuckte mit den gewaltigen Schultern. »Über Weiber haben wir nie gesprochen. Und Sie selbst haben mir ja gesagt, daß ich mich um das Mädchen nicht kümmern soll. Meinetwegen machen Sie mit dem Ding, was Sie wollen.«

»Gut«, meinte Rayne gelassen und wandte sich zur Tür, »dann werden wir diese Sorge bald los sein. Mir paßt die Geschichte ohnehin nicht, und ich werde sie so rasch und so glatt wie möglich ungeschehen machen. Ich kann ihr ja sagen, daß es ein Irrtum war, und sie wird hoffentlich keinen Lärm schlagen. Am besten ist es, ich nehme sie gleich wieder mit nach London, denn eigentlich habe ich dann hier auch nichts mehr zu tun. Wie es um Evans steht, kann ich ja auch telefonisch zu jeder Stunde erfahren.«

»Das werden Sie nicht tun, Sir...« Peter war wie der Blitz herumgefahren, und sein Blick war ebenso kläglich, wie der Ausdruck seines mit Seife und Blut verschmierten Gesichtes. »Sie können mich doch in diesem verdammten Land nicht allein lassen, und Al auch nicht«, brummte er verstört und fuchtelte verzweifelt mit dem riesigen Rasiermesser in der Luft herum. »Gerade jetzt, wo das Mädchen endlich da ist. Sie können mich auf der Stelle totschlagen, wenn ich weiß, worum es sich dabei handelt«, fuhr er kleinlaut und treuherzig fort, »aber ich glaube, Al würde es nicht überleben, wenn die Geschichte schiefginge. – Sowie wir drüben ein bißchen hochgekommen waren, hat es bei ihm angefangen. Er ist an den Abenden plötzlich stundenlang am Tisch gesessen und hat immer wieder seine Banknoten gezählt, und je mehr ihrer wurden, desto versessener war er darauf. Bis mir die Geschichte eines Tages zu dumm geworden ist und ich ihm gesagt habe, daß das ganze Zeug doch nur Dreck sei, weil Leute wie wir damit nichts anfangen könnten. Aber da hat er mich angegrinst und gemeint: ›Das verstehst du nicht‹, und damit hat er auch recht gehabt. Ich habe ja auch einige solche Stöße abbekommen, und es sind immer mehr geworden, aber es ist mir nie eingefallen, mich darum zu kümmern. Nur bei ihm ist es von Jahr zu Jahr ärger geworden, und als wir dann den ganzen Krempel in die Bank schafften, hat er fortwährend herumgeschmiert und gerechnet.« Peter spitzte verächtlich den linken Mundwinkel, aber daran erinnerte er sich noch rechtzeitig, daß das innerhalb von Spittering Farm verboten war und ließ nur ein bedenkliches Schnalzen hören. »Na, und dann haben wir Sie gefunden, und Sie wissen ja, wie er auf einmal davon angefangen hat, daß er jetzt die Sache mit der kleinen Lady mit der Pantherkatze in Ordnung bringen müsse und auch die andere Geschichte. Was das sein sollte, davon hat er nie ein Wort gesprochen, sondern immer nur davon, wo und wie wir das Mädchen finden könnten. Sie haben es ja selbst gehört und wissen auch, daß ihm das keine Ruhe gegeben hat. Manchmal habe ich geglaubt, daß es in seinem Schädel nicht mehr ganz richtig sei. – Und daß wir ihn vor ein paar Nächten halbtot drüben im Busch gefunden haben, obwohl sein Schiff doch erst diese Woche eintreffen sollte, ist auch so eine Sache. Wie ist er herübergekommen?« Rätsel zu lösen, war nicht gerade Peters stärkste Seite. Er fuhr sich zunächst verzweifelt durch die lange Haarsträhne und wischte sich gedankenvoll den trockenen Seifenschaum aus dem halbrasierten, zerschundenen Gesicht. »Aber wo es um Weiber geht«, schloß er giftig, »ist immer der Teufel los.«

Rayne sah ein, daß aus dem Mann tatsächlich nichts herauszuholen war, und es blieb ihm daher nichts anderes übrig, als die Angelegenheit mit dem Mädchen so vorsichtig wie möglich weiterzuführen, um vor allem einmal Zeit zu gewinnen. Wenn Evans aufkam und so weit war, sollte er den sehnlichsten Wunsch, den er ihm so oft und so eindringlich ans Herz gelegt hatte, erfüllt sehen, und dann würde sich ja das Weitere ergeben.

Während Rayne die Treppe hinaufstieg, überlegte er, wie er den unfreiwilligen Gast behandeln sollte. Er hatte das Mädchen bisher noch nie zu Gesicht bekommen, sondern die ganze schwierige Sache hatten seine geschickten und verläßlichen Leute besorgt, und er wußte eigentlich nur, daß Grace Wingrove völlig allein stand, was das Unternehmen wesentlich erleichterte. Vielleicht erwies sie sich deshalb nun auch ganz gefügig. Schließlich hatte er ja selbst dafür gesorgt, daß sie allen erdenklichen Komfort vorfand, und in dieser Umgebung konnte sie es schon einige Zeit aushalten. Und wenn sie selbst noch irgendwelche Wünsche haben oder Bedingungen stellen sollte, so war er selbstverständlich bereit, diese zu erfüllen.

Fanny, die rasch wieder einen Blick ins Krankenzimmer getan hatte, kam mit strahlendem Gesicht hinter ihm drein und steckte den Schlüssel ins Schloß.

»Ich werde Euer Gnaden aufsperren«, tuschelte sie und klopfte. »Seine Gna...«, meldete sie dann förmlich, aber die letzten Silben erstarben hinter seiner Hand, die er rasch auf ihren Mund legte.

»Lassen Sie das in Zukunft«, wehrte er leise ab. »Sagen Sie einfach ›Mr. Rayne‹, wenn schon solche Umständlichkeiten gemacht werden müssen.«

»Mr. Rayne«, sprudelte die Frau gehorsam hervor. »Darf er eintreten, Miß?« Sie lauschte gespannt, und als ein kurzes »Ja« zurückkam, öffnete sie die Tür.

Es widerfuhr Aubrey Rayne äußerst selten, daß er auch nur für Sekunden seine überlegene Gelassenheit verlor, aber diesmal bedurfte er einer ziemlich geraumen Weile, um seiner Überraschung Herr zu werden und sich umzustellen. Das schlanke dunkle Mädchen mit dem feinen Kopf und dem etwas herben, schönen Gesicht, das im Licht des Fensters stand und ihn mit einem herausfordernden Blick in den langbewimperten Augen empfing, entsprach so gar nicht dem ungefähren Bild, das er sich von der kleinen Lady mit der Pantherkatze gemacht hatte, von der bisher immer die Rede gewesen war. Er sah sich plötzlich einer erwachsenen Dame gegenüber, in deren Haltung und Mienen soviel Selbstbewußtsein und Entschlossenheit lagen, daß ihm die leichte Art, mit der er die Angelegenheit zu behandeln gedacht hatte, weder passend noch aussichtsvoll erschien.

Auch Grace Wingrove mußte ihre Vorstellungen von der geheimnisvollen Persönlichkeit, in deren Hände sie geraten war, gründlich korrigieren, als der große, breitschultrige Mann mit dem kühlen Gesicht über die Schwelle trat. Aber sie hatte keine Zeit, sich mit solchen Nebensächlichkeiten abzugeben. Sie mußte endlich darüber ins klare kommen, was diese unerhörte Behandlung bedeuten sollte, und was man mit ihr vorhatte. Noch größer als das Gefühl der Angst war die Empörung in ihr, und sie vermochte sich nur mit äußerster Mühe zu beherrschen.

»Sind Sie der Mann, der diesen Schurkenstreich angezettelt hat?« fragte sie schneidend. »Ich erwarte, daß Sie nicht weitergehen werden. Ich habe Sie nie gesehen und weiß nicht, wo ich mich befinde, und ich würde über die Sache hinweggehen, wenn Sie mir den Weg freigeben. Aber sofort.«

Sie blitzte ihn an, ballte die Hände und machte einige hastige Schritte zur Tür, aber Rayne versperrte ihr groß und breit und in seiner alten Ruhe den Ausgang. Er verwünschte in diesem Augenblick den Zufall, der ihn in diese Geschichte verwickelt hatte, aber gleichzeitig wurde diese Geschichte, die ihm bisher völlig gleichgültig gewesen war, für ihn mit einemmal zu einer persönlichen Sache. Dieses Mädchen mit dem Feuer in den Augen und in jeder Bewegung des geschmeidigen Körpers glich ganz der Pantherkatze, mit der sie gezeichnet war. Rayne vergaß völlig die Lider halb zu schließen, wie er es gewohnt war. Erst als Grace unerschrocken und gebieterisch dicht vor ihm stand, kam er wieder einigermaßen ins Gleichgewicht.

»Wollen Sie mich einige Augenblicke geduldig anhören«, begann er höflich und mit einer gewissen Befangenheit, aber sie verspürte nicht die geringste Lust dazu.

»Ich verlange von Ihnen bloß zu hören, ob Sie mich freigeben wollen oder nicht«, stieß sie gereizt hervor. »Alles andere können Sie sich ersparen. Es interessiert mich nicht. Also, ja oder nein?« Sie duckte sich wie zu einem Angriff, und der große Mann verschränkte die Arme und schlug wieder die grauen Augen auf.

»Nein«, sagte er gelassen, aber bestimmt, und sie warf betroffen den rassigen Kopf empor und sah ihm sekundenlang scheu und forschend ins Gesicht. Dann wandte sie sich mit einer brüsken Bewegung wortlos ab und trachtete, möglichst viel Raum zwischen sich und ihn zu bringen.

»Darf ich Ihnen nun vielleicht einige Worte sagen, Miß«, fragte er. »Sie werden zwar an Ihrer augenblicklichen Lage nichts ändern, aber vielleicht werden Sie sich dann etwas leichter darein finden. Es handelt sich gewiß nur um wenige Tage. Wenn der Mann, dem an Ihnen so viel gelegen ist...«

Grace horchte gespannt auf, aber so beklommen sie sich auch fühlte, mochte sie es doch nicht merken lassen.

»Also eine ganze Bande«, höhnte sie. »Und Sie sind nicht einmal das Oberhaupt, sondern nur ein Werkzeug, wie der Mann mit dem infamen Schafsgesicht.«

»Lassen Sie das den Armen nicht hören«, sagte er, und um seinen Mund spielte so etwas wie ein Lächeln. »Er heißt Tom, wenn Sie seiner bedürfen sollten, und ist schrecklich eitel.« Sein leichter, etwas spöttischer Ton reizte sie noch mehr.

»Oh, ich werde ihm noch ganz andere Dinge sagen«, brach sie neuerlich los. »Und Ihnen auch. Ihrem sauberen Auftraggeber aber können Sie bestellen, daß er sich hüten soll. Ich bin kein wehrloses Kind.«

Aubrey Rayne hatte schon wieder die Augen offen und lächelte nun ganz deutlich.

»Er scheint Sie aber dafür zu halten.«

»Wieso?« fragte sie aufgebracht.

»Weil er immer nur von der kleinen Lady mit der Pantherkatze spricht.«

Zum drittenmal an diesem Tag wurde Grace Wingrove an das häßliche Zeichen gemahnt, das ihr aufgedrückt war, und sie stand einen Augenblick wie erstarrt. Dann aber ging plötzlich ein krampfhaftes Zucken durch ihren Körper, und sie schlug in Scham und Verzweiflung die feinen, schlanken Hände vors Gesicht.

Der große, breitschultrige Mann fühlte sich dieser Situation nicht gewachsen. Er drückte sich rasch und geräuschlos durch die Tür und ging sogar draußen noch auf den Fußspitzen.

Die dralle Frau drehte wieder den Schlüssel im Schloß, und als sie Rayne eingeholt hatte, blinzelte sie mit fragenden Augen zu ihm auf.

»Ist sie nicht schön, Euer Gnaden?« flüsterte sie vertraulich. Aber Seine Gnaden hatte einen eigenartigen Zug um den Mund und einen seltsamen Blick und schien sie gar nicht zu hören.

8

»Die Tiere sind heute äußerst unruhig«, sagte Rayne, der von der Rückseite des Hauses kam, indem er sich neben Peter auf der Bank niederließ. »Wahrscheinlich bekommen wir ein Unwetter.«

Forge spuckte wortlos aus, um anzudeuten, was er von den englischen Unwettern hielt. Nach einer Weile aber erhob er sich und ging mit wuchtigen Schritten ums Haus, wobei er sich dicht im Schatten der Mauer hielt.

Die hereinbrechende Nacht war von beklemmender Schwüle, und an den uralten Bäumen von Spittering Farm regte sich kein Blatt. Sogar die Abendbrise von der See war diesmal ausgeblieben, und hinter den nahen Höhenzügen schob sich eine bösartige Wolkenwand hervor.

Nach einer Weile kehrte Peter wieder zurück.

»Wir haben die Bestien in den inneren Käfig getrieben und die Eisentür herabgelassen«, brummte er kurz und begann dann an seiner Pfeife zu ziehen, daß sie wie eine Esse lohte und qualmte. Ringsum herrschte tiefes Schweigen, und die Luft war so mit Spannung geladen, daß Rayne sie in allen Gliedern fühlte. Als etwa eine weitere Viertelstunde verstrichen war, flog plötzlich ein heller Feuerschein über das Firmament, und gleich darauf rollte der erste Donner.

In diesem Augenblick erklang aus dem Flur der Lauf unbeholfener Füße, und die beiden Männer schnellten instinktiv auf.

»Kommen Sie rasch«, stieß Fanny atemlos und ängstlich hervor und eilte bereits wieder voran in die Krankenstube. Der Bewußtlose lag noch genau so steif und regungslos wie vordem, aber die Frau deutete scheu auf ein dunkles borstiges Etwas, das sich kaum zollbreit unterhalb des verbundenen Gesichts von der dicken Daunendecke abhob.

»Es kam plötzlich zum Fenster hereingeflogen«, erklärte die Frau aufgeregt, »und ich dachte zunächst, daß es ein Nachtfalter wäre. Aber dann sah ich, daß es etwas anderes war und habe rasch den Laden zugeschlagen. Es ist knapp an seinem Gesicht vorübergegangen.«

Die beiden Männer beugten sich gleichzeitig über das runde flockige Ding, und Forge wollte bereits mit seinen plumpen Händen zufassen, als Rayne ihn mit festem Griff zurückhielt und selbst mit spitzen Fingern das kleine Büschel aus der Bettdecke zog.

Es war ein Schießbolzen, wie er zu Zimmergewehren und Blasrohren Verwendung zu finden pflegt, aber als der junge Mann ihn gegen das Licht hielt, konnte er feststellen, daß die Spitze nadeldünn zugeschliffen und mit einer lackartigen Schicht überzogen war.

Er warf dem vierschrötigen Mann an seiner Seite einen vielsagenden Blick zu, und Peter schien ihn sofort zu verstehen, denn sein Gesicht verzerrte sich zu einer wilden Grimasse, und aus seinem breiten Mund fuhr ein halblauter Fluch.

Was er noch auf der Zunge hatte, wurde ihm von einer dunklen Gestalt abgeschnitten, die plötzlich, wie aus dem Boden gewachsen, im Zimmer stand. Mamed, der Malaie, triefte vom langen, strähnigen Haar bis zu den bloßen Füßen, aber er vergaß nicht, ehrerbietig die Arme zu kreuzen und den Kopf zu neigen, bevor er in seinem seltsamen Kauderwelsch einige abgehackte Sätze hervorstieß.

Rayne vermochte ihm nicht zu folgen, aber Forge faßte den braunen Burschen an der Schulter und riß ihn mit sich zur Tür. »Mamed hat der Kanaille sein Messer in die Hüfte geworfen«, erklärte er bereits halb im Davonstürmen über die Schulter, »aber das ist zu wenig. Ich werde dem verdammten Hund die Hölle auf die Fersen hetzen, und wenn ich ihn erwische...«

Er vollendete die Drohung nicht, aber Rayne kannte Peter Forge und wußte, was sie zu bedeuten hatte.

»Machen Sie keine Dummheiten«, fuhr er auf, aber der, dem seine Worte galten, polterte bereits mit gewaltigen Sätzen durch die Diele, und hinter ihm drein sprang mit gespannten Muskeln und Sehnen der halbnackte braune Mann.

Grace Wingrove lehnte seit Stunden am offenen Fenster und blickte durch das kunstvolle Gitter in den trostlosen Garten. Sie hatte die wiederholten Versuche ihrer freundlichen Wärterin, sie durch einen kleinen Plausch aufzuheitern, schroff zurückgewiesen, und sie hatte auch nicht einen Bissen von dem appetitlichen Abendbrot berührt. Es war ihr unmöglich, von den Gedanken und Grübeleien loszukommen, die unaufhörlich auf sie einstürmten und sie immer wieder zu der Frage führten, welche geheimnisvollen Umstände sie in diese Lage gebracht haben mochten und inwieweit sie mit dem schrecklichen Mal im Zusammenhang standen, das sie durchs Leben trug. »Die kleine Lady mit der Pantherkatze« hatte der fremde große Mann mit den seltsamen Augen sie genannt, und irgendwo mußte es also da eine Verbindung geben. Nur finden konnte sie sie nicht. Solange sie zurückzudenken vermochte, war schon immer dieser häßliche blaue Fleck auf ihrer Schulter gewesen, aber niemand von den einfachen, unfreundlichen Leuten, unter denen sie aufgewachsen war, hatte davon gesprochen. Nur die Gespielinnen hatten sie damit geneckt, und sie hatte darüber manche heiße Träne vergossen. Später war dann eine alte einsame Lehrerin auf das aufgeweckte hübsche Mädchen aufmerksam geworden und hatte Grace an Kindes Statt angenommen. Die Sache war mit einigen Schwierigkeiten verbunden gewesen, denn es stellte sich plötzlich heraus, daß die Papiere nicht in Ordnung waren. Aber die Pflegeeltern vermochten keine weitere Auskunft zu geben, und man mußte deshalb darüber hinweggehen.

Dann kamen für die kleine Grace Wingrove die ersten freundlichen Jahre ihres Lebens. Sie fand eine liebevolle Pflege, genoß eine sorgfältige Erziehung und hatte Gelegenheit, alles zu lernen, um sich einmal selbst in auskömmlicher Weise fortzubringen. Als sie durch den Tod ihrer Wohltäterin den ersten großen Schmerz zu fühlen bekam, war sie bereits neunzehn Jahre alt und seit längerer Zeit beruflich tätig. Aber trotz ihres ernsten Fleißes und ihrer Tüchtigkeit hatte sie damit wenig Glück, und wenn ihr nicht die alte Frau die kleine Wohnung und einen Spargroschen von wenigen hundert Pfund hinterlassen hätte, wäre sie sehr bald in eine recht mißliche Lage geraten.

Und nun hatte auch ihre Tätigkeit beim Parisiana-Theater ihren Abschluß gefunden. Aber das bekümmerte sie augenblicklich nicht weiter, sondern ihr ganzes Sinnen galt nur dem Rätsel, das sie in die Mauern dieses Hauses gebracht hatte.

Draußen war mittlerweile der Abend hereingebrochen und die Nacht heraufgezogen, aber Grace Wingrove hatte es nicht wahrgenommen. Sie blickte mit starren Augen in die mächtigen Baumkronen und in das undurchdringliche Gebüsch, das um die Stämme wucherte. Aus einer Lücke in dem dichten Blätterwerk schimmerte eine weiße Mauer hervor, und von dorther klang zuweilen ein langgezogenes Jaulen, aber das junge Mädchen achtete nicht weiter darauf. Und sie merkte auch nicht, daß das Stück Himmel, das sie überblicken konnte, immer schwärzer und schwärzer wurde, und erst ein blendender Blitz schreckte sie aus ihrem Grübeln auf.

Gleich darauf prasselte der Regen in langen dicken Schnüren auf die durstige Erde, und Grace legte den Kopf an das Gitter, um die heiße, schmerzende Stirn zu kühlen.

Einmal sah sie einen dunklen Schatten aus den Büschen gegen das Haus gleiten und nach wenigen Minuten wieder auftauchen, und dann schnellte ein zweiter Schatten lautlos hinter dem ersten drein. Sie vernahm so etwas, wie einen kurzen unterdrückten Aufschrei, aber alles das ging an ihren Sinnen vorüber wie ein Traum.

Plötzlich jedoch wußte sie, daß sie nicht träumte.

Von dorther, wo die weiße Mauer zu sehen war, brach es auf einmal krachend, klirrend und schnaubend durch das Buschwerk und, durch das Dunkel noch mehr verzerrt, bot sich Grace ein Bild, das sie schauernd zusammenfahren ließ: Zwei riesige Katzen, in eine Art Joch gespannt, trabten keuchend und knurrend über den freien Platz gegen die jenseitige Parkmauer, und neben ihnen liefen zur einen Seite ein halbnackter Mann, in dessen Händen eine starke Kette rasselte, und zur anderen eine gedrungene Gestalt, die einen mächtigen Knüppel schwang.

Es war wie der Spuk einer grausigen wilden Jagd, der an ihr vorüberflog, und Grace Wingrove ließen ihre gequälten Nerven im Stich. Sie schrie auf, bedeckte ihre Augen mit den Händen und flüchtete in das Innere des Zimmers.

Gleich darauf ging ein eigentümlicher summender Ton durch das Haus, und das junge Mädchen nahm mit wahnsinnigem Entsetzen wahr, daß der Boden, auf dem sie stand, langsam zu sinken begann. Und mit ihm der ganze Raum mit allem, was darin war.

Aubrey Rayne stand in dem rückwärtigen Gang dicht an der Wandverkleidung, von der er eine Tafel beiseite geschoben hatte und horchte, die Hand am Schaltknopf, gespannt auf das leise Surren des Motors. Er hatte den schweren Aufzug seit Wochen ungezählte Male ausprobiert, vermochte aber doch ein Gefühl der Angst nicht loszuwerden, als nun die seltsame Anlage mit dem kranken Mann und dem jungen Mädchen in die Tiefe fuhr. Evans hatte in seinem roh entworfenen Plan diese Einrichtung für Spittering Farm ausdrücklich vorgesehen, und es war ihm sehr daran gelegen gewesen, daß sie auch wirklich durchgeführt wurde. Aubrey vermochte zwar den Zweck bis vor kurzem nicht einzusehen, aber nun glaubte er ihn zu ahnen. Von irgendwoher schien eine tückische Gefahr zu drohen, der Evans fast zum Opfer gefallen war. Der vergiftete Schießbolzen hatte glücklicherweise sein Ziel verfehlt, aber jede Stunde konnte einen neuen Anschlag bringen, und es war jedenfalls gut, wenn der Kranke und das Mädchen mit der Pantherkatze sich in Sicherheit befanden.

Rayne schob die Tafel wieder über die Schalter und schritt ungeduldig in der Diele auf und ab. Aber es währte länger als eine Stunde, bevor Peter von seiner Expedition zurückkehrte, und sein Gesicht hatte einen völlig ratlosen und verstörten Ausdruck. »Wir haben ihn gefunden«, stieß er heiser und abgerissen hervor. »Wieder in dem Wäldchen. Und es war genau so ein schrecklicher Hieb wie bei Al. Nur hat er diesmal besser gesessen und hat den halben Schädel zu Brei geschlagen. Der Bursche war erledigt, und wir haben ihn so liegen gelassen, wie wir ihn gefunden haben.« Er fuhr sich mit dem Handrücken über das nasse Gesicht und streifte den jungen Mann mit einem unsicheren fragenden Blick. »Wir waren ihm dicht auf den Fersen, und es kann keine zweihundert Schritte vor uns geschehen sein.«

»Evans und das Mädchen sind unten«, bemerkte Rayne gelassen. »Halten Sie für alle Fälle Ihre Flinte bereit, und sagen Sie auch Mamed, daß er die Augen offen halten soll.«

Etwa um dieselbe Zeit näherte sich Bill Short, ein schlanker, sehniger Mann von außerordentlicher Behendigkeit, den ersten Häusern von Chesterhills. Er war fast eine halbe Stunde auf glitschigem Boden querfeldein gelaufen und wagte erst jetzt einen Augenblick auszuschnaufen und scharf Umschau zu halten. Als alles ruhig blieb, schlug er neuerlich einen Bogen zum jenseitigen Ende des Ortes und schlüpfte dort durch ein verstecktes Hinterpförtchen in ein abseits stehendes kleines Haus. Ohne Licht zu machen, tastete er sich durch einen engen Flur in einen Raum zur Rechten, verschloß die Tür, verhängte sorgfältig das Fenster und zog dann unter dem durchnäßten Wettermantel zwei Gegenstände hervor, die er beim Schein einer Taschenlaterne eilig in einem geschickt verdeckten Loch unter der Türschwelle barg: Das eine war ein seltsam geformtes, roh gearbeitetes Messer, das zweite ein eigenartiger riesiger Handschuh von ansehnlichem Gewicht, der ziemlich geräuschvoll in das Versteck polterte.

9

Die Algernon Street in Kilburn ist eine kleine Seitengasse mit freundlichen Einfamilienhäusern, in der einer den andern kennt und alle Ereignisse sich mit Blitzesschnelle verbreiten. So lief an diesem frühen Sommermorgen das Gerücht von Tür zu Tür, daß Mr. Murphy von Scotland Yard anscheinend umzuziehen gedenke. Aber die Sache stellte sich schließlich als blinder Alarm heraus.

Tatsächlich stand allerdings das sogenannte Automobil des Oberinspektors vor dem Haus und wurde von ihm, seiner Haushälterin und Spang mit Koffern, Reisetaschen, Schachteln und sogar einem kleinen Tischchen hoch beladen. Aber weitere Möbelstücke kamen nicht an die Reihe, sondern Murphy schwang sich nach einer nochmaligen kritischen Musterung seiner Ladung unternehmend auf den Sitz. Das war aber nur eine Vorbereitung, um sich etwas einzusitzen, denn zunächst mußte er seiner Haushälterin noch eine Reihe von Instruktionen bezüglich des Gießens der Kakteen und der Verköstigung seines Laubfrosches erteilen, und dann kam Spang an die Reihe, der heute noch schattenhafter und bedeutungsloser aussah als sonst.

»Ich werde jetzt einige Tage nicht auf Sie aufpassen können«, sagte der Oberinspektor eindringlich, »aber ich hoffe, daß Sie mittlerweile keine Dummheiten anstellen werden. Vielleicht bleibe ich sogar eine ganze Woche weg oder auch zwei, wenn mir die Seeluft gut tut. Wo ich zu finden bin, wissen Sie ja, aber mit albernen Akten lassen Sie mich in Ruhe. Die können warten. Wenn Sie dagegen etwas über den Mann erfahren, der gestern im Auto hinter uns her war, so benachrichtigen Sie mich sofort. Die zwei Galgengesichter, die jetzt an den beiden Enden unserer Gasse stehen, dürften auch zu ihm gehören.«

Der Sergeant sah weder nach links noch nach rechts, sondern nickte nur melancholisch und streckte die spitze Nase in die Luft, wobei er seine dünnen Lippen kaum merklich bewegte. »Colonel Rowcliffe«, hauchte er. »Kensington Courtfield Road. Er ist aber die meiste Zeit in Chesterhills, wo er ein Landhaus hat.«

Murphy zuckte ein bißchen mit den Ohren und beglückte seinen Gehilfen mit einem anerkennenden Blick.

»Wenn Sie nur nicht ein so unmögliches, blödes Gesicht hätten, Spang. Sie sind ja gar nicht so dumm, aber mit Ihrem Aussehen blamieren Sie ganz Scotland Yard. Trotzdem will ich Sie zur Beförderung vorschlagen, wenn Sie sich bei dieser verzwickten Tigergeschichte halbwegs anstellig erweisen. Sie werden es schon erfahren, wenn ich Sie brauche. Mit Hannibals Halsband kennen Sie sich doch hoffentlich noch aus. Wir haben zwar die Sache lange nicht geübt, aber ich habe sie Ihnen ja schon so oft eingedroschen, daß Sie sich sie gemerkt haben müssen. Übrigens haben Sie ja auch den Chiffreschlüssel.« Er wandte sich auf seinem Sitz halb um, und seine Stimme bekam einen warmen, väterlichen Klang. »Hannibal, sieh dir Mr. Spang noch einmal gut an und gib ihm das Pfötchen...«

Der Sergeant war mit der Packerei endlich fertig, und er schwitzte nicht wenig. Es dauerte noch eine ziemliche Weile, bevor der Wagen ein dumpfes Brummen hören ließ und sich langsam in Bewegung setzte.

Die beschauliche Fahrt ging quer durch das nördliche London nach Old Ford, und auf die Minute um neun hielt der Oberinspektor beim Holborn Viadukt, wohin er Ben Kitson bestellt hatte.

Der Vagabund von gestern befand sich inmitten einer gaffenden Menge, die sich sofort ansammelte, und es fiel selbst dem geübten Auge des alten Polizisten schwer, ihn in dem wohlausstaffierten Gentleman von heute wiederzuerkennen. Der alte Hehler Waterstone mußte wieder einmal ein besonders schlechtes Gewissen haben, daß er sich des ihm empfohlenen Schützlings so angenommen hatte, aber das gehörte vorläufig nicht zur Sache. »Steigen Sie ein«, knurrte Murphy ungeduldig, »aber kommen Sie Hannibal nicht zu nahe, sonst fährt er Ihnen in die schönen Hosen. Er ist an eine solche Gesellschaft nicht gewöhnt.«

Der Einzug des Oberinspektors in das stille Chesterhills erregte fast dasselbe Aufsehen, wie sein Auszug aus London, und als das ehrwürdige Auto vor dem Strandhotel hielt, einem zweistöckigen Neubau mit der Aussicht auf einige nackte Felsen, eine schmale Düne und einen reizlosen Wassertümpel, gab es auch hier sofort einen beträchtlichen Auflauf. Chesterhills war keines der modernen Seebäder für die oberen Zehntausend, sondern ein Erholungsort für die weniger Begüterten, die auch einmal Tage oder Wochen zu erschwinglichen Preisen etwas Seeluft schnappen wollten. Sie bekamen sie zwar nicht ganz unmittelbar, denn der Ort lag an einem Seitenarm der großen Bucht, und die offene See war durch ein langgestrecktes Felsmassiv völlig verdeckt, aber man konnte die Bay mit dem Boot oder auf den Strandwegen bequem in einer halben Stunde erreichen, und der Ort erfreute sich daher eines ziemlich starken Zuspruchs. Die Verwaltung tat auch alles, um immer neue Gäste heranzulocken und bei den Besuchern keine Langeweile aufkommen zu lassen. Außer den üblichen Vergnügungen gab es einen regelrechten Klub, zu dem auch Damen Zutritt hatten, und auch die Freunde des Spiels kamen auf ihre Rechnung, wodurch mit den ehrsamen Bürgern auch Elemente auftauchten, die Leben in die Bude brachten.

Augenblicklich war die Saison auf ihrer vollen Höhe, und als Murphy schwitzend und steif von seinem Sitz kletterte und Kitson kurz befahl »Laden Sie ab!«, sah er sich einem Hotelangestellten gegenüber, der mit einem unverschämten Blick auf den Wagen und das Gepäck mit kühlem Bedauern die Achseln zuckte.

»Leider alles besetzt, Sir«, sagte er frech, aber das Gehör des Oberinspektors schien unter der Hitze und der Anstrengung des Fahrens gelitten zu haben, denn er nickte sehr lebhaft und äußerst freundlich und überwachte dann Bens eifrige Tätigkeit mit kritischen Augen.

»Seien Sie vorsichtig, Menschenskind«, mahnte er »Wenn Sie mir etwas zerschlagen oder die Sachen durcheinanderbeuteln, werden Sie etwas erleben. Besonders gut geben Sie mir auf die grüne Schachtel acht, denn da habe ich einige frische Eier drin und in der schwarzen Tasche ist meine Teemaschine. Nehmen Sie hübsch behutsam Stück für Stück herunter und tragen Sie ebenso behutsam Stück für Stück aufs Zimmer. Nachdem Sie so lange gesessen haben, wird es Ihnen ganz gut tun, sich ein bißchen auszulaufen. – Welches Zimmer, sagten Sie, daß ich haben kann?« wandte er sich liebenswürdiger an den betreßten Mann. »Im zweiten Stock und hinten hinaus wäre mir lieber, denn da wird es jedenfalls billiger sein. Den Burschen« – er machte eine kurze Kopfbewegung nach Kitson hin, – »können Sie irgendwo unters Dach stecken. Er ist nicht sehr anspruchsvoll. Aber ich möchte es möglichst luftig und bequem haben. Und vor allem muß ein solides Bett da sein, in dem man sich ordentlich ausstrecken kann, ohne daß dabei die Geschichte aus dem Leim geht. Ich hoffe, daß Sie so etwas haben.«

»Wir haben überhaupt nichts«, erklärte der würdevolle Portier neuerlich und fand diesmal selbst die leiseste Andeutung des Bedauerns für überflüssig. Das Strandhotel war nicht gerade ein ausschließlich von Lords und sonstigen vornehmen Persönlichkeiten besuchtes Haus, aber auf Leute, die ihre Eßwaren selbst mitbrachten und derartige plebejische Bedürfnisse hatten, legte es absolut keinen Wert. »Ich glaube, Ihnen dies doch ganz deutlich gesagt zu haben.«

»Gesagt haben Sie es schon«, gab Murphy zu, ohne einen Blick von den Hantierungen seines frisch gebackenen Dieners zu verwenden, »aber helfen wird es Ihnen nichts.« Er wandte sich blitzschnell um, fuhr mit den Händen in die Hosentaschen und trat dem bestürzten Mann fast auf die Füße. »Oder glauben Sie wirklich«, fuhr er mit rotem Kopf und funkelnden Augen fort, »daß ich mit meiner schönen Kalesche und den vielen Sachen, die ich aufgeladen habe, wieder den weiten Weg nach London zurückgondeln werde, weil Sie in Ihrer verdammten Bude keinen Platz haben? Warum haben Sie sich nicht größer gemacht? Ich weiß überhaupt nicht, weshalb ich mich mit Ihnen herumärgere, denn jetzt, wo ich einmal hier bin, bleibe ich auch. Machen Sie das, wie Sie wollen. Meinetwegen schmeißen Sie einen anderen hinaus.«

Der etwas schielende Portier war zwar im Hoteldienst einige fünfzig Jahre alt geworden und hatte manches erlebt, aber dieser energische Gast brachte ihn völlig außer Fassung. Er wich besorgt gegen das Vestibül zurück, der andere folgte ihm jedoch auf dem Fuße, und so geschah es, daß der zurückweichende Mann von der Drehtür unversehens erfaßt und ins Innere befördert wurde, als ein eiliger Herr ins Freie stürzte.

Schon im nächsten Augenblick stellte der geschmeidige Pförtner fest, daß es für ihn keinen gelegeneren und günstigeren Abgang hätte geben können, denn der geschäftige Mr. Hearson, der Allmächtige von Chesterhills, schüttelte dem sonderbaren Fremden mit ausgesuchter Höflichkeit die Hand und ließ es sich nicht nehmen, ihn selbst in die Halle zu geleiten.

Das war natürlich etwas anderes, und der Betreßte überflog rasch noch einmal die Zimmertafel, als in seinem Rücken auch schon die gebieterische Stimme Mr. Hearsons ertönte.

»Geben Sie rasch den Schlüssel von Appartement 3. Ich werde mit Mr. Murphy selbst hinaufgehen, und Sie können dem Diener bei dem Gepäck behilflich sein. – Es ist Mr. Murphy von Scotland Yard«, raunte er dem dienstbeflissenen Angestellten vertraulich und bedeutsam zu, »aber hängen Sie es nicht an die große Glocke. Mr. Murphy aus London genügt – die Leute können sonst vielleicht doch die Köpfe zusammenstecken und alles mögliche tuscheln.«

Er eilte bereits die teppichbelegte Treppe hinauf, und der Oberinspektor, der hörbar hinter ihm dreinschnaufte, verfolgte mit neidischen Blicken die Beweglichkeit dieses Mannes, der doch kaum viel jünger als er selbst sein konnte. Aber Hearson war eben etwas leichter gebaut, und da war es kein Kunststück, so herumzuspringen und so vornehm und elegant auszusehen.

Das Appartement Nr. 3 bestand aus einem kleinen Salon, einem luftigen Schlafraum, einem Bade- und einem Vorzimmer und machte einen äußerst gediegenen Eindruck, aber Murphy zog ein langes Gesicht und sah seinen Begleiter mißtrauisch von der Seite an.

»Was soll das kosten?« fragte er etwas befangen. »Unsereiner bekommt nicht die Reisevergütung eines Ministers oder Staatssekretärs, und auch noch draufzahlen möchte ich bei der Geschichte wirklich nicht.«

Hearson lächelte mit der verständnisvollen Miene eines Weltmannes.

»Diese Räume sind überhaupt nicht zu bezahlen. Wir haben deren drei, und sie sind ausschließlich für unsere Gäste bestimmt. Unsere Angelegenheiten machen ziemlich häufig amtliche Verhandlungen notwendig, und da muß natürlich für die Unterbringung der Herren jederzeit Vorsorge getroffen sein. Und da Sie auch in dienstlicher Eigenschaft hier sind, so ist es nur selbstverständlich, daß wir Sie, wie jeden anderen Vertreter der Regierung oder irgendeiner Obrigkeit als unseren Gast betrachten.«

»Jawohl, nur dienstlich«, bestätigte Murphy eifrig und ließ sich erschöpft in einen der tiefen Klubsessel fallen. »Glauben Sie, daß mich sonst zehn Pferde aus meinem Büro herausbekommen hätten – bei dieser Hitze?« Er fächelte sich mit seiner tellergroßen Hand Kühlung zu und lutschte mißmutig an der dicken Unterlippe. »Ich habe es mir lange überlegt, weil ich, offengestanden, schon ein bißchen bequem geworden bin, aber was will man machen? Pflicht ist Pflicht.« Er seufzte tief auf und begann mit ergebenem Gesicht die Daumen zu drehen. »Mr. Hearson, danken Sie dem Schicksal, daß es Sie davor bewahrt hat, zur Polizei zu gehen. Ein feiner Beruf sage ich Ihnen. Tag und Nacht heißt es auf den Beinen sein, und man müßte dazu eigentlich mit der Nase eines Bluthundes auf die Welt kommen.«

»Die scheinen Sie nach Ihrem Ruf ja zu haben«, meinte der elegante Herr verbindlich, aber Murphy blinzelte höchst verschmitzt und schlug sich auf die Schenkel.

»Die heulende Daumenschraube«, was? – Haben Sie auch schon davon gehört? Sehen Sie«, fuhr er vertraulich fort, »das ist auch so ein Schwindel. Wenn unsereiner erst einmal so einen Ruf hat, dann glaubt man, wer weiß was für ein verflucht gescheiter Kerl er ist. Und gerade die geriebensten Gauner sind die ersten, die darauf hereinfallen. Aber hexen kann keiner von uns. Und wenn ich an die sonderbare Geschichte denke, die hier passiert ist, so brummt mir der Schädel wie ein Kreisel, und ich kann nicht klug daraus werden. Ich bin ja sonst nicht gerade auf den Kopf gefallen, aber bei dieser Hitze ist mit meinem Gehirn nichts anzufangen.«

Der Oberinspektor wurde in seiner rückhaltlosen Mitteilsamkeit durch Ben und den Portier unterbrochen, die das Gepäck angeschleift brachten, während Hannibal knurrend und mißtrauisch hinter ihnen dreinschlich. Murphy zählte mit seinem dicken Zeigefinger pedantisch die einzelnen Stücke, dann winkte er entlassend.

»Sie können sich jetzt ein Frühstück geben lassen, Kitson«, sagte er gönnerhaft, »aber fressen Sie nicht zuviel. Sie sind das nicht gewöhnt, und ich möchte nicht die Schuld daran tragen, daß Sie sich den Magen verderben. Wenn Sie fertig sind, setzen Sie sich unter meinen Balkon und spitzen die Ohren. Falls ich Sie brauchen sollte, werde ich pfeifen.«

Kitson zog mit einer Miene ab, als ob er die Rolle eines korrekten Dieners, der den Mund zu halten hat, schon seit undenklichen Zeiten bekleidete, und der Portier beeilte sich, ihm zu folgen. Dieser Mann von Scotland Yard war entschieden kein angenehmer Gast, und es schien geraten, ihm tunlichst aus dem Wege zu gehen.

10

Mr. Hearson horchte nach der Tür, bis die Schritte der beiden verklungen waren, dann schob er sich einen Stuhl zu dem schnaufenden Oberinspektor heran und dämpfte seine Stimme zu einem vertraulichen Flüstern.

»Wir sind Ihnen sehr dankbar, Mr. Murphy, daß Sie gekommen sind. Ich werde sofort dem Sheriff telephonieren, und dieser wird Ihnen dasselbe sagen. Als wir uns unten vor dem Hotel trafen, war ich gerade unterwegs, um Sie anzurufen und zu bitten, sofort herauszukommen.« Er beugte sich noch näher heran und sah dem Oberinspektor durch die scharfen Brillengläser bedeutsam in die schläfrigen Augen. »Es hat sich nämlich neuerlich etwas ereignet, was die möglichst rasche Durchführung der Untersuchung dringend gebietet. – Wir hatten hier in der verflossenen Nacht ein heftiges Gewitter...«

Murphy zuckte mit den Ohrenspitzen, als ob er eine zudringliche Fliege abwehren wollte, und öffnete für einen Augenblick die müden Lider.

»Wir in London auch«, fiel er verdrießlich ein. »Dabei haben einige meiner schönen Topfkakteen stundenlang unter Wasser gestanden, und ich werde jetzt keine Ruhe haben, bis ich sicher bin, daß sie nicht Schaden genommen haben. Ich habe zwar meiner Haushälterin gesagt, wie sie die armen Pflänzchen zu behandeln hat, aber in solchen Dingen kann man sich auf niemanden verlassen.«

Hearson nickte höflich, aber auch etwas ungeduldig.

»Gewiß. – Und während dieses Gewitters ist hier abermals ein Verbrechen verübt worden, das dem ersten ganz auffallend ähnelt.« Der elegante Herr machte eine Pause, um seine Brille pedantisch zurechtzurücken, und der Oberinspektor zerrte an seiner dicken Nase, um sich einigermaßen wach zu erhalten.

»Was Sie nicht sagen«, brummte er nach einem herzhaften Gähnen.

»Jawohl.« Hearson nickte ernst und lebhaft, und sein Gesichtsausdruck ließ keinen Zweifel darüber, daß er die Sachlage als äußerst beunruhigend betrachtete. »Alles spricht dafür«, erklärte er wichtig, »daß der Mord während des Gewitters, das allerdings einige Stunden währte, begangen worden ist. Es handelt sich nämlich diesmal offenkundig um einen Mord. Man hat den Toten bereits am frühen Morgen gefunden, und die Jury, die vor etwa zwei Stunden zusammengetreten ist, hat ein einstimmiges Votum abgegeben. Aber es mußte natürlich alles möglichst unauffällig vor sich gehen, damit unsere Badegäste nicht kopfscheu werden. Wir sind ein aufstrebender Badeort, der sich so kritische Sensationen nicht leisten darf. Ich bitte Sie – der zweite Fall innerhalb weniger Tage. Und wiederum an der gleichen Stelle und auf die gleiche Art. Nur daß das Opfer diesmal nicht beiseite geräumt wurde.«

Der Oberinspektor riß die Lider auf, wiegte mit dem Kopf und ließ ein verwundertes Schnalzen hören.

»Und wer ist diesmal das Opfer?«

»Abermals ein Unbekannter«, erklärte Hearson mit einem Achselzucken.

»Und er ist wirklich mausetot?« fragte Murphy und hatte plötzlich eine belegte Stimme und nasse Äuglein.

»Jawohl. Der Mann hat einen Hieb erhalten, der den Hinterkopf völlig zertrümmerte. Die Leichenschau ist bereits vorüber, aber am Nachmittag findet im Hospital noch die Obduktion statt. Wenn Sie sich vielleicht dafür interessieren sollten...«

Der Oberinspektor verzog entsetzt das wohlgenährte Gesicht und hob abwehrend die Hände.

»Nicht die Spur. So etwas ist nichts für mich. Ich kann nämlich kein Blut sehen und Leichen schon gar nicht. Wenn ich bei so einer Sache ja einmal dabei sein muß, habe ich noch vierzehn Tage nachher die schrecklichsten Zustände.«

»Ich kann das verstehen«, bemerkte Hearson verbindlich, »denn auch für mich wäre so etwas nichts. Ich wollte Sie nur darauf aufmerksam machen, damit Sie über alles informiert sind. Und wenn Sie sich vielleicht den Schauplatz ansehen wollen, so stehe ich Ihnen gerne zur Verfügung. Es ist, wie ich schon bemerkte, fast genau dieselbe Stelle, an der die Patrouille der Automobile

Association in der letzten Woche den Schwerverletzten aufgefunden Laben will. Das Wäldchen liegt kaum drei Meilen oberhalb der Bucht, und ich kann Sie mit meinem Wagen in wenigen Minuten hinbringen.«

»Ausgezeichnet«, nickte Murphy lebhaft. »Sie sind sehr liebenswürdig, Mr. Hearson, und ich bin Ihnen aufrichtig dankbar. Natürlich werde ich mir den Ort gründlich ansehen, aber nicht jetzt gleich. Vielleicht gegen Abend, wenn die Sonne nicht mehr so kannibalisch brennt. Vorläufig möchte ich ein kleines Schläfchen machen, denn ich mußte heute etwas früher aufstehen, und die Fahrt hat mich auch sehr mitgenommen. Also sagen wir, so um sechs Uhr, wenn es Ihnen paßt. Auf die paar Stunden kann es ja jetzt nicht mehr ankommen. Und dafür werde ich mich dann um so mehr ins Zeug legen.«

»Ganz wie Sie wünschen«, sagte der elegante Herr höflich und erhob sich. »Ich werde auch den Inspektor Elliot mitbringen, der vorläufig die Untersuchung leitet. Er ist ein sehr tüchtiger junger Mann, und es wird Ihnen angenehm sein, von ihm genauestens unterrichtet zu werden.«

»Sehr angenehm sogar«, versicherte der Oberinspektor und schüttelte Hearson kräftig die Hand. »Diese jungen Leute haben viel schärfere Augen als wir Alten und auch eine modernere Methode«, gab er etwas wehmütig zu. »Aber dafür hat unsereiner wieder seine Erfahrungen. Jedenfalls werden wir die Geschichte schon ins richtige Fahrwasser bringen. Darauf können Sie sich verlassen.«

Hearson war noch nicht ganz bei der Tür draußen, als Murphy bereits pustend und stöhnend seinen Rock abwarf und in Hemdärmeln eine Weile in seinem Gepäck zu kramen begann. Er brachte zunächst einen etwas bunten Pyjama und ein Paar bequeme Hausschuhe zum Vorschein, aber das Auspacken schien ihn so anzustrengen, daß er erst wieder ein bißchen ausruhen mußte. Er ließ sich neuerdings in den Armstuhl fallen, verschränkte die Hände über dem Bauch und schloß erschöpft die Augen. Nur seine Ohren konnten nicht zur Ruhe kommen und vibrierten unaufhörlich.

Nach etwa fünf Minuten sprang er plötzlich elastisch auf, horchte eine Weile nach dem Gang und machte sich mit einer Handtasche zu schaffen. Er entnahm ihr eine auf Leinwand aufgespannte Karte, einen Feldstecher und einen Browning, der sich in seiner Riesenhand wie ein Kinderspielzeug ausnahm, steckte die Dinge vorsichtig in die Taschen und ließ dann einen zusammengerollten Panamahut nachfolgen. Mittlerweile schlich Hannibal neugierig und mißtrauisch durch die Räume, beschnupperte jeden Gegenstand und schnappte hie und da grimmig nach einer allzu frechen Fliege. Plötzlich vernahm er einen kurzen, dünnen Laut, der wie das Pfeifen eines Wiesels klang, und so lange er es sich überlegte, bevor er auf die gewissen Pfiffe und die Donnerwetter seines Herrn reagierte – wenn dieser ihn so durch die Zähne rief, hörte, wie er wußte, die Gemütlichkeit auf. Er spitzte daher zu dem Stumpf auch noch das andere Ohr und setzte sich in Galopp.

Murphy stand an der Tür und deutet mit seinem mächtigen Zeigefinger auf die Schwelle.

»Down, Sir«, zischte er, und wenn Hannibal diese höfliche Anrede hörte, konnte er nicht rasch genug auf alle viere kommen. Während der Hund, ein Bündel wachsamen Instinkts und sprungbereiter Angriffslust, hinter der Tür lag und den Wind von draußen geräuschlos einsog, watschelte sein Herr ohne Hut gemächlich durch die Gänge. Das Hotel war ziemlich geräumig, und es währte eine Weile, bis er den rückwärtigen Trakt erreichte. Dort stieß er auf eine unscheinbare Flügeltür, und als er dahinter eine Treppe gewahrte, stieg er diese hinab. Er kam unten in einen von Küchendüften erfüllten Vorraum und dann auf einen riesigen Hof, zu dessen beiden Seiten Autos in langen Reihen parkten. Er schlenderte mit den Händen in den Hosentaschen unbefangen an dem hin und her eilenden Personal und den Wagenputzern vorüber, und niemand schenkte ihm die geringste Aufmerksamkeit. Vor ihm schritt ein geschäftiges Mädchen mit einem Korb am Arm, und wenige Augenblicke nach ihr zwängte sich Murphy durch den kleinen Ausgang für die Lieferanten.

Das Hotel lag ziemlich weit vorn in der Seitenbucht, und noch weiter gegen die Hauptbucht zu erhob sich auf einem sanft ansteigenden Gelände in ganz unregelmäßiger Gruppierung eine Kolonie von Landhäusern mit kleinen Gärten.

Murphy wandte sich nach der andern Seite, wo sich längs des Strandes und an der Lehne eine Reihe alter niedriger Bauten hinzog. Auch diese standen wirr durcheinander, und als der Oberinspektor mit erstaunlicher Behendigkeit den Aufstieg zur Lehne begann, mußte er einen förmlichen Zickzackkurs einschlagen, um den Mauern auszuweichen.

An einer dieser Ecken verspürte er plötzlich einen heftigen Anprall, und der Mann im Sportdreß, der in großer Eile etwas unsanft gegen seine mächtige Schulter gerannt war, drehte sich wie ein Kreisel. Murphy griff mit einer höflichen Entschuldigung hastig zu, und als er das scharf geschnittene Gesicht mit der kühn vorspringenden Nase und den stechenden Augen vor sich sah, stieß er einen leisen Ruf der Überraschung aus.

»Bill Short!« murmelte er gedehnt und überlegte blitzschnell. »Sieh da! – Es ist bereits eine Weile her, seit wir uns zum letztenmal gesehen haben.«

Der andere schien von der Begegnung nicht gerade angenehm berührt und auch nicht gesonnen zu sein, alte Erinnerungen aufzufrischen. Er suchte sich mit einem etwas verbissenen Lächeln wortlos freizumachen, aber die Hand Murphys hielt ihn wie ein Schraubstock fest.

»Mein Gedächtnis ist nicht gerade das beste«, fuhr der Oberinspektor sinnend fort, »aber ich glaube, es werden ungefähr drei oder vier Jahre sein. – Was war das doch gleich für eine Geschichte?«

Die lauernden Mienen des Mannes verzogen sich zu einer hämischen Grimasse, und seine Augen blitzten herausfordernd.

»Das müßten Sie doch eigentlich wissen«, höhnte er, zuckte aber in demselben Augenblick zusammen, da sich die Finger Murphys wie ein Stahlring um sein Handgelenk schlössen.

»Natürlich weiß ich es«, kam es langsam von den Lippen des Oberinspektors, der mit einem seltsamen Blick irgendwohin ins Weite sah. »Es war die Geschichte mit dem Leoparden ... Der Panther, auch Leopard genannt ...«, murmelte er dann plötzlich zusammenhanglos vor sich hin und nahm ohne ein weiteres Wort seinen Weg wieder auf, während Bill Short mit gelenkigem Sprung zwischen den Häusern verschwand.

11

Angekleidet, wie sie sich in Furcht und Entsetzen auf ihr Lager geworfen hatte, erwachte Grace an diesem Morgen nach einem traumlosen Schlaf der Erschöpfung, und ihr erster angstvoller Blick galt ihrer Umgebung, in der sich auch nicht das geringste verändert hatte. Selbst das Fenster, das sie ganz deutlich immer weiter nach oben hatte gleiten sehen, war da, und der würzige Hauch, der aus dem Park hereinströmte, ließ sie tief und befreit aufatmen. Fast wäre sie versucht gewesen, die aufregenden Bilder und Eindrücke der verflossenen Nacht für Ausgeburten ihrer erregten Phantasie zu halten, wenn sie nicht gar so lebendig gewesen wären.

Sie fand aber keine Zeit, darüber nachzugrübeln, denn kaum hatte sie sich geregt, so stand auch schon frisch, freundlich und gesprächig wie immer, Mrs. Fanny im Zimmer.

»Sie haben sich wohl sehr geängstigt, Miß«, begann sie sofort mit vertraulicher Besorgtheit, »und es wäre eigentlich meine Pflicht gewesen, mich sofort nach Ihnen umzusehen, als das schreckliche Gewitter kam. Aber ich hatte gerade etwas Dringendes zu tun und konnte Sie nicht einmal darauf aufmerksam machen, daß Ihr Zimmer nach unten fahren würde, damit Sie von dem Unwetter nicht gestört werden. Dieser Teil des Hauses ist nämlich so eingerichtet«, erklärte sie unbefangen, als ob es sich um eine ganz alltägliche Sache handelte, »aber wenn man das nicht weiß, muß man natürlich einen gehörigen Schreck kriegen.« Sie wirtschaftete bereits wieder im Badezimmer, und ihre resolute Stimme strömte mit dem rauschenden Wasser um die Wette. »Ich habe ja später zu Ihnen hinein geguckt, doch da haben Sie schon so fest geschlafen, daß ich Sie um nichts in der Welt geweckt hätte. Ihr Kleid werde ich schon wieder in Ordnung bringen, und inzwischen ziehen Sie etwas von unseren Sachen an.«

Grace hatte sich am ersten Tag schroff dagegen gewehrt, auch nur eines der feinen Wäsche- und Kleidungsstücke anzulegen, die in den Schränken vorbereitet waren. Aber heute fühlte sie eine solche Mattigkeit, und ihre Widerstandskraft war so gelähmt, daß sie sich in alles fügte, was die energische Frau für gut befand.

Mrs. Fanny betätigte sich mit geschäftigen Händen und kritischen Blicken wie eine vollendete Kammerjungfer, und als sie dem jungen Mädchen das duftige weiße Sommerkleid übergestreift hatte, vermochte sie ihrer Bewunderung nicht länger Gewalt anzutun.

»Wie eine Prinzessin«, sagte sie strahlend und schleifte Grace kurzerhand vor einen hohen Spiegel, wo sie rasch noch einiges zurechtzuzupfen hatte. »Und wie wenn die Sachen für Sie gemacht worden wären, Miß.«

Das junge Mädchen hatte für ihr Spiegelbild nur einen etwas widerwilligen und mürrischen Blick, aber sie hätte keine Frau sein dürfen, um schließlich nicht doch gefesselt zu werden. Zu dem brünetten Gesicht mit dem dunklen Haar bildete das schimmernde Weiß einen wirkungsvollen Kontrast, und nachdem sich Grace ganz mechanisch einige Male vor dem Spiegel gedreht und gewendet hatte, setzte sie sich sogar mit einigem Appetit an den Frühstückstisch.

Die behäbige Frau sah ihr mit glänzenden Augen zu, aber plötzlich bekam das junge Mädchen wieder die finstere Falte zwischen den dichten Brauen und blickte sehnsüchtig in den Park.

»Das halte ich nicht aus«, sagte sie, indem sie sich mit einem Ruck erhob und die schlanken Glieder reckte. »Ich muß ein bißchen frische Luft und Bewegung haben.«

Ihre Forderung klang sehr bestimmt, und ihr Blick verriet, daß sie gesonnen war, sie noch energischer zu vertreten, aber zu ihrer Überraschung fand sie bei Fanny keinen sonderlichen Widerstand.

»Natürlich, daran habe ich auch schon gedacht. Sie können doch nicht die ganze Zeit wie eine Gefangene im Zimmer hocken. Wenn ich Zeit hätte«, fuhr sie überlegend fort, »würde ich sofort selbst mit Ihnen ein bißchen herumlaufen – aber ich werde es seiner Gna...« sie verschluckte hastig die letzte Silbe – »Mr. Rayne sagen.«

»Wer ist dieser Mr. Rayne?« fragte Grace plötzlich rundheraus, und die flachsblonde Frau bekam noch rötere Backen, als sie sonst schon hatte.

»Oh...«, begann sie strahlend, aber dann stockte sie und kramte eilig an Stellen herum, wo sie dem jungen Mädchen ihren breiten Rücken zeigen konnte. »Mr. Rayne ist eben Mr. Rayne«, meinte sie einfach. »Sie haben ihn ja gestern schon gesehen. Er ist ein Gentleman und wird Sie sicher gerne begleiten.«

Das paßte Grace gar nicht, und sie ließ darüber keinen Zweifel aufkommen.

»Ich will allein gehen«, erklärte sie scharf, aber Fanny schüttelte ganz energisch den Kopf.

»Das kann nicht sein, Miß. Ich habe Ihnen doch schon gesagt, daß wir zwei schreckliche Raubtiere hier haben, und dann haben wir auch zwei Wilde im Haus, vor denen Sie sich vielleicht ängstigen könnten. Das heißt«, fuhr sie gewissenhaft fort, »der wirkliche Wilde ist eigentlich gar nicht so wild, sondern eine ganz gute Haut, aber der andere, der in Wirklichkeit kein richtiger Wilder ist, ist zum Fürchten. Aber er tut eigentlich auch nichts, und wenn er Ihnen einmal in den Weg kommen sollte, so rufen Sie mich nur, und ich werde ihm mit einem nassen Lappen schon Beine machen.«

Als Grace Wingrove eine Viertelstunde später hochaufgerichtet die Treppe herunterkam, hatte sie für den großen eleganten Mann, der sie in der Diele erwartete und höflich den Hut lüftete, nicht einmal einen Blick. Sie schritt geradeaus der offenen Tür zu, leistete aber gehorsam Folge, als eine gelassene Stimme hinter ihr sagte:

»Nach links, bitte. Ich möchte Ihnen zunächst einmal unsere Tiere zeigen.«

Sie überquerten schweigend den kleinen freien Platz hinter dem Wohnhaus, auf dem Grace in der verflossenen Nacht den sonderbaren Aufzug beobachtet hatte, und kamen dann an ein dichtes Buschwerk, durch das es überhaupt keinen Weg zu geben schien. Aber ihr Begleiter schob das Blättergewirr etwas auseinander, und es zeigte sich ein schmaler Pfad, auf dem er langsam voranschritt. Er bog sorgsam die Zweige beiseite, damit sie nicht hängenblieb, stieß hier und da einen dürren Ast aus dem Weg, aber sonst schien sie für ihn nicht vorhanden zu sein. Er sah mit halb geschlossenen Lidern über sie hinweg, und Grace stellte dies mit einer gewissen Befriedigung fest. Sie war auf eine zudringliche Geschwätzigkeit vorbereitet gewesen, gegen die sie sich mit einem eisigen Schweigen gewappnet hatte, aber wenn er ihr das so leicht machte, um so besser.

Erst vor dem Zwinger, einem ehemaligen Stall, dessen vordere Wand nun ein enges starkes Eisengitter bildete, verstand er sich wieder zu einigen erklärenden Worten.

»Es sind zwei Sunda-Panther. Ein Männchen und ein Weibchen. Etwas über eineinhalb Jahre alt. Wollen Sie, bitte, für alle Fälle nicht zu nahe gehen, denn wenn sie Fremde sehen, werden sie zuweilen sehr ungebärdig.«

Er sprach in dem trockenen Ton eines Mentors und etwas von oben herab, und sein regelmäßiges, männliches Gesicht mit dem energischen Kinn und dem weißen Haar an den Schläfen hatte etwas sehr Gelangweiltes.

Die beiden Panther, die ihr glänzendes Fell in der Sonne gewärmt hatten, waren sofort hoch und äugten mit schillernden Pupillen nach der aufreizenden weißen Gestalt vor ihren Stäben. Dann begannen sie einige Male längs des Gitters hinzustreichen, um plötzlich ihre Pranken in das Eisen zu schlagen und mit weit offenem Rachen erbost zu fauchen.

Grace war so entsetzt, daß sie unwillkürlich zurückwich, und es wäre ein unangenehmer Fall in die Hecken geworden, da ihr Fuß in eine kleine Unebenheit geriet. Aber Rayne hatte sie bereits umfaßt und stellte sie mit einer Leichtigkeit wieder auf die Füße, als ob sie eine Puppe wäre. Bevor sie noch dazu kam, sich gegen diese Hilfeleistung zu wehren, hatte er seinen Arm schon wieder zurückgezogen, und sie vermochte nicht einmal ein kurzes »Danke« herauszubringen. Eine schlanke braune Gestalt war plötzlich dicht am Gitter aufgetaucht, und das Erscheinen des Burschen mit dem tiefschwarzen, in einen Knoten geschlungenen Haar ließ die unfreundlichen Bestien mit einem Schlag verstummen. Sie klappten eilig die Rachen zu und trollten sich wie Hunde in den Hintergrund.

»Das ist Mamed«, sagte Rayne kurz. »Er hat die Tiere aufgezogen, und so unbändig sie sonst sind, ihm gehorchen sie auf den Wink.«

Außer dem Zwinger gab es in Spittering Farm eigentlich gar nichts zu sehen, aber Rayne führte das junge Mädchen trotzdem durch den ausgedehnten Park, in dem offenbar seit vielen Jahren keine pflegende Hand gewaltet hatte. Je mehr sie sich der Parkmauer näherten, desto undurchdringlicher wurde das Gebüsch, und schließlich kamen sie überhaupt nicht mehr weiter und mußten einen großen Bogen machen, um das Ende des Grundstücks zu erreichen. Der Boden stieg hier etwas an, und als Grace sich umblickte, konnte sie das leuchtende rote Dach des Hauses sehen. Es ruhte auf einem eigenartigen fensterlosen quadratischen Aufbau, und erst dann kamen die eigentlichen Hausmauern.

Nachdem sie noch etwa eine Stunde planlos und schweigend herumgeschlendert waren, nahm das junge Mädchen von selbst den Weg nach der Richtung, in der das Haus liegen mußte, aber plötzlich stockte ihr Fuß, und sie suchte mit einer jähen Bewegung an der Seite ihres Begleiters Schutz. Wenige Schritte vor ihnen hatten sich die Zweige bewegt, und Grace hatte ganz deutlich ein Paar lebhaft funkelnde Augen wahrgenommen, die durchdringend auf sie gerichtet waren. Aber Rayne hatte diese Augen schon bemerkt, und als sie scheu zu ihm aufblickte, konnte sie gerade noch gewahren, wie er mit einer unwilligen, herrischen Gebärde den Kopf zurückwarf, worauf die glühenden Punkte blitzschnell verschwanden und durch die Spitzen des Buschwerks ein rasches wellenförmiges Schaukeln lief.

Grace hätte gerne gewußt, was das gewesen war, aber er sprach nach wie vor kein Wort, und sie schritt etwas gekränkt mit fest verbissenen Zähnen neben ihm her.

Als das Mädchen, von Fanny mit einem strahlenden Lächeln empfangen, mit einem kurzen Kopfnicken in der Diele verschwunden war, wartete Rayne auf Peter, um ihm gründlich den Kopf zurechtzusetzen. Er hatte sehr wohl bemerkt, daß dieser die ganze Zeit um ihren Weg geschlichen war, und diese Neugier ärgerte ihn.

Der vierschrötige Mann schien zu ahnen, was seiner wartete, denn es währte ziemlich lange, bevor er auftauchte, und der trotzige Zug in seinem verwilderten Gesicht war etwas unsicher. Sein dünner Schifferbart war wirr und zerzaust wie immer, aber wo gestern noch die langen Stoppeln gestanden hatten, gab es heute nur ansehnliche Kratzer, und das lange Haar heftete so dicht an dem Schädel, als ob es angeklebt wäre. Aus dem rechten Mundwinkel ragte die schwarze qualmende Shagpfeife, und um den linken ging ein bedenkliches Zucken.

»Sie können den Urwald nicht loswerden«, empfing ihn Rayne scharf. »Weder in Ihrem Äußeren, noch in Ihrem Benehmen. Wenn die Sache schlimm ausgefallen wäre, hätten Sie die Verantwortung zu tragen gehabt. Sie können sich doch denken, daß das Mädchen nicht noch mehr geängstigt werden darf. Es mag ihr ohnehin bereits übel genug zumute sein.«

»Ich habe sie nicht geängstigt«, protestierte Peter brummig. »Ich habe sie mir nur anschauen wollen, und das wird wohl erlaubt sein.«

»Nein«, entschied der junge Mann bestimmt. »So lange Sie so aussehen nicht. Hierzulande ist man einen solchen Anblick nicht gewöhnt. Wenn er einem aber nicht erspart bleibt, kommt man auf die schlimmsten Befürchtungen. Deshalb habe ich Ihnen auch verboten, sich blicken zu lassen, und dabei bleibt es, Mr. Forge.«

Peter wandte sich zunächst zur Seite, um seinen linken Mundwinkel zu erleichtern, aber er tat es in möglichst unauffälliger Weise, denn wenn dieser Sir ihn »Mr. Forge« nannte, war die Sadie nicht recht geheuer.

»Ich weiß nicht, was Sie von mir wollen«, grollte er. »Ich habe mich doch rasiert und den Kopf eine halbe Stunde unter das Wasser gehalten, und ein frisches Hemd habe ich auch angezogen.«

»Das genügt noch lange nicht«, sagte Rayne mit einem leichten Zucken um den Mund. »Ich finde wenigstens nicht, daß Sie dadurch weniger schrecklich geworden sind.«

»So«, stieß Peter hervor und sah giftig, aber auch etwas ratlos zu dem andern auf. »Meinen Sie etwa gar, daß man mich für einen Waldmenschen oder einen Affen halten kann?«

»Wenn man nicht sehr genau hinsieht, unbedingt«, gab der große Mann gelassen zurück. »Schauen Sie doch einmal in den Spiegel oder noch besser, machen Sie es einfach Evans nach. Der hat schon auf Java etwas auf sich gehalten.«

Der ungehobelte Forge fuhr sich grimmig in die nassen Haare, daß sie plötzlich nach allen Richtungen starrten.

»Al kann tun, was er will«, fauchte er, »und ich tue auch, was ich will. Jawohl. Und wenn ich hundertmal aussehe, wie ein Orang-Utan, bin ich doch genau so viel wie er. Das wissen Sie selbst am besten, Sir. Aber Sie behandeln mich, als ob ich ein grausliches Vieh wäre oder die Pest hätte. – Ich, Peter Forge, soll mich vor dem Mädchen verstecken! Wo ich mich doch um sie genau so kümmern soll wie Sie. ›Hab ein Aug auf das Mädchen‹, hat mir Al immer wieder gesagt, und Sie waren ja dabei. Wie soll ich das aber machen, wenn ich nicht einmal auf zehn Yard auf sie heran darf?« Er begann mit den gewaltigen Händen in der Luft herumzufuchteln und breitbeinig auf und ab zu marschieren. Plötzlich aber blieb er stehen und sah mit verkniffenen Augen zu Rayne auf. »Aber jetzt weiß ich, was ich tun werde. Sie werden schon sehen, Sir...« Es klang wie eine arge Drohung, und als er sich mit geducktem Schädel auf den Hacken drehte und um die nächste Ecke schlug, hätte man ihm wirklich das Fürchterlichste zutrauen können.

12

Schon wenige Minuten später ertönte seine gewaltige Stimme von der vorderen Parkmauer her, aber erst nachdem der unendlich lange holländische Fluch abgerollt war, vermochte Rayne einigermaßen darüber klar zu werden, was es dort gab.

»Du Strauchdieb, was hast du dich hier herumzutreiben?« brüllte Peter in höchster Wut. »Aber ich werde dir Beine machen. Das heißt, Beine wirst du nicht brauchen, denn ich schmeiß dich wie ein Dreckbündel über die Mauer...«

Der große Mann eilte mit langen Schritten der Stelle zu, denn wer immer auch der Eindringling sein mochte, Peter war nicht der Mann, die Sache in Ordnung zu bringen.

Vorläufig bemühte er sich schnaufend und mit krebsrotem Gesicht, des Übeltäters habhaft zu werden, aber dieser war trotz des gleichen Körperbaues etwas flinker als er. So oft der Vierschrötige vorschoß und mit seinen Pranken zugriff, entwischte ihm der andere hinter einem Baum und benützte die Gelegenheit, seine Knie und Ellbogen von dem Mörtel zu säubern.

Auf den ersten Blick erkannte Aubrey Rayne den Mann von Scotland Yard, der ihm gestern einen Besuch abgestattet hatte, und er konnte sich denken, weshalb er kam.

»Mr. Forge«, rief er energisch, und so günstig Peter diesmal die Gelegenheit schien, den anderen zu erwischen, hielt er doch in dem entscheidenden Sprung inne.

»Der Strolch ist über die Mauer geklettert«, erklärte er ergrimmt, aber der große Mann winkte ihm herrisch ab, und Murphy zog höflich seinen zerknüllten Strohhut.

»Weil Sie hier keine Klingel haben«, rechtfertigte er sich, indem er noch immer an seinem Anzug herumstäubte. »Ich habe wenigstens eine halbe Stunde nach einer solchen gesucht, aber nichts dergleichen gefunden.« Er lächelte Rayne freundlich an und wischte sich umständlich den Schweiß von der Stirn. »Gut, daß ich auf den netten Herrn hier gestoßen bin, sonst hätte ich vielleicht noch durch ein paar Fenster turnen können, um Sie zu finden.«

Rayne gab dem mißtrauisch wartenden Peter einen kaum merkbaren Wink, und dieser hatte es plötzlich sehr eilig, das Feld zu räumen.

»Womit kann ich Ihnen dienen?« fragte der junge Mann mit den grauen Schläfen kühl, aber der Oberinspektor hob abwehrend seinen ziegelfarbigen Handteller.

»Ich will Sie wirklich gar nicht in Anspruch nehmen, Mr. Rayne«, versicherte er lebhaft. »Nicht im mindesten. Wie käme ich auch dazu? Aber nachdem wir uns gestern kennengelernt haben, und ich eben hier bin, habe ich mir gedacht, ich müßte Sie eigentlich aufsuchen. Ich bin zwar nur ein alter schlichter Polizeibeamter, aber ich weiß, was sich gehört.«

»Ich freue mich«, sagte Rayne mit zurückhaltender Höflichkeit, aber da in diesem Augenblick vom Haus her ein leises Summen zu hören war, entschloß er sich, rasch noch einige verbindliche Worte hinzuzufügen. »Und wenn Sie sich Spittering Farm etwas näher ansehen wollen, so bin ich gerne bereit, Sie herumzuführen. Es dürfte Sie vielleicht manches interessieren.«

Murphy wackelte ganz leicht mit den Ohren und rieb heftig an dem Mörtelfleck an seinem Ellbogen.

»Natürlich würde mich das interessieren. Aber wissen Sie, allzuviel herumlaufen möchte ich doch nicht. Nur, daß ich mit gutem Gewissen sagen kann, ich kenne Spittering Farm. Es wird ja jetzt soviel von der Gegend gesprochen, und nach dem neuen Fall wird schon gar der Teufel los sein.«

Rayne lauschte eine Sekunde nach dem Haus, bevor er gelassen seine Frage stellte.

»Nach welchem neuen Fall?«

Der Oberinspektor schüttelte mit dem Kopf.

»Natürlich, davon werden Sie ja gar nicht wissen. Wenn man keine Klingel im Haus hat, wird man nicht belästigt und weiß nicht, was ringsum vorgeht. Das ist auch immer mein Traum gewesen. Keine Hausklingel, keine Zeitung und kein Telefon. Da lebte man schön ruhig dahin und hat keinen Ärger, keine Scherereien und keine Sorgen.«

Rayne hatte langsam den Weg nach dem Wohnhaus eingeschlagen, und der Oberinspektor stapfte etwas atemlos neben ihm her.

»Diese Hitze«, jammerte er. »Und dabei soll ein Mensch seine fünf Sinne beisammen haben, um so eine verdammte Geschichte aufzuklären.« Sie standen bereits auf den Stufen, und Murphy deutete mit dem riesigen Zeigefinger über die Parkmauer. »Es war wiederum da drüben. Ich schätze, es dürfte nicht mehr als ein paar hundert Schritte von hier sein. Wenn dort ein Schuß fällt, muß man es hier ganz deutlich hören. Besonders in der Nacht. Und man kann in wenigen Minuten drüben sein. – Kennen Sie das Wäldchen?«

»Nein«, erwiderte Rayne und lud den Oberinspektor durch eine höfliche Geste ein, einzutreten. »Ich komme nur selten nach Spittering Farm und hatte noch nicht Gelegenheit, mir die Umgebung anzusehen.«

Murphy nickte verständnisvoll und begann, kaum auf der Schwelle der Diele, sofort behaglich zu schnuppern.

»Oh, wie es hier duftet.« Er steckte ohne weiteres sein wohlgenährtes Gesicht durch die halboffene Küchentür, weitete die Nase noch mehr und sah sich bewundernd um.

Fanny, die glühend am Herd stand, wandte etwas mürrisch den Kopf, aber da Rayne dabei war, machte sie einen artigen Knicks, den der Oberinspektor mit einem schwungvollen Kratzfuß erwiderte.

»Verzeihung, Madam, aber wo ich eine Küche sehe, da muß ich hineingucken. Das ist meine schwache Seite.« Er wiegte bewundernd mit dem Kopf und ließ ein leises Schnalzen hören. »Großartig, wie das alles blitzt. Ich mache Ihnen mein Kompliment, Madam.«

Die flachsblonde Frau zeigte ihre starken Zähne, und Murphy lüftete seinen Panama und rannte die Diele weiter. Er wartete gar nicht auf die Führung seines Begleiters, sondern steckte die Nase neugierig durch alle Türen, und seine halblauten Ausrufe des Entzückens wollten kein Ende nehmen. Er fand auch den rückwärtigen Gang und lief hinauf in das Obergeschoß, wo er in dem getäfelten Zimmer einen Augenblick Rast machte.

»Ein wunderschönes Haus«, sagte er begeistert. »So etwas möchte ich auch finden, wenn ich einmal in Pension gehe. Da hätten meine Kakteen im Winter das richtige Licht, und im Sommer könnte ich sie in den Garten setzen. Nur etwas zu groß wäre so etwas für mich«, fuhr er nachdenklich fort, »und auch Sie können eigentlich mit den vielen Räumen nichts Rechtes anfangen. Die meisten stehen ja leer. Nun ja, drei Leute können sich nicht so ausbreiten.« Er ging zum Fenster, sah einige Augenblicke gedankenvoll in den Park und klopfte dann mit dem Fingerknöchel prüfend auf die starke Holzverkleidung. »Überall solide Zimmermannsarbeit«, äußerte er anerkennend, indem er seinen Blick bis zur Decke schweifen ließ. »Natürlich auch oben Holz. Sehr fein und praktisch. Ja, wenn man Geld hat, kann man sich so etwas leisten. Sie müssen ein paar tausend Pfund hineingesteckt haben. – Der Besitz gehört doch Ihnen?«

»Nein«, erklärte Rayne kurz, ging aber nicht weiter auf die Frage ein, und der Oberinspektor schien auch kein sonderliches Gewicht darauf zu legen. Er drehte seinen Hut zwischen den Fingern, blinzelte schläfrig vor sich hin und traf dann Anstalten, sich wieder in Bewegung zu setzen.

»Jetzt habe ich aber ihre Liebenswürdigkeit wohl schon zu lange in Anspruch genommen«, meinte er, indem er einen etwas erschreckten Blick auf seine Uhr warf. »Wie doch die Zeit vergeht. Und dabei habe ich noch nicht einmal einen Blick in den Keller und in das Dachgeschoß geworfen. Aber ich kann mir denken, daß dort auch alles so wunderbar eingerichtet ist, wie im ganzen Haus, und vielleicht komme ich ein andermal dazu. Nur Ihre berühmten Tiger möchte ich mir noch anschauen, falls Sie es gestatten. Denn die muß man ja gesehen haben, wenn man in Spittering Farm gewesen ist.«

»Selbstverständlich«, sagte Rayne und geleitete den Besucher wieder in den Park. Aber kaum kam der Zwinger in Sicht, blieb der Oberinspektor stehen und steckte den Kopf vorsichtig durch das Gebüsch.

»Wissen Sie«, flüsterte er etwas ängstlich, »weiter möchte ich nicht gerne gehen. Vor Schlangen und sonstigen wilden Tieren habe ich einen Heidenrespekt. Man kann ihnen nie trauen. Und ich sehe auch von hier ganz gut.«

Er starrte minutenlang nach dem Zwinger hin, aber als die Panther unruhig zu werden begannen, zog er rasch den Kopf zurück und trachtete sich schleunigst in sichere Entfernung zu bringen. Er hatte es überhaupt sehr eilig und machte erst am Tor wieder halt, das ihm Rayne selbst aufschloß.

»Wissen Sie, worüber ich mir seit gestern fortwährend den Kopf zerbreche?« fragte er unvermittelt und blinzelte mit seltsamem Gesicht zu dem großen Mann auf. – »Wo wir uns schon einmal gesehen haben. Oder wenigstens, wo ich Sie schon gesehen habe.«

Rayne hob etwas kühl die Schultern.

»Ich bin erst vor einigen Monaten wieder nach England zurückgekehrt.«

»Ich weiß. Von Java.« Der Oberinspektor nickte lebhaft und schien sich dann an etwas zu erinnern, denn er begann hastig in seinen Taschen zu kramen. »Es muß auch schon früher gewesen sein. So vor drei oder vier Jahren. Aber ich werde schon daraufkommen.«

Er lüftete bereits höflich den Hut, als ihm noch etwas einfiel. »Weil wir eben von Java gesprochen haben: Wir suchen einen Mann, der auch von dort hergekommen sein soll. Er ist in der Vorwoche mit der ›Niobe‹ in Folkestone eingetroffen, sofort nach London gefahren und in einem kleinen Hotel in Bermondsey abgestiegen. Er hat noch am Tage seiner Ankunft und auch an den beiden nächsten einige Wege erledigt, ist aber am dritten Abend nicht mehr zurückgekehrt. Er hat nur eine kleine Handtasche mit dem Allernotwendigsten, was man so mit sich führt, hinterlassen, und die Hotelleitung hat gestern für alle Fälle die Anzeige erstattet.« Murphy machte eine kleine Pause und bog die Krempe seines Strohhutes ins Gesicht. »Er soll an demselben Abend verschwunden sein, an dem die gewisse Geschichte in dem Wäldchen da drüben passiert ist. Vielleicht haben wir da endlich eine Spur.«

»Möglich«, gab Rayne leichthin zu und sah mit halbgeschlossenen Lidern über den Oberinspektor hinweg. Die Sache begann immer kritischer zu werden, denn der Mann von Scotland Yard befand sich offenbar bereits auf der Fährte.

Aber Murphy hatte sogar noch einen weiteren Trumpf in der Tasche. Er zog ein ziemlich abgegriffenes zusammengefaltetes Papier heraus, legte es auf den einen Handteller und strich mit dem anderen sorgsam darüber.

»Das haben wir in dem zurückgelassenen Gepäck gefunden«, sagte er. »Es ist allerdings nicht viel. Nur drei Worte: ›Essex, Chesterhills, Spittering Farm‹. – Seltsam«, murmelte er, indem er mit dem Kopf wiegte und das Papier wieder zu sich steckte. »Und das soll sich unsereiner jetzt zusammenreimen.«

Er zog mit einem etwas trüben Lächeln neuerlich den Hut, und Rayne sah ihm mit verkniffenen Augen nach, bis er hinter den Hecken auf dem Feldweg nach Chesterhill verschwunden war.

13

»Hast du für den heutigen Klubabend irgendwelche besonderen Wünsche?« fragte Colonel Rowcliffe zuvorkommend und ließ seinen Blick sekundenlang von dem schnurgeraden Weg zu der Freundin an seiner Seite gleiten. Er hatte zwar augenblicklich weit ernstere Sorgen, aber das hartnäckige Schweigen von Miß Ormond, und die Art, wie sie das feine Stupsnäschen in die Luft reckte, begannen ihn zu beunruhigen. Diese Anzeichen deuteten auf Sturm, und er konnte in diesen Tagen Szenen nicht brauchen, da er weder Zeit noch Lust dazu hatte. Andererseits vermochte er sich über die Launen des temperamentvollen Rotkopfes auch nicht einfach hinwegzusetzen, denn er war verliebt wie ein sentimentaler Kater.

Deshalb versuchte er dem seit vierundzwanzig Stunden drohenden Krach durch allerlei Aufmerksamkeiten vorzubeugen, aber Miß Jetta Ormond reagierte darauf nicht. Sogar mit einer reizenden Brillantspange hatte er nicht mehr erzielt, als daß sie sie ihm höchst unwirsch entrissen und wortlos eingesteckt hatte.

Die maßlose Empörung des Stars der Parisiana-Bühne datierte von dem Augenblick an, da Rowcliffe gestern von der Verfolgung der schlagfertigen Grace Wingrove sichtlich erregt und etwas atemlos zurückgekehrt war, ohne die Missetäterin an den Haaren mitgeschleift zu bringen.

»Ich möchte, daß du heute abend den Mittelpunkt der Gesellschaft bildest«, sagte er mit seiner sanften, öligen Stimme und verdrehte verliebt die Augen. »Es sind einige Gäste angesagt, und wir dürfen uns auf keinen Fall aus dem Feld schlagen lassen. – Ich glaube, daß sich zu deinem Haar und deinem Teint ein Rubinschmuck sehr gut ausnehmen müßte. Es ist ein altes Familienstück«, fügte er gefühlvoll hinzu, »aber ich wüßte für ihn keine geeignetere Trägerin als dich. Nur mußt du dazu auch ein etwas freundlicheres Gesichtchen machen.«

Miß Jetta Ormond war noch ärger als eine Elster, denn sie konnte von etwas Glänzendem nicht einmal hören, ohne in Aufregung zu geraten. Und ein Rubinschmuck war jedenfalls eine Sache, um die es sich lohnte zu verhandeln. Nur traute sie der Geschichte noch nicht recht und war daher vorsichtig.

»Ich verzichte«, brach sie ihr vierundzwanzigstündiges Schweigen und warf den roten Kopf mit den schimmernden Löckchen energisch in den Nacken. »Du glaubst wohl, daß sich die Schmach, die mir angetan worden ist, dadurch ungeschehen machen läßt? – Das sieht dir ähnlich, aber ich bin nicht so. Solange ich für die Ohrfeige nicht eine entsprechende Genugtuung bekomme, werde ich mich entehrt fühlen. Wenn du ein Gentleman wärst«, – Miß Jettas Stimme wurde bedenklich kreischend, und der Colonel sah starr geradeaus – »hättest du es nie dazu kommen lassen dürfen oder dieser gemeingefährlichen Person wenigstens sofort zwei oder drei herunterhauen müssen. Statt dessen läufst du ihr nach und kommst wie ein begossener Pudel zurück. – Warum warst du denn so hinter ihr her?« forschte sie mißtrauisch.

»Wegen der Pantherkatze«, erklärte Rowcliffe, der in gewissen Dingen vor seiner Freundin keine Geheimnisse hatte.

»Weshalb?« fragte ihn Jetta verständnislos, aber energisch weiter.

»Du weißt doch – die Tätowierung. Eben einige Tage vorher hatte mir der Alte in Limehouse den Auftrag erteilt, ein Mädchen mit einem Leoparden auf der linken Schulter um jeden Preis ausfindig zu machen und hatte mir hierzu verschiedene Anhaltspunkte gegeben. Aber diese waren etwas spärlich und mangelhaft, und ich kam damit nicht weiter. Bis ich plötzlich aus deinem Munde erfuhr, daß die Gesuchte dicht neben mir gestanden hatte. Du kannst dir meine Bestürzung vorstellen. Es ging um eine Sache, die dem Alten offenbar sehr wichtig war, und es gab hierbei ein hübsches Stück Geld zu verdienen.« Der Colonel verzog die dicken Lippen und sah äußerst mißmutig drein. »Ich sollte jedoch kein Glück haben. Ich erreichte sie zwar noch, aber es gab eine förmliche Straßenszene, und schließlich entwischte sie mir. Allem Anschein nach ist uns ein anderer zuvorgekommen, denn sie ist seither spurlos verschwunden. Nicht einmal in ihrem Haus weiß man etwas über ihren derzeitigen Aufenthalt...«

Für Jetta Ormond bekam die Sache durch diese Erklärung ein wesentlich anderes Gesicht, und auch mit der Ohrfeige war das nun nicht so arg. Sie kannte den geheimnisvollen Alten in

Limehouse sehr wohl, und wenn er sich für diese ordinäre Person so lebhaft interessierte, so konnte dies nur zweierlei bedeuten: Entweder war diese Grace Wingrove eines seiner Werkzeuge, dann vermochte sie eine Jetta Ormond überhaupt nicht zu beleidigen, oder sie war eines seiner Opfer, dann konnte sie, Jetta Ormond; sicher sein, daß jene die Ohrfeige gründlich heimgezahlt bekam. Mit dieser Erwägung war der Zwischenfall für die praktisch denkende Miß Ormond abgetan, und sie beeilte sich, das festzuhalten, was davon übrig geblieben war.

»Woraus besteht der Schmuck?« fragte sie leichthin und noch immer nicht allzu gnädig, aber Rowcliffe beeilte sich, die gewünschte Auskunft zu geben.

»Er ist komplett: Ein kleines Diadem, ein Collier, Ohrgehänge, ein Armband und ein Ring. Ganz auserlesene Steine in gediegenster Fassung. Ein altes Familienstück, wie ich dir schon gesagt habe.«

Das stimmte in gewisser Hinsicht, war aber für die nüchterne Jetta nicht von sonderlicher Bedeutung. Es kränkte sie bloß, daß sie von dem Schatz nicht schon früher Kenntnis erhalten hatte, und sie konnte es nun nicht erwarten, ihn in ihren Besitz zu bekommen.

Ihre Geduld wurde aber auf eine ziemlich harte Probe gestellt, denn als der Wagen bei dem Landhaus an der Hauptbucht vorbeifuhr, wurde der Colonel von Mr. Hearson mit Beschlag belegt, der in der kühlen Halle bereits auf ihn gewartet hatte.

»Wie Sie sich denken können, Miß Ormond, handelt es sich um eine sehr dringende geschäftliche Angelegenheit«, entschuldigte er sich höflich, »aber ich werde Mr. Rowcliffe nur wenige Minuten in Anspruch nehmen.«

Jetta paßte zwar dieser Besuch gar nicht, aber sie lächelte sehr kokett und verbindlich, da Mr. Hearson ein sehr reicher und einflußreicher Mann war, und trippelte gehorsam in ihre Zimmer, während die Herren sich in einer gemütlichen Ecke niederließen.

Die halblaut geführte Unterredung währte aber nicht bloß wenige Minuten, sondern über eine halbe Stunde und wurde fast ausschließlich von Hearson bestritten, der sehr besorgt und mißmutig aussah.

»Ich fürchte, daß doch einiges von dem gewissen Vorfall in der heutigen Nacht durchgesickert ist«, begann er in seiner pedantischen Art, »denn die Gäste stecken überall die Köpfe zusammen, und ich bin sogar schon direkt darüber befragt worden. Natürlich habe ich die Sache als völlig harmlos hingestellt und möchte Sie nun bitten, mich dabei zu unterstützen, damit keine Beunruhigung entsteht. So etwas könnten wir jetzt weniger denn je brauchen, denn wir stehen ja unmittelbar vor der großen Werbewoche, für die wir eine so kostspielige Reklame eingeleitet haben. Die Sache läßt sich auch sehr vielversprechend an, denn schon für den heutigen ersten Abend haben wir gegen fünfzig Anmeldungen. Durchwegs allererste Gesellschaft. Und die folgenden großen Veranstaltungen werden sicher noch mehr Besucher anlocken.«

Er fuhr sich etwas nervös über den tadellosen, melierten Scheitel und sah den Colonel aus seinen kalten Fischaugen, die hinter den starken Gläsern noch starrer wirkten, bedeutsam an. »Dieses glänzende Geschäft darf natürlich nicht gefährdet werden. Wir müssen die Leute beruhigen und dazu bringen, daß sie an nichts anderes denken, als an die Vergnügungen, die ihrer harren. Mittlerweile muß natürlich die Untersuchung mit aller Gründlichkeit und Beschleunigung durchgeführt werden. Das ist sehr wichtig, denn wir müssen unbedingt wissen, woran wir mit diesen sonderbaren Geschehnissen sind. Hoffentlich gelingt es Mr. Murphy, sie in einer Weise aufzuklären, die weitere Besorgnisse ausschaltet. Aber ...«

Er vollendete nicht, sondern machte sich an seiner Brille zu schaffen, und sein hageres, blasses Gesicht hatte einen etwas skeptischen Ausdruck.

Colonel Rowcliffe verriet bei den letzten Worten zum erstenmal einiges Interesse, denn er hob gespannt den dunklen Kopf und seine olivgelben Wangen schienen noch um einen Ton fahler als sonst.

»Meinen Sie den Oberinspektor von Scotland Yard?« fragte er leichthin, indem er sorgfältig die Asche von seiner Zigarre streifte. »Ist er bereits hier?«

»Jawohl«, bestätigte Hearson hastig und mit wichtiger Miene. »Aber wir wollen natürlich auch davon nichts verlauten lassen. Er wird ganz als Privatmann auftreten und seine Erhebungen so unauffällig wie möglich anstellen.« Er beugte sich ganz nahe zu dem Colonel und dämpfte seine ohnehin leise Stimme noch mehr. »Zunächst werde ich ihn um sechs Uhr einmal nach dem Tatort führen. Er ist zwar schon gegen Mittag eingetroffen, fühlte sich aber zu müde, um den Lokalaugenschein sofort vorzunehmen.«

Hearson machte eine kleine Pause und strich nachdenklich seinen gepflegten Spitzbart.

»Alle diese unangenehmen Dinge wären meines Erachtens zu vermeiden gewesen«, fuhr er nach einer Weile übellaunig fort, »wenn Mr. Johnson mit sich reden ließe. Aber er macht selbst gegen die vernünftigsten Vorschläge Opposition. Es scheint dies so eine Art Manie von ihm zu sein, und da er leider über ein sehr ansehnliches Aktienpaket verfügt, läßt sich dagegen nichts tun. Er ist zwar nie zu sehen, sowie es sich jedoch um irgendwelche Beschlüsse handelt, legt er uns meist sein schriftliches Veto auf den Tisch.«

Hearson sah den Colonel an, als ob er von diesem irgendein Wort oder wenigstens eine Geste der Zustimmung erwartete, aber Rowcliffe zog es vor, sich lediglich zu räuspern. Wenn die Rede auf den seltsamen Alten in Limehouse kam, vermied er es, sich irgendwie die Zunge zu verbrennen. Fred Johnson war zweifellos ein sehr mächtiger Mann, und der Colonel hatte verschiedene gewichtige Gründe, sich dessen Gewogenheit zu erhalten. Hearson allerdings war auf den Alten seit jeher schlecht zu sprechen, und es schien zwischen den beiden ein erbitterter Kampf um die Führung des Konsortiums zu bestehen. Der immer geschäftige und etwas selbstbewußte Hearson war dadurch äußerst verstimmt und ließ keine Gelegenheit vorübergehen, dies zum Ausdruck zu bringen. Das verlegene Schweigen Rowcliffes berührte ihn deshalb sehr peinlich und veranlaßte ihn, noch überzeugender zu werden.

»Vielleicht erinnern Sie sich, daß ich seinerzeit den Antrag gestellt habe, alle die kleinen Häuser hier im Ort anzukaufen und einfach abzutragen. Sie wären um billiges Geld zu haben gewesen, und wir hätten damit eine gewisse Kontrolle über die Ortseinwohner gehabt. Aber Mr. Johnson war dagegen, und die baufälligen Hütten verschandeln weiter die Gegend und bieten allen möglichen zweifelhaften Elementen Unterschlupf. Wenn man mir gefolgt hätte, wäre die ganze Gegend gesäubert worden. – Auch Spittering Farm durfte nicht in fremde Hände kommen.«

Der Colonel fand es nicht verfänglich, diesmal zustimmend zu nicken und wiederum ein etwas lebhafteres Interesse zu zeigen. »Wer sind eigentlich die Leute dort? Man hört die fürchterlichsten Geschichten über sie. Und zwei Sundapanther sollen sie auch mit sich führen.«

Der elegante ältere Herr mit der Brille hob verdrießlich die Schultern.

»Jedenfalls ein seltsamer Aufzug und kein Gewinn für unsere Gegend«, meinte er. »Mr. Rayne, der der Besitzer zu sein scheint, kenne ich nicht, aber sein Faktotum, das mit einem Malaien die Farm bewohnt, sieht keinesfalls vertrauenerweckend aus. Und dann bin ich unterwegs einige Male einem weißhaarigen Mann mit einem roten Widdergesicht begegnet, der mir auch nicht recht gefallen will.«

In Rowcliffes Erinnerung tauchte blitzartig das Bild des kleinen Herrn auf, der gestern zwischen ihn und Grace Wingrove getreten war, und er mußte sich sofort Gewißheit verschaffen. Er beschrieb den Fremden eingehend, und Hearson nickte bei jedem der angeführten charakteristischen Merkmale nachdrücklich mit dem Kopf.

»Allerdings. – Kennen Sie ihn auch?«

»Nur vom Sehen und ganz flüchtig«, gab der Colonel zurück, indem er tief aufatmete. »Er hat ein Gesicht, das einem unbedingt auffallen muß, und das man auch nicht so leicht vergißt.« Er begann etwas ungeduldig mit den Fingern auf dem Tisch zu trommeln und legte plötzlich eine Zerstreutheit an den Tag, die Hearson zum Aufbruch drängte.

Rowcliffe geleitete ihn bis zur Tür des Vorgartens, wo noch sein Zweisitzer stand, und steuerte diesen dann um das Haus herum zu einem langgestreckten Garagenbau, der den Besitz an der Rückseite einfriedete. Das Gebäude hatte noch so etwas wie ein Obergeschoß, und es war allgemein bekannt, daß der Colonel hier die seltsamsten Rassetauben züchtete. Er war aber nicht nur ein Liebhaber dieser niedlichen Tiere, sondern ein wirklicher Kenner, der auf jeder Ausstellung die ersten Preise davontrug.

Anschließend an die Garage befand sich ein großer mit Bäumen bestandener Futterplatz, und dann stieg die dicht mit Buschwerk und Laubholz bewachsene Lehne an.

Nachdem der Colonel den Wagen untergebracht hatte, öffnete er eine zweite Tür und stieg eine primitive Holztreppe hinan. Die aufgescheuchten Tauben schwirrten gegen den Dachfirst und durch die Fluglöcher, aber Rowcliffe verschwand sofort in einem versteckt angebrachten kleinen Verschlag, dessen Öffnung er sorgfältig hinter sich schloß. Dann schaltete er eine elektrische Birne ein, entnahm einer Aushöhlung in einem der Balken ein griffelartiges Instrument und einige in Papier gewickelte Blechplättchen und überlegte eine Weile, bis er sich über die Fassung der Botschaft, die er zu senden hatte, im klaren war. Hierauf ritzte er einige Buchstaben und Zeichen in einen der kupfrigen Streifen und zog aus einem Winkel einen Käfig hervor. Er enthielt drei graue Tauben, von denen er einer das Plättchen sorgsam um das Bein wickelte. Dann ging er mit dem Tierchen unter den Dachfirst und hielt es vor eines der Ausfluglöcher.

Die Taube blinzelte für den Bruchteil einer Sekunde in das helle Licht, dann begann sie kräftig mit den Flügeln zu schlagen und flatterte ins Freie. Über dem Futterplatz stieg sie in Spiralen hoch, schwebte einen Augenblick still und schoß dann schnurgerade wie ein abgeschnellter Pfeil nach Südwest.

14

Das Strandhotel hatte an einer seiner Seitenfronten eine kleine glasverdeckte Veranda, die an die Räume der Verwaltung anschloß und lediglich den Mitgliedern des Direktoriums vorbehalten war. Der Ausblick auf die alten niedrigen Häuser und Fischerhütten des Ortes bot zwar kein sonderlich erfreuliches Bild, aber man war hier unter sich, und Mr. Hearson hatte deshalb auch den Sheriff Mr. Pettford und den Inspektor Elliot hierher geleitet. Es ging gegen sechs Uhr, und bevor er Murphy holte, wollte er mit den Herren noch einiges besprechen. Er war selbst durch zwei Perioden Sheriff gewesen, ehe er dieses beschwerliche Ehrenamt Mr. Pettford, einem reich gewordenen Gütermakler, angehängt hatte, kannte sich in allem aus und war von erstaunlicher Rührigkeit.

»Es wird sich empfehlen, daß wir nicht alle gleichzeitig aufbrechen«, meinte er bedächtig. »Vielleicht fahren die Herren voraus, und ich folge mit Mr. Murphy auf einem anderen Wege nach. Wir treffen uns dann bei dem Steinbruch, wo der Fußpfad zu dem Gehölz abzweigt.«

Der kleine kugelrunde Sheriff hörte mit großen Augen aufmerksam zu und nickte lebhaft, wie er es immer tat, wenn sein Vorgänger etwas sagte oder bestimmte, und der Inspektor blies mit affektierter Gelassenheit Rauchringe in die Luft. Die geheimnisvollen Verbrechen der letzten Tage bedeuteten eine höchst unliebsame Unterbrechung seiner gewohnten weit angenehmeren Tätigkeit, und er war darüber gar nicht erbaut. Noch weniger gefiel ihm die Einmischung von Scotland Yard, und er machte kein Hehl daraus.

»Nun, wir werden ja sehen, was man am Viktoria-Embankment in Wirklichkeit kann«, sagte er mit seiner heiseren Stimme bissig, indem er zum Aufbruch rüstete. »Ich fürchte, der Londoner Hexenmeister wird mit seinem Hokuspokus auch nicht viel ausrichten. Eine Keilerei unter lichtscheuem Gesindel, die etwas zu kräftig ausgefallen ist. In solchen Fällen ist nie etwas herauszubekommen.«

Er brachte seine Ansicht mit großer Bestimmtheit vor, und Hearson nickte nachdenklich, indem er irgendwohin in die Ferne blickte.

»Ich fürchte fast auch, denn« – er wiegte bekümmert mit dem Kopf und wurde noch leiser – »ich muß Ihnen offen gestehen, daß mich Mr. Murphy sehr enttäuscht hat.«

»Sehen Sie«, triumphierte der Inspektor selbstbewußt, und er gewann noch mehr an Haltung, als er später den Kollegen von Scotland Yard persönlich kennenlernte.

Es dauerte fast eine Stunde, bis Hearson mit Murphy bei dem verabredeten Treffpunkt anlangte, und der Oberinspektor war so fertig, daß er sich, kaum am Ziel angelangt, erschöpft auf den Boden niederließ. Sie befanden sich in einer kleinen, flachen Mulde, die senkrecht zu der nur wenige Schritte entfernten Landstraße verlief und zur Rechten von einer etwa hundert Fuß langen Gesteinmauer eingesäumt war.

Inspektor Elliot gab die näheren Erklärungen. Er hatte schon beim ersten Anblick des gefürchteten Londoner Detektivs sein Selbstbewußtsein wiedererlangt und glaubte sich wegen des Mannes, der schwitzend und stöhnend im Gras lag und mit schläfrigen Augen zuhörte, nicht allzu sehr bemühen zu müssen. Er zeigte die Stelle, an der der Fahrer der Automobile Association den Schwerverletzten aufgefunden haben wollte, und den Platz, wo man an diesem Morgen auf den Toten gestoßen war. Beide Punkte lagen unmittelbar an der etwa drei Meter hohen unregelmäßigen und rissigen Felswand, aber der eine vor und der andere hinter einer vorspringenden Ecke. Irgendwelche besondere Spuren waren nicht zu entdecken gewesen, obwohl das Wäldchen und seine Umgebung im ersten wie im zweiten Fall eingehend abgesucht worden waren.

»Bis auf die gewisse eigentümliche Fährte, von der ich Ihnen bereits gesprochen habe«, erlaubte sich Mr. Hearson an dieser Stelle bedeutsam einzuflechten, worauf der Inspektor mit einem bedenklichen ›Nun ja‹, Murphy aber mit einem ›Verdammt noch einmal!‹ reagierte, und der kleine dicke Sheriff mit großen Augen lebhaft nickte.

Die ganze Besichtigung währte keine Viertelstunde, und als der Inspektor mit seinen Erläuterungen zu Ende war, trat tiefes Schweigen ein.

»Wünschen Sie vielleicht noch über irgend etwas Auskunft?« wandte sich endlich Hearson zaghaft an Murphy, aber dieser haschte gerade nach Hannibal, der eben einen Vogel im nächsten Gebüsch eräugt hatte und bereits auf dem Sprung war. »Nein, danke schön. Ich weiß jetzt wirklich alles. Der Herr Kollege hat das großartig gemacht. Und ich bin überzeugt, daß uns der Bursche schon ins Garn laufen wird. – Wenn es sich überhaupt um so etwas handelt«, fügte er etwas unklar hinzu und legte Hannibal der Sicherheit halber an eine starke Leine.

»Dann können wir also wohl wieder aufbrechen«, schlug Hearson höflich vor, und Murphy stimmte, ohne sich aus seiner bequemen Lage zu rühren, mit großer Lebhaftigkeit zu.

»Jawohl, meine Herren, brechen Sie auf. Ich kann mir denken, daß Ihre Zeit kostbar ist, aber bei mir ist das etwas anderes. Mich kriegt man nicht von diesem netten, schattigen Plätzchen, solange nicht die verdammte Sonne untergegangen ist. Ich habe, weiß Gott, heute schon genug geschwitzt und muß mich etwas ausruhen. Wenn es kühler geworden ist, werde ich hübsch gemütlich zum Hotel hinunterschlendern. Der Weg ist ja nicht zu verfehlen, und ein bißchen Bewegung wird mir auch gut tun, da ich von der Autofahrerei und dem Nachmittagsschläfchen etwas steif geworden bin.«

Er schlenkerte verabschiedend mit der gewaltigen Hand, aber Hearson erhob mit großer Entschiedenheit Einspruch. »Das ist ausgeschlossen. Wir können Sie doch nicht allein lassen.«

»Doch, das können Sie«, beruhigte ihn Murphy. »Mir tut sicher niemand etwas, und außerdem habe ich ja Hannibal bei mir. Sie kennen den Köter noch nicht. Wenn mir jemand zu nahe kommt, hängt er ihm sofort am Hosenboden.« Er drehte sich auf die Seite und traf alle Anstalten, es sich noch bequemer zu machen. »Also, wie gesagt, lassen Sie sich nicht aufhalten.«

Mr. Hearson mußte mit dem Sheriff und dem Inspektor wohl oder übel abziehen, aber erst in einiger Entfernung begannen sie ihre Meinungen über den seltsamen Mr. Murphy auszutauschen, die schließlich der schneidige Elliot in das ungeschminkte Urteil zusammenfaßte: »Senil und vollständig vertrottelt. Viel anders habe ich mir Scotland Yard auch nie vorgestellt.«

Murphy lag wenigstens eine Viertelstunde regungslos auf dem Bauch, hielt den Kopf in die Hände gestützt und blinzelte nach dem schmalen Pfad hinüber, der ungefähr zehn Schritte vor ihm längs der Steinwand hinlief. Er hatte diesen ausgetretenen Fußsteig bereits vor einigen Nächten und dann neuerlich in den Mittagsstunden Zoll für Zoll abgesucht und war nun zurückgeblieben, um dies nochmals zu tun. Er liebte in solchen Fällen die Gründlichkeit und mochte es nicht, daß man ihm dabei auf die Finger sah.

Er ließ noch eine Weile seine Ohren spielen, dann war er plötzlich mit einem elastischen Satz auf den Beinen und faßte den unternehmungslustig vorwärts stürmenden Hannibal kurz.

»Such!« befahl er halblaut, und der Köter streckte die geknickte Rute und hatte auch schon die Nase auf dem Boden. Der Oberinspektor schlug einen Bogen bis zu der Stelle, wo der Pfad von der Landstraße abzweigte, und nahm dann Schritt für Schritt den Weg zurück. Seine scharfen Augen gingen ununterbrochen nach vorne, nach links und rechts, und als er das rissige Steinmassiv zur Rechten hatte, ließ er nicht den kleinsten Zweig, der aus den Spalten hervorwucherte, unbeachtet. An der Stelle, wo man heute morgen das letzte Opfer gefunden hatte, war noch ein dunkler Fleck zu sehen, und Hannibal sog mit gefletschten Zähnen und gesträubtem Haar den Wind ein.

Als Murphy den jenseitigen Rand des Gehölzes erreichte, lag kaum einen Büchsenschuß weit vor ihm die verwitterte Parkmauer von Spittering Farm, und von rechts her leuchteten im Rot der untergehenden Sonne die schmucken Landhäuser von Chesterhills.

Der Oberinspektor nahm das Bild nachdenklich eine Weile in sich auf, dann löste er Hannibal von der Leine und trat auf dem Pfad, auf dem er gekommen war, den Rückweg an.

Hannibal kam nicht oft in die Lage, sich in der freien Natur austoben zu können, und nützte daher die Gelegenheit gründlich aus. Er stob, langgestreckt wie ein flüchtiger Hase, mit seinen krummen Läufen bald nach vorne, bald irgendwohin zur Seite, und nur die verschiedenen einladenden Sträucher und Steinblöcke konnten ihm immer wieder einen kurzen Aufenthalt abringen. Als Murphy sich der Stelle näherte, wo die Felswand in einem spitzen Winkel vorsprang, war der unternehmende Hannibal wieder einmal voraus, und sein Herr kümmerte sich nicht weiter um ihn. Plötzlich aber vernahm er wenige Schritte vor sich ein grimmiges Knurren, und als er um die Ecke bog, stand der Hund mit krampfhaft eingestemmten Beinen an der Steinmauer und zerrte an einem Gegenstand, den er nicht losbekommen konnte.

Mit einem Sprung war Murphy an seiner Seite und riß ihm das Ding aus den Zähnen. Es war ein etwa handgroßer Stoffetzen, der ungefähr in Kniehöhe aus dem Gestein hing und trotz aller Bemühungen nicht herauszubekommen war. Er saß so tief und so fest wie ein Zipfel, der in eine Waggontür eingeklemmt ist – und kaum war dem Oberinspektor dieser Gedanke gekommen, als er sich blitzschnell aufrichtete und einige Schritte zurücktrat, um sich die Sache genauer zu besehen.

Hannibal wollte wieder auf seine Beute losfahren, aber der gewisse leise Pfiff durch die Zähne riß ihn nieder.

Der Spalt, der das Tuch festhielt, unterschied sich in nichts von den übrigen Sprüngen, die kreuz und quer durch die Felswand liefen, aber als ihn Murphy mit den Augen verfolgte, ergab sich, daß er die Form einer unregelmäßigen Tafel von ungefähr zwei Fuß Breite und fünf Fuß Höhe hatte. Die Ränder schlössen so dicht, daß der neugierige Mann von Scotland Yard bloß an wenigen Stellen die Klinge seines kräftigen Taschenmessers durchzubringen vermochte, aber dann verschwand sie stets bis ans Heft. Nur in seinem oberen Verlauf klaffte der Riß etwas weiter, und die Klinge ließ sich ohne sonderlichen Widerstand vorwärts schieben.

Aber plötzlich gab es ein scharfes Knistern, und Murphy ließ mit einem Ruck das Messer fahren.

Sekundenlang sah er mit zusammengekniffenen Augen, die dicke Unterlippe zwischen den Zähnen, nach dem Messergriff in dem Stein, dann nahm er einen Ast und schlug das Messer vorsichtig aus dem Spalt. Hierauf schnitt er das heraushängende Ende des Stoffetzens ab, untersuchte es genau und steckte es dann sorgsam in seine Brieftasche.

Die Dämmerung war bereits hereingebrochen und unter den Bäumen lagen schon die ersten Schatten der Nacht. Aber der Oberinspektor saß noch immer regungslos auf dem Hang gegenüber der Steinwand und grübelte über das Rätsel nach, das ihm der Fußpfad dort drüben aufgegeben hatte. Er ahnte schon längst, daß es hierbei um eine weit verwickeltere und wahrscheinlich auch bedeutsamere Sache ging, als um die beiden geheimnisvollen Verbrechen der letzten Tage, und er suchte einen Faden zu finden, der ihn von hier zu dem Kernpunkt des Problems führen könnte. Bis jetzt hatte er nur wenige Bruchstücke des Mosaikbildes, das er zusammenzufügen hatte, aufzustöbern vermocht, und dazwischen klafften derartige Lücken, daß es ein vergebliches Beginnen schien, den Zusammenhängen mit uferlosen Kombinationen nachgehen zu wollen. Er verfügte vorläufig lediglich über ein Papierschnitzel mit den nichtssagenden Worten: »... der kleinen Lady mit der Pantherkatze ...«, einen Brieftaubenring mit seinem Namen, eine außergewöhnliche Tierfährte und über das Stückchen Stoff, das ihm eben in die Hände gefallen war. Und dabei hatte er den Landstreicher Kitson, den besorgten Mr. Hearson, ferner den gewissen Aubrey Rayne mit der zusammengewürfelten exotischen Gesellschaft von Spittering Farm kennengelernt, und schließlich war ihm Bill Short in den Weg gelaufen.

Das wichtigste von allem war aber wohl die Felswand, die er vor sich hatte. Er wußte nun, wie die Überfälle geschehen waren und welchen Weg der Täter genommen hatte. Und wenn er der Spur kurz entschlossen nachging, konnte er wahrscheinlich um einen Schritt vorwärts kommen. Aber es schien ihm weit zweckdienlicher, damit zu warten. Wenn er sofort zu Werke ging, würde er sicherlich den Bau leer finden; übereilte er aber die Sache nicht, so konnte er vielleicht eines Tages hier das geheimnisvolle Wild stellen, das er suchte.

Es ging bereits gegen neun Uhr, als Murphy ins Hotel zurückkehrte. Er erwiderte die untertänige Begrüßung des schielenden Portiers mit einem matten, kummervollen Kopfnicken und keuchte schwer und steifbeinig die Treppe hinauf, während Hannibal mit eingezogenem Schweif mißmutig hinter ihm dreinkroch.

Erst in seinem Zimmer kam der Oberinspektor wieder einigermaßen zu sich. Er schloß sorgfältig die Tür, klappte die Jalousien zu und nahm dann Hannibal das Halsband ab. Nur er und Spang durften sich dies erlauben, ohne die Zähne des unliebenswürdigen Köters zu fühlen zu bekommen, und Hannibals Sorge um seinen Schmuck war berechtigt, denn es gab wohl kaum einen zweiten dieser Art. Er bestand aus zwei aufeinandergelegten elastischen Stahlbändern mit einem Sicherheitsverschluß, und das äußere Band war dicht mit Metallperlen besetzt, die sich in schmalen, waagrecht und senkrecht verlaufenden Rinnen verschieben ließen.

Murphy säuberte die Metallreifen mit einer kleinen harten Bürste und schob dann lange Zeit an den winzigen Knöpfen herum. Er wünschte zwar nicht, daß Spang in die Lage käme, sich über diese Chiffrebotschaft je den Kopf zerbrechen zu müssen, aber die Möglichkeit war immerhin vorhanden. Nach allem hatte er es mit einem äußerst verschlagenen und gefährlichen Gegner zu tun, und man konnte nicht wissen, was geschah.

Die dralle Mrs. Fanny besaß trotz ihrer sonstigen Tüchtigkeit offenbar nicht die entsprechende Eignung für eine Gefängniswärterin. Als sie gegen Abend wieder einmal zu einem kurzen, aber lebhaften Plausch bei Grace vorgesprochen hatte, vergaß sie beim Weggehen die Tür abzusperren, und das junge Mädchen war sofort entschlossen, sich diese Gelegenheit zunutze zu machen. Den abenteuerlichen Plan einer Flucht hatte sie schon längst aufgegeben, denn es gab eigentlich nichts mehr, was sie zu diesem Wagnis drängte. Man war ihr bisher in keiner Weise nahegetreten, und die rücksichtsvolle Art, in der man sie behandelte, ließ sie auch für die Zukunft keinerlei Befürchtungen hegen. Außer der fürsorglichen Fanny, der das gute Herz ständig auf der Zunge lag, kümmerte sich niemand um sie, und der geheimnisvolle Mann, dessen Interesse sie ihr Abenteuer zuzuschreiben haben sollte, hatte auch schon jeden Schrecken für sie verloren. Sie war nur mehr neugierig und gereizt wegen der hinterhältigen Art, in der man sich ihrer bemächtigt hatte, und wollte nun wenigstens das Recht auf ungehinderte Bewegungsfreiheit im Haus als etwas Selbstverständliches in Anspruch nehmen. Sie öffnete die Tür und stieg entschlossen die Treppe hinab. Durch die offene Diele fiel das letzte Sonnenlicht, und in dem hellen Schein gewahrte Grace plötzlich eine Gestalt, die ihren Fuß unwillkürlich stocken ließ. Es war ein vierschrötiger Mann mit einem verwilderten Gesicht und langem Haar, der dicht an der Wand hinter der halb geöffneten Küchentür stand und mit seinen stechenden schwarzen Augen verwirrt und entsetzt nach der Treppe starrte. Aber bevor Grace noch einen Entschluß fassen konnte, gab es dem Mann einen heftigen Ruck, und er setzte mit einem gewaltigen Sprung polternd durch die Diele und mit einem zweiten über die Stufen, als ob der Teufel hinter ihm her wäre.

»Wer war das?« fragte Grace die Wirtschafterin, die ihr sommersprossiges Gesicht mit einer kampfbereiten Falte zwischen den blonden Brauen aus der Küche steckte.

»Das war Peter Forge«, erklärte Fanny bereitwillig und wischte sich die Hände lebhaft an ihrer tadellosen weißen Schürze, weil das unvermutete Erscheinen des jungen Mädchens sie in Bestürzung versetzte. »Wenn es Essenszeit wird, schnüffelt er immer um die Küche herum, denn er ist sehr gefräßig. Eine ganze Familie könnte man mit dem abfüttern, was er jedesmal verschlingt. Und dabei ist er immer in fünf Minuten fertig. So etwas habe ich noch nie gesehen. – Wünschen Sie vielleicht etwas, Miß?« unterbrach sie sich in ihrem Lieblingsthema hastig und schuldbewußt. »Ich komme sofort zu Ihnen hinauf.«

Grace schüttelte mit einem leichten Lächeln den dunklen Kopf und trat mit einer Selbstverständlichkeit in die Küche, die die resolute Fanny völlig ratlos machte.

»Ich werde ein bißchen hierbleiben und Ihnen zusehen. Vielleicht kann ich Ihnen auch ein wenig helfen. Viel verstehe ich zwar nicht, aber wenn Sie Gemüse zu schälen haben oder sonst etwas Ähnliches ...«

Der semmelblonden Frau verschlug dieses Anerbieten völlig die Rede, und sie konnte nur heftig den Kopf schütteln.

»Das geht nicht, Miß«, stieß sie endlich entsetzt hervor. »Wo denken Sie hin? Wenn Seine Gnaden das sehen würde ...«

Sie fuhr sich mit dem Handrücken über die glühende Stirn und sah das junge Mädchen mit einem flehenden Blick an.

»Gehen Sie lieber wieder auf Ihr Zimmer, Miß. Er ist nur nach London gefahren und kann jeden Augenblick zurückkehren. Und er ist sehr streng.«

Grace warf trotzig den Kopf zurück und ließ sich herausfordernd beim offenen Fenster nieder.

»Ich fürchte mich nicht«, begehrte sie auf. »Er hat kein Recht, mich hier gefangen zu halten. Wenn ich schon nicht davonlaufe, so werde ich fortan wenigstens das tun, was mir beliebt. Richten Sie ihm das aus. Und jetzt wird man mich hier höchstens mit Gewalt wegbringen.«

Sie setzte sich mit großer Entschiedenheit zurecht, und Fannys sommersprossiges Gesicht bekam einen erbarmungswürdigen Ausdruck. Die arme Frau befand sich in einer der peinlichsten

Lagen ihres Lebens und begann ratlos mit dem blinkenden Geschirr auf dem Herd hin- und herzuschieben.

»Warum ist der Mann vorhin so davongelaufen?« wollte Grace nach einer kleinen Weile wissen, und die mollige Frau, die in einem kleinen Disput eine Ablenkung von ihren Besorgnissen erblickte, beeilte sich, ihr erschöpfend Auskunft zu geben.

»Weil ihm Seine Gna...« – sie erinnerte sich plötzlich und verbesserte sich rasch – »Mr. Rayne verboten hat, sich vor Ihnen sehen zu lassen. Und Mr. Rayne hat ganz recht. So etwas sollte man überhaupt nicht frei herumlaufen lassen, sondern in einen Käfig stecken. Nicht daß er gerade bösartig wäre«, gab sie zu, »aber das kann man ja nicht wissen, wenn man sein haariges Affengesicht sieht. Daß ein Mann so gar nichts auf sich halten kann! Aber das kommt davon, wenn man glaubt, sein ganzes Leben ohne Frau auskommen zu können. Dann werden aus diesen Weiberfressern solche Scheusale.« In ihre Mienen trat ein höchst energischer Zug, und die Pfannen, mit denen sie hantierte, flogen nur so hin und her. »Ich möchte es ihm schon zeigen. Mit einer Bürste, einem Pfund Seife und einer Schere würde ich ihn herrichten, daß er sich selbst nicht mehr erkennen sollte.«

Peter vernahm jedes Wort dieser interessanten Unterhaltung, denn er hockte mit gespitzten Ohren sprungbereit unter dem Küchenfenster und sah ebenso nachdenklich wie grimmig drein. – Dieses Frauenzimmer wollte ihm etwas zeigen?

Er würde ihr etwas zeigen!

Aber Fannys Redestrom war nun einmal im Fließen und nicht so leicht zu hemmen. Peter bekam noch andere Dinge zu hören, die ihn in seinem fürchterlichen Entschluß immer mehr bestärkten.

»Dabei hat so etwas noch besondere Wünsche wegen des Futters«, fuhr die empörte Frau in der Küche fort. »Wissen Sie, was seine Lieblingsspeise ist? – Rohes Steak mit Knoblauch. Und gehörig gepfeffert muß es sein. Wahrscheinlich fressen das die Wilden, bei denen er sein ganzes Leben lang gehaust hat, aber bei mir gibt es das nicht. Ich bin eine anständige Köchin und mag mit einem solchen Menschenfressergeschmack nichts zu tun haben. Knoblauch gibt es bei mir überhaupt nur bei Hammelrippchen. Und auch da nur so viel, daß man es gar nicht merkt.«

»Wie macht man rohes Steak?« erkundigte sich das junge Mädchen interessiert, aber Fanny hatte für diese Frage nur eine verächtliche Handbewegung.

»Da ist weiter gar nichts zu machen, Miß. Das gehackte Fleisch, das Sie dort sehen, weil wir heute faschierten Braten haben, wird einfach roh hinuntergeschlungen. Pfui Teufel!« Sie hätte ihrem Abscheu sicherlich noch nachdrücklicheren Ausdruck gegeben, wenn in diesem Augenblick nicht die schlanke Gestalt des Javaners im Türrahmen erschienen wäre und ihr lebhafte Zeichen gemacht hätte. Sie ließ alles liegen und stehen und beeilte sich, ihm zu folgen, aber an der Schwelle zögerte sie einen Augenblick.

»Ich muß Sie eine Weile allein lassen«, meinte sie unschlüssig. »Es wäre vielleicht doch besser, wenn Sie wieder hinaufgingen.«

»Ich werde mittlerweile achtgeben, daß nichts anbrennt«, entschied Grace bestimmt, und die geplagte Haushälterin verschwand mit einem hörbaren Seufzer.

In den nächsten Minuten kam Grace Wingrove ein komischer Einfall, der ein spitzbübisches Lächeln in ihr sonst so strenges Gesichtchen zauberte. Sie mußte unausgesetzt an den armen Mann denken, der in so panikartiger Hast die Flucht vor ihr ergriffen hatte, und er tat ihr leid, denn er schien es nach allem hier nicht sonderlich gut zu haben. Das junge Mädchen war entschlossen, etwas für ihn zu tun, und er sollte endlich einmal sein Steak mit Knoblauch bekommen.

Sie stand bereits am Küchentisch und begann so einfach zu hantieren, wie Fanny dies angedeutet hatte. Sie schichtete mit einem Löffel eine gehörige Portion von dem gehackten Fleisch auf einen Teller, tat recht reichlich Salz, Pfeffer und noch einige andere Gewürze hinzu, die sie erreichen konnte, und ergatterte nach längerem Suchen endlich auch einige Stückchen Knoblauch, die sie mit gespitzten Fingern und gerümpftem Näschen in ansehnlichen Würfeln hineinschnitt. Dann rührte sie die Masse rasch und gründlich um und ergriff den Teller, um sich auf die Suche nach dem bedauernswerten Halbwilden zu machen, den sie beglücken wollte.

Peter hockte noch immer scheu unter dem Fenster und hatte kaum den Schatten unter der Haustür wahrgenommen, als er auch schon aufschnellte, um das Weite zu suchen. Aber ein hastiges »Pst« ließ ihn doch den Kopf wenden, und was er sah, hemmte seinen Fuß. Das war wahrhaftig ein Haufen Fleisch, wie er es liebte, und die Knoblauchstücke darin waren auf zehn Schritte wahrzunehmen. Dabei sah ihn ein Paar schöner Mädchenaugen mit einem schelmischen Lächeln an, und ein zarter Finger winkte ihn heftig und geheimnisvoll heran.

Mr. Peter Forge verharrte einen Augenblick wie angewurzelt, aber dann wußte er, was er zu tun hatte. Mr. Rayne war zwar ein großer Herr, und er hatte vor ihm und seinen Anordnungen gewiß gewaltigen Respekt, aber wenn er ihm in diesem Augenblick in den Weg getreten wäre, hätte er sich den Teufel um ihn geschert. Schließlich war er Peter Forge, und wenn ihm eine so schöne junge Lady winkte, so konnte er doch nicht einfach wie ein kleiner Junge davonlaufen. Diese Mrs. Fanny, die aussah wie ein schwabbriger Pudding, hatte ein ganz niederträchtiges loses Maul, und die junge Lady sollte schon sehen, daß er nicht so war, wie jene ihr ihn beschrieben hatte.

Im ersten Augenblick wußte zwar Peter nicht, wie er ihr dies beweisen sollte, denn er hatte ja keinen Hut auf dem Kopf, den er höflich lüften konnte, und einen Selam wie Mamed konnte er auch nicht gut machen, weil sie ihn sonst vielleicht doch für einen Wilden gehalten hätte; aber dann fiel ihm gerade noch zur rechten Zeit ein Bild ein, das lange Jahre in seinem Blockhaus gehangen und auf dem es von Königen und sonstigen vornehmen Leuten nur so gewimmelt hatte. Und wenn er es so machte, wie diese Leute, konnte es nicht schlecht sein. Er zog daher zunächst einen Katzenbuckel, schob dann sein stämmiges rechtes Bein nach vorn und zog es in einem weiten Halbkreis wieder nach rückwärts. Dieses Zeremoniell wiederholte er dreimal, wobei er immer näher kam. Dann griff er rasch nach dem Teller und machte sich eiligst davon, um sich an einem ungestörten Plätzchen mit seiner lang entbehrten Lieblingsspeise zu beschäftigen. Dem mißgünstigen Weibsbild, das in der Küche, waltete, war es zuzutrauen, daß es ihm den Teller noch aus der Hand riß.

Es währte eine ziemlich lange Weile, bis Fanny wieder in der Küche erschien, und sie war außerordentlich erregt, denn es hatte sich etwas Wichtiges ereignet. Der geheimnisvolle Kranke war nach Tagen aus seinem todesähnlichen Schlaf erwacht und suchte nun mit halbgeöffneten, ausdruckslosen Augen, sich wieder in die Wirklichkeit zurückzufinden. Sie wußte nicht genau, was es mit dem Mann eigentlich für eine Bewandtnis hatte, aber jedenfalls waren seine ersten Lebenszeichen ein Ereignis, das sehr viel zu bedeuten hatte.

Trotz ihrer begreiflichen Aufregung begann die tüchtige Frau sofort mit geblähten Nüstern in der Küche herumzuschnüffeln, und schließlich blieb ihr Blick fragend und etwas mißtrauisch auf dem jungen Mädchen haften. Grace tat zunächst äußerst unbefangen, aber dann veranlaßte sie ein gewisser Trotz, ein offenes Bekenntnis abzulegen.

»Ich sehe nicht ein, weshalb der arme Mann sein Steak nicht haben soll, wenn es ihm so gut schmeckt«, schloß sie entschieden, indem sie herausfordernd den Kopf zurückwarf. »Er war auch von einer geradezu rührenden Dankbarkeit.«

Fanny konnte sich das nicht gut vorstellen und wiegte sehr mißbilligend mit dem Kopf.

»Das hätten Sie nicht tun sollen, Miß. Nun werden Sie ihn fortwährend hinter sich herhaben, wie einen Hund, dem man einmal eine Wurst zugesteckt hat. Sie werden schon sehen.«

Sie machte sich etwas verstimmt wieder am Herd zu schaffen, aber nach einer Weile fiel ihr Blick zufällig auf den Vorhof, und sie gewahrte Peter, der am Brunnen stand und aus einem riesigen Blechgefäß in gierigen Zügen trank. »Nun säuft er natürlich wie ein Kamel, und dann kommt eine gehörige Portion Whisky in den ausgebrannten Schlund«, nahm sie bissig den Faden wieder auf. »Es wundert mich überhaupt, daß er sich heute einmal mit Wasser abgibt. Das mag er nämlich sonst nicht. Weder zum Trinken noch zum Waschen.« Ihr Gesicht wurde plötzlich sehr nachdenklich und dann sehr mißtrauisch. »Was haben Sie denn hineingetan, Miß?«

Grace erklärte ihr mit einem gewissen Stolz alles sehr deutlich und eingehend, und je weiter sie kam, desto größer wurden die wasserblauen Augen von Mrs. Fanny.

»Wenn es nicht für Peter gewesen wäre«, flüsterte sie endlich entsetzt, »würde ich mir Sorgen machen, denn so etwas kann ja ein menschlicher Magen nicht aushalten. Aber ihm gönne ich das«, fügte sie schadenfroh hinzu. »Er wird sich sein Naschmaul endlich einmal gründlich verbrannt haben.«

In diesem Augenblick war ein Hupensignal zu hören, und Peter setzte den Blechnapf von den durstigen Lippen, um den schweren Riegel des Tores zurückzuwerfen. Auch Fanny ließ alles im Stich und eilte auf den Hof, um Rayne die große Neuigkeit aus der Krankenstube mitzuteilen, aber sie konnte ihm nur wenige Worte zuraunen, denn Forge stand breit wie ein Klotz daneben und trat ungeduldig von einem Fuß auf den anderen.

»Ich habe ein Wort mit Ihnen zu reden, Sir«, sagte er feierlich und gewichtig, und Rayne sah überrascht in sein Gesicht, das noch verschlagener und grimmiger aussah als sonst.

»Ist es sehr dringend?« fragte er etwas ungeduldig, da er raschestens nach dem Kranken sehen wollte.

»Das will ich meinen.« Peter setzte umständlich seine Pfeife in Brand und hüllte sich in eine ungeheure Rauchwolke.

»Ich muß nämlich Geld haben.«

Es war das erstemal, daß Aubrey Rayne von Peter mit einer derartigen Angelegenheit in Anspruch genommen wurde, denn bisher hatte dieser solche geschäftlichen Dinge mit Evans abgemacht.

»Wozu brauchen Sie Geld?« forschte er mit ehrlicher Verwunderung, denn er wußte, daß der Mann außer seinem beißenden Tabak und seinem Whisky keinerlei Bedürfnisse hatte.

»Das geht niemanden etwas an«, gab Peter kurz angebunden zurück und sah höchst verstockt drein.

»Also wieviel?« lenkte Rayne mit einem leichten Lächeln ein.

Peter geriet durch diese Frage sichtlich in Verlegenheit und starrte irgendwohin zur Seite.

»Einen ganzen Haufen«, sagte er dann leichthin und begann umständlich unter seinem offenen Hemd herumzunesteln.

»So viel habe ich nicht.«

Mr. Forge ließ respektlos einen ausgiebigen Spritzer aus seinem linken Mundwinkel los und zog einen breiten Ledergürtel vom Leib, mit dem er breitbeinig zu der Bank marschierte. »Das wird vielleicht genug sein«, knurrte er und warf die dicke Geldkatze am Gürtel klatschend auf den Sitz. »Aber Sie müssen mir erst etwas auf so einen Wisch aufschreiben. Damit habe ich mich nie abgegeben«, fügte er von oben herab hinzu, »das war alles Evans' Sache. Ich habe dann immer nur meinen Namen daruntergeschrieben.« Er spitzte wiederum den Mundwinkel und schob dem jungen Mann ein Bündel Papiere zu. »Verdammte Scherereien, bevor man zu seinem eigenen Geld kommt.«

Rayne glaubte zu erraten, daß Forge einen Scheck ausgestellt haben wollte, und sah das Paket aus der Geldkatze interessiert durch. Es waren Kontoauszüge der Bank von England und der Holländischen Bank sowie einige Scheckbücher, und wenn er auch schon immer vermutet hatte, daß die beiden anspruchslosen Goldgräber und Plantagenbesitzer über recht bedeutende Geldmittel verfügen mußten, war er nun doch überrascht von den ungeheuren Summen, die da allein unter dem Namen Peter Forge liefen.

»Wissen Sie auch, wieviel Sie da beisammen haben?« fragte er, aber Peter ging mit einer großartigen Handbewegung darüber hinweg. Tatsächlich hatte er nicht die mindeste Ahnung, was in den Papieren stand, denn das Lesen fiel ihm etwas schwer, und in Zahlen kannte er sich schon gar nicht aus. Aber das mußte schließlich nicht jeder wissen.

»Schreiben Sie also vielleicht die Hälfte davon auf«, meinte er leichthin.

»Wollen Sie sich ein paar Häuser in Westend oder einen Herrensitz kaufen?«

Mr. Forge schüttelte mißmutig mit dem Kopf. Die Ausfragerei paßte ihm nicht, und er wollte endlich den Wisch, für den er sein Geld bekommen konnte, in der Hand haben.

»Was ich kaufen will, ist meine Sache«, brummte er, »jedenfalls muß ich aber einen hübschen Batzen Geld haben.«

»Ich werde Ihnen also vorläufig einen Scheck auf tausend Pfund ausstellen«, schlug Rayne vor, aber der vierschrötige Mann sah ihn etwas unsicher an und kraute sich umständlich den Kopf.

»Kriegt man dafür auch wirklich etwas?« fragte er mißtrauisch.

»Soviel, daß eine kleine Familie ein ganzes Jahr davon recht anständig leben kann.«

Das war eine Antwort, mit der Peter etwas anzufangen wußte, und er nickte daher befriedigt, während er seinen Schatz wieder zusammenkramte und um den Leib schnallte. Dann ging er neuerlich zum Brunnen, weil sein Schlund wie höllisches Feuer brannte, und Rayne eilte, ohne sich umzusehen, in die Krankenstube.

»Ich bin froh, daß er Sie hier nicht bemerkt hat«, tuschelte Fanny dem jungen Mädchen zu und atmete erleichtert auf.

»Nun müssen Sie aber wirklich gehen.«

»Im Gegenteil, nun bleibe ich erst recht«, gab Grace entschieden zurück. »Ich finde es hier viel gemütlicher als oben, und das Abendbrot wird mir viel besser schmecken, wenn ich es mit Ihnen einnehmen kann.«

Die Bestürzung der flachsblonden Frau war so groß, daß ihr das Ei, das sie eben aufschlagen wollte, aus der Hand patschte, und sie bedurfte einiger Augenblicke, um sich halbwegs zu fassen.

»Das Abendbrot hier in der Küche...«, murmelte sie verstört. »Das kann nicht Ihr Ernst sein, Miß.«

»Mein voller Ernst.« Sie nickte energisch und hatte schon wieder die finstere Falte zwischen den Brauen. »Und wenn ich nicht hier unten essen darf – nicht nur jetzt, sondern überhaupt immer – so rühre ich in diesem Hause keinem Bissen mehr an. Und wenn ich verhungern sollte. – Gehen Sie zu Ihrem Mr. Rayne und sagen Sie ihm das.«

Das war eine fürchterliche Drohung, und da das junge Mädchen ganz so aussah, als ob sie sie wahrmachen wollte, fand es Fanny wirklich am geratesten, Seiner Gnaden davon Mitteilung zu machen.

»Sehen Sie, ich habe ja gewußt, daß er es nicht erlauben wird«, triumphierte sie, als sie nach einer Weile mit strahlendem Gesicht wiederkam. »Ich kenne Seine Gnaden. Und es schickt sich ja auch wirklich nicht«, fuhr sie mit sanfter Eindringlichkeit fort, als sie die finstere Miene des jungen Mädchens bemerkte. »Sie sind doch eine Dame, und die gehört nicht in die Küche. Das heißt«, verbesserte sie sich eifrig, »daß Sie zu mir herunterkommen, um ein bißchen zu plaudern, dagegen hat er natürlich nichts. Aber mit dem Essen ist das etwas anderes. Wir haben ein sehr hübsches Speisezimmer, wo serviert wird, wenn Seine Gnaden hier ist, und er hat Tom sofort befohlen, ein Gedeck für Sie aufzulegen. Sie kennen ja Tom. Es ist der Mann, der Sie hergebracht hat. Es wird pünktlich um acht Uhr gegessen.«

Grace war von dieser Wendung der Dinge, die sie heraufbeschworen hatte, nicht sonderlich entzückt, und es lag bereits ein entschiedenes »Nein« auf ihren trotzig verkniffenen Lippen, als sie es sich im letzten Augenblick überlegte. Sie durfte sich nicht selbst degradieren, wenn sie ihre Würde wahren wollte, und der Küchentisch war wirklich nicht der ihr gebührende Platz. Außerdem bot sich ihr dadurch vielleicht endlich Gelegenheit, etwas Näheres über die Gründe zu erfahren, weshalb man sie hier festhielt. Dieser sonderbare Mr. Rayne schien zwar ein etwas schweigsamer Mann, aber sie war entschlossen, ihm so zuzusetzen, daß ihm vielleicht doch die eine oder die andere Andeutung entschlüpfen würde.

Es bedurfte diesmal keiner weiteren Aufforderung von Seiten Fannys, sondern Grace ging mit einem kurzen Kopfnicken von selbst, und je weiter sie sich von der Küche entfernte, desto eiliger wurden ihre Schritte. Die letzten Stufen der Treppe nahm sie sogar mit elastischen Sprüngen, denn sie hatte festgestellt, daß nur mehr zwanzig Minuten bis zur Dinnerzeit fehlten, und so wie sie war, wollte sie doch nicht erscheinen. Dieser Mr. Rayne hatte einen derart überheblichen

Blick und einen so herausfordernden Zug um den Mund, daß sie ihm nicht gerne Veranlassung zu einer abfälligen Kritik gegeben hätte.

16

»Miß Wingrove, es ist serviert«, hörte sie nach einem kurzen leisen Klopfen eine Stimme auf dem Gang sagen, und als sie öffnete, sah sie sich zum erstenmal wieder dem Mann mit dem roten Schafsgesicht gegenüber, mit dessen vertrauenerweckendem Äußeren sie so üble Erfahrungen gemacht hatte. Ihre Brauen zogen sich noch mehr zusammen, aber ihr böser Blick traf nur die devot gesenkte Glatze. Dann schritt Tom mit den gemessenen, etwas steifen Schritten eines wohlgeschulten Herrschaftsdieners voran, bog im Erdgeschoß in den rückwärtigen Gang ein und öffnete an dessen Ende unter einer neuerlichen ehrerbietigen Verbeugung eine Tür. Grace fühlte sekundenlang eine hemmende Schwere in den Füßen, aber dann rauschte sie hochaufgerichtet an dem Diener vorbei und sah mit trotzigen Augen zu dem Mann auf, der ihr gegenüberstand.

»Wenn ich gewußt hätte, daß es Ihnen angenehmer ist, hier unten zu speisen«, begrüßte er sie, und die Gelassenheit, mit der er sprach, brachte ihr rebellisches Blut sofort wieder in Wallung, »so hätte ich Sie bereits mittags gebeten, mir das Vergnügen zu machen.«

»Es ist mir nicht angenehmer«, stellte sie mit Nachdruck richtig, »aber es paßt mir nicht, wie ein Sträfling in der Zelle abgefüttert zu werden. Manchen Leuten mag das ja nichts ausmachen«, fuhr sie anzüglich fort, und ihre blitzenden Augen suchten das andere Paar unter den halb geschlossenen Lidern zu finden, »weil sie daran gewöhnt sind, aber ich habe das noch nicht mitgemacht. – Es muß entsetzlich sein, so etwas gleich einige Jahre ertragen zu müssen, und ich glaube, Sie werden nichts zu lachen haben, wenn man Sie erwischt.« Sie begann in dem eleganten Raum erregt auf und ab zu gehen und sich die gediegene Einrichtung zu betrachten, aber da sie den Eindruck ihrer versteckten Drohung beobachten wollte, mußte sie dabei natürlich wenigstens aus den Augenwinkeln auch nach Rayne blinzeln. Er lehnte an einem hohen bequemen Stuhl am Kamin und hatte plötzlich wieder die Augen offen, und um seinen Mund zuckte es wieder einmal so eigentümlich, daß sie die Nägel in ihre zarten Handflächen grub. »Ich glaube, die Juristen nennen es Menschenraub«, meinte er nachdenklich, »und darauf steht eine der schwersten Strafen, die das Gesetz überhaupt kennt.«

»Wieviele Jahre?« forschte sie interessiert.

Er hob bedauernd die Schultern. »Darüber bin ich leider nicht so genau informiert. Sicher fünfzehn, vielleicht auch zwanzig oder noch mehr.«

»Das sollten Sie eigentlich ganz genau wissen«, fuhr sie ihn an. »Wenn man sich in eine solche Sache einläßt, muß man auch das Ende bedenken. – Wie alt sind Sie denn?«

Ihre Frage klang kurz und kategorisch, und daß sie mit einem Ruck vor ihm stehenblieb, besagte, daß sie darauf eine Antwort erwartete.

»Vierunddreißig«, erwiderte er gehorsam und zeigte zwei Reihen starker weißer Zähne, was Grace als einen Versuch zu einem unverschämten Lächeln deutete. Immerhin stellte sie mit Genugtuung fest, daß sie sein Alter ungefähr richtig geschätzt hatte.

»Vierunddreißig Jahre«, wiederholte sie. »Da könnten Sie wirklich schon mehr Verstand haben. Aber Ihr Verbrecher setzt alles auf eine Karte.« Sie legte die Stirn in nachdenkliche Falten und begann gewissenhaft nachzurechnen. »Wenn Sie nun fünfzehn oder zwanzig Jahre oder sogar noch mehr zu sitzen haben, kommen Sie als alter Mann heraus, und Ihr ganzes Leben ist verpfuscht.« Sie machte eine kleine Pause, um zu der entscheidenden Frage auszuholen. »Ist Ihnen die Geschichte, in der ich anscheinend eine Rolle spiele, wirklich soviel wert? – Bedenken Sie, dreißig Jahre...«

»Wir haben bloß zwanzig in Betracht gezogen«, wandte er höflich ein. »Es kommen ja immer einige mildernde Umstände in Betracht.«

»Bei mir nicht«, schrie sie ihn empört an, weil er sich so verstockt zeigte. »Wenn ich dabei mitzureden haben werde, und das werde ich, so werde ich dafür sorgen, daß Sie an den Galgen kommen. Mit allen Ihren Spießgesellen.«

Rayne lächelte diesmal wirklich, und Grace mußte wieder etwas Bewegung haben, um ihr gefährliches Temperament abzulenken. »Ich glaube, daß das nicht gerade das richtige Thema für ein Gespräch vor Tisch ist, Miß Wingrove. Es verdirbt den Appetit, wie Sie sich denken können. – Darf ich bitten?« Er wies ihr ihren Platz an dem kleinen Eßtisch an, und sie bemerkte erst jetzt, wie kostbar dieser gedeckt war und daß neben ihr einige langstielige Rosen lagen. Eigentlich hatte sie noch nie in ihrem Leben an einer so prunkvollen Tafel gegessen, und sie hätte sich vielleicht etwas befangen gefühlt, wenn sie sich darüber nicht ihre eigenen Gedanken gemacht hätte. Als sie eine Weile das schwere Silberbesteck und das übrige erlesene Tischzeug eingehend betrachtet hatte, konnte sie es sich nicht versagen, diese Gedanken anzudeuten.

»Ihr Geschäft scheint ja recht gut zu gehen.«

»Danke«, sagte er verbindlich und unbefangen, »ich bin zufrieden. – Nehmen Sie Wein oder eine Eislimonade?«

»Wein«, gab sie kurz zurück, obwohl sie daran nicht gewöhnt war und auch nicht das leiseste Verlangen danach hatte. Aber da er sicher erwartet hatte, daß sie Limonade wünschen würde, entschied sich ihr Widerspruchsgeist für den Alkohol. Er spielte den aufmerksamen Tischherrn, und als er ihr Glas füllte, bemerkte sie an seiner Rechten einen kostbaren Siegelring mit einem Wappen. »Auch gemaust«, fiel ihr unwillkürlich ein, und sie begann sich über die Gesellschaft, in die sie geraten war, wieder allerlei Gedanken hinzugeben. Alles was sie bisher gesehen hatte, sprach von Vornehmheit und Luxus, aber es war einiges dabei, was das ganze Milieu höchst verdächtig erscheinen ließ. Wirklich vornehme Leute pflegten nicht junge Mädchen auf der Straße aufzugreifen und in ein einsames Haus zu verschleppen, wo es sogar lebendige Panther gab und ganz geheimnisvolle Dinge vorgingen. Das war ein aufgelegtes Verbrechen, und Leute, die sich auf so etwas verstanden, hatten sicher auch noch anderes auf dem Kerbholz. Ihren Verdacht vermochte auch der Umstand nicht zu entkräften, daß der Mann ihr gegenüber tadellos aussah und das Benehmen eines vollendeten Gentleman hatte. Sie wußte, daß Hochstapler in diesen Äußerlichkeiten ihre Vorbilder zumeist noch übertrafen, und gab daher nichts darauf. Auch der Schurke, dem sie auf den Leim gegangen war, hatte sehr gut und sehr vertrauenerweckend ausgesehen. Der Schurke stand eben in einem dunklen Sakko mit silbernen Knöpfen und einer weißen Binde über der blendenden Hemdbrust neben ihr und präsentierte ihr mit einem virtuosen Schwung die erste Platte.

Grace hob mit einem jähen Ruck das schmale, rassige Köpfchen, aber in dem geröteten Widdergesicht mit den wässrigen Augen zuckte kein Muskel. Es war ganz zu Stein gewordene Untertänigkeit.

»Am liebsten möchte ich...«, stieß sie zwischen den schimmernden Zähnen hervor, aber weder der gefaßte Tom, noch der erwartungsvoll aufhorchende Rayne erfuhren, was sie am liebsten möchte, denn sie griff mechanisch nach ihrem Glas und spülte die Fortsetzung mit einem langen Schluck hinunter. Dann nahm sie eine Forelle und legte sie so energisch auf den Teller, daß die silberne Gabel einen lauten Klang gab.

Es wurde ein etwas schweigsames Mahl, das die beiden einnahmen, denn die Stimmung des jungen Mädchens schwankte unaufhörlich zwischen tiefer Nachdenklichkeit und aufsteigender Empörung, und Rayne bemerkte, daß sie dabei immer wieder von dem schweren Wein nippte. Ihre schönen Augen begannen allmählich noch kampflustiger zu funkeln, und als sie ihn dabei ertappte, wie er sie mit einem belustigten Lächeln betrachtete, brach sie neuerlich los.

»Was starren Sie mich schon so an? Reden Sie lieber etwas. – Wie lange wollen Sie mich hier noch gefangen halten?«

»Ich hoffe, nicht mehr allzu lange«, meinte er ausweichend. »Aber alles hängt von dem Mann ab, dem so an Ihnen gelegen ist.«

Sie bekam es plötzlich doch wieder mit der Angst zu tun, bemühte sich aber, nichts davon merken zu lassen und begann zu höhnen.

»Ach, von dem Chef Ihrer Bande. Ich bin gespannt, wie dieses Verbrecherexemplar aussieht. Bis jetzt habe ich bereits Sie, dann den niederträchtigen Schafskopf und die beiden Urwaldmenschen, die sich hier herumtreiben, kennengelernt. Die arme Mrs. Fanny scheint nur aus Einfalt in diese Gesellschaft geraten zu sein. – Wenn man Sie ›Euer Gnaden‹ tituliert, wie sagt man dann zu dem Chef? Das muß ich doch eigentlich wissen, damit...«

Er sah sie einen Augenblick seltsam an, dann senkte er die Lider, und in seinem Gesicht lag etwas, was Grace verstummen ließ.

»Sie sind in einem Irrtum befangen, Miß Wingrove«, sagte er ruhig. »Ich gebe gerne zu, daß Sie volle Berechtigung haben, so zu sprechen, aber daß es so gekommen ist, daran tragen gewisse besondere Umstände die Schuld. Jedenfalls haben Sie außer den augenblicklichen Unannehmlichkeiten nichts zu befürchten, und Sie tun der Person, auf deren Wunsch Sie hierhergebracht wurden, sehr unrecht. Es ist ein harmloser, und, wie ich glaube, höchst bedauernswerter Mann. – Haben Sie Verwandte?« forschte er plötzlich unvermittelt, und Grace fühlte sich von der herzlichen Wärme, die in seiner Frage lag, eigen berührt. Was er ihr von dem geheimnisvollen Mann gesagt hatte, machte sie noch ratloser und verwirrter als ihre phantastischen Vermutungen, und sie begann mit einemmal sehr kleinlaut zu werden.

»Nein«, sagte sie gepreßt, »ich habe niemanden.«

Er spielte gedankenvoll mit seinem Glas, und sie nippte in ihrer Verlegenheit neuerlich von dem Wein, der ein so behagliches Gefühl erzeugte. Dann blickte sie auf den wappengeschmückten Stein an der Rechten ihres Gegenübers und bewunderte den magischen Schimmer, der von ihm ausging.

»Ich denke eben daran, Miß Wingrove«, unterbrach der große Mann plötzlich das Schweigen, »daß Sie gewiß gerne nach Ihrer Wohnung sehen möchten. Ihre Abreise ist ja etwas überstürzt vor sich gegangen«, – er lächelte schon wieder, aber Grace war diesmal zu gespannt, um darüber in Empörung zu geraten – »und vielleicht benötigen Sie die eine oder die andere Kleinigkeit.«

Sie hatte sich weit vorgeneigt und sah ihn mit ihren blitzenden Augen überrascht und ungläubig an. »Sie wollen mich nach Hause lassen?«

Er nickte und schlug die Lider auf, so daß sein Blick dem ihren voll begegnete. »Gewiß. Aber natürlich unter sicherem Geleit.«

»Meinen Sie damit den alten Schwindler?« fragte sie böse, und ihr Gesichtchen nahm sofort wieder einen kampfbereiten Ausdruck an.

»Wenn Ihnen der Mann so zuwider ist«, lenkte er ein, »so kann es auch jemand anderer sein. Zum Beispiel ich. Ich werde Sie bis zu Ihrem Haus bringen und dort warten, bis Sie alles erledigt haben.«

»Das dürfte Ihnen etwas zu lange dauern«, meinte sie herausfordernd. »Sie glauben doch nicht, daß ich so einfältig sein werde, Ihnen ein zweites Mal ins Garn zu laufen? Wenn ich erst einmal zu Hause bin, sehen Sie mich nicht wieder. Das sage ich Ihnen ganz ehrlich. Und vor allem werde ich die Polizei alarmieren.«

»Über alle diese Dinge müssen wir uns natürlich vorher einigen. Die Sache ist nur zu machen, wenn Sie mir versprechen, daß Sie hübsch brav wieder herunterkommen und die Polizei aus dem Spiele lassen.«

»Und das würde Ihnen genügen?« fragte sie und griff aus lauter Verwunderung wieder nach ihrem Glas.

»Wenn Sie es mir mit Handschlag versprechen, ja.« Er hielt ihr lächelnd die Rechte hin, aber sie begann plötzlich zu kichern und schüttelte mit einem spitzbübischen Ausdruck den Kopf.

»Das muß ich mir erst überdenken. Wer weiß, was da wieder dahintersteckt. – Jedenfalls«, fuhr sie überlegend fort, »werde ich mir auch mein Grammophon mitnehmen. Es ist zwar sehr laut und heiser, so daß sich die übrigen Mieter immer beschwerten, wenn ich es spielen ließ, aber hier draußen macht das nichts.«

»Es könnte vielleicht die Panther beunruhigen«, meinte Rayne, und sie sah ihn mißtrauisch an, weil sie nicht wußte, ob er scherzte oder ob das wirklich zu befürchten war. »Aber«, fügte er hinzu, »Sie bekommen einen Radioapparat. Er ist bereits bestellt.«

»O fein«, stieß sie mit leuchtenden Augen hervor. »So etwas habe ich mir schon immer gewünscht. Da lasse ich natürlich meinen Kasten zu Hause.«

Das Obst und den Kaffee servierte Tom, der wie ein Schatten aus und ein geglitten war, beim Kamin, und Grace geriet in immer übermütigere Stimmung. Sie hockte sich auf die Armlehne des großen Stuhls, baumelte vergnügt mit den Beinen und naschte mit gespitzten Lippen von den Trauben. Dann schwang sie sich geschickt in den Sessel, steckte sich eine Zigarette an und kuschelte sich behaglich in die Polsterung.

»Wenn Sie nicht so langweilig wären, und wenn wir mein Grammophon hier hätten, könnten wir jetzt tanzen«, platzte sie nach einer Weile heraus. »Ich tanze nämlich sehr gerne, aber seit der Schule hatte ich keine Gelegenheit mehr. Sie machen sich aber wohl nicht viel daraus?«

»Das kommt ganz darauf an. Mit Ihnen zu tanzen, würde mir ein großes Vergnügen bereiten.«

Sie wurde sehr rot und senkte verwirrt den Blick, aber der eben eintretende Tom enthob sie der Verlegenheit.

»Sie werden dringend zum Telefon gebeten«, meldete er, und als Rayne rasch und fragend den Kopf wandte, hielt der Diener bereits die Tür geöffnet.

Wenige Augenblicke später war Grace Wingrove allein in dem behaglichen Raum und lehnte sich in dem wundervollen Sessel noch bequemer zurecht. Sie verspürte ein unsäglich wohliges Gefühl in allen Gliedern, und es war ihr so leicht und froh zumute, wie noch nie in ihrem Leben. Sie schloß die Lider, und ihr Mund begann bei den Gedanken, denen sie nachging, zu lächeln. Als aber Minute um Minute verstrich, schwand allmählich das Lächeln, und plötzlich glitt der dunkle Mädchenkopf müde zur Seite ...

Als Aubrey Rayne nach einer Viertelstunde zurückkehrte und eben eine Entschuldigung vorbringen wollte, stockte sein Fuß auf der Schwelle, und seine grauen Augen ruhten überrascht und mit einem seltsamen Lächeln auf dem schlafenden Mädchen.

Hier war nun Mrs. Fanny am Platze, und das kam ihm sehr gelegen, denn die Nachricht, die er eben erhalten hatte, drängte ihn zur Eile.

Es war kurz nach zehn Uhr, und auf dem Hof von Spittering Farm lag das weiße Licht der sommerlichen Vollmondnacht, als der schimmernde Buickwagen aus der Garage lautlos vor die Stufen des Hauses rollte.

Unter der Tür stand wie ein riesiger schwarzer Schatten Aubrey Rayne, und Peter betrachtete ihn mit einer so ehrfürchtigen Scheu, als ob jener eine blendende Wundererscheinung wäre. So etwas von blitzenden Schuhen und von einer blütenweißen, glatten Hemdbrust hatte er noch nie gesehen, und als sich ihm eine günstige Gelegenheit bot, griff er verstohlen und so zart, wie ihm dies nur möglich war, nach dem gleißenden Seidenfutter des Abendmantels, um es mit seinen klobigen Fingerspitzen zu befühlen.

Er wäre bei diesem Frevel beinahe ertappt worden, denn der große Mann wandte sich eben nach ihm um, und Forge fuhr mit seiner neugierigen Pranke etwas hastig in die Hosentasche und versuchte, ein höchst unbefangenes Gesicht zu machen.

»Ich hoffe, daß Sie auf dem Platze sein werden«, sagte Rayne halblaut, aber mit großer Eindringlichkeit. »Der Besuch von gestern wird kaum der einzige bleiben, und wenn wir nicht auf der Hut sind, kann es ein furchtbares Unglück geben. Sind meine Leute gekommen?«

»Vor einer halben Stunde, Sir«, raunte Peter. »Und ich habe sie so aufgestellt, daß nicht einmal ein Mistkäfer über die Mauer kriechen kann, ohne daß er eins hinaufgebrannt bekommt. Und wenn Sie fort sind«, fuhr er mit einem grimmigen Grinsen fort, »werden wir unsere Tierchen ein paar Stunden im Park spazierenführen. Die haben eine verdammt feine Nase für alles.«

Der Mann in dem tadellosen Abendanzug nickte und setzte den Fuß auf den Wagentritt.

»Für alle Fälle lassen Sie sofort die Versenkung spielen, damit Miß Wingrove und Evans in Sicherheit sind«, schärfte er Peter noch ein, aber dieser wedelte beruhigend mit der Hand.

»Das lassen Sie nur meine Sorge sein, Sir. Bevor einer an die Lady herankommt, muß er erst Peter Forge in Stücke hauen, und dabei dürfte ihm die Seele aus dem Leibe fahren.«

Der schlanke Malaie am Tor warf den schweren Riegel zurück, und Tom, der in steifer Würde am Steuer saß, lenkte den Wagen in die helle Nacht.

Peter sah ihm eine Weile nach, dann überzeugte er sich, daß das Tor gut. verschlossen war und ging wieder zum Brunnen, um noch einen Kübel Wasser in sich hineinzuschütten. Das Steak, das ihm die junge Lady zugesteckt hatte, war etwas so Herrliches gewesen, wie er in seinem Leben noch nichts gegessen hatte. Und man bekam darauf einen so wunderbaren Durst, daß man mit dem Trinken überhaupt nicht aufhören konnte.

17

Was die Räume des Strandhotels an Behaglichkeit und Prunk zu bieten vermochten, war an diesem Abend entfaltet worden, um die Werbewoche für Chesterhills in entsprechender Weise einzuleiten. Die Speisesäle sowie die unmittelbar anstoßenden Spielzimmer und Tanzräume lagen in stimmungsvollem gedämpftem Licht, und mit dem herben Geruch des frischen Lorbeers, der alle Winkel und Nischen füllte, mischte sich der Duft Tausender von Rosen, die man in verschwenderischer Fülle geopfert hatte.

Und diesem prächtigen Rahmen entsprach das lebendige Bild, das er faßte. Bereits von den ersten Abendstunden an war Wagen auf Wagen vorgefahren, und das Strandhotel hatte den glänzendsten Tag seiner allerdings erst sehr jungen Geschichte. Zwischen den gut bürgerlichen Badegästen tauchten immer zahlreicher höchst mondäne Erscheinungen auf, und es bereitete Colonel Rowcliffe eine gewisse Befriedigung, den geschäftig hin und her eilenden Mr. Hearson auf einige besonders prominente Persönlichkeiten aufmerksam machen zu können.

Die Damen in ihrer Begleitung prunkten in gepflegter Schönheit, in wundervollen Roben und kostbaren Juwelen, und Mr. Hearson musterte durch seine starken Gläser all den Glanz mit sichtlicher Genugtuung.

»Ich habe veranlaßt, daß von dem heutigen Abend einige Filmaufnahmen gemacht werden«, vertraute er dem Colonel an, »die wir dann in einem großen Londoner Kino laufen lassen wollen. Dem einen oder dem anderen Gast wird das vielleicht nicht gerade angenehm sein«, fügte er hinzu, indem er wieder einmal seine Brille zurechtschob, »aber darauf können wir natürlich keine Rücksicht nehmen. Es handelt sich für uns darum, Chesterhills in Mode zu bringen, und ich glaube, diese Reklame wird sehr effektvoll werden. Natürlich werden wir den Film erst überprüfen und wenn...« Er unterbrach sich mitten im Satz und blinzelte mit vorgeneigtem Kopf nach der Tür des Speisesaals, durch die sich eben wieder ein neuer Gast schob.

Colonel Rowcliffe, der den Mann ebenfalls bemerkt hatte, räusperte sich mit einem raschen, verstohlenen Seitenblick auf Hearson, und dieser sah höchst verlegen und ratlos drein. »Mr. Murphy«, murmelte er halblaut und unschlüssig. »Darauf war ich nicht vorbereitet, denn er war bereits am Nachmittag furchtbar müde, und ich nahm an, daß er sich zur Ruhe begeben würde. Die Sache ist etwas peinlich, denn wenn man ihn erkennt, dürfte vielleicht die Stimmung dadurch beeinträchtigt werden. Vor allem in den Spielzimmern. Immerhin...«

Er sprach nicht aus, sondern schlängelte sich geschmeidig und gewandt durch die dichtbesetzten Tischreihen zu Mr. Murphy, der eben eines der letzten kleinen Tischchen an der Längswand ergatterte, indem er einem eleganten Herrn mit einem liebenswürdigen Lächeln den Stuhl vor der Nase wegzog. Als er sicher und bequem saß, winkte er dem nahenden Hearson sehr herzlich zu und beschäftigte sich dann sofort eingehend mit der Speisekarte.

»Es ist sehr nett von Ihnen, daß Sie sich unseren Betrieb auch ein bißchen ansehen«, begann der Herr mit der Brille, indem er sich auf den höflich angebotenen Platz niederließ, aber der Oberinspektor blinzelte vielsagend und machte eine kurze Handbewegung.

»Offengestanden«, flüsterte er, »ist mir jeder solcher Rummel zuwider, aber der Mensch muß doch wenigstens einmal am Tage essen. Den Lunch habe ich glücklich verschlafen, und um ein Haar wäre es mir mit dem Dinner ebenso ergangen. Aber dann hat sich plötzlich mein Magen ganz energisch gemeldet, und schließlich muß ich doch meinen Frack auch einmal ausführen. Ich habe ihn eigens mitgenommen, weil ich mir dachte, daß sich hier sicher eine Gelegenheit ergeben wird, ihn gründlich auszulüften.«

Er strich liebevoll über die etwas speckigen und zerknitterten Aufschläge, und in den Duft des Lorbeers und der Rosen mengte sich der scharfe Geruch eines kräftigen Mottenpulvers.

Die Gesellschaft Hearsons sicherte Murphy die besondere Aufmerksamkeit der Bedienung, und er konnte seine Wahl in aller Ruhe und mit der wünschenswerten gründlichen Überlegung treffen. Nachdem er ungefähr die halbe Speisekarte herunterdiktiert hatte, glaubte er dem höflich wartenden Hearson eine Erklärung für seinen gewaltigen Appetit schuldig zu sein.

»Ich bin sonst gerade kein starker Esser«, versicherte er, »aber sowie ich ein bißchen frische Landluft schnappe, kommt ein förmlicher Heißhunger über mich; besonders wenn so delikate Sachen zu haben sind wie hier.« Er faltete die Hände über dem Leib und schmatzte erwartungsvoll. »Und dann noch eine oder vielleicht auch zwei Flaschen Porter, eine gute Zigarre und ein paar Stunden Schlaf, und ich werde wieder auf dem Damm sein. Der heutige Tag war doch etwas zuviel für mich.«

»Einen Blick in die Spielzimmer und in die Tanzräume sollten Sie aber doch tun«, empfahl Hearson in seiner pedantischen Art, aber der Oberinspektor schüttelte sehr entschieden den Kopf. »Das können Sie nach dem, was ich heute schon geleistet habe, nicht von mir verlangen. Außerdem verstehe ich vom Spiel genau so wenig wie vom Tanzen. Nein, ich bleibe hübsch gemütlich hier sitzen, und wenn meine Stunde kommt, krieche ich solid unter die Decke. Morgen ist auch noch ein Tag, und ich werde verdammt zu tun haben, wenn ich mit der gewissen Geschichte vom Fleck kommen soll.«

»Haben Sie vielleicht bereits irgendeinen Anhaltspunkt?« erkundigte sich Hearson höflich.

»Einen Anhaltspunkt?« echote Murphy mit verwunderten Augen. »Wo denken Sie hin! Das geht nicht so rasch. Ich bin doch noch nicht einmal zwölf Stunden hier. – Wenn Sie mich in zwölf Tagen fragen werden, werde ich vielleicht schon etwas klüger sein, obzwar das ein ganz niederträchtiger Fall ist, bei dem ich gar nichts versprechen will.«

Der dienstbeflissene Kellner servierte den ersten Gang, und der hungrige Murphy griff so hastig nach seinem Besteck, daß Hearson es an der Zeit fand, sich zu empfehlen.

»Ich hoffe, daß ich noch Gelegenheit haben werde, ein wenig mit Ihnen zu plaudern«, sagte er verbindlich. »Und wenn Sie gestatten, wird sich auch Colonel Rowcliffe, der ebenfalls zu unserem Direktorium gehört, Ihnen vorstellen.«

Der Oberinspektor neigte den massiven Oberkörper und senkte die Gabel wie einen Degen.

»Es wird mir eine besondere Ehre sein«, versicherte er.

Der Colonel schien von der Mission, die ihm zugedacht war, nicht sonderlich entzückt, aber der korrekte Hearson bestand darauf.

»Wir müssen uns um den Mann etwas kümmern. Das erfordert die Höflichkeit. Es genügt ja, wenn Sie im Laufe des Abends einige Worte mit ihm wechseln.«

Dagegen hatte Rowcliffe nichts, denn eigentlich war ihm aus gewissen Gründen selbst daran gelegen, den Mann von Scotland Yard näher kennenzulernen. Aber vorläufig beschäftigten ihn ganz andere Dinge. Er hatte heute Jetta Ormond ausnahmsweise nicht selbst zur Vorstellung gebracht, und solange sie nicht zurück war, vermochte er keine Ruhe zu finden. Er hatte genauestens berechnet, daß sie um 11 Uhr 15 Minuten in der Villa und zwanzig Minuten später im Hotel sein konnte, aber obwohl noch immer eine gute halbe Stunde bis dahin fehlte, wanderte er schon jetzt unausgesetzt zwischen den Gesellschaftsräumen und dem Portal hin und her, um nach ihr Ausschau zu halten.

Dabei fand er auch Gelegenheit, sich in seiner etwas gesuchten und auffallenden Eleganz überall zu zeigen und hie und da mit einem Bekannten einige Worte zu wechseln. Er war aber in dieser Beziehung äußerst vorsichtig und tat einige allzu vertrauliche Begrüßungen nur mit einem sehr kühlen Kopfnicken ab. Wenn er auch zu den meisten der anwesenden Lebemänner und Glücksritter schon in dieser oder jener geschäftlichen Beziehung gestanden hatte, in dem heutigen Rahmen mochte er sich nicht zu ihnen bekennen. Er wußte, was er seiner Stellung als Colonel und der ansehnlichen Reihe von Orden schuldig war, deren Miniaturen er an einem goldenen Kettchen an seinem Frackaufschlag trug, wenn es mit dem Colonel und den Ehrenzeichen auch eine etwas eigenartige Bewandtnis hatte. Tatsächlich hatte sich nämlich Mr. Rowcliffe in seinem ziemlich bewegten Leben bereits in den verschiedensten Berufen, nie aber in dem wenig lohnenden Soldatenhandwerk herumgetrieben, an dem ihm seit jeher als das einzig Verlockende lediglich die klangvollen Titel und die pompösen Uniformen erschienen waren. Deshalb hatte er die Vermittlung einer Waffen- und Munitionslieferung für eine südamerikanische Republik, in der es gerade wieder einmal eine kleine Revolution gab, dazu benützt, sich mit einem entsprechenden Vorschuß zunächst einmal den Charakter eines Colonels zu sichern. Das Patent war echt und unanfechtbar, wenn es auch später wieder annulliert worden war, weil die gelieferten Waffen sich als unbrauchbar erwiesen und die Munition trotz aller Bemühungen nicht losgehen wollte. Diese technischen Mängel hatten dem neugebackenen Colonel sogar ein Todesurteil »in Abwesenheit« eingetragen, aber Kugeln, die in einer Entfernung von einigen tausend Meilen für ihn vorbereitet waren, schreckten den tapferen Mann nicht. Er nahm mit einem kühlen, verächtlichen Lächeln in seinem gelben Gesicht davon Kenntnis und strich einfach die undankbare Republik aus der Reihe jener Länder, die er für den Fall ausersehen hatte, daß ihm einmal der Boden Englands zu heiß werden sollte.

Vorläufig brauchte er in dieser Beziehung nicht die geringsten Befürchtungen zu hegen. Alle seine vielseitigen Geschäfte wickelten sich glatt und ohne irgendwelches Aufsehen ab, und auch der Erfolg war befriedigend.

Nur der Alte in Limehouse bereitete ihm mit seinen seltsamen Aufträgen zuweilen einige Sorgen. Er hätte diese Verbindung, der er seinen Aufstieg verdankte, schon längst gerne gelöst, weil sie ihm nun nicht mehr recht paßte, aber der hinfällige Mr. Johnson und dessen noch geheimnisvollere Hintermänner wußten von ihm einige Dinge, die ihm weit gefährlicher werden konnten als das südamerikanische Todesurteil. Nur ein einziges Mal hatte er versucht, an der Fessel zu zerren und sich gegen einen Befehl aufzulehnen, aber er war sofort in derartige Schwierigkeiten geraten, daß er schleunigst wieder zu Kreuze gekrochen war.

»Machen Sie keine Dummheiten«, hatte ihn der alte Johnson mit seiner blechernen kurzatmigen Stimme gewarnt. »Die Panther verstehen keinen Spaß und lassen niemanden, den sie einmal gefaßt haben, lebend aus ihren Pranken. Mir sitzen sie schon seit vielen Jahren im Genick, und wenn ich sie abschütteln wollte, wäre ich morgen ein erledigter Mann.«

Rowcliffe ließ sich das gesagt sein, denn er war für derartige Andeutungen sehr empfänglich. Er hatte bei dieser Gelegenheit zum ersten Male von den Panthern vernommen, und die Erkenntnis, es mit einer ganzen Gesellschaft zu tun zu haben, veranlaßte ihn zu doppelter Vorsicht. Er wußte nun auch, was das seltsame Tier auf den schriftlichen Weisungen, die ihm Johnson aushändigte und auf den Taubenposten, die er in seinem Heim in Kensington empfing, zu bedeuten hatte, und er empfand stets einen geheimen Schauer, wenn ihn solch eine Botschaft erreichte. Man nahm ihn ja nicht allzu oft in Anspruch und entlohnte ihn für alle seine Dienste in sehr generöser Weise, aber er hatte das Gefühl, als ob er hierbei immer seine Haut zu Markte trüge.

Besonders der Auftrag, den Oberinspektor Murphy von Scotland Yard zu überwachen, war ihm höchst unsympathisch gewesen, denn er huldigte seit jeher dem Grundsatz, der Polizei tunlichst aus dem Wege zu gehen. Und in dieser Sache hatte es auch aus einem anderen Grund eine ernste Aussprache zwischen ihm und dem Alten in Limehouse gegeben. Johnson berief sich nämlich auf eine Brieftaubenpost, die Rowcliffe bereits zugekommen sein sollte, während dieser nur versichern konnte, sie nicht erhalten zu haben.

Die Taube mit dem Ring Nummer 5 hatte also offenbar ihr Ziel nicht erreicht. Es kam dies ja zuweilen vor, aber im Zusammenhang gerade mit dem gefürchteten Mann von Scotland Yard bereitete dieser Umstand dem Colonel einiges Unbehagen. Und sogar der sonst so stoische Alte schien einen Augenblick bedenklich, wenn auch in seinem bärtigen Gesicht und in seinen kranken Augen unter dem grünen Schutzschirm nichts zu lesen war.

Trotzdem hatte der Colonel auch diese Mission auf sich genommen und war dem Oberinspektor am ersten Tag sogar persönlich auf allen Wegen gefolgt. Dann allerdings hatte er die Überwachung einigen seiner verläßlichsten Leute übertragen, weil ihn der andere Befehl, sich nach dem Mädchen mit der Pantherkatze umzusehen, völlig in Anspruch nahm.

Er wußte weder in dem einen noch in dem anderen Fall, worum es sich eigentlich handelte, und er hütete sich, wie bei allen derartigen Aufträgen, auch nur mit einem Wort nach dem Zweck zu fragen. Je weniger er eingeweiht war, desto geringer schien ihm das Risiko, das er auf sich nahm, denn seine Tätigkeit an sich bildete ja nichts Strafbares.

Dieser Gedanke beruhigte ihn außerordentlich, obwohl seiner feinen Witterung die ganze Situation nicht recht behagte. Die geheimnisvollen Geschehnisse in Chesterhills, das Auftauchen Murphys, und die Jagd nach dem Mädchen ließen ihn vermuten, daß sich da eine heikle Sache zusammenbraute, in der man besser die Finger nicht hatte.

Er wollte sich daher seiner Aufträge so vorsichtig wie möglich entledigen. Bezüglich des Oberinspektors war ihm das nun ein leichtes, da er ihn ja jetzt unter den Augen hatte. Was aber das Mädchen betraf, so glaubte er durch die Andeutung Hearsons endlich auch diese Spur wieder gefunden zu haben. Der Mann mit dem Widdergesicht von Spittering Farm war offenbar derselbe, der ihm die so lange gesuchte Miß Wingrove vor der Nase weggeschnappt hatte, und er hatte diese Vermutung sofort noch am Nachmittag den Alten in Limehouse wissen lassen. Hoffentlich war damit seine Aufgabe erledigt, denn gegen Spittering Farm und die Leute, die dort hausten, hegte er eine instinktive Abneigung. Er kannte zwar bisher nur einen Bewohner, aber von den anderen hatte er bereits Verschiedenes gehört, was ihm auch nicht gefallen wollte.

Als Colonel Rowcliffe wieder einmal vor das Portal in die helle laue Sommernacht trat, wurde er in seinen vielseitigen ernsten Gedanken auf das angenehmste unterbrochen. Er kam nämlich gerade zurecht, seiner Freundin Jetta Ormond aus dem Wagen helfen zu können, und ihr Anblick versetzte ihn sofort in die strahlendste Laune. Allerdings blieb diese nur wenige Augenblicke ungetrübt, denn als er mit seiner Dame in den Gesellschaftsräumen erschien und die Herren interessiert die Köpfe, die Damen aber mit dünnen Lippen die Lorgnons hoben, erwachten in dem Colonel sofort wieder alle Teufel der Eifersucht.

Außer durch ihre so wenig verhüllten persönlichen Reize zog aber Jetta Ormond auch durch den Rubinschmuck, zu dem sie heute so unverhofft gekommen war, aller Augen auf sich. Er sprühte in ihrem roten Haar, an ihrem weißen Hals und ihrem zarten Handgelenk, und zuweilen schossen ganze Feuergarben aus den kostbaren Steinen.

Sogar der gelassene Mr. Hearson hatte bei der Begrüßung für diese Pracht einen überraschten Blick, und seine Hände rückten umständlicher und nervöser denn je an der Brille. Einen Augenblick schien er auch etwas darüber sagen zu wollen, aber dann begnügte er sich mit einem steifen allgemeinen Kompliment und kam erst später darauf zu sprechen, als er nach dem Dinner des Colonels allein habhaft wurde.

Jetta hatte sich bereits mit voller Leidenschaft in das Tanzvergnügen gestürzt, und Rowcliffe verfolgte sie unausgesetzt mit mißtrauischen Augen.

»Ich irre wohl nicht, wenn ich annehme, daß der Schmuck, den Miß Ormond heute trägt, von Lady Shelley stammt«, sagte Hearson halblaut. »Ich habe ihn einige Male an ihr bemerkt und eine zweite Garnitur so auserlesener Steine dürfte es wohl kaum geben.«

Dem Colonel war dieses Thema nichts weniger als angenehm, und er hatte die Schwäche, die ihn zu diesem Geschenk veranlaßt hatte, schon längst bedauert. Der Schmuck war wirklich unverkennbar, und er hätte eigentlich damit rechnen müssen, daß seine Herkunft kein Geheimnis bleiben würde. Aber nun war die Ungeschicklichkeit einmal geschehen, und er mußte trachten, über sie hinwegzukommen. »Allerdings«, sagte er leichthin und unbefangen. »Ich habe ihn vor einiger Zeit erworben.«

Hearsons Gesicht bekam einen ernsten und bekümmerten Ausdruck.

»Die Frau spielt zu leidenschaftlich. Wahrscheinlich war sie wieder einmal in Geldverlegenheit.«

»Darüber vermag ich Ihnen keine Auskunft zu geben«, erwiderte Rowcliffe etwas ungeduldig, ohne seinen starren Blick von Jetta zu wenden. »Jedenfalls habe ich eine sehr ansehnliche Summe dafür aufwenden müssen.«

»Wenn Sie Glück haben«, meinte Hearson leichthin, »können Sie diese Summe heute von Lady Margaret wieder zurückgewinnen. Sie hat gegen Abend telefonisch Zimmer bestellt, und ihr erster Weg wird sicher zum Spieltisch sein.«

Der Colonel war nun doch höchst betroffen.

»Es hieß doch vor einiger Zeit, daß Lady Shelley sich an die Riviera begeben würde«, bemerkte er mit etwas belegter Stimme und zerrte an seinem dichten dunklen Schnurrbart.

Hearson hob mit einem vielsagenden Lächeln die Schultern. »Vielleicht hat Lord Shelley dagegen Einspruch erhoben. Diese Ausflüge seiner Frau pflegten immer sehr viel Geld zu verschlingen, und dürften zusammen mit allem anderen sein Vermögen arg in Anspruch genommen haben. Man munkelt bereits allerlei bedenkliche Geschichten.«

Rowcliffe ließ eine kleine nachdenkliche Pause eintreten, bevor er das Gespräch fortsetzte.

»Ich habe gehört, daß Lady Margaret mit Johnson in Verbindung stehen soll.«

Der geschmeidige Mann mit der Brille hatte wieder nur sein diplomatisches Achselzucken.

»Möglich«, sagte er trocken. »Er gilt als Geldverleiher gefährlichster Sorte, und es ist nicht gut, mit ihm zu tun zu haben. Sie wissen ja, wie ich über den Mann denke. – Waren Sie schon bei Mr. Murphy?« sprang er plötzlich von dem Thema ab, und als der Colonel etwas nervös verneinte, sprach er lebhaft auf ihn ein. »Sie dürfen das nicht versäumen. Er ist ein ganz angenehmer Mensch, wenn auch« – er überlegte sichtlich, wie er seine Worte wählen sollte – »nicht das, was ich erwartet hatte. Aber Sie müssen sich beeilen, denn ich glaube, er ist sehr müde und wird sich jeden Augenblick zurückziehen.«

Vorläufig befand sich der Oberinspektor in dem Übergangsstadium zwischen Wachen und Schlafen. Er saß bequem in seinen Stuhl zurückgelehnt, hatte die Augen geschlossen und die halb ausgerauchte Zigarre hing schwelend in seinem Mundwinkel. Er schien von dem bunten und lauten Getriebe um sich herum nicht nur nichts zu sehen, sondern auch nichts zu hören, und als der Colonel an das Tischchen trat, hatte er einige Mühe, sich dem weltentrückten Mann in diskreter Weise bemerkbar zu machen.

Aber endlich schlug Mr. Murphy doch die schweren Lider auf und blinzelte den eleganten Herrn vor sich verwirrt und verlegen an.

»Colonel Rowcliffe«, sagte dieser halblaut und förmlich, und der Oberinspektor wurde plötzlich sehr lebendig. Er sprang so hastig auf, daß der Tisch ins Wanken geriet, und ergriff mit seinen beiden gewaltigen Händen die weiche, gepolsterte Rechte des anderen, um sie herzhaft zu schütteln.

»Sehr erfreut«, stieß er hastig hervor und ließ keinen Zweifel darüber, wie geschmeichelt er sich fühlte. »Mr. Hearson hat mir bereits erzählt, was Ihnen Chesterhills zu danken hat.« Er schnappte nach Luft und schob seinem Gast umständlich einen Stuhl zurecht. »Ich sage ja immer, diese Militärs haben es in sich, wohin man sie stellen mag. Überall und auch in allem und jedem tatkräftig und zielbewußt. – Nein«, tat er die bescheidene Handbewegung des Colonels entschieden ab, »widersprechen Sie mir nicht. Ich habe meine Erfahrungen und« – er seufzte tief auf und schlug seine Äuglein elegisch zur Decke – »die Soldaten sind mir nun einmal ans Herz gewachsen. Ich wäre einmal für mein Leben gern selbst einer geworden«, fuhr er vertraulich fort, »aber meine Leber war schon damals nicht ganz in Ordnung. Heute ist das natürlich noch ärger, und ich hätte wohl nicht lange mittun können. Denn das ist ein Beruf, bei dem man kerngesund sein muß.« Er seufzte neuerlich und betrachtete sein Gegenüber mit bewundernden Blicken, in denen auch ein kleines bißchen Neid lag. »So wie Sie, Colonel. Stramm und frisch – nicht so ungelenk und schwammig wie unsereiner. Aber das kommt von der verdammten Büroluft. – Kennen Sie die Büros in Scotland Yard?«

Rowcliffe verneinte diese Frage mit einem sehr kühlen Blick, und der Oberinspektor nickte.

»Seien Sie froh«, fuhr er redselig fort. »Wenn man einige Jahre in solch einem Loch gesessen hat, ist man fertig. Aber so ein Soldat kommt in der ganzen Welt herum und kann sich in der frischen Luft konservieren. Und dabei regnet es für ihn eine Anerkennung nach der anderen« – er blinzelte ehrfurchtsvoll und sehnsüchtig nach der Ordenskette des Colonels – »während unsereiner leer ausgeht. Ein einziges solches Ding im Knopfloch, und mein sehnlichster Wunsch wäre erfüllt«, gestand er und ließ keinen Blick von den glitzernden kleinen Orden. »Und Sie haben das Zeug gleich dutzendweise.«

»Es sind zumeist ausländische«, bemerkte Rowcliffe leichthin, um den Oberinspektor von diesem etwas verfänglichen Thema abzubringen. Der Mann war so ganz anders, als er sich ihn vorgestellt hatte, und er bedauerte nicht mehr, ihm einige Minuten geopfert zu haben. Er wußte nun wenigstens, daß an diesem Mr. Murphy höchstens seine Geschwätzigkeit zu fürchten war, die seicht, aber unhemmbar dahinströmte.

Augenblicklich allerdings war er plötzlich schweigsam geworden und schien irgendeine Ablenkung gefunden zu haben. Er saß so, daß er sowohl den gegenüberliegenden Spielsaal als den anstoßenden Tanzraum zum Teil überblicken konnte, und es mußte dort etwas geben, was seine Aufmerksamkeit in besonderem Maße in Anspruch nahm. Er spitzte den Mund, zog überrascht die Brauen hoch und begann dann verwundert mit dem Kopf zu wackeln.

Unwillkürlich folgte der Colonel der Richtung seiner Blicke, die auf einem sehr eleganten Mann hafteten, der an der Schwelle des Tanzsaals stand und seine Umgebung gut um Haupteslänge überragte. Rowcliffe erinnerte sich nicht, dieser auffallenden Erscheinung je begegnet zu sein, aber Murphy kam ihm bereits zu Hilfe.

»Ihr Nachbar«, flüsterte er mit großer Wichtigkeit. »Mr. Aubrey Rayne von Spittering Farm. Kolossal vornehm, das muß man sagen.«

19

Der Colonel wechselte wieder einmal die Farbe, denn er verspürte mit einem Male eine gewisse Unruhe. Nicht nur deshalb, weil wieder eine neue Person auftauchte, mit der er vielleicht bei seinen unangenehmen Aufträgen zu rechnen hatte, sondern vor allem wegen Jetta. Er kannte die Vorliebe seiner Freundin für alles Neue, und die interessante männliche Persönlichkeit im Rahmen der Tür war nicht zu übersehen. Rowcliffe verabschiedete sich etwas unvermittelt und eilig, um einer unliebsamen Entwicklung der Dinge vorzubeugen, und als er den Eingang zum Tanzsaal erreichte, konnte er die Wahrnehmung machen, daß seine Besorgnis leider nicht unbegründet gewesen war.

Mit den Fragen der landläufigen Etikette pflegte man es bei den Vergnügungsabenden in Chesterhills nicht allzu genau zu nehmen, und Jetta Ormond gab auf solche Nebensächlichkeiten überhaupt nichts. Sie hatte kaum bemerkt, daß der so fabelhaft aussehende fremde Herr Miene machte, sich ihr zu nähern, als sie ihm auch schon auf mehr als halbem Wege entgegenkam. Rayne fand gerade noch Zeit, eiligst die Arme auszubreiten, um den heranwirbelnden roten Schmetterling aufzufangen.

»Ich wußte, daß Sie kommen würden«, kicherte sie und blitzte mit weit zurückgeworfenem Kopf triumphierend zu ihm auf, »denn ich habe Sie hypnotisiert, als Sie vorhin beim Eingang standen. Haben Sie es gefühlt?«

Aubrey Rayne hatte seine besonderen Gründe, die zutrauliche junge Dame in guter Laune zu erhalten, und seine Antwort ließ an Galanterie nichts zu wünschen übrig.

»Dafür haben Sie ja den Beweis. Aber wahrscheinlich wäre ich auch ohne Hypnose gekommen, denn…«

Er sah sie durch die halb geschlossenen Lider mit einem vielsagenden Lächeln an, aber Jetta liebte derartige halbe Andeutungen nicht.

»Denn…?« drängte sie herausfordernd.

»Das müssen Sie erraten«, meinte er, ohne den Blick von ihr zu wenden. »Nachdem Sie in Zauberkünsten so bewandert sind, kann Ihnen das ja nicht schwerfallen.«

Jetta hätte zwar die Fortsetzung der so verheißungsvollen Einleitung gerne aus seinem eigenen Mund gehört, aber wenn er so schüchtern war, mußte man ihm eben Zeit lassen. Für alle Fälle schmiegte sie sich noch etwas hingebungsvoller an ihn, und ihre goldbraunen Augen sprachen eine sehr beredte Sprache. Sie fand, daß er nicht nur großartig aussah, sondern auch fabelhaft tanzte, und dem Colonel erstand in diesem Augenblick der gefährlichste Rivale, den er je gehabt hatte.

Rowcliffe fühlte das auch, als er das Paar plötzlich auftauchen sah, und wäre am liebsten in den Saal gestürzt, um seine Freundin aus den Armen des anderen zu reißen.

Er begnügte sich aber vorläufig damit, Jetta seine maßlose Empörung durch ein düster drohendes Mienenspiel wissen zu lassen, und er verzerrte dabei sein fahles Gesicht so lebhaft, daß auch Rayne neuerlich auf ihn aufmerksam wurde. »Gilt das uns?« fragte er, und der Rotkopf in seinen Armen nickte mit einem schadenfrohen Lächeln sehr heftig. Sie hegte den Wunsch, sich ihre neue Eroberung dauernd zu attachieren, und da schien es ihr zweckmäßig, daß der junge, elegante Mann halbwegs im Bilde war.

»Jawohl«, gestand sie unbefangen, »mir. Der Colonel verehrt mich und ist eifersüchtig wie ein alter Türke. Aber«, fügte sie hastig und nachdrücklich hinzu, »das hat nichts zu sagen. Ich werde Sie später mit ihm bekannt machen, und wenn er Grimassen schneiden sollte, so kümmern Sie sich nicht darum.«

Rayne war bereit, auch dieses zweifelhafte Vergnügen mit in Kauf zu nehmen, weil ihn die junge Dame mit ihrem auffallenden Schmuck außerordentlich interessierte. Er suchte bereits die ganze Zeit nach einer Gelegenheit, die Sprache möglichst unauffällig auf die Steine bringen zu können, aber sie ergab sich erst, als sie wieder an dem zornbebenden Rowcliffe vorüberkamen, und Jetta dessen vernichtenden Blick mit einer blitzschnellen hämischen Fratze und einem herausfordernden Zurückwerfen des Kopfes beantwortete.

»Ihr Diadem hat sich gelockert«, machte Rayne seine Tänzerin aufmerksam, indem er sie fürsorglich aus dem Gewühl der übrigen Paare führte. »Wir wollen den Fehler lieber gleich beheben, denn das kostbare Stück könnte leicht Schaden nehmen.«

Sie machten in einer Ecke des Saales halt, und Jetta begann ungeduldig an dem Kopfschmuck zu nesteln, wobei ihr Rayne behilflich war. Dadurch dauerte aber die Sache noch länger, denn es kamen immer wieder ihre Finger einander in den Weg, und die junge Dame hatte plötzlich Sorge, daß der Reif auch wirklich zuverlässig befestigt werde.

»Es ist ein altes Familienstück«, plapperte sie dem Colonel würdevoll nach, »und ich möchte es wirklich nicht gerne verlieren.«

»Das kann ich mir denken«, sagte der junge Mann höflich. »Es sind wohl die kostbarsten Steine, die heute hier zu sehen sind, und sie waren das erste, was mir auffiel.«

»Danke«, gab Jetta schmollend zurück, und in ihrem Gesicht zeigte sich plötzlich ein mißtrauischer Zug. Es fiel ihr ein, daß sie ihren Partner eigentlich gar nicht kannte, und so unbedingt war sie von der Anständigkeit der Gesellschaft, in der sie sich zu bewegen pflegte, nicht überzeugt. Sie gab Rayne dies auch ohne weiteres zu verstehen, um die junge Freundschaft, an der ihr so sehr gelegen war, nicht in Gefahr zu bringen. »Hoffentlich haben Sie es nicht darauf abgesehen«, meinte sie und sah ihn aus ihren braunen Augen forschend an. »Sie würden damit kein Glück haben, denn ich falle auf die gewissen Geschichten nicht so leicht herein.«

Ihre Warnung klang sehr ernst und eindringlich, aber der elegante Herr hatte dafür nur ein eigenartiges Lächeln, aus dem sie nicht recht klug werden konnte.

In diesem Augenblick tauchte steif und mit versteinerten Mienen der Colonel dicht neben ihnen auf und bot Jetta wortlos den Arm. Sie zog zunächst blitzschnell einen kleinen Katzenbuckel, und in ihren Augen flimmerte es böse, aber dann überlegte sie sich die Sache.

»Colonel Rowcliffe«, stellte sie mit einem hämischen Lächeln vor – »Mr. ....?« Sie kam erst jetzt darauf, daß sie nicht einmal den Namen ihres Tänzers wußte, und ihre verlegene Miene forderte den jungen Mann auf, ihr zu Hilfe zu kommen. »Rayne«, sagte er förmlich, und das gemessene Kopfnicken der beiden Herren verriet, welch ein Vergnügen es ihnen war, einander kennenzulernen.

Der Colonel wandte sich kurz ab, und Jetta folgte langsam, die Hand in seinem Arm, aber der große junge Mann erhielt über die Schulter noch einen heißen, vielsagenden Blick.

Rowcliffe hegte bezüglich des Verlaufs seiner Unterredung mit Jetta die ärgsten Bedenken und hatte daher als Schauplatz hierfür die abgelegenen und verschwiegenen Räume des Direktoriums ausersehen, denen er mit großer Hast zustrebte. Er fürchtete, daß seine Begleiterin vielleicht schon unterwegs widerspenstig werden könnte, aber zu seiner größten Überraschung trippelte sie willig und trällernd neben ihm her, und ihre gute Laune ließ ihn erleichtert aufatmen.

Als sie den kleinen Salon erreicht hatten, der durch eine breite Glastür mit der gedeckten Veranda in Verbindung stand, ging der Colonel sofort zum Angriff über.

»Du benimmst dich geradezu skandalös«, stieß er zwischen den Zähnen hervor, »und machst dich und mich unmöglich. Wir sind hier nicht in einer Tanzdiele in Deptford, in der man sich vielleicht so gehen lassen kann.«

Deptford war sonst für Miß Ormonds kleine Ohren ein aufreizendes Wort, und Rowcliffe harrte ängstlich der Dinge, die nun kommen würden. Aber seltsamerweise geschah diesmal nichts. Jetta verkniff nur ein wenig die funkelnden Augen, und ihre Stimme klang etwas blechern und schrill.

»Etwas zu trinken«, sagte sie kurz, indem sie sich in einen der tiefen Sessel gleiten ließ. »Aber rasch.« Dann zündete sie sich eine Zigarette an und sah mit einem verträumten Lächeln vor sich hin.

In dem Colonel schürte dieses Lächeln, das wahrscheinlich dem anderen galt, die brennenden Gluten der Eifersucht, und er begann wie ein gereiztes Tier in dem Raum auf und ab zu laufen. Aber erst als der Diener den Champagner serviert hatte, konnte er seiner maßlosen Erregung Luft machen.

»Schämst du dich nicht, dich dem erstbesten Fremden an den Hals zu werfen?« schrie er sie an. »Ich habe alles genau beobachtet.«

Jetta quirlte gelassen in ihrem schäumenden Glas und trank es dann in einem langen durstigen Zuge aus.

»Nein«, sagte sie ruhig, indem sie sich sorgfältig die Lippen abtupfte, »deswegen schäme ich mich nicht. Aber ich schäme mich, einen Freund zu haben, der sich vor aller Welt wie ein Hanswurst benimmt. Wenn du wüßtest, wie komisch du mit den rollenden Augen und deinen schrecklichen Grimassen ausgesehen hast. Wie ein gereizter Ochsenfrosch.«

Sie lachte ihn herausfordernd an, und Colonel Rowcliffe verlor seine Selbstbeherrschung. Er stand mit einem Sprung vor ihr, und sein Gesicht hatte die Farbe einer ausgeblaßten Zitrone. »Hüte dich, du...«, zischte er und machte eine drohende Geste, aber Jetta stand bereits auf den Füßen, und ihre kleine Hand lag an der schweren Champagnerflasche. Sie sprach nicht ein Wort, und in ihrem Gesicht zuckte nicht ein Muskel, aber der Colonel wußte, was er bei der nächsten Unvorsichtigkeit zu gewärtigen hatte. Er fand es daher ratsam, zunächst einmal wieder einen gewissen Abstand zwischen sich und den Rotkopf zu bringen und seine Taktik zu ändern.

Er brach in ein hämisches Lachen aus, und seine Mienen strahlten vor Schadenfreude.

»Du scheinst an der einen Ohrfeige, die du gestern bekommen hast, noch nicht genug zu haben«, rief er ihr aus sicherer Entfernung zu. »Die heutige Geschichte kann dir nämlich noch mehrere eintragen.«

Auch das war eine gefährliche Anspielung, und Rowcliffe überkam ein fast unheimliches Gefühl, als Jetta sie mit völliger Ruhe hinnahm.

»Von dir?« fragte sie nur und zuckte verächtlich mit den Schultern.

»Nein«, sprudelte er lebhaft hervor, »aber von Miß Wingrove. Du weißt ja, wie schlagfertig sie ist.«

Sie sah ihn verständnislos an.

»Was soll das heißen?«

»Das soll heißen«, höhnte er, »daß sie wahrscheinlich nicht ruhig zusehen wird, wenn du ihr ihren Beschützer abspenstig machst.«

Der Colonel hatte seinen überraschenden Trumpf mit großem Nachdruck ausgespielt, und er konnte mit der Wirkung zufrieden sein. Jetta starrte ihn mit großen Augen mißtrauisch an, die Warnung hatte sie so außer Fassung gebracht, daß sie vergeblich nach einem Wort der Erwiderung suchte.

Aber Hearson enthob sie ihrer peinlichen Verlegenheit. Er kam eben in größter Eile ins Zimmer gestürzt und wandte sich sofort an Rowcliffe.

»Endlich finde ich Sie«, stieß er atemlos hervor. »Lady Shelley ist vor einer Viertelstunde eingetroffen, und wir müssen sie unbedingt begrüßen. Schließlich und endlich ist sie doch der illustreste Gast, den wir heute hier haben. Sie ist noch in ihren Zimmern, wird aber wohl jeden Augenblick herunterkommen. – Miß Ormond wird Sie gewiß für eine Weile entschuldigen«, fügte er höflich hinzu und faßte Rowcliffe bereits unter dem Arm.

Dem Colonel kam diese Störung nichts weniger als gelegen. Er hatte die Absicht gehabt, seiner Freundin so zuzusetzen, daß ihr mit dem neuen Gegenstand ihres Interesses auch der ganze Abend gründlich vergällt wurde und daß sie in ihrer Enttäuschung und üblen Laune das Feld räumte. Nun kam ihm gerade im entscheidenden Augenblick der ewig geschäftige Hearson in den Weg und noch dazu mit einer Sache, der er gerne ausgewichen wäre. Er hatte kein Verlangen, mit Lady Shelley zusammenzutreffen, weil er dabei unbedingt irgendeine Unannehmlichkeit gewärtigen mußte. Entweder war sie bei Kasse, dann mußte er darauf vorbereitet sein, daß sie von dem Schmuck zu sprechen begann, oder sie befand sich wieder einmal in Geldnöten und dann drohte die Gefahr, daß er für ein Geschäft von zweifelhafter Sicherheit in Anspruch genommen wurde. Das eine war ihm so peinlich wie das andere, aber der Aufforderung Hearsons konnte er sich nicht gut entziehen. Die Hauptsache war, daß Jetta mit ihren auffallenden Steinen unsichtbar blieb, bis er sich wieder freimachen konnte.

»Bitte, warten Sie hier auf mich«, sagte er im Abgehen förmlich und mit solchem Nachdruck, daß es geradezu wie ein Befehl klang. »Ich werde sofort wieder zurück sein.« Er wartete etwas ängstlich ab, was sie dazu sagen würde, aber auch diesmal zeigte sich Miß Ormond überraschend gefügig, da sie nur leicht den Kopf neigte, und der Colonel schloß mit großer Erleichterung die Tür.

Es wäre Jetta sonst nie eingefallen, so mit sich umspringen zu lassen, wie es in der letzten Viertelstunde geschehen war, aber sie hatte ihre besonderen Gründe dafür. Der Eindruck, den der große interessante Mann auf sie gemacht hatte, war so tief gewesen, daß sie sich mit sehr ernsten Gedanken trug. Sie war zu praktisch veranlagt, um folgenschwere Dummheiten zu begehen und sofort alle Brücken hinter sich abzubrechen, aber wenn ihr dieser Mr. Rayne auch nur einige Chancen bot, war sie ohne weiteres bereit, dem Colonel den Abschied zu geben. Deshalb hatte sie es auch vermieden, sich mit ihm herumzuschlagen, wie sie es sonst mit besonderem Vergnügen getan hätte. Es schien ihr bereits zwecklos, und außerdem schadete es ihrem Aussehen, an dem ihr heute ganz besonders gelegen war. Die Andeutung über die Beziehungen zwischen Rayne und der verhaßten Miß Wingrove hatten sie im ersten Augenblick sehr betroffen gemacht, und sie hätte gerne gewußt, ob es sich hierbei nur um eine Bosheit des Colonels handelte oder ob wirklich etwas dahinter steckte. Aber darauf wollte sie sehr rasch kommen, und Jetta Ormond war nicht die Frau, die wegen einer Nebenbuhlerin die Flinte gleich ins Korn warf. Gar, wenn es sich um eine so gewöhnliche Person, wie dieses tätowierte Mädchen handelte.

Sie goß noch ein Glas Champagner hinunter, zündete sich eine frische Zigarette an und begann mit einem selbstbewußten Lächeln ihren weiteren Feldzugsplan zu entwerfen.

Durch die offenen Fenster und die Glastür der Veranda wehte die leichte Brise der lauen Sommernacht, und von dem lauten Treiben des Festes war in diesem abgeschiedenen Winkel nicht der leiseste Laut zu hören.

Die verliebte junge Dame fand, daß es sich hier wundervoll träumte, und schloß die Augen...

Plötzlich verlosch mit einem leisen Knacken das Licht, aber bevor Jetta noch die Lider aufzuschlagen vermochte, fühlte sie sich von kräftigen Händen gepackt, und etwas Weiches, das sich auf ihr Gesicht legte, benahm ihr den Atem.

Die Fenster des kleinen Salons gingen in den abgelegensten und finstersten Teil der Hotelanlagen, und nur zuweilen tauchte hier einer der gehetzten Bediensteten auf, um einige Augenblicke frische Luft zu schöpfen.

Etwa fünf Minuten später zeichnete sich in einem der offenen Fenster ein dunkler Schatten ab und glitt dann mit einem elastischen Sprung lautlos zu Boden. Der Absprung gab dem Mann die Schnellkraft zu weiten, flüchtigen Sätzen, aber knapp vor dem nächsten rettenden Gebüsch wurde ihm ein Bein gestellt. Es gab einen schweren, geräuschvollen Fall und gleich darauf einen harten, dumpfen Schlag.

Ben Kitson saß kaum zehn Schritte von dem Schauplatz dieser Geschehnisse in einer kleinen Laube, um ein Küchenmädchen zu erwarten, das ihm außer anderen Genüssen noch ein weiteres Abendbrot und etwas Trinkbares verheißen hatte. Seine geschärften Vagabundensinne sagten ihm plötzlich, daß etwas in der Luft liege, und als der Schatten im Fenster erschien, hatten ihn seine Augen auch schon durch die Zweige erspäht. Aber er bemerkte auch die kleine untersetzte Gestalt, die wenige Schritte weiter im Dunkel der Sträucher lauerte, und starrte mit weit vorgestrecktem Kopf erwartungsvoll auf den Plan.

Er sah das Bein, das sich blitzschnell vorstreckte, er beobachtete, wie der Flüchtling zu Boden schlug, und er stellte fest, daß der Hieb, den der andere ihm kunstgerecht auf den Kopf versetzte, nicht von schlechten Eltern war.

Sobald der Sieger daranging, dem Bewußtlosen hastig die Taschen zu leeren, war Ben Kitson bereits im Begriff, sich bemerkbar zu machen und bescheiden um einen kleinen Anteil zu bitten, als er sich in der letzten Minute erinnerte, daß so etwas mit seiner neuen Stellung nicht gut vereinbar war. Er begnügte sich daher damit, den kleinen Mann, der sich nach getaner Arbeit rasch in die Büsche schlug, genauestens ins Auge zu fassen, und als nach einigen Minuten auch der Überfallene taumelnd vom Boden aufschnellte, waren Bens Augen aufnahmebereit, wie die Linse einer Kamera.

20

Lady Shelley war eine große, etwas üppige Blondine von sehr selbstbewußter Haltung, und es war verständlich, daß ihr Erscheinen in den Gesellschaftsräumen des Strandhotels allgemeine Aufmerksamkeit erregte. Sie mußte einmal eine außergewöhnlich schöne Frau gewesen sein, aber nun waren ihre Züge bereits etwas scharf geworden, und das Gesicht mit der ein wenig zu starken Nase, dem hochmütigen Mund und den kalten Augen wirkte nicht gerade sympathisch.

Sie kam in Begleitung einer verschüchterten, eingetrockneten Gesellschaftsdame, und Hearson mit dem Colonel und dem Inspektor Elliot gaben ihr das Geleit.

Man machte ihr überall höflich Platz, denn sie war eine sehr bekannte Persönlichkeit, und in den Gruppen, die sich hinter ihr schlossen, lebten die verschiedenen Geschichten auf, die über sie in Umlauf waren. Sie hatte eine etwas romantische Vergangenheit hinter sich, indem sie es von der Sekretärin eines millionenreichen Grubenbesitzers in Wales zu dessen Gattin und nach seinem plötzlichen Tod zur Lady Shelley gebracht hatte. Um diese Etappen ihres Lebens woben sich verschiedene Gerüchte. Ihre erste Ehe mit Sir William Lyndsell, einem Witwer, sollte nichts weniger als harmonisch verlaufen sein, und man munkelte sogar, daß der Schlaganfall, dem ihr Gatte erlegen war, durch eine sehr stürmische häusliche Szene verursacht worden sein sollte. Tatsächlich hatte er seine Witwe nur mit einem verhältnismäßig kleinen Legat bedacht und in seinem Testament auch sonst eigenartige Verfügungen getroffen, die sich auf eine mehrere Jahre zurückliegende geheimnisvolle Affäre bezogen, die fast schon in Vergessenheit geraten war.

Mrs. Lyndsell verschwand dann für längere Zeit aus England, um ihre schmale Rente in den verschiedenen Spielsälen des Kontinents aufzubessern, in denen sie eine der auffallendsten und umworbensten Erscheinungen wurde. Dort lernte sie auch den alternden Lord Shelley kennen, und der exzentrische Mann überraschte seine Familie und die Gesellschaft mit einem neuen Streich, indem er die schöne Mrs. Lyndsell kurzweg heiratete.

Sie zählte damals ungefähr dreißig Jahre, er einige fünfzig, und es gab in den Gesellschaftsrubriken der gesamten Presse wochenlang einen gewaltigen Aufruhr. Man ließ es Lady Shelley ziemlich deutlich fühlen, daß man sie nicht für voll nahm, aber sie setzte sich kühl darüber hinweg. Sie schuf sich einen eigenen Kreis, der allerdings nicht sehr glänzend und auch nicht ganz einwandfrei war, aber ihr genügte er, und Lord Shelley stand derart unter dem Einfluß seiner jungen Frau, daß auch er sich damit abfinden mußte. Allmählich allerdings kam es aber doch zu ernsten Auseinandersetzungen, und vor etwa fünf Jahren war sogar das Gerücht in Umlauf gekommen, daß Lord Shelley allen Ernstes die Scheidung betreibe. Aber kaum einige Monate später zeigte er der etwas infam schmunzelnden Welt die Geburt eines Erben, des elften Earl of Shelley, an.

»Verdammt...!« entfuhr es dem schlummernden Murphy halblaut, als er mit seinen Erinnerungen so weit gekommen war, und seine plötzlich sehr munter blickenden Äuglein suchten unwillkürlich nach der hohen Gestalt von Mr. Aubrey Rayne. Er wußte nun mit einem Mal, wer dieser junge Mann war, der ihm soviel Kopfzerbrechen verursacht hatte. Er erinnerte sich genau der Bilder, die er vor einigen Jahren von ihm gesehen hatte, sowie der interessanten Bemerkungen, die darunter gestanden hatten, und er brannte darauf, Zeuge des Augenblicks zu sein, in dem Lady Shelley und dieser Bewohner von Spittering Farm einander begegnen würden.

Aber der elegante Mann war plötzlich spurlos verschwunden, und die Lady blickte aus der Ecke, in die sie sich mit ihrer Begleitung zurückgezogen hatte, kühl und etwas zerstreut auf die wogende Menschenmenge. Sie kannte viele der Anwesenden, empfand aber nicht das Bedürfnis, mit ihnen in Berührung zu kommen, und die eisige Miene, mit der sie hier und da einen Gruß erwiderte, schützte sie vor jeder Zudringlichkeit.

Ihr einziger Wunsch war, so rasch wie möglich an den Spieltisch zu kommen, um wieder einmal ihr Glück zu versuchen. Sie hatte mit größter Mühe einige hundert Pfund zu diesem Zweck aufgetrieben, und der Betrag mußte sich wesentlich vervielfachen, wenn sie ihrer drückendsten

Sorgen wenigstens für einige Zeit ledig werden wollte. Ihre finanzielle Lage hatte sich allmählich geradezu katastrophal gestaltet, und es gehörte die unerschütterliche Ruhe von Lady Margaret dazu, nicht den Kopf zu verlieren. Wenn auch der heutige Abend wieder einen Fehlschlag brachte, sah sie keine Hilfe mehr. Die Rente von ihrem ersten Gatten war auf Jahre hinaus verpfändet, und von Shelley hatte sie außer dem knapp bemessenen Nadelgeld, das kaum für ihre bescheidensten persönlichen Bedürfnisse reichte, nichts mehr zu erwarten. Der unberechenbare Lord war nach einigen peinlichen Vorkommnissen hart geworden, und zum erstenmal mußte die energische Frau die Erfahrung machen, daß alle ihre Künste bei einem Manne versagten.

Seither hegte sie gegen ihren Gatten einen tödlichen Haß, und Lord Shelley wäre vielleicht weniger unerbittlich gewesen, wenn er Lady Margaret besser gekannt hätte. Aber sie war nicht die Frau, etwas zu übereilen, und solange sie sich über Wasser halten konnte, bestand keine Notwendigkeit, zu den immerhin gefährlichen äußersten Mitteln zu greifen. Nun begannen aber plötzlich selbst die letzten kostspieligen Geldquellen zu versiegen, und wenn sie an ihre Verpflichtungen dachte, so sagte sie sich, daß sie den gewissen Weg doch würde einschlagen müssen. Selbst das fabelhafteste Spielglück am heutigen Abend konnte nur einen Aufschub bedeuten und ihr lediglich die Möglichkeit bieten, die notwendigen Vorbereitungen zu treffen.

Die stattliche Frau war von ihren ernsten Gedanken so in Anspruch genommen, daß sie weder für die verschiedenen umständlichen Erklärungen Hearsons, noch für die fade Geschwätzigkeit des schneidigen Inspektors ein Ohr hatte. Sie warf nur hier und da zerstreut und ungeduldig ein Wort ein und hätte dieser langweiligen Konversation schon längst ein Ende gemacht, wenn ihr nicht daran gelegen gewesen wäre, noch vor dem Spiel mit Rowcliffe eine dringende Sache in Ordnung zu bringen.

Aber der Colonel war auffallend schweigsam und zurückhaltend und von einer Unruhe, die er kaum zu verbergen vermochte. Falls Jetta Ormond jetzt plötzlich auftauchte, mußte er in die peinlichste Lage kommen; und er harte damit zu rechnen, wenn er nicht schleunigst wieder in die Direktionsräume zurückkehrte.

Er wollte daher die Gelegenheit, da Lady Margarets kalte Augen wieder einmal auf ihm ruhten, benützen, um sich mit einer flüchtigen Entschuldigung eilends zu empfehlen, aber sie schob plötzlich ihren Arm leicht in den seinen und zog ihn vertraulich einige Schritte beiseite,

»Ich habe eine gewisse Sache nicht vergessen«, sagte sie halblaut und leichthin, »aber es war mir bisher nicht möglich, sie zu regeln. Und ich muß Sie auch heute noch um eine weitere Frist bitten. Sagen wir« – sie dachte einige Sekunden nach, bevor sie den Satz mit großer Bestimmtheit beendete – »von vier Wochen. So lange müssen Sie noch zuwarten.«

Rowcliffe war dieses Thema nicht sehr angenehm, und er hielt es für gut, die Miene eines höchst überraschten biederen Geschäftsmannes aufzusetzen.

»Meines Erachtens ist ja die Angelegenheit bereits erledigt«, gab er mit hochgezogenen Brauen etwas gedehnt zurück. »Die achthundert Pfund waren vor vierzehn Tagen fällig, und nachdem sie nicht erlegt wurden...«

Er sprach nicht aus, denn Lady Shelley hatte ihre Hand mit einem jähen Ruck aus seinem Arm gezogen, und er fühlte einen Blick, der ihm arges Unbehagen bereitete.

»Sie wollen doch hoffentlich nicht sagen, daß Sie daraus ein Besitzrecht auf den Schmuck ableiten?« fiel sie eisig ein. »Es wäre dies für Sie allerdings ein glänzendes Geschäft, aber so war es nicht ausgemacht. Sie erhielten die Steine lediglich als Pfand für das Darlehen, und ich muß Sie dringendst ersuchen, sie auch weiterhin nur als solches zu betrachten. Es hängt für mich zuviel davon ab, wie Sie ja wissen, und ich möchte Sie auch noch daran erinnern, daß Sie mir strengstes Stillschweigen über unseren Handel zugesagt haben. Ich könnte in die ärgsten Ungelegenheiten kommen und müßte Sie dafür verantwortlich machen.« Sie nickte ihm flüchtig zu, und als sie sich abwandte, war ihr Gesicht so gelassen, als ob sie über irgendeine nichtige Sache gesprochen hätten.

Sie nahm nun den Weg in den Spielsaal, und während ihr die schattenhafte Gesellschafterin mit Hearson und dem Inspektor folgte, atmete der Colonel befreit auf, da die Gefahr, die ihm den ganzen Abend verbittert hatte, geschwunden war. Er hatte mit dem Geschenk an seine

Freundin zum mindesten eine arge Voreiligkeit begangen, allerdings in der Annahme, daß Lady Margaret kaum in der Lage sein würde, das Pfand je auszulösen. Er war über ihre mißlichen Verhältnisse genau unterrichtet und wußte, wie schwer es ihr bereits wurde, auch nur den kleinsten Kredit zu finden. Damit hatte er gerechnet, aber nun mußte er darauf vorbereitet sein, daß sie ihm eines Tages doch das Geld auf den Tisch legen und den Schmuck zurückfordern würde.

Wie er es angesichts dieser Möglichkeit anstellen sollte, ihn von Jetta raschestens wiederzubekommen, darüber vermochte er sich augenblicklich noch nicht schlüssig zu werden, aber es mußte einen Weg geben. Lady Shelley war eine sehr energische Frau, und Rowcliffe hielt zu sehr auf seine gesellschaftliche Stellung, um eine öffentliche Erörterung gewisser Geschäfte für wünschenswert zu halten. Er fühlte sich bei dem Gedanken, welch einen Skandal es gegeben hätte, wenn seine Freundin nicht so folgsam gewesen wäre, äußerst unbehaglich und wollte nun die günstige Gelegenheit benützen, Jetta schleunigst heimzuschaffen. Als er aber in dem kleinen Salon angelangt war und, etwas betroffen, das Licht wieder eingeschaltet hatte, kam er von seinem Vorhaben sofort ab. Jetta Ormond lag friedlich schlummernd in einem Fauteuil und schlief so gründlich, daß sie selbst sein wiederholtes Räuspern und seinen mehrmaligen Anruf nicht vernahm.

Noch lauter zu werden, konnte sich der Colonel nicht entschließen, denn es bot sich ihm plötzlich eine Möglichkeit, auf die zu hoffen er nicht gewagt hatte. Er konnte seine ermüdete Freundin ihrem gesunden Schlaf überlassen und mittlerweile weiter seinem Vergnügen nachgehen. Schließlich hatte er dafür die gewiß stichhaltige Entschuldigung, daß er es nicht über sich gebracht hätte, sie zu wecken.

Rowcliffe fand diesen Einfall so vortrefflich, daß er rasch wieder das Licht verlöschte und zur Sicherheit auch noch die Tür versperrte. Dann rief er, um ja nichts außer acht zu lassen und einen Zeugen zu haben, einen der Diener herbei.

»Miß Ormond ist etwas ermüdet, und hat sich zurückgezogen«, erklärte er diesem. »Sorgen Sie dafür, daß sie nicht gestört wird. Falls sie sich aber selbst melden sollte, so holen Sie mich sofort aus dem Spielsaal.«

Wenige Augenblicke später schritt er gut gelaunt und unternehmungslustig durch die Reihen der grünen Tische, und fast zur gleichen Zeit erhob sich auch der gemächliche Mr. Murphy von seinem Stuhl, auf dem er fast den ganzen Abend friedlich geschlummert hatte. Er streckte etwas umständlich die stämmigen Beine, rieb sich die Augen und säuberte seine Hosen und die Weste sorgfältig von der Zigarrenasche, mit der er sich bestäubt hatte. Dann steckte er sein feistes Gesicht neugierig in den Tanzsaal, wiegte sich eine Weile nach dem Takt der Musik in den massigen Hüften und wechselte hierauf einige Schritte weiter zum Spielzimmer.

Lady Shelley saß gerade gegenüber dem Eingang, und Hearson hatte es sich angelegen sein lassen, ihr einige angemessene Partner zu besorgen. Er selbst spielte nie, aber dafür war Inspektor Elliot eifrig bei der Sache, und Murphy konnte mit Staunen und Neid wahrnehmen, wie er eben einen ansehnlichen Haufen Geld zu sich heranzog.

Lady Margaret setzte mit hartnäckiger Gelassenheit, und je mehr sie in Verlust geriet, desto höher wurden ihre Einsätze. Einmal mußte ja die bisherige Serie der Nieten ein Ende haben, und ein einziges halbwegs günstiges Spiel konnte sie sofort wieder retten.

Der Oberinspektor blinzelte verschlafen und gelangweilt durch den großen Saal, aber er ließ den Tisch gegenüber nicht eine Sekunde aus dem Auge. Diese große üppige Frau, von der er schon so viel gehört hatte, und die mit unerschütterlicher Ruhe Schein um Schein auf den Tisch legte, beschäftigte ihn außerordentlich, und ebenso interessant war für ihn sein Kollege Elliot, der lässig mit einem Pack Banknoten hantierte, die wohl das Mehrfache seines Jahresgehaltes ausmachten.

Murphy seufzte tief auf, und sein Blick begegnete den etwas überraschten Augen von Mr. Hearson, der auch schon eilig auf ihn zukam.

»Verzeihen Sie, daß ich mich nicht weiter um Sie gekümmert habe«, entschuldigte er sich hastig, »aber ich mußte annehmen, daß Sie sich bereits zurückgezogen hätten. Sie waren ja so müde ...«

»War ich auch«, bekräftigte der Oberinspektor, indem er lebhaft mit dem Kopf nickte. »Zum Umfallen müde. Aber dann habe ich rasch ein kleines Schläfchen gemacht und nun geht es wieder.«

»Interessiert Sie das Spiel«, fragte der höfliche Hearson, »oder spielen Sie vielleicht selbst? Es würde mir ein Vergnügen sein, Ihnen eine Partie zusammenzustellen. Natürlich kein Hasard«, fügte er lebhaft hinzu, als er die erschreckt abwehrende Geste Murphys bemerkte, »sondern ein einfaches bürgerliches Bridge. Ich für meine Person bin auch ein entschiedener Gegner aller dieser wahnwitzigen Glücksspiele, aber ein großer Teil unseres Publikums verlangt nun einmal danach. Deshalb sind wir auch um die Konzession eingekommen, wie Sie vielleicht wissen werden«, erklärte er gleichsam entschuldigend, indem er sich mit seiner Brille zu schaffen machte.

»Jawohl, ich weiß«, bestätigte der Oberinspektor, »und ich finde es ganz in der Ordnung. Warum soll ein schlecht besoldeter Polizeibeamter, wie mein Kollege Elliot, nicht die Freude haben, eine Menge Geld zu gewinnen«, fuhr er harmlos fort, »wenn es Leute gibt, denen es nichts auszumachen scheint, in ein paar Stunden ein paar hundert Pfund zu verlieren. Wie zum Beispiel die Dame, die an seinem Tisch sitzt. Sie wirft die Banknoten hin, als ob es Papierschnitzel wären.« Er schob die dicke Unterlippe vor und blinzelte Hearson launig an, aber dieser verkniff die Lippen und schüttelte sehr mißbilligend den Kopf.

»Es ist Lady Shelley, von der Sie vielleicht bereits gehört haben«, erklärte er halblaut. »Sie ist eine unserer leidenschaftlichsten Spielerinnen, und ich fürchte, daß sie dabei weit über ihre Verhältnisse geht.«

»Seitdem ich zusehe, hat sie fünfhundertfünfzig Pfund gesetzt und nicht ein einziges Mal gewonnen«, konstatierte Murphy trocken, und Hearson warf ihm einen schnellen, überraschten Seitenblick zu. Die Entfernung bis zum Spieltisch betrug gute zehn Schritte, und der Oberinspektor mußte wunderbare Augen haben, wenn er derartige Einzelheiten bei der abgedämpften Beleuchtung beobachten konnte.

Der höfliche Herr hüstelte leicht und schien noch etwas bemerken zu wollen, aber dann wurde er von etwas anderem in Anspruch genommen, und auch Murphy nahm solches Interesse daran, daß seine großen, fleischigen Ohren lebhaft ins Pendeln gerieten. Neben dem Tisch, an dem die blonde Lady Margaret nervös an ihrem bedenklich schwindenden Banknotenbündel fingerte, war plötzlich von irgendwoher die hohe Gestalt Aubrey Raynes aufgetaucht. Er stand mit verschränkten Armen und blickte aus halbgeschlossenen Lidern in das kalte Gesicht der Frau, deren Augen starr auf die Hand des Bankhalters gerichtet waren. Wenn das Blatt sich nicht bald wendete, so waren ihre letzten Hoffnungen zunichte geworden. Ihre Barschaft reichte gerade noch für wenige Einsätze, und sie sah keine Möglichkeit, weiteres Geld aufzutreiben. Ihre Gedanken wurden immer düsterer und verzweifelter, und plötzlich begann auch noch irgend etwas anderes sie zu irritieren. Sie vermochte sich darüber keine Rechenschaft zu geben, aber sie hatte ein äußerst seltsames Gefühl, das ihr den letzten Rest ihrer mühsam behaupteten Fassung raubte. In ihre starren Mienen kam ein unruhiges Zucken, und die weiße Hand, die die Karten hielt, begann leicht zu zittern.

In diesem Augenblick klappte Aubrey Rayne seine Zigarettendose etwas geräuschvoll zu, und die blonde Frau wandte unwillkürlich den Kopf herum.

Sie sah ein Paar graue Augen voll auf sich gerichtet, und ihre Bestürzung war so groß, daß sie für Sekunden jede Selbstbeherrschung verlor. Sie starrte den jungen Mann mit vorgeneigten Schultern an, als ob er eine Erscheinung aus einer anderen Welt wäre, und ihre Bestürzung war so auffallend, daß alle Mitspieler der Richtung ihrer entgeisterten Blicke folgten.

Aber der stattliche Mann sog mit halbgeschlossenen Lidern lässig an seiner Zigarette, und Lady Shelley hatte sich bereits wieder völlig in der Gewalt. Sie machte, ohne vom Tisch aufzusehen, noch einige Einsätze, aber man merkte, daß sie nicht mehr bei der Sache war.

Eine Viertelstunde später raffte Lady Margaret Shelley die wenigen Scheine, die ihr noch geblieben waren, zusammen und verließ, stolz und hoheitsvoll, wie sie gekommen war, den Spielsaal.

Kaum war der Stuhl von Lady Margaret frei geworden, als ihn der junge Mann mit dem melierten Haar einnahm, und man erzählte sich am nächsten Morgen, daß er innerhalb einer knappen Stunde die Kleinigkeit von über zweitausend Pfund gewonnen haben solle.

Murphy hatte an der weiteren Entwicklung der Dinge kein Interesse mehr, und kaum hatten sich hinter Lady Shelley die Flügeltüren geschlossen, als er auch schon wieder gewaltig zu gähnen begann und die kleinen Äuglein kaum mehr aufzuhalten vermochte. Er warf dem aufmerksamen Hearson noch einen verabschiedenden Blick zu, den er mit einem sehr herzlichen Winken begleitete und schlürfte dann mit steifen Knien davon. Es lag zwar wieder etwas Komödie in diesem jämmerlichen Rückzug, aber einige Müdigkeit verspürte der Oberinspektor nun doch. Seit seinem umständlichen Aufbruch aus London an diesem Morgen waren volle achtzehn Stunden verstrichen, und eigentlich hatte es in dieser Zeit für ihn nicht eine Minute Ruhe gegeben. Sogar das Schläfchen im Speisesaal war sehr anstrengend gewesen, denn mit geschlossenen Augen dazusitzen und doch nicht die geringste Kleinigkeit um sich herum zu verpassen, erforderte eine aufreibende Sinnesanspannung. Aber dafür konnte Murphy mit den Ergebnissen seiner Tagesarbeit zufrieden sein, und während er schläfrig die Treppe hinaufstieg, arbeitete sein Kopf äußerst lebhaft, um in das bunte Gemisch seiner Erhebungen und Beobachtungen zunächst einmal etwas Ordnung zu bringen.

Sehr wichtig war es ihm, daß er nun wußte, woran er mit dem eleganten Mr. Rayne war, da er dadurch auch über die übrigen Leute von Spittering Farm einen sehr wertvollen Aufschluß erhielt. In der Sache selbst brachte ihn diese Kenntnis allerdings nicht viel weiter, aber schließlich hatte er ja nun bereits so viele Fährten aufgestöbert, daß die erste und schwerste Arbeit wohl getan war.

Die Geschichte von den Panthern, die so wenig versprechend begonnen hatte, schien sich zu einem äußerst verwickelten Fall zu gestalten und Dinge aufzurollen, die sich heute auch nicht annähernd absehen ließen. Es gab da plötzlich überraschend viele Fäden, aber es mußte sich erst erweisen, ob sie wirklich irgendwo zusammenliefen und ein Netz ergaben, in dem man das gesuchte Wild stellen konnte.

Vorläufig wußte sich Murphy das meiste noch nicht zusammenzureimen, und wenige Minuten später erfuhr er noch etwas, was ihm einiges Kopfzerbrechen verursachte.

Als er eben im Begriff war, die Tür seines Appartements aufzuschließen, schoß dicht neben ihm ein Schatten aus dem Boden.

»Ich habe Ihnen etwas Wichtiges zu sagen, Sir«, tuschelte Ben Kitson, gerade noch zur rechten Zeit, um der gewaltigen Faust des etwas nervösen Oberinspektors einen halben Zoll vor seiner Magengrube Einhalt zu tun.

Murphy öffnete mit der einen Hand die Tür, mit der andern faßte er den Mann beim Kragen und wirbelte ihn wie einen Kreisel ins Zimmer. Der im besten Schlaf gestörte Hannibal ließ ein dumpfes grimmiges Knurren hören und liebäugelte mit der weiten Hose des Eindringlings, aber die Nähe seines Herrn legte ihm einige Zurückhaltung auf.

»Los!« knurrte Murphy mißtrauisch. »Wenn es sich herausstellen sollte«, fuhr er mit bedenklicher Freundlichkeit fort, »daß du dich um diese Stunde ganz unnötigerweise in den Gängen herumtreibst, gibt es einen Tritt, daß du in einem Schwung bis vors Tor fliegst.«

Der Stromer von gestern tat mechanisch den gewohnten Griff nach den Hosen, und in seinem tadellos rasierten Gesicht spiegelte sich so etwas wie gekränkte Würde. Seit dem Tag, an dem er völlig umsonst dreimal gefrühstückt und zum Nachtmahl ungefähr acht Portionen der köstlichsten und nahrhaftesten Speisen vertilgt hatte, hatte er ungeheuer an Haltung gewonnen. Außerdem war ihm ein Begriff von seinem Persönlichkeitswert geworden, da unter den Damen der Küche ein förmlicher Wettlauf um seine Gunst entstanden war.

»Sir«, sagte er daher unerschrocken und selbstbewußt, »Sie werden schon sehen.«

Und dann begann er zu erzählen, was sich im Park vor seinen Augen zugetragen hatte. Er befleißigte sich einer knappen und klaren Darstellung, und der Oberinspektor hörte mit hängender Unterlippe und vibrierenden Ohrenspitzen zu.

»Hast du dir die Burschen näher angeschaut?« fragte er, als der andere geendet hatte, und Ben nickte lebhaft.

»Der erste, der aus der Veranda kam, war beiläufig so groß wie ich und hinkte etwas, aber sein Gesicht war ganz unter der Hutkrempe versteckt. Dafür habe ich aber den kleineren, der sich über ihn hermachte und ihm die Taschen ausleerte, sehr deutlich gesehen. Und ich habe ihn auch sofort wiedererkannt«, fügte er wichtig hinzu, »als ich später um das Hotel herumging. Er hat ein Gesicht wie ein Schafbock und ist der Schofför von einem großen, jungen Herrn, der drinnen bei der Gesellschaft war. Sie haben eben leise miteinander gesprochen, als ich vorüberkam, und ich habe mich sicher nicht getäuscht, Sir.«

»Teufel«, brummte der Oberinspektor ehrlich überrascht, indem er sich ratlos den Schädel kratzte. Aber dann machte er plötzlich eine einladende Handbewegung nach der Tür, und sein Ton war zwar etwas höflicher als früher, aber noch immer höchst bedrohlich. »Halten Sie über die Sache reinen Mund und legen Sie sich zunächst einmal schleunigst aufs Ohr. Pünktlich um acht Uhr brechen wir auf, und Sie können mir die Stelle zeigen, wo Ihnen die arme Taube in Ihr gefräßiges Maul geflogen ist. – Von welcher Farbe war sie eigentlich?«

»Schwarz, Sir«, gab Ben nach kurzer Überlegung zurück und machte sich schleunigst davon, da ihm jede Erinnerung an seine so weit zurückliegende Vagabundenzeit äußerst peinlich war.

Der glänzende Festabend im Strandhotel endete in den Morgenstunden mit einem argen Mißton, von dem jedoch nur wenige Eingeweihte erfuhren.

Nachdem er an dem Tisch von Aubrey Rayne gegen vierhundert Pfund verloren hatte, erinnerte sich Colonel Rowcliffe in seiner Katerstimmung plötzlich an seine Freundin, kam aber schon nach wenigen Augenblicken verstört wieder in das Speisezimmer zurückgestürzt, wo eben die letzten Gäste im Aufbruch begriffen waren.

»Miß Ormond ist beraubt worden«, raunte er Hearson atemlos zu und eilte dann auf den Inspektor los, der eben die ansehnliche Beute des Spielabends in seiner Brieftasche verstaute. Dem Mann des Gesetzes gegenüber wurde er in seiner begreiflichen Aufregung und Entrüstung bereits lauter. »Man hat Miß Ormond im kleinen Salon überfallen und ihres Schmuckes beraubt«, schrie er, aber im selben Augenblick stand auch schon Hearson neben ihm und legte ihm beschwichtigend die Hand auf den Arm.

»Ich bitte Sie, kein Aufsehen«, flüsterte er beschwörend. »Was ist geschehen?«

Der Colonel schöpfte keuchend Atem, um das Furchtbare hervorzusprudeln, aber in diesem Augenblick wurde er Mr. Raynes ansichtig, der eben dem Ausgang zuschritt.

Mit einem Sprung war Rowcliffe in der Tür und versperrte ihm mit ausgebreiteten Armen den Weg. »Bevor Sie diesen Raum verlassen, werden Sie mir gefälligst eine Aufklärung geben«, stieß er drohend hervor.

»Worüber?« fragte der große Mann gelassen, und zum zweiten Mal an diesem Abend fühlte der Colonel den unangenehmen Blick an sich heruntergleiten. Aber diesmal stand für ihn zuviel auf dem Spiel, um sich dadurch einschüchtern zu lassen.

»Über den Verbleib des Schmuckes, den Ihre Tänzerin getragen hat«, krächzte er tonlos und reckte sich so hoch wie möglich.

Aber schon in der nächsten Sekunde sah er sich noch um einige Köpfe höher emporgehoben und flog wie ein Ball vor die Füße des entsetzt herbeieilenden Mr. Hearson. Dann schritt der junge elegante Mann gelassen durch die freie Tür, und selbst der schneidige Inspektor Elliot fand in dieser heiklen und peinlichen Situation nur ein ratloses Räuspern.

Dafür überschüttete ihn der aschfahle Rowcliffe mit einer Flut von Vorwürfen. »Daran tragen Sie die Schuld«, stieß er keuchend hervor. »Wenn Sie Ihre Pflicht erfüllen würden, anstatt die ganze Nacht Ihren Vergnügungen nachzugehen, könnten solche Dinge nicht passieren. Man wird ja in Chesterhills bald seines Lebens nicht mehr sicher sein.«

Hearson faßte den aufgeregten Mann hastig unter dem Arm, und mit dem höchst gekränkten Elliot eilten sie zu dritt Miß Jetta zu Hilfe, die in einem bejammernswerten Zustand noch immer in ihrem Stuhl lag.

21

»Guten Morgen, Mrs. Fanny«, sagte Grace Wingrove liebenswürdig, indem sie mit strahlendem Gesicht in die Küche trat. – »Wann wird in diesem verschlafenen Haus eigentlich gefrühstückt?«

Die dralle Wirtschafterin von Spittering Farm fuhr vom Herd etwas erschreckt herum und blickte dann hastig und schuldbewußt nach der Uhr. Als sie festgestellt hatte, daß es erst gegen sieben ging, beruhigte sie sich etwas, regte aber sofort die Hände mit verdoppelter Geschäftigkeit.

»Sofort, Miß«, beeilte sie sich zu versichern. »In längstens einer Viertelstunde bin ich bei Ihnen.«

Das junge Mädchen, das frisch und strahlend aussah, wie der Sommermorgen selbst, warf einen großen Buschen bunter Gartenblumen auf den Tisch und machte sich daran, ihn mit flinken Händen zu einem Strauß zu binden.

»Ich werde im Eßzimmer frühstücken«, meinte sie leichthin. »Sie wissen doch, daß wir das gestern ausgemacht haben.«

Fanny bestätigte dies weder, noch verneinte sie es, und Grace summte eine Schlagermelodie vor sich hin.

»Ich war wohl gestern abend etwas beschwipst?« unterbrach sie plötzlich das Schweigen, und ihre schönen Augen hefteten sich sehr unsicher auf die hin und her eilende Frau. »Glauben Sie, daß er es bemerkt hat?«

»Wer?« fragte Fanny mit einer Schwerfälligkeit, die das junge Mädchen höchst verlegen werden ließ.

»Nun, Mr. Rayne. Ich bin nämlich eingeschlafen und weiß nicht, was weiter geschehen ist.«

Diese Lücke in ihrer Erinnerung verursachte Grace seit ihrem Erwachen viel Kopfzerbrechen und einige Sorge, aber Fanny vermochte sie zu beruhigen und tat dies mit liebevoller Weitschweifigkeit.

»Ach wo, gar nichts hat er gemerkt. Er hat zuerst lange telefoniert, und dann ist er plötzlich zu mir gekommen und hat gesagt: ›Miß Wingrove ist vor Müdigkeit eingeschlafen. Nehmen Sie sich ihrer an!‹ Darauf ist er in sein Zimmer gegangen, um sich umzukleiden, und ich habe Sie hinaufgebracht.« Das frische Gesicht der Frau verzog sich zu einem breiten Schmunzeln, und auch ihre wasserblauen Augen lachten vergnügt. »Sie waren wirklich so schläfrig, Miß, daß ich Sie kaum auskleiden konnte und dann...«

Sie machte eine verlegene Pause und kicherte in sich hinein, aber Grace hatte dabei ein etwas unbehagliches Gefühl.

»Nun?« forschte sie kleinlaut, ohne den Blick von ihren Blumen zu erheben.

»Dann sind Sie mir plötzlich um den Hals gefallen und haben in einem Atem geweint und gelacht.«

»So«, meinte das junge Mädchen trocken. »Ein nettes Benehmen, nicht wahr? – Sonst aber hoffentlich nichts?« fügte sie mißtrauisch hinzu.

»Nein, sonst nichts«, versicherte Fanny lebhaft und etwas erstaunt, und der Seufzer der Erleichterung, den Grace ausstieß, war in der ganzen Küche zu hören.

Pünktlich eine Viertelstunde später, wie es versprochen worden war, bekam Grace im Eßzimmer ihr Frühstück serviert und machte sich mit großem Appetit darüber her. Sie hatte bereits einen längeren Spaziergang im Park hinter sich, und ihre Laune ließ nichts zu wünschen übrig. Die seltsame Lage, in der sie sich befand, kam ihr schon längst nicht mehr zum Bewußtsein, denn sie hatte an ganz andere Dinge zu denken.

»Wo ist Mr. Peter?« fragte sie so ganz nebenbei, als Fanny ihr den Tee eingoß. Eigentlich wollte sie etwas anderes wissen, aber vielleicht war es besser, auf Umwegen daraufzukommen.

Die freundlichen Mienen der Wirtschafterin wurden mit einem Schlage sehr unwirsch und eisig.

»Das kann ich Ihnen beim besten Willen nicht sagen, Miß. Er hat sich heute schon am frühen Morgen wie ein Dieb aus dem Haus gestohlen, und weiß Gott, was er vorhat. Er ist nämlich in seinem besten Anzug ausgerückt, was allerdings nicht viel sagen will, und hat sogar einen Hut und so etwas wie einen Kragen gehabt. Aber trotzdem hat er genau so verwildert ausgesehen wie immer.«

Die kritische Frau schwieg und blähte verächtlich die Nasenflügel, und das junge Mädchen mußte nach einer kleinen Pause von neuem beginnen.

»Ich fürchte, ich halte Sie auf. Die anderen werden gewiß auch schon frühstücken wollen.«

Fanny schüttelte lebhaft mit dem Kopf.

»Von einem Aufhalten kann keine Rede sein«, versicherte sie. »Seine Gnaden hat das Frühstück erst für neun Uhr befohlen, und er ist sehr pünktlich. Gewöhnlich frühstückt er hier draußen bereits um halb acht«, fuhr sie vertraulich fort, »aber heute ist er erst gegen vier Uhr früh heimgekommen. Ich glaube, er war in Gesellschaft, denn er hatte den Frack und den Mantel mit dem schweren Seidenfutter an.« Das sommersprossige Gesicht der Frau begann vor Eifer und Schwärmerei zu glühen. »Schade, daß Sie ihn nicht gesehen haben, Miß«, meinte sie mit ehrlichem Bedauern. »So kann nur Seine Gnaden aussehen.«

Grace hielt in der einen Hand ein dick mit Butter und Jam bestrichenes Brötchen, in der andern die Teetasse und hörte mit großen Augen sehr geduldig zu.

»Warum sagen Sie immer ›Seine Gnaden‹?« fragte sie plötzlich, indem sie herzhaft in das Brötchen biß, und die redegewandte Fanny sah etwas erschreckt drein und wußte nicht sofort eine Antwort.

»Ich bin das so gewöhnt«, wich sie verlegen aus. »Ich habe, bevor ich heiratete, immer bei hohen Herrschaften gedient, und da sagt man eben so. Und so etwas bleibt einem dann. Aber Mr. Rayne wünscht das nicht, und ich möchte Sie bitten, ihm nicht zu sagen, daß ich ihn so nenne.« Sie schien wirklich ängstlich, aber das junge Mädchen schüttelte feierlich den feinen Kopf, und Fanny fühlte sich durch dieses stumme Gelöbnis so beruhigt, daß sie die Schleusen ihrer Mitteilsamkeit noch mehr öffnete.

»Er ist nämlich so gut, und ich möchte nicht, daß er sich über mich ärgert«, gestand sie. »Nicht nur, daß er sich meiner angenommen hat, weil er hörte, daß es mir nach dem Tode meines Mannes nicht zum Besten ging, hat er mir nun auch noch erlaubt, eine Verwandte zur Hilfe zu nehmen. Sie muß jeden Tag eintreffen, und ich freue mich schon darauf, denn dann werde ich mich etwas mehr um Sie kümmern können, Miß.«

Das war es zwar gerade nicht, wonach Grace verlangte, aber sie nickte der Frau dankbar zu, und diese sprang nun noch geschäftiger und fürsorglicher um sie herum denn je. Länger als eine halbe Stunde vermochte aber das junge Mädchen trotz des lebhaften Gesprächs das Frühstück doch nicht auszudehnen, und sie fand auch keinen rechten Vorwand, sich irgendwo unten häuslich niederzulassen. Auf der Bank vor dem Haus lag stechend die Sonne, und sonst gab es auf Spittering Farm überhaupt kein halbwegs einladendes Plätzchen.

Grace stieg daher etwas melancholisch in ihr Zimmer hinauf und machte sich mit allen möglichen Dingen zu schaffen, wobei ihre Augen immer wieder zur Uhr gingen und ihre kleinen Ohren gespannt auf jeden Laut im Hause lauschten.

Es war halb zehn, als plötzlich die hölzerne Treppe unter eiligen und gewichtigen Schritten knarrte, und die junge Dame vertiefte sich rasch derart in ein Buch, daß sie selbst das mehrmalige hastige Klopfen überhörte.

Es kam nur Fanny, aber auf ihrem erhitzten Gesicht lag diesmal eine gewisse Feierlichkeit, da sie in ganz offizieller Sendung erschien.

»Miß Wingrove«, sprudelte sie nach einem förmlichen Knicks hervor, »Seine Gnaden lassen fragen, ob es Ihnen angenehm wäre, mit ihm nach London zu fahren. In einer halben Stunde.«

Das junge Mädchen blickte lässig von dem Buch auf und überlegte eine Weile mit der gewissen unliebenswürdigen Falte zwischen den Brauen. Dann nickte sie gleichgültig.

Aber kaum war die Wirtschafterin bei der Tür draußen, als das Buch auf den Tisch flog und Grace in fieberhafte Eile geriet. Trotzdem war sie noch lange nicht fertig, als sie das Auto über den Kies des Vorhofes knirschen hörte, aber dafür sah sie dann so entzückend aus, daß selbst in Raynes beherrschten Mienen einige Überraschung zu lesen war.

Sie stellte das mit großer Befriedigung fest, begnügte sich aber damit, seinen förmlichen Gruß mit einem kurzen Kopfnicken zu erwidern. Er half ihr in einen Staubmantel, und statt des koketten Hütchens mußte sie sich wegen des offenen Wagens zu einer Haube verstehen, wobei sie in aller Eile feststellte, daß beide Sachen völlig neu und wie für sie gemacht waren.

Fünf Minuten später schoß der Wagen, von Tom gelenkt, von dem nach Spittering Farm führenden Seitenweg in die breite Landstraße, die von Chesterhills herkam, und nach kaum einer Meile überholte er den Zweisitzer Rowcliffes, der sich ebenfalls auf der Fahrt nach London befand.

Der Tag war klar und die Straße in tadellosem Zustand, und weder der Fahrer des großen Wagens von Spittering Farm noch sein Herr und dessen Begleiterin waren zu übersehen.

Der Colonel biß in auflodernder Wut an seinen wulstigen Lippen, und sein gelbes Gesicht sah geradezu schreckenerregend aus. Er hatte eine völlig schlaflose Nacht hinter sich, denn die Ereignisse der letzten Stunden hatten ihn in eine Lage gebracht, der seine Nerven nicht standzuhalten vermochten. Der Verlust des Schmuckes konnte ihn ein Vermögen kosten, und er sah augenblicklich keine Möglichkeit, wieder in seinen Besitz zu gelangen. Jetta Ormond hatte keine brauchbaren Angaben machen können, sondern sich darauf beschränkt, ihm die heftigsten Vorwürfe und die absonderlichsten Verwünschungen an den Kopf zu werfen, und von der Findigkeit des Inspektors hielt er so gut wie gar nichts. Seine einzige Hoffnung war der Alte in Limehouse. Fred Johnson hatte unbedingt verschiedene Beziehungen, die vielleicht in dieser Sache von Wert waren, und er war dem Mann so oft behilflich gewesen, daß er nun auch einmal einen Gegendienst verlangen konnte. Der Colonel war fest überzeugt, daß der Fremde von Spittering Farm, der sich so auffällig an Jetta herangemacht hatte, irgendwie mit im Spiel gewesen war, und sein Haß gegen ihn kannte keine Grenzen. Wenn der Colonel daran dachte, wie der Mann ihn aus dem Weg befördert hatte, geriet alles, was an Soldatenblut in ihm war, in heftigste Wallung, aber gleichzeitig sagte ihm auch eine innere Stimme, daß man mit einem so brutalen Burschen von derartigen Körperkräften nicht vorsichtig genug sein könne.

Hearson, der neben ihm saß, schien seine Gedanken zu erraten, denn er kam plötzlich auf diesen Zwischenfall zurück. »Ich fürchte, Colonel«, sagte er in seiner leisen, bescheidenen Art, »daß Sie sich zu sehr hinreißen ließen. Ich vermag Ihre Aufregung gewiß zu verstehen, aber« – er machte eine kleine Pause, bevor er fortfuhr – »wenn Ihr Verdacht wirklich zutrifft, haben Sie sich durch Ihre Heftigkeit mehr geschadet als genützt. Der Mann ist nun gewarnt und wird vorsichtiger sein, als er es sonst gewesen wäre.« – Die scharfen Brillengläser Hearsons richteten sich forschend auf Rowcliffe, und der so tadellose Herr schien, nach dem Ton seiner Frage zu schließen, doch etwas neugierig zu sein. »Wie sind Sie überhaupt so rasch auf diesen Verdacht gekommen?«

Der Colonel hatte keine Lust, darauf eine unumwundene Antwort zu geben.

»Ich weiß, was ich weiß«, stieß er brüsk hervor, und Hearson war zu sehr Weltmann, weiter in ihn zu dringen. Er begann sofort von etwas anderem zu sprechen.

»Ich beabsichtige heute, Mr. Johnson die Lage der Dinge gründlich klarzumachen. Das ist nun schon das dritte schwere Verbrechen innerhalb weniger Tage, und so kann es nicht weitergehen, wenn Chesterhills nicht um sein ganzes Renommee kommen soll. Es muß bei uns endlich gründlich aufgeräumt werden, und die verschiedenen Schlupfwinkel im Ort und in der Umgebung müssen fallen. Wenn sich Johnson nicht damit befreunden kann, soll er eben seinen Aktienbesitz abgeben. Ich bin gerne bereit, ihn zu übernehmen. Sie müssen mich dabei unterstützen, Colonel«, fuhr er eindringlich fort, »denn ich nehme an, daß Sie einen weit größeren Einfluß auf ihn haben als ich. Wir sind uns leider wiederholt bei einigen Geschäften in die Quere gekommen, und das hat zwischen uns eine gewisse Rivalität geschaffen. Aber von Ihnen hält er sehr viel, wie ich weiß. Die Sache ist ja schließlich in unser aller Interesse. Ich zittere seit Tagen, daß irgendeine Zeitung Lärm schlägt und eine Lawine ins Rollen bringt.« Er rückte nervös an seiner Brille und schüttelte ratlos den Kopf. »Dabei scheint dieser Mr. Murphy völlig zu versagen, und ich wünschte, Scotland Yard hätte uns einen weniger seltsamen Herrn geschickt.«

Etwa zwei Meilen südwestlich von Spittering Farm und kaum zweihundert Schritte abseits der Straße nach London lag ein kleiner, mit wenigen Föhren bestandener Hügel, und auf der Spitze dieses Hügels machte sich der seltsame Herr bereits über eine Stunde zu schaffen. Er hatte pünktlich um acht Uhr morgens Ben Kitson mit einem kleinen Tischchen und allen möglichen Instrumenten und Taschen bepackt und war dann mit ihm und dem nach ländlichen Abenteuern lüsternen Hannibal losgezogen.

Kitson machte den Führer, und als sie den Fuß der Kuppe erreicht hatten, gab er dem wißbegierigen Murphy genau an, wo er die gewisse Taube zuerst erblickt hatte und in welchem Winkel sie auf ihn zugekommen war. Alles das ließ sich der gründliche Oberinspektor noch ein zweites Mal erklären, als sie den Hügel erstiegen hatten, und dann nahm er mit dem Tischchen, einer großen Landkarte und einem seltsamen Lineal mit einem Fernrohr einige umständliche Manipulationen vor, um schließlich längs des Lineals einen dünnen Strich zu ziehen, dessen Verlauf er begierig verfolgte.

Ben verstand von diesen Dingen nichts und interessierte sich auch nicht dafür, sondern spielte lässig mit einer blinkenden Zigarettendose, die mit einem rassigen Pferdekopf geziert war. Sie gab zwar beim Öffnen und Schließen einen etwas blechernen Klang, aber dafür war sie dicht gefüllt, und es schien Kitson einfach unglaublich, daß er sich noch vor zwei Tagen mit einigen Stummeln in der Westentasche hatte begnügen können.

Auch Murphy schien dieser Wandel der Dinge etwas bedenklich, denn er ließ plötzlich den Feldstecher sinken, mit dem er das Vorfeld abgesucht hatte, und seine Äuglein hefteten sich mißtrauisch auf Ben.

»Wo hast du das geklaut?« fragte er barsch, aber sein neuer Gehilfe erschrak weder, noch zeigte er Entrüstung, sondern sein hageres Gesicht war würdevolle Biederkeit.

»Ein Geschenk von meiner Braut, Sir«, sagte er leichthin. »Sie hat es mir heute beim Frühstück gegeben. Und da sie etwas Erspartes hat, können wir bald heiraten. Ich bin gelernter Maschinenschlosser ...«

»Du bist ein durchtriebener Halunke«, fuhr ihm der Oberinspektor in die hoffnungsvolle Rede, »und ich glaube, ich werde dir etwas mehr auf die Finger sehen müssen. Und wenn ich dich bei irgend etwas ertappe, tunke ich dich so ein, daß du gleich für einige Jahre genug hast. Und die Braut werde ich dir auch austreiben. Dazu, daß du mir alle Schürzen im Hotel rebellisch machst, habe ich dich nicht mitgenommen. Von jetzt an gibt's Arbeit für dich, mein Junge, und dann werden wir ja sehen.«

Murphy drückte sich über den Sinn seiner letzten Worte nicht näher aus, sondern setzte wieder das Glas an die Augen, und Ben Kitson steckte sich herabgestimmt eine neue Zigarette an. Plötzlich trat der Oberinspektor rasch hinter einen Baum, und sein Feldstecher verfolgte das Auto, das auf der Straße von Chesterhills herangeflogen kam. Den Herrn auf dem Rücksitz kannte er, aber das junge, auffallend hübsche Mädchen neben ihm gab ihm zu denken, und er verfolgte den Wagen, soweit er dies vermochte.

Der ehemalige Vagabund bedurfte keines Glases, um auf zweihundert Schritte ein Gesicht zu unterscheiden, und das Auto war kaum vorbei, als er Murphy auch schon hastig zuraunte: »Das waren sie, Sir. Sie wissen schon – der Schofför und der Herr, mit dem er gesprochen hat.«

Der Oberinspektor erwiderte nichts, denn eben kam ein zweiter Wagen in Sicht, der seine Aufmerksamkeit in Anspruch nahm, aber an dem Colonel und Mr. Hearson war nicht viel zu sehen, und er hielt sich damit auch nicht weiter auf.

Vom Westen her drang das ratternde Rollen eines Eisenbahnzuges, und eine dunkle Linie, über der eine weiße Rauchfahne tanzte, bezeichnete seinen Weg. Chesterhills hatte keine eigene Station, aber es lag zwischen zwei Haltestellen, von denen es zu Fuß bequem in einer halben Stunde zu erreichen war.

Von der südlichen Station führte der Weg an Spittering Farm vorbei und für diesen entschied sich auch Murphy, als er zum Aufbruch gerüstet war. Vorerst mußte allerdings noch Hannibal herbeigepfiffen werden, der sich, wie immer, sehr viel Zeit ließ, und, als er endlich erschien, mit verzerrtem Maul noch rasch an einem großen Frosch würgte.

Zur größten Enttäuschung Bens, der bereits wieder Hunger verspürte, schlug der Oberinspektor nicht die Richtung zu den heimatlichen Fleischtöpfen, sondern gegen die Bahnstation ein und noch dazu in einem Schneckentempo, das kein Ende dieser Wanderung absehen ließ. Es war, wie Ben fand, ein höchst langweiliger Spaziergang, bei dem nur Hannibal auf seine Kosten kam, da er keinen Maulwurfshügel und kein Kaninchenloch ungeschoren ließ. Einen Augenblick hoffte Kitson, in dem seit vierundzwanzig Stunden der Don Juan erwacht war, daß es vielleicht doch einen Lichtstrahl geben würde, da vor ihnen plötzlich eine Frauengestalt auftauchte, aber schon nach wenigen weiteren Schritten stellte er enttäuscht fest, daß sie nicht mehr jung und von völlig reizloser Hagerkeit war. Sie schleppte sich mit einem ziemlich umfangreichen Koffer, den sie zur Erde stellte, als die beiden Männer sich ihr näherten.

»Bitte, Sir, bin ich hier auf dem rechten Weg nach Spittering Farm?« wandte sie sich schüchtern an Murphy, und dieser machte sofort halt, um ihr in höflichster und weitschweifigster Weise Auskunft zu geben.

»Gewiß, liebe Frau. Sie gehen immer geradeaus, und wenn Sie hinter jenes Wäldchen dort kommen, haben Sie die Farm bereits vor sich. Ein Haus mit einem roten Dach und einem großen Garten. – Wohl zu Besuch?« fügte er mit einem sehr freundlichen Grinsen hinzu, das die einfache Frau zu dem leutseligen Herrn sofort Zutrauen gewinnen ließ.

»Nein, in Dienst«, erwiderte sie offenherzig. »Meine Kusine ist dort Wirtschafterin, und ich soll ihr zur Hand gehen.«

»Oh«, sagte der Oberinspektor mit hochgezogenen Brauen und rundem Mund, »die Kusine! Schau, schau. – Eine sehr tüchtige Hausfrau, die Dame in Spittering Farm«, stellte er sachverständig fest, »und eine fesche Person.«

Über die abgehärmten Züge der Fremden ging ein etwas mattes Lächeln.

»Kennen Sie sie?« fragte sie lebhaft.

»Ob ich sie kenne! Erst gestern habe ich wieder einen Blick in ihre Küche getan, und ich kann nur sagen: Alle Hochachtung. Alles so nett, freundlich und blitzsauber, wie sie selbst.« Die Frau freute sich, sofort einen Bekannten von Fanny getroffen zu haben, die sie selbst seit vielen Jahren nicht gesehen hatte, aber das überschwengliche Lob, das sie über diese zu hören bekam, stimmte sie etwas bitter.

»Ja«, seufzte sie, »ihr ist es eben nie so schlecht gegangen wie mir, und sie hat auch nicht so viel Schreckliches durchgemacht. Sie hat doch wenigstens einige Pfund gehabt, als ihr Mann im Krieg gefallen ist, aber nach dem Tod meines Mannes ist nicht ein Schilling im Haus geblieben. Er war Bauarbeiter und ist bei einem Gerüsteinsturz ums Leben gekommen.. Dazu war gerade noch ein Kind unterwegs, und wenn damals nicht unsere Lady gewesen wäre...«

Sie wurde von ihren traurigen Erinnerungen übermannt und begann zu schlucken, und solche Dinge vertrug die »heulende Daumenschraube« von Scotland Yard nicht. Murphys Augen wurden sofort feucht, und seine dicke Unterlippe geriet in Bewegung. Er kramte hastig in allen Taschen, aber es dauerte eine geraume Weile, bis er die verklebte Tüte, die er suchte, gefunden hatte.

»Nehmen Sie, gute Frau«, drängte er. »Ausgezeichnete Pfefferminz. Das wird Sie etwas erfrischen. Es ist verdammt heiß, und dazu haben Sie auch noch so schwer zu schleppen.« Er traf zu Bens größtem Mißvergnügen Anstalten, sich in dem Grün am Wegrand niederzulassen und deutete einladend auf das Plätzchen neben sich.

»Es wird Ihnen gut tun, ein bißchen auszuruhen. Bis nach Spittering Farm sind etwa noch zwanzig Minuten, und Sie würden ganz erschöpft ankommen.«

Die Frau ließ sich das nicht zweimal sagen, und gleich darauf saßen sie, hörbar an ihren Pfefferminz-Bonbons lutschend, gemütlich nebeneinander.

Sie seufzte auf und sah Murphy schüchtern und dankbar an. »Sie meinen es sehr gut mit mir, Sir. Unsereiner wird meist nur herumgestoßen und hört kein freundliches Wort. Da tut es einem dann doppelt wohl, wenn man jemanden findet, der ein bißchen Herz hat.« Ihre herben Züge verzogen sich schon wieder, und ihre Hand griff nach dem Taschentuch. »Deshalb werde ich es auch unserer Lady nie vergessen, was sie für mich getan hat. Wenigstens in der Zeit, bevor das Kind kam. Später hat sie sich ja auch nicht mehr um mich gekümmert, aber da hat sie wohl selbst ihre Sorgen gehabt.«

Sie schneuzte sich kräftig, und der gemütvolle Oberinspektor tat es ihr nach.

»Nun, auf Spittering Farm wird ja jetzt alles wieder gut werden«, tröstete er lebhaft. »Und das Kind...«

Sie schüttelte trübselig den Kopf und begann wieder zu schluchzen.

»Es ist gestorben, Sir. Noch in der ersten Nacht. Den Armen nimmt der Herr alles«, fügte sie bitter hinzu, »und den Reichen gibt er's. Ich habe meinen Jungen verlieren müssen, und in derselben Nacht hat unsere Lady einen Sohn bekommen. Aber ich will mich nicht versündigen. Lady Margaret hat das nicht um mich verdient.«

»Wer?« fragte Murphy so hastig, daß ihm sein Pfefferminzplätzchen aus dem offenen Mund sprang.

»Lady Shelley«, erklärte die Frau unbefangen. »Ich bin nämlich aus der Ortschaft Stevenford, und wir gehören zu Highgate-Castle. Fanny ist auch aus der Gegend, aber aus Bidington, das zu Highgate-Abbey gehört«, fuhr sie gesprächig fort, als sie gewahrte, mit welch lebhaftem Interesse ihr der freundliche Herr zuhörte. »Unsere Eltern und Großeltern waren bei beiden Herrschaften bedienstet, weil diese nämlich eigentlich...«

»Ich weiß«, unterbrach sie Murphy mit wichtigem Gesicht und tätschelte ihre Hand. »Highgate-Castle und Highgate-Abbey, natürlich. Also, aus Stevenford sind Sie. Eine sehr schöne Gegend und sehr brave Leute. Lady Margaret...«

Er warf den Köder hin, und sie hing auch schon daran.

»Jawohl, sie ist eine sehr feine und hilfreiche Dame, wenn man auch alles mögliche über sie spricht. Ich weiß das viel besser, denn ich habe ihr gutes Herz kennengelernt. In den letzten Wochen, bevor das Kind kam und ich schon nicht mehr recht arbeiten konnte, hat sie mich fast täglich besucht und mir immer etwas mitgebracht, damit ich bei Kräften bliebe, wie sie sagte. Und auch ihren Arzt aus London hat sie mir geschickt, der jeden Tag nach Highgate-Castle kam, weil es ja auch bei ihr schon bald so weit war. Und der Doktor ist auch der einzige gewesen, der in meiner schweren Stunde bei mir war. Sonst wäre es vielleicht noch schlimmer ausgefallen. Ich bin ohnedies wochenlang krank gelegen, und im Hospital sagten sie, es sei eine Blutvergiftung gewesen.« Sie hatte einen leeren Blick, und die Falten in ihrem mageren Gesicht traten noch schärfer hervor. »Vielleicht war es besser so, denn wenn ich mein Kind, auf das ich mich so gefreut hatte, tot gesehen hätte...«

Sie brach jäh ab und merkte nicht einmal, daß der teilnahmsvolle Herr schon wieder ihre abgearbeitete Hand streichelte. Auch Murphy merkte es eigentlich nicht, sondern tat es ganz unbewußt, weil seine Gedanken in wilder Hast ganz eigene und verworrene Wege gingen.

»Das ist nun schon ein paar Jahre her«, sagte er nach einer Weile mit belegter Stimme, und die Frau nickte traurig.

»Fünf Jahre, Sir, fast genau auf den Tag. Aber so etwas vergißt sich nicht so leicht. Und immer, wenn sie in Highgate-Castle den Geburtstag des jungen Herrn feierten, wurde ich doppelt schwer daran erinnert. – Deshalb war ich auch froh, als ich fort konnte.«

Sie fühlte die kleinen tränenfeuchten Äuglein des fremden Mannes mit einem höchst seltsamen Ausdruck auf sich gerichtet und geriet etwas in Verlegenheit. Aber Murphy hatte seine Fassung bereits wiedergewonnen und krabbelte sich schwerfällig vom Boden auf.

»Die Wege des Herrn sind wunderbar, liebe Frau«, sagte er feierlich und salbungsvoll, indem er den Staub von seinen Kleidern klopfte. »Grüßen Sie Ihre Kusine in Spittering Farm, und wenn ich wieder einmal vorbeikomme, darf ich wohl nach Ihnen sehen?«

Die Frau nickte stumm aber eifrig, und der Oberinspektor empfahl sich mit einem herzlichen Händedruck.

Erst vor dem Stationsgebäude schien er sich daran zu erinnern, daß Ben hinter ihm dreintrabte.

»Kennst du so etwas, wie ein besseres Einkehrgasthaus im Ort?« fragte er über die Schulter. »Aber nicht etwa ein Logis für deinesgleichen, sondern eine Unterkunft ohne Schmutz und Ungeziefer.«

Kitson war wegen der unabsehbaren Dauer dieses Morgenspazierganges sehr übel gelaunt und über die ewigen Anzüglichkeiten seines Herrn äußerst gekränkt, und seine Antwort klang daher ziemlich kurz und kühl.

»Zum tanzenden Delphin‹, Sir.«

Eine Viertelstunde später saß Murphy in dem kleinen Zimmer des Telegrafisten der Bahnstation, kaute heftig an einem Bleistiftstummel und brütete im Schweiße seines Angesichts über einem Depeschenformular. Dann grub er eine Reihe kürzerer und längerer Schattenstriche von verschiedener Dicke in das Papier, aber als er es dem Beamten in die Hand drückte, wußte dieser damit nichts anzufangen.

»Vielleicht lesen Sie es mir noch einmal vor und ich schreibe nach«, schlug er höflich vor, da es sich um einen Mann handelte, der sich mit der gewissen Marke ausgewiesen hatte.

Der Oberinspektor vermochte zwar den Zweck nicht einzusehen, da er sich doch einer besonders deutlichen Handschrift befleißigt hatte, aber schließlich war das nicht seine Sache, sondern der andere mußte wissen, was er zu tun hatte. »Spang, Scotland Yard«, begann er daher langsam und nachdrücklich und setzte dann silbenweise fort: »Hannibal kratzt sich hinterm Ohr und fletscht die Zähne. Heute Nacht elf Uhr sitzt er in Chesterhills fünfhundert Schritte westlich vom Tanzenden Delphin und guckt nach dem Mond aus.«

»Keine Unterschrift?« fragte der Telegrafist mit einem sehr seltsamen Blick, als Murphy zu Ende war.

»Nicht notwendig«, versicherte dieser mit einem liebenswürdigen Grinsen und freute sich über das komische und mißtrauische Gesicht, das er vor sich hatte.

Das Telegramm wurde um elf Uhr acht Minuten befördert, aber es war bereits spät am Nachmittag, als Spang es in die Hände bekam und mit verträumten Augen überflog. Neben ihm stand eine kleine Handtasche aus abgescheuertem Waterproof, denn er war eben im Begriff, eine Reise anzutreten. Er hatte einen sehr heißen Vormittag hinter sich, mit dessen Ergebnissen er allein nichts anzufangen wußte, und er empfand daher eine große Erleichterung, daß Hannibal ihn erwartete.

22

Das alte einstöckige Haus Mr. Johnsons in Limehouse verschandelte die ganze Umgebung. Es sah nicht gerade baufällig oder verwahrlost aus, aber es paßte mit seiner Winzigkeit, seiner verwitterten Fassade und seiner altväterlichen Vortreppe nicht zu den modernen Riesenbauten, die rings um seine Mauern emporgeschossen waren. Es klebte in seiner Unscheinbarkeit höhnisch in einem ungeheuren modernen Häuserblock, und die Leute sagten, daß dies dem alten Johnson ähnlich sehe. Er sollte für seinen bescheidenen Besitz geradezu phantastische Angebote erhalten, aber aus reiner Bosheit ausgeschlagen haben, um seine Nachbarn gründlich zu ärgern.

Die wenigsten allerdings kannten Johnson, denn er wurde in seinem Rollwagen nur hie und da einmal außerhalb des Hauses spazieren gefahren, aber eben deshalb sprach man um so mehr von ihm. Gutes war es nicht, aber für das Schlechte hatte man eigentlich keine Beweise. Johnson kümmerte sich weder um seine Nachbarschaft noch um sonst jemanden, und seine Hinfälligkeit war so arg, daß er sich ohne Hilfe des Dieners überhaupt nicht zu bewegen vermochte. Seine Beine schienen völlig gelähmt, und auch mit seiner Sehkraft stand es bedenklich, da er die Augen durch eine dunkle Brille und außerdem noch durch einen grünen Schirm schützen mußte. Nahm man dazu noch das hagere, fleckige Gesicht, das ein ungepflegter Bart umrahmte und den spitz zulaufenden Schädel mit dem wirren Haarschopf, so bot der alte Johnson gerade keinen sonderlich sympathischen Anblick.

Und ebenso unliebenswürdig wie sein Äußeres war sein Wesen, das wohl infolge seines Zustandes nur zwei Stimmungen kannte; Brummige Einsilbigkeit oder bissige Gereiztheit. Trotzdem sah das kleine Haus ziemlich viele Besucher, die allerdings immer bald wieder gingen, und man brachte dies mit den üblen Geldgeschäften in Zusammenhang, die der Alte betreiben sollte. Aber in der langen Zeit, die er nun schon hier hauste; war in der Öffentlichkeit nie etwas von einem bedenklichen Fall bekannt geworden, und das Leben Johnsons und seines pockennarbigen Dieners schien mit der eintönigen Regelmäßigkeit eines Uhrwerks abzulaufen.

Colonel Rowcliffe hielt mit seinem Wagen in einer Seitengasse etwa fünfzig Schritte von dem alten Haus. Er fand es unnötig, daß das wartende Auto irgendwelches Aufsehen erregte, wie er überhaupt jeden Besuch in Limehouse in tunlichster Eile und Heimlichkeit abtat. Er war ein sehr vorsichtiger Mann, der stets an alle Möglichkeiten dachte, und diese schienen ihm bei dem sonderbaren Alten zuweilen sehr bedenklicher Art.

Hearson, der an seiner Seite schritt, war sichtlich noch nervöser und zappeliger als sonst, und wenn er nicht an seiner Brille herumfingerte, so ließ er ein kurzes Räuspern hören, als ob er sich auf eine längere Aussprache vorbereitete.

»Wenn es nicht wirklich so dringend wäre, so hätte ich diesen Schritt auf keinen Fall unternommen«, sagte er halblaut, als die Stufen des Hauses in Sicht kamen. »Ich habe Johnson lange Jahre nicht gesehen, und bei ihm bin ich überhaupt noch nie gewesen. Er dürfte nicht wenig überrascht sein, aber eben das muß ihm sagen, wie wichtig die Sache ist, und ich hoffe, daß Sie mich mit allem Nachdruck unterstützen werden. Wir müssen ihn heute unbedingt herumbekommen. Die alten Baracken, die unsern ganzen Strand verschandeln, müssen um jeden Preis fallen, und wir können dabei noch ein glänzendes Geschäft machen. Ich habe um zwölf Uhr wegen einer anderen Sache eine Sitzung mit einem großen Baukonsortium, und wenn hier alles klappt, kann ich dort gleich Verhandlungen einleiten.«

Dem Colonel war diese Angelegenheit weit weniger wichtig als seine eigene, und er hörte daher nur mit halbem Ohr zu. Wenn ihn Johnson im Stich ließ, geriet er in eine Lage, die auszudenken selbst seiner Abgebrühtheit arges Unbehagen bereitete.

Mr. Johnson blieb in allem unmodern, und man mußte einen vorsintflutlichen Türklopfer in Tätigkeit setzen, um Einlaß zu finden. Nach wenigen Augenblicken erschien ein gut angezogener Diener, und da der Colonel öfter kam, öffnete er in ehrerbietiger Haltung, aber in seinem knochigen, zerrissenen Gesicht spiegelte sich einige Ratlosigkeit. Er hatte heute das gewisse Zeichen aus dem Zimmer seines Herrn noch nicht erhalten und begann daher eines der für diese Fälle vorbereiteten Sprüchlein herunterzuleiern.

»Ich weiß nicht, Sir«, meinte er zögernd, »ob Mr. Johnson zu sprechen sein wird. Er hat nachts einen sehr schweren Anfall gehabt, und ich mußte einen Arzt holen, der ihm eine Injektion gab und strengste Ruhe verordnete. Aber«, setzte er beflissen hinzu, als er die enttäuschten Mienen der Besucher bemerkte, »ich werde sofort nachsehen. Manchmal pflegt sich Mr. Johnson rasch zu erholen, und wenn er nicht schlafen sollte, werde ich Sie jedenfalls anmelden. – Colonel Rowcliffe und Mr. ...?«

Er sah bescheiden fragend auf Hearson und dieser zwirbelte ungeduldig an seinem Spitzbart.

»Hearson aus Chesterhills. Sagen Sie Mr. Johnson, es handle sich um eine äußerst wichtige Sache.«

Der Diener öffnete einladend die Tür zu einem etwas altmodisch eingerichteten Empfangsraum, und während der Colonel sich mit verkniffenen Lippen in einen der schweren Stühle fallen ließ, begann sein Begleiter unruhig umherzulaufen.

»Zu dumm«, stieß er halblaut hervor. »Ich hatte mir alles schon bis ins kleinste zurechtgelegt und war überzeugt, daß wir diesmal Erfolg gehabt hätten. Aber noch dürfen wir nicht alle Hoffnung aufgeben«, fügte er mit einem leichten Seufzer hinzu, sah jedoch bereits in der nächsten Minute ängstlich nach seiner Taschenuhr, deren Deckel er einige Male mechanisch auf- und zuklappte. »Ein Viertel nach elf«, murmelte er überlegend. »Wenn wir sofort vorkommen, läßt es sich noch machen.«

Sie kamen aber nicht sofort vor, sondern als der Diener nach einer ziemlich langen Weile wieder erschien, sprach aus seinen höflichen Mienen lebhaftes Bedauern.

»Mr. Johnson ist noch nicht wach«, meldete er. »Wenn die Herren vielleicht später wiederkommen oder solange warten wollen, bis ...«

»Unmöglich«, fiel Hearson verzweifelt ein und blickte neuerlich nach der Uhr. »Ich habe zwanzig Minuten zu fahren und muß pünktlich sein. Es geht auch dort um ein wichtiges Geschäft.« Er nahm seinen Hut und Stock wieder auf und trat zu dem höchst mißmutigen Colonel, um sich von ihm zu verabschieden. »Wenn ich mich zu einer Sache so schwer entschließe«, flüsterte er ihm zu, »läuft es niemals glatt ab. Aber da läßt sich nichts machen. Bitte, bestellen Sie Mr. Johnson, daß ich mit Ihnen hier war und im Lauf des Tages noch einmal vorsprechen werde. Vielleicht gegen drei Uhr. Und bereiten Sie ihn entsprechend vor, damit ich etwas leichtere Arbeit habe.« Rowcliffe nickte zerstreut, und Hearson verließ, von dem Diener bis zum Tor geleitet, in seiner gewohnten geschäftigen Eile das Haus.

An der Schwelle machte er einen Augenblick halt, um sich mit seinen kurzsichtigen Augen die Stufen genau zu besehen, bevor er den Fuß darauf setzte, und Murphys Gehilfe Spang, der auf der anderen Straßenseite dünn und harmlos unter einem Torbogen lehnte, geriet in arge Ratlosigkeit. Er hatte seit dem frühen Morgen draußen in Stratford, wo die Landstraße von Chesterhills einmündete, auf der Lauer gelegen, um den Colonel abzupassen, und als der Zweisitzer wirklich gekommen war, hatte er sich mit einer klapprigen Hansomdroschke geschickt und zäh an seine Räder geheftet. Wenn Spang etwas tat, so tat er es gründlich, und wenn sein Kopf auch nicht auf das Ergründen von rätselhaften Tatsachen und auf scharfsinnige Folgerungen eingestellt war, auf eine Fährte gesetzt, entwickelte er eine ganz außerordentliche Findigkeit und Verschlagenheit. Ihn von den Fersen zu bekommen, war ebenso unmöglich, wie den eigenen Schatten loszuwerden, und seit dem Augenblick, da der Colonel die Unvorsichtigkeit begangen hatte, in seinen Gesichtskreis zu geraten, war der kleine dürre Mann hinter allem her, was nur irgendwie mit Rowcliffe zusammenhing. Er hatte stundenlang um dessen Londoner Wohnung herumgeschnüffelt, war sogar in das Parisiana-Theater und in das Haus von Jetta Ormond geraten und hatte eine Unmenge von Dingen zusammengetragen, die er alle ungesiebt in seinem fabelhaften Gedächtnis verstaute. Dabei war ihm sogar noch Zeit geblieben, sich in dem kleinen Hotel in Bermondsey eingehend nach dem verschwundenen Fremden aus Java zu erkundigen, und mit dem Fetzen Papier, der nur die Worte »...der kleinen Lady mit der Pantherkatze...« enthielt, ungezählte Schreibmaschinenhandlungen und Anwaltsbüros abzulaufen. Und nun war er wieder hinter dem Colonel her und entschlossen, ihn nicht aus den Augen zu lassen, aber das plötzliche Erscheinen von Mr. Hearson brachte ihn etwas aus dem Konzept. Bezüglich dieses Mannes hatte er zwar keine Weisung, aber schließlich war jener mit Rowcliffe gekommen, stand also mit ihm in Verbindung, und es konnte jedenfalls nicht schaden, ihm auch einige Aufmerksamkeit zu schenken. Weit wollte sich Spang aber von seinem Beobachtungsposten auf keinen Fall entfernen. Er folgte dem schlanken Herrn mit den Blicken, bis dieser in die erste Gasse hinter dem Häuserblock zur Rechten einbog. Dann schlenderte er so weit, daß er in die Gasse Einblick bekam, und als Hearson sich dort plötzlich nach links wandte, zog es auch den Gehilfen Murphys ganz mechanisch bis zu der Ecke, um die der andere verschwunden war. Er sah ihn flott und elastisch dahinschreiten und am oberen Ende der Gasse rasch wiederum nach links einbiegen.

Der Sergeant stand eine Sekunde mit verdutzt vorgestreckter Nase, dann schob er blitzschnell die Hände in die Taschen seines engen Jacketts und schnellte mit Riesensätzen wie ein eiliger Schneider dahin.

Er war kein Kirchenlicht, aber daß der Mann drei Ecken genommen hatte, um in eine Gasse zu gelangen, die er auf einem viel kürzeren Weg hätte erreichen können, wenn er sich sofort nach links gewandt hätte, gab ihm zu denken.

Er kam gerade noch zurecht, um zu sehen, daß Hearson im letzten Eckhaus zur Linken verschwand, und wenige Augenblicke später saß Spang wieder gegenüber den Steinstufen und kaute beruhigt und traumverloren an einem belegten Brot, weil er sich vergewissert hatte, daß der Zweisitzer noch immer in der Seitengasse hielt.

23

Colonel Rowcliffe mußte fast eine volle Stunde warten, bevor er zu Mr. Johnson vorgelassen wurde, und zu allem schien der Alte auch noch einen seiner brummigsten Tage zu haben. Er saß, wie immer, hinter dem großen Schreibtisch in dem verdunkelten Hofzimmer, hatte über die Beine einen warmen Plaid gebreitet und trotz der dicken Polsterung des Armstuhles noch eine Unmenge von Kissen um sich herumgestopft. In dem Raum herrschten ein derartiges Halbdunkel, daß kaum die Umrisse der einzelnen Möbelstücke zu erkennen waren, und die beklemmende dumpfe Luft einer Krankenstube.

Nachdem sich Rowcliffe zu dem unförmigen Klubsessel vor dem Schreibtisch, der für Besucher bereit stand, hingetastet hatte und der Diener verschwunden war, kam er ohne weitere Einleitung auf sein Anliegen zu sprechen. Er faßte sich äußerst knapp und schilderte einige Umstände sehr oberflächlich, aber Johnson ließ ihn ohne irgendwelche Zwischenfragen ausreden. Auch als der andere mit seinem hastigen Bericht schon längst zu Ende war, schwieg er noch immer, und der Colonel begann äußerst nervös zu werden.

»Sie können sich meine Lage wohl vorstellen«, stieß er keuchend hervor, indem er sich die feuchte Stirn trocknete. »Wenn ich den Schmuck nicht wiedererlange, bin ich ruiniert, und außerdem gibt es einen furchtbaren Skandal. Das können Sie doch nicht wollen.«

»Wer sagt Ihnen das?« kam es krächzend zurück. »Wer hat Ihnen geraten, so albern zu sein? Einen verpfändeten Schmuck hängt man nicht einem anderen Frauenzimmer um den Hals, damit sie ihn in einem Tanzsaal spazieren führt. Diese Weibergeschichten richten immer das größte Malheur an. Nun müssen Sie eben selbst zusehen, wie Sie aus der Geschichte halbwegs heil herauskommen. Was soll ich dazu tun? Bin ich ein Polizist? Kann ich mit meinen lahmen Beinen hinter dem Dieb herlaufen? Wenn Sie den Mann kennen, so stellen Sie ihn doch oder lassen Sie ihn festnehmen. Wozu haben wir denn die vielen Leute in Scotland Yard?«

Der Alte hatte die einzelnen Sätze kurzatmig und unliebenswürdig hervorgestoßen, und Rowcliffes Stimmung war immer gereizter geworden. Besonders der höhnische Rat, sich doch an die Polizei zu wenden, brachte den Colonel in Wut, und sein Hals und seine Lippen waren so trocken, daß er nur mühsam einige Worte hervorzubringen vermochte.

»Schön. Wenn Sie nächstens wieder so ein gewisses Anliegen haben werden, werde ich Sie auch an Scotland Yard verweisen.«

»Es wird mir auch nichts anderes übrigbleiben«, gab der Alte unverfroren zurück, und seine dünne Stimme hatte plötzlich einen weinerlichen Klang. »Mit Ihnen ist ja nichts mehr anzufangen. Was Sie anpacken, verhauen Sie. Die wichtige Schwarze Nummer 5 ist durch Ihre Unachtsamkeit verschwunden, und ich werde deshalb bis aufs Blut gequält. Und die Sache mit dem Mädchen haben Sie auch gründlich verfahren.«

»Für den Verlust der Taube kann ich nicht«, rechtfertigte sich Rowcliffe erregt, »und was das Mädchen betrifft, so habe ich meine Schuldigkeit getan. Ich habe Sie gestern nachmittag durch eine Graue benachrichtigt, daß die Gesuchte nach Spittering Farm gebracht wurde, und mehr wollten Sie ja nicht von mir. Ob Sie sie heute noch dort finden können, weiß ich allerdings nicht«, fügte er trocken hinzu, »denn sie ist mit dem gewissen Burschen eben nach London gefahren.« Der Colonel vermochte nicht zu erkennen, welchen Eindruck seine Mitteilung auf Johnson gemacht hatte, denn dieser lehnte wie ein regloses Bündel in seinen Polstern, und eine Weile waren in dem Raum nur die schnaufenden Atemzüge des erregten Rowcliffe zu hören.

»Ich werde Ihnen etwas sagen«, begann der Alte plötzlich, indem er den Oberkörper aufrichtete, wobei sein spitzer Kopf mit dem wirren Haar und dem schmutzig-grauen Gesicht für einen Augenblick deutlicher erkennbar wurde. »Weil Sie es sind, will ich Ihnen zu helfen versuchen, aber versprechen kann ich gar nichts. Sie sind nicht mehr so gut angeschrieben wie früher, und ich weiß nicht, ob man für Sie wird etwas riskieren wollen. Die Sache scheint mir gefährlich, denn mit den Leuten von Spittering Farm ist irgend etwas los. Aber ich werde mein möglichstes tun. – Warum haben Sie Hearson mitgebracht?« sprang er plötzlich ab, und seine

Frage hatte etwas Lauerndes und Mißtrauisches. »Was wollte er und warum hat er sich wieder davongemacht?«

»Er wollte von Ihnen Vollmacht zur Erwerbung der alten Häuser draußen im Ort haben, mußte aber zu einer dringenden Sitzung. Er wird Sie jedoch nachher nochmals aufsuchen.« Johnson ließ ein leises, boshaftes Meckern hören.

»Sagen Sie ihm, daß er sich den Weg ersparen kann«, krähte er. »Und daß ihn der Teufel holen soll. Ich mag den alten Schleicher nicht leiden.«

»Gibt es sonst etwas?« fragte der Colonel, indem er sich erhob. Er hatte zwar in seiner wichtigen Angelegenheit eigentlich nicht sehr viel erreicht, aber wenn der Alte wirklich helfen wollte, war das immerhin etwas. Er hatte wiederholt erfahren, daß der Apparat, der mit dem kleinen Haus in Limehouse irgendwie zusammenhing, sehr rasch und sicher arbeitete, und er wollte nicht annehmen, daß man ihn, der doch so manche Verdienste hatte, in seiner argen Bedrängnis einfach im Stich ließ.

Johnson brummte etwas, was wie eine Verabschiedung klang, aber als Rowcliffe bereits an der Tür war, erinnerte sich der andere doch noch einer wichtigen Sache.

»Drehen Sie allen Brieftauben, die sich bei Ihnen befinden, den Kragen um und verscharren Sie sie irgendwo. Die schwarzen und die grauen, verstanden? Man wünscht das so. Und lassen Sie sich in der nächsten Zeit hier nur blicken, wenn ich Sie rufe. Ich fürchte, es stimmt etwas nicht, und ich möchte nicht gerne Scherereien haben.«

Dem Colonel klang dieser Rat nicht sehr angenehm, denn er deutete auf irgendeine drohende Gefahr. Rowcliffe verließ das alte Haus äußerst bestürzt und in ungewöhnlicher Eile.

Etwa eine Viertelstunde, nachdem er gegangen war, betrat der Diener nach einem leisen Klopfen das dunkle Zimmer und pflanzte seine untersetzte Figur schweigend einige Schritte vor dem Schreibtisch auf.

»Was gibt's?« fragte der Alte lebhaft.

»Lady Shelley hat angerufen. Sie ist von halb zwei Uhr an im Berkeley-Hotel und erwartet dort Bescheid, wann Sie zu sprechen sind.«

Johnson schien die Mitteilung völlig überhört zu haben, denn er antwortete die längste Zeit nicht, und als er endlich zu sprechen begann, stellte er eine ganz fernliegende Frage. »Wie lange sind wir eigentlich nun schon beisammen?«

Der Diener dachte eine Weile nach.

»Ungefähr dreiundzwanzig Jahre.«

»Dreiundzwanzig Jahre«, wiederholte der Alte grübelnd. »Eine verdammt lange Zeit. Und es muß rein der Teufel die Hände im Spiel haben, daß so alte Geschichten auf einmal wieder lebendig werden.« Der kranke, hilflose Mann schlug plötzlich mit der Faust dröhnend auf den Tisch, und seine Stimme klang hart und scharf.

»Wir hätten schon damals mit dem Burschen kurzen Prozeß machen sollen, denn er war immer ein unsicherer Patron. Oder du hättest wenigstens jetzt ganze Arbeit tun müssen, als er uns so schön ins Garn lief. Deine verwünschte Stümperei kann uns beiden den Hals kosten, mein Lieber.«

Der vierschrötige Mann ließ die Vorwürfe ohne Widerspruch über sich ergehen, und erst als sein Herr zu Ende war, entschuldigte er sich:

»Ich hatte schon den Arm erhoben, als er es bemerkt haben muß und mit einem wilden Schrei herumfuhr. Er knallte mich dann blitzschnell auf einen Schritt an, und während ich dem Schuß auswich, mußte ich zuschlagen. Im nächsten Augenblick hörte ich bereits die Straßenpatrouille und konnte gerade nur noch rasch seine Sachen an mich nehmen. Um ihn ins Tor zu schleifen, war es schon zu spät. – Und kaum war der Fahrer weg, kamen die Leute von Spittering Farm mit den Bestien.«

Eine Weile blieb es still, dann klang hinter dem Schreibtisch ein kaltes, galliges Lachen hervor.

»Ich möchte meinen Kopf darauf wetten, daß er diese Biester nur unseretwegen mit herüber gebracht hat. Ein vernünftiger Mensch schleppt sich doch sonst nicht ausgerechnet mit Panthern in der halben Welt herum. Aber wir haben ihm damals etwas arg zugesetzt, und ich glaube, er hat die ganze lange Zeit an nichts anderes gedacht, als daran, wie er sich an uns rächen könne. Und da sind ihm in seiner gottverlassenen Wildnis plötzlich die scheußlichen Katzen untergekommen, die ihm hier so viel zu schaffen gegeben hatten...« Johnson machte wieder eine Pause, und der Diener verharrte mit der Regungslosigkeit einer Statue. Sein Herr hatte ihn zu einem Automaten umgewandelt, in den nur Leben kam, wenn er es ihm befahl. Nun hatte er zuzuhören, und er hörte gespannt zu, weil ganz unvermittelt ein wichtiger Befehl kommen konnte.

Aber vorläufig kam Johnson von den Panthern nicht los.

»Ich glaube, er wäre imstande gewesen, uns unsere vierbeinigen Namensvettern bei der ersten Gelegenheit auf den Hals zu hetzen, und wir können von Glück sagen, daß wir ihn früher aufgestöbert haben, als er uns. Aber heute oder morgen wird er wieder auf die Beine kommen, und so lange dürfen wir nicht warten. Er hat eine verdammt gute Nase, und, wie es scheint, unmenschlich viel Geld. Statt den albernen Jack mit dem Bolzen loszulassen, hätten wir an diesem Tag in Spittering Farm gleich ganze Arbeit tun sollen. So gab es nur unnützen neuen Lärm, und es läuft jetzt irgend jemand herum, der von uns und dem Tor viel zu viel weiß. Dafür sollte man dir die Pranke zu kosten geben, denn du taugst zu nichts mehr. Erst Al, dann Jack, und nun ist die Hölle los.« Die Stimme des Alten war allmählich immer schneidender geworden, und der Pockennarbige duckte sich ängstlich wie vor einer drohenden Gefahr.

»Ich konnte auch da nichts dafür, Sir«, stieß er hastig hervor. »Glauben Sie mir. Ich hatte Jack niedergeschlagen, weil er wegen des Messers in der Hüfte ein so furchtbares Geschrei machte. Dabei waren die Leute mit den wilden Katzen dicht hinter ihm, und er hätte in seiner Angst sicher alles verraten. Wie ich dann aber das Tor offen hatte und den Körper hineinschleifen wollte, hat mich plötzlich der andere angesprungen und hat mir die Pranke heruntergerissen. Gerade daß ich ihm noch die Steinplatte vor der Nase zuschlagen konnte.«

»Wenn du ihn wenigstens erkannt hättest«, knurrte Johnson. »Aber in der verdammten Geschichte geht plötzlich alles schief, und man könnte es fast mit der Angst zu tun bekommen. Zum erstenmal in der langen Zeit. Und wir haben doch schon ganz andere Dinge erledigt als die Sache mit dem Mädchen. Aber gerade dieser Fall wird auf einmal brenzlig, und die Lady wird keine besondere Freude haben, wenn sie davon erfährt.«

»Für wann soll ich sie bestellen?« fragte der Diener eifrig.

»Für halb drei«, bestimmte Johnson nach einer kleinen Pause. »Und wenn sich vielleicht auch Hearson nochmals einstellen sollte«, fügte er mit einem leisen Kichern hinzu, »so setze ihn möglichst rasch vor die Tür. Es ist zwar nicht wahrscheinlich, aber man kann nicht wissen. – Ist sonst alles vorbereitet?«

»Jawohl, Sir«, erklärte der Pockennarbige eifrig. »Vier Leute überwachen das Haus des Mädchens, und die Mannschaft für Spittering Farm ist auch bereits zusammengestellt. Der Bucklige hat ihre Führung übernommen, und er ist geschickt und verläßlich.«

»Hast du den Burschen von heute nacht gehörig ins Gebet genommen?« forschte der Alte mißtrauisch.

»Ich habe ihn verprügelt«, gab der Diener gelassen zurück, »aber er lügt sicher nicht. Er weiß zu gut, was er dabei aufs Spiel setzen würde, und die Beule an seiner Schläfe ist auch wirklich noch zu sehen.«

»Nichts will mehr klappen«, stieß der Alte zwischen den Zähnen hervor. – »Der Colonel meint, es sei wieder Spittering Farm, und das könnte uns recht sein. – Glaubst du daran?«

Der Diener hob bedächtig die Schultern. »In einigen Stunden werde ich es bestimmt wissen, Sir«, erwiderte er ausweichend.

»Und dann werden wir ihnen so kräftig auf die Finger klopfen, daß es ihnen für immer vergehen soll, sie in unsere Suppe zu stecken«, knurrte Johnson grimmig.

Er machte eine energische Bewegung mit der Hand, und der Pockennarbige verschwand auf leisen Sohlen aus dem Zimmer, dessen Geheimnis er trotz zweier Jahrzehnte bisher ebenso wenig kannte wie das Geheimnis seines Herrn selbst. Er hatte auch nie den Versuch gemacht, das eine oder das andere zu ergründen, denn er wußte, daß darauf der Tod stand.

24

Erst Schlag halb drei klopfte es wieder an die Tür, denn Lady Shelley wußte, daß sie pünktlich zu sein hatte, wenn sie bei dem Alten vorkommen wollte. Und sie mußte ihn heute sprechen, weil für sie so ziemlich alles auf dem Spiel stand. Sie fand einen sehr kurzen und unliebenswürdigen Empfang, aber das vermochte sie nicht zu hindern, ihr Anliegen ohne weitere Einleitung und mit einer Bestimmtheit vorzubringen, als ob es darauf überhaupt kein »Nein« geben könnte.

»Ich brauche Geld, Johnson. Um jeden Preis, aber unbedingt.«

»Das brauchen Sie immer«, gab er grob zurück. »Seitdem wir uns kennen, und das ist nun schon ziemlich lange her. Ich war auch dafür zu haben, so lange es ging, aber nun ist Schluß. Mit den sicheren Geschäften gehen Sie mir ja ohnehin weiter. Sie haben dem Colonel einen Schmuck verpfändet.«

»Woher wissen Sie das?« fuhr sie auf.

»Von ihm selbst. Er hat es mir vor einigen Stunden auf demselben Platz, auf dem jetzt Sie sitzen, gebeichtet, weil ihm die Steine heute nacht gestohlen worden sind.«

Die sonst so beherrschte Frau schnellte jäh auf und stützte sich mit zitternden Händen auf den Tisch.

»Das lügt er«, schrie sie schrill in den dunklen Winkel. – »Ich habe doch so etwas geahnt. Er ist ein abgefeimter Schurke.«

»Damit mögen Sie recht haben«, fiel ihr Johnson hämisch ins Wort, »aber diesmal lügt er nicht.«

Lady Margaret stand eine Weile hochaufgerichtet, dann ließ sie sich wieder in den Stuhl fallen, und lange Zeit waren nur ihre erregten Atemzüge zu hören.

»Wissen Sie, was das für mich bedeutet?« fragte sie endlich tonlos.

»Eine höchst unangenehme Geschichte, das kann ich mir denken.«

»Das Ende«, sagte sie hart und kalt. »Wenn Lord Shelley davon erfährt, wird er ohne weiteres den letzten Schritt tun. Sie kennen ihn. Ich habe die Steine ohne sein Wissen aus dem Safe genommen.«

Sie brach jäh ab und schien von dem Alten irgendein verständnisvolles Wort für ihre Lage zu erwarten, aber was sie hörte, bedeutete nichts weniger als einen Trost.

»Sie haben eben Ihr ganzes Leben in allem und jedem ein verdammt waghalsiges Spiel getrieben«, stellte er trocken fest. »Vom ersten Tag an, an dem wir uns kennenlernten.«

»Und Sie haben mir dabei immer die Hand geboten«, warf sie mit Nachdruck ein, und es klang fast wie eine Drohung. »Vergessen Sie das nicht.«

»Leider«, gab das Bündel hinter dem Schreibtisch etwas weinerlich zu. »Sie brauchen mich nicht daran zu erinnern. – Wissen Sie, daß die Kleine plötzlich wieder aufgetaucht ist?«

»Welche Kleine?« fragte Lady Margaret verständnislos.

»Nun, das Mädchen mit der Pantherkatze.«

Zum zweitenmal im Verlauf dieser inhaltsschweren Unterredung sprang die Frau verstört auf, und ihre Erregung war so groß, daß sie kein Wort hervorzubringen vermochte und mit entsetzten Augen in das Halbdunkel starrte.

»Jawohl«, bekräftigte Johnson, »und ich fürchte, daß die alte, längst vergessene Geschichte wieder lebendig werden wird. Jedenfalls müssen Sie darauf vorbereitet sein und Ihre Maßnahmen treffen.«

»Sie sind ein Teufel«, sagte Lady Margaret nach einer langen Pause unsicher, »und ich weiß nicht, weshalb Sie mir das alles erzählen. Wollen Sie mich damit schrecken?«

»Ich will Sie nur warnen. Und ich will Ihnen erklären, weshalb ich nicht weiter helfen kann. Ihre Partie steht bedenklich, denn Sie haben keine einzige Chance mehr.«

Die üppige blonde Frau schwieg, aber nach Sekunden klang ihre gedämpfte Stimme schneidend in die beklemmende Stille. »Sie irren. Wenn Lord Shelley stirbt...«

Sie vollendete nicht, und diesmal bedurfte offenbar der Alte einiger Zeit, um eine Antwort zu finden. Es kam zunächst ein unangenehmes Hüsteln aus dem Polsterstuhl, und als Johnson zu sprechen begann, klangen die Worte zögernd und gepreßt von seinen Lippen.

»Sie sind …« Er sprach nicht aus, was er auf der Zunge hatte, sondern räusperte sich und begann dann von neuem. »Das wäre allerdings eine Sache, die für Sie sofort zehntausend Pfund wert wäre.«

»Und für Sie?« fragte sie herausfordernd.

»Wie immer – das gleiche.«

»Wann?«

»Wenn es soweit ist.«

Fragen und Antworten waren Schlag auf Schlag und mit einer Sachlichkeit gefallen, als ob es sich um ein alltägliches Geschäft handelte, aber die Frau wie der Mann hatten dabei ihre Selbstbeherrschung bis zum äußersten angespannt. Nun lagen sie stumm und lauernd in ihren Sesseln, und zwischen ihnen hockte das Grauen.

Aber Lady Shelley machte plötzlich eine entschlossene Handbewegung und richtete sich zu ihrer vollen Höhe auf.

»Ich brauche ein sicheres Mittel«, sagte sie leise, aber bestimmt. »Womöglich schon morgen«, fügte sie nach kurzer Überlegung hinzu. »Ich hoffe, daß die Wirkung diesmal zuverlässiger sein wird als damals bei der Frau. Ich habe deshalb lange Zeit in Angst und Sorge gelebt.«

»Gegen die Konstitution läßt sich nichts machen«, meinte Johnson leichthin. »Eine andere hätte unbedingt daran glauben müssen.«

Lady Margaret nestelte nervös an ihrem Handschuh, bevor sie die letzte Frage tat. »Wieviel kann ich sofort haben?«

»Tausend Pfund«, gab der Alte bedächtig zurück. »Sie können sie morgen bei Ihrer Bank abheben.«

Johnson war bereits eine Viertelstunde allein, aber er lehnte noch immer so reglos in seinem Sessel, wie die ganze Zeit über, da die Besucherin ihn in Anspruch genommen hatte.

Plötzlich aber streckte er die Hand in das Halbdunkel, und vor die Tür wie vor die Fenster schoben sich geräuschlos dünne Stahlplatten. Dann ging durch die Stille ein leises Summen, und von irgendwoher kam sekundenlang ein kühler modriger Lufthauch …

Der alte Johnson hatte die Zähigkeit Hearsons unterschätzt. Dieser kam pünktlich um drei Uhr angefahren, und die Hast, mit der er aus dem Auto sprang und trotz seiner Kurzsichtigkeit die Stufen hinaufstürmte, verriet, wie sehr ihm daran gelegen war, seinen Rivalen endlich in die Arbeit zu nehmen. Um so empfindlicher war für ihn die Enttäuschung, als ihn der pockennarbige Diener mit den breiten Backenknochen diesmal bereits an der Schwelle abfertigte. Nicht ganz so, wie es ihm sein Herr aufgetragen hatte, aber doch weit weniger höflich, als bei Hearsons erstem Besuch am Morgen.

»Mr. Johnson schläft und darf auf keinen Fall gestört werden«, erklärte er kurz, indem er auch schon wieder die Tür schloß, und Hearson stand einen Augenblick mit höchst ärgerlichem Gesicht da und schob unentschlossen an seiner Brille herum. Aber die Abweisung klang zu entschieden, um ihm irgendwelche Hoffnung zu lassen.

Etwa hundert Schritte weiter bummelte in diesem Augenblick Bill Short über die Straße und schielte mit einem verbissenen Lächeln nach dem enttäuschten Mann auf den Stufen des kleinen Hauses. Der Einsiedler von Englemere sah diesmal von der tadellosen Beschuhung bis zu der modernen Melone wie ein vollendeter Gentleman aus, wenn sich auch sein dunkles, gegerbtes Gesicht mit der scharfen Nase in dieser Aufmachung etwas auffallend ausnahm.

25

Grace Wingrove war während der Fahrt nach London sehr schweigsam, und in ihren dunklen Augen lag ein verträumter Blick, der irgendwohin in weite Ferne zu schweifen schien. Als sie sich aber der Peripherie der Riesenstadt immer mehr näherten, begann sich zwischen ihren Brauen plötzlich die gewisse strenge Falte zu zeigen, und ihre Mienen bekamen einen etwas unschlüssigen Ausdruck.

Es kam ihr zum Bewußtsein, daß sie eigentlich in der nächsten Stunde eine sehr wichtige Entscheidung zu treffen hatte. Sie war vor einigen Tagen aus Gründen, die sie sogar heute noch nicht kannte, und unter förmlicher Gewaltanwendung zur Gefangenen gemacht worden, aber nun lag es eigentlich ganz an ihr, ob sie es weiter bleiben wollte oder nicht. Der Wagen war offen, und weder ihr Begleiter noch der heimtückische Tom konnten sie hindern, aus der Falle zu schlüpfen. Es genügte ein einziger Hilferuf in dem immer dichter werdenden Straßengewühl, um im nächsten Augenblick frei und in Sicherheit zu sein, und das junge Mädchen öffnete zu wiederholten Malen die Lippen, um vorläufig zu versuchen, ob ihr die Stimme auch gehorchen würde. Die Sache war wirklich sehr einfach, aber nach einiger weiterer Überlegung entschied sie sich doch dafür, vorläufig noch zu warten. Es war ja nun nicht mehr gar so eilig, und vielleicht würde sich eine Gelegenheit ergeben, bei der sie die Leute von Spittering Farm ohne viel Lärm und Aufsehen loswerden konnte.

Sie blinzelte verstohlen nach dem großen Mann an ihrer Seite und ärgerte sich, daß er so steif und wortkarg dasaß. Wenn sie selber nicht zum Plaudern aufgelegt war, so hatte er doch eigentlich die Verpflichtung, wenigstens eine Unterhaltung zu versuchen, nicht aber so zu tun, als ob sie völlig Luft sei. Sie fand das sehr ungezogen, und als sie bis Stratford gekommen waren, äußerte sich ihre üble Laune in der höchst knappen Bemerkung:

»Ich wohne Holloway, 11 Green Street.«

Rayne wandte sich ihr etwas zerstreut zu und neigte verbindlich den Kopf, aber diese stumme Antwort paßte ihr gar nicht, und ihr stolzes Gesichtchen bekam einen kampfbereiten Ausdruck.

»Sie bilden sich doch hoffentlich nicht ein«, sagte sie, »daß ich mich wieder zurückbringen lassen werde?«

Sie sah ihn mit blitzenden Augen an, aber als sie seinem Blick unter den halbgeschlossenen Lidern begegnete, wandte sie den Kopf zur Seite und lauschte nur begierig, was er darauf zu erwidern haben würde.

»O doch«, hörte sie ihn gelassen, aber mit großer Bestimmtheit sagen. »Das war die Bedingung, die ich gestellt habe und auf die Sie eingegangen sind, und ich bin überzeugt, daß Sie sie auch einhalten werden.«

Das junge Mädchen fand es geraten, sich auf ein kurzes Achselzucken zu beschränken, was alles mögliche heißen konnte und jedenfalls zu nichts verpflichtete. Die Sache war schließlich wirklich nicht so einfach, wie es den Anschein hatte. Das mit der Bedingung war zweifellos richtig, und gegebene Versprechen hatte man eigentlich zu halten. Außerdem war ihr in Spittering Farm bisher nicht das mindeste Übel zugefügt worden. Im Gegenteil – und wenn sie sich an die fürsorgliche Mrs. Fanny, an den armen Peter und noch an einiges andere erinnerte, so kam ihr der Gedanke, mit dem sie sich eben beschäftigt hatte, sehr hinterhältig und undankbar vor.

Sie beschloß daher, sich die Sache vorläufig aus dem Kopf zu schlagen und abzuwarten, wie die Dinge sich weiter entwickeln würden. Wenn der Mann an ihrer Seite sich unterstand, sie in ihrer Freiheit auch nur im geringsten zu beschränken, so sollte er sie kennenlernen.

Aber Rayne dachte augenblicklich weder daran, noch überhaupt an das hübsche Mädchen neben sich, sondern an Dinge, die viel unangenehmer waren und um seinen Mund so scharfe Falten gruben, daß Grace davon ganz betroffen war.

Sie erreichten eben das Victoria-Embankment, und als der ernste Backsteinbau von Neu-Scotland-Yard sichtbar wurde, konnte sich die junge Dame eine anzügliche Bemerkung nicht versagen.

»Sie scheinen sehr viel Courage zu haben, daß Sie sich in diese Gegend getrauen«, meinte sie und lächelte ihn etwas boshaft an.

»Man muß hie und da etwas wagen«, gab er gelassen zurück, und im nächsten Augenblick hielt der Wagen auch schon vor dem Portal. Tom nahm von seinem Herrn ein kleines, versiegeltes Päckchen und einen Brief entgegen und verschwand in dem Gebäude, aber schon nach wenigen Minuten saß er wieder am Volant und ließ das Auto anlaufen.

Die Gasse in Holloway war eng und düster, und als Grace Wingrove sie wiedersah, überkam sie plötzlich ein Gefühl arger Enttäuschung und Niedergeschlagenheit. Sie hatte hier in bescheidener Behaglichkeit zufrieden ihr bisheriges Leben zugebracht und nicht einmal war in ihr der Wunsch aufgestiegen, diese dicht aneinander gerückten Mauern mit dem winzigen Stückchen Himmel gegen eine andere Umgebung zu vertauschen. Aber nun, da sie nur wenige Tage fern gewesen war, schien ihr plötzlich alles unfreundlich und schrecklich bedrückend, und bei dem Gedanken, daß hier eigentlich ihr Heim sei, begann ihr Herzschlag zu stocken. Sie sah unwillkürlich Spittering Farm vor sich mit der strahlenden Sonne und dem leuchtenden Grün, und sie sehnte sich nach dem frischen Duft von Erde und Harz, während sie beklommen die heiße, stickige Luft der stillen Gasse einatmete.

Das Haus, vor dem der Wagen hielt, war schmal und zählte nur je vier Fenster in der Front des Halbstocks und der beiden Obergeschosse.

»Wünschen Sie, daß ich auf Sie warte?« fragte Rayne unbefangen, indem er ihr fürsorglich beim Aussteigen half. »Oder soll ich Sie später abholen?«

Das junge Mädchen war mit einemmal sehr kleinlaut, und in den sonst so lebhaft blitzenden Augen lag eine seltsame Unsicherheit.

»Ich werde mich beeilen«, sagte sie nach einigem Zaudern ausweichend, und Rayne lüftete höflich den Hut.

»Ich werde also warten. Wo liegt Ihre Wohnung? Tom wird, wenn Sie fertig sind, Ihr Gepäck herunterschaffen.«

»Nein, danke«, wehrte sie lebhaft ab. »Ich werde mir schon selbst helfen. Gar so viel habe ich ja nicht mitzunehmen, und vom Halbstock ist es nicht so weit.«

Sie wurde sich plötzlich bewußt, daß sie damit eigentlich etwas voreilig gewesen war, geriet in Verlegenheit und wandte sich rasch ab. Der dienstbeflissene Tom riß das Tor auf, und während das junge Mädchen eilig den dunklen Flur betrat, folgte ihr sein Blick ganz mechanisch in die Finsternis. Grace mußte ihre Wohnung schon längst erreicht haben, als er noch immer an der Schwelle verharrte, und sein rotes Gesicht war so gespannt und bedenklich, daß es seinem Herrn auffiel.

»Was ist los?« fragte dieser betroffen, indem er die Augen voll aufschlug und die kaum angebrannte Zigarette wegwarf.

Der Diener hob unschlüssig die Schultern und ließ die Tür ins Schloß fallen.

»Ich weiß nicht, Sir. – Als wir in die Gasse einbogen, sah ich einen Mann eilig in ein Haus stürzen, und ich glaube, es war dieses. Und jetzt war es mir, als ob sich ganz hinten im Flur einige Schatten bewegt hätten. Natürlich kann es auch ein Hausbewohner gewesen sein.«

Rayne stand bereits am Tor und hatte die Hand auf dem Drücker, als er unschlüssig innehielt. Er war in das Geheimnis des Mädchens mit der Pantherkatze zu wenig eingeweiht, um sofort eine Gefahr zu befürchten, sondern dachte vor allem daran, wie Grace Wingrove es aufnehmen würde, wenn er ihr plötzlich nachkam. Es konnte sich wirklich um eine ganz harmlose Sache handeln, und es würde schwer sein, sie von seiner guten Absicht zu überzeugen.

Er sah ganz mechanisch nach der Uhr, begann dann mit großen Schritten vor dem Haus auf und ab zu wandern und wechselte endlich auf die andere Seite hinüber, um einen Blick nach dem Halbstock hinaufzuwerfen. Er fing nun wirklich an, von Sekunde zu Sekunde in immer größere Besorgnis zu geraten, und als sich hinter den verschlossenen Fenstern auch nicht der flüchtigste Schatten zeigte, bemächtigte sich seiner eine fieberhafte Erregung...

Grace Wingrove war nicht in der Lage, sich irgendwie bemerkbar zu machen. Sie hatte den dunklen Flur bis zur Vordertreppe eilig durchschritten und war dann die wenigen Stufen förmlich hinaufgeflogen. Der muffige Geruch, den die alten Mauern ausströmten, war ihr unangenehm, und die Totenstille, die sie umfing, zerrte an ihren Nerven. Außer ihr wohnten nur ein älterer Junggeselle und eine alleinstehende Frau, die beide tagsüber außerhalb beschäftigt waren, in dem bescheidenen Haus, aber dem Mädchen war dies bisher nie zum Bewußtsein gekommen, da es gleich den anderen zu derselben Zeit seinem Beruf nachgegangen war. Nun aber erinnerte sie sich seltsamerweise daran und fühlte das Verlangen, so rasch wie möglich aus dem verlassenen, unfreundlichen Gebäude zu kommen.

Sie schloß hastig die Tür auf, drehte in dem winzigen Vorzimmer das Licht an und betrat dann den Wohnraum, dessen Fenster auf die Gasse gingen. Sie blickte sich flüchtig um, holte einen kleinen Koffer herbei und machte sich dann in dem anstoßenden Schlafzimmer daran, die Dinge, die ihr am notwendigsten schienen, einzupacken.

Sie war damit bald fertig und wollte nur noch einen Blick in die Küche werfen, um nachzusehen, ob der Gashahn in Ordnung war. Es war ihr eine große Erleichterung, die altmodischen, dürftigen Räume wieder verlassen zu können, und sie mochte nicht daran denken, daß sie schließlich doch einmal hierher zurückkehren mußte.

Sie setzte ihr Köfferchen im Vorzimmer nieder und klinkte eine Tür an der Hofseite auf...

Und was weiter geschehen war, vermochte Grace nie so recht anzugeben. Sie hatte sich plötzlich wie von eisernen Klammern gepackt gefühlt, so daß sie kein Glied zu rühren vermochte, und im selben Augenblick war ihr so etwas wie eine Haube über den Kopf geflogen und hatte ihr das Gesicht und den Atem benommen...

Aubrey Rayne sah wohl zum zwanzigstenmal in den knappen zwanzig Minuten, die bereits verflossen waren, nach der Uhr und betrat dann in einem plötzlichen Entschluß das Haus. Er konnte sich in der Dunkelheit nicht gleich zurechtfinden und mußte sein Taschenfeuerzeug zu Hilfe nehmen, um überhaupt die schmale Treppe zu finden. Oben angelangt, suchte er nach der Klingel und drückte kurz. Er vernahm deutlich das gedämpfte Läuten und wartete gespannt, aber in der Wohnung blieb alles still. Er leuchtete auf das kleine Schild, um sich zu vergewissern, ob er auch an der rechten Tür wäre, und als er sich davon überzeugt hatte, setzte er die Klingel plötzlich so hart und anhaltend in Bewegung, daß das Schrillen durch das ganze Haus klang. Aber noch immer rührte sich nichts, und mit einemmal fühlte er, daß Grace Wingrove in Gefahr war.

Ohne einen Augenblick zu überlegen, warf er sich mit seinen kräftigen Schultern gegen das Holz, und Tom, der unten am Tor sprungbereit lauschte, schlüpfte geräuschlos ins Haus. Der kleine unansehnliche Mann mit dem Schafsgesicht und dem schmalen weißen Haarkranz um die ehrwürdige Glatze hatte ganz verwegenes Abenteurerblut in den Adern, das sich im Dienst zweier großer Herren in allen möglichen Weltteilen ausgetobt hatte und nun nach einer kleinen aufregenden Episode lechzte.

Er spannte alle seine geschärften Sinne an und war schon im Begriff, seinem Herrn oben beizuspringen, als er plötzlich vom Ende des Flurs her ein Geräusch zu vernehmen glaubte. Mit wenigen lautlosen Sätzen war er an der Stelle, und noch im Laufen entsicherte er den kleinen Browning, den er aus alter Gewohnheit ständig in der Hüftentasche zu tragen pflegte.

Tom hörte nun deutlich hastig schwere Schritte irgendwo herunterkommen und gewahrte auch schon die Stelle, wo die von den Küchen zu den Kellern führende Treppe mündete.

Er drückte sich eng an die Wand und vernahm dicht neben sich eine heisere Stimme.

»Rascher, zum Teufel. Wir müssen sie unten haben, bevor er mit der Tür fertig wird.«

Der Mann mit dem harmlosen Widdergesicht wußte genug und traf seine Vorbereitungen.

Wenige Sekunden später tauchte in Reichweite von ihm eine Gestalt auf, die das Ende eines Bündels schleppte, dann kam dieses langgestreckte, festumschnürte Bündel selbst und hierauf ein zweiter Mann, der das andere Ende mit beiden Händen gefaßt hielt. Die Burschen stolperten in der Finsternis, die hier noch ärger war, als im vorderen Flur, hastig vorwärts und bogen nun mit ihrer Last eilig um die Ecke zur Kellertreppe.

Tom stand regungslos auf der dritten Stufe, als sein Gesicht ein keuchender Atem streifte.

Im nächsten Augenblick gab es einen harten Schlag, wie wenn ein Hammer auf ein Brett fällt, und gleich darauf polterte ein schwerer Körper in die Tiefe.

Der zweite Mann hielt krampfhaft die Last, die ihm zu entgleiten drohte, und starrte betroffen in das Dunkel, aber schon traf auch ihn etwas so heftig zwischen die Augen, daß ein ganzer Sternenhimmel um ihn herumtanzte.

»Verdammt«, fauchte er heiser, und drängte sich eilig vor, aber nach zwei Schritten fuhr ihm etwas schmerzhaft ins Kreuz, und er sauste haltlos die steile Treppe hinab.

Tom tat einen tiefen, befriedigten Atemzug, dann tastete er nach dem in dicke Decken gewickelten Bündel und nahm es in seine Arme. Er hörte, wie droben eben mit einem gewaltigen Krachen die Tür aus den Fugen ging, aber der Weg, den die andern gekommen waren, war wohl kürzer.

Aubrey Rayne stürzte in wilder Hast in das nächste Zimmer, dann in das zweite, und in seinen Augen, die die Räume absuchten, stand eine wahnsinnige Angst. Wenn dem Mädchen wirklich etwas widerfahren war, trug er daran die Verantwortung, und er machte sich nun die heftigsten Vorwürfe, daß er auf den sicheren Instinkt Toms nichts gegeben hatte. Er sah das schöne stolze Gesicht Grace Wingroves vorwurfsvoll auf sich gerichtet, und es überkam ihn ein Gefühl, wie er es in seinem Leben bisher noch nie gehabt hatte. Die Zähne zusammengebissen, riß er alle Türen auf und grübelte über das Rätsel nach, wie das Mädchen hatte verschwinden können. Trotz des Lärms, den das Aufbrechen der Tür verursacht hatte, lag das Haus noch immer totenstill, und es schien kein lebendes Wesen unter dem Dach zu weilen.

Als er auch den letzten Raum, die kleine Küche, leer fand, stieg seine Erregung auf das höchste, um so mehr, als ihm das gepackte Köfferchen im Vorzimmer sagte, daß Grace bereits reisefertig gewesen war. Erst im letzten Augenblick mußte sich also etwas ereignet haben, was mit ihrem unerklärlichen Verschwinden in Zusammenhang stand.

Er rannte nochmals durch die ganze Wohnung, aber nirgends war die Spur eines Kampfes zu entdecken, und als er schließlich wieder in der Küche landete, war er völlig ratlos und verzweifelt.

In diesem Augenblick hörte er, daß irgendwo ein Schlüssel im Schloß gedreht wurde, aber bevor er sich noch klar darüber werden konnte, was das zu bedeuten hatte, stand plötzlich Tom mit seiner Last vor ihm.

Wenige Minuten später war das junge Mädchen aus den Decken geschält und lag bleich und mit kaum merklichen Atemzügen auf einer Ottomane.

Der so energisch aussehende Mann mit den angegrauten Schläfen stellte sich höchst ratlos und ungeschickt an, aber Tom tat in seiner steifen Würde so, als ob er hier zu Hause wäre. Er brachte Polster herbei, um den dunklen Mädchenkopf bequem zu betten, trieb irgendwo das Notwendige für eine Essigkompresse auf und machte sich dann mit gewichtigem Gesicht daran, der Bewußtlosen den Puls zu fühlen. »Vielleicht wäre es doch gut, Sir, für alle Fälle einen Arzt zu rufen«, schlug er bescheiden vor, aber Rayne zögerte unentschlossen. Es war zwischen ihnen noch kein erklärendes Wort gefallen, und der junge Mann hatte sich geschworen, Grace Wingrove nicht einen Augenblick mehr allein zu lassen, wenn er sie heil wiederfinden sollte.

»Besteht keine Gefahr mehr?« forschte er besorgt.

Der Diener verzog sein rotes Gesicht zu einem ehrerbietigen Grinsen.

»Ich glaube nicht, Sir«, sagte er schlicht. »Die Leute liegen irgendwo im Keller und dürfen zunächst einige Stunden vollauf mit sich selbst zu tun haben.«

In der nächsten Viertelstunde machte Aubrey Rayne die rasendste Fahrt, die er in den Gassen Londons je unternommen hatte, und er kam erst einigermaßen zur Ruhe, als der ihm seit langem bekannte Arzt nach einer flüchtigen Untersuchung den Fall unbedenklich fand.

»Eine kräftige Äthernarkose«, erklärte er, »aber keine ernsten Folgeerscheinungen. Ein oder zwei Tassen starken schwarzen Kaffee und recht viel frische Luft werden die Patientin bald wieder zum Bewußtsein bringen. – Und dann natürlich möglichst Ruhe.«

Er war zu diskret, um irgendwelche Fragen zu stellen und drückte sich, von Rayne geleitet, wieder durch die aufgebrochene Tür, als ob dies ein ganz normaler Wohnungszugang wäre.

Als der junge Mann eilig zurückkehrte, fand er sämtliche Türen und Fenster geöffnet, und Tom saß mit der Kaffeemühle zwischen den Knien neben dem Ruhebett. Er räumte aber den Platz sofort seinem Herrn ein und verschwand in der Küche, um jedoch schon nach wenigen Minuten mit einer aromatisch duftenden Tasse Kaffee zurückzukehren.

»Sie werden Miß Wingrove etwas aufrichten müssen, damit ich ihr den Kaffee einflößen kann«, sagte er, aber Rayne wurde plötzlich so unbeholfen wie ein kleiner Junge, und wußte offenbar nicht recht, wie er dies anstellen sollte.

»Nehmen Sie sie einfach in die Arme, Sir«, kam ihm der Diener zu Hilfe, und der große elegante Mann tat dies mit einer geradezu übertriebenen Zartheit und Vorsicht.

Im nächsten Augenblick fiel das feine Köpfchen des Mädchens an seine Schulter, und er spürte ihr seidenweiches Haar an seiner Wange. Er blickte etwas verlegen auf Tom, aber dieser bekundete durch ein lebhaftes Nicken, daß es so gut war und begann auch schon das Getränk mit großem Geschick zwischen die halbgeöffneten Lippen zu löffeln.

Plötzlich tat Grace einen tiefen, hörbaren Atemzug und schlug die Lider auf. Aber es dauerte geraume Zeit, bevor sie in die Wirklichkeit zurückfand. Sie erkannte das rote Schafsgesicht, vermochte sich jedoch nicht zu erklären, was der Mann mit der Tasse wollte und weshalb sie überhaupt so dasaß. Sie versuchte, das Köpfchen zu heben, aber dabei gewahrte sie plötzlich dicht vor sich einen etwas hochmütigen Mund und ein Paar graue Augen, und sie war davon so verwirrt und fühlte sich so müde, daß sie sofort wieder nach einer Stütze suchte und die Augen schloß.

»Ich glaube, jetzt dürfte es genug sein, Sir«, flüsterte Tom, und Rayne schickte sich an, seine Last wieder in die Polster zu betten. Er mußte sich dabei tief über das schöne Gesichtchen beugen, wenn er recht behutsam vorgehen wollte, und Grace, die durch die Lider blinzelte, sagte sich, daß dies alles doch kein Traum sein könne, da sie es so klar und deutlich vor sich sah.

Ihr völliges Wiedererwachen vollzog sich nun ziemlich rasch, aber sie konnte sich nicht erinnern, was eigentlich vorgefallen war, und die beiden Männer um sie taten so harmlos, daß sie sich vor einer Frage scheute.

»Falls Sie sich stark genug fühlen, wäre es am besten, wenn wir sofort heimführen«, schlug Rayne mit seltsamer Befangenheit vor. »Tom wird hierbleiben und Ihre Wohnung in Ordnung bringen.«

Sie nickte lebhaft, aber ihr eiliger Versuch, aufzustehen, mißlang. Sie mußte noch eine halbe Stunde ruhen, und Tom präsentierte ihr eine zweite Tasse Kaffee und einige Biskuits. Erst dann war sie imstande, den kurzen Weg zum Wagen zurückzulegen, wo Rayne sie neben seinen Führersitz placierte. »Damit der Wind Sie mir während der Fahrt nicht aus dem Wagen bläst«, sagte er mit einem weichen Lächeln, das Grace zum erstenmal an ihm bemerkte und das sie unwillkürlich erröten ließ. »Außerdem können Sie mir auf die Finger sehen, damit ich kein zu rasches Tempo nehme.«

Die Heimfahrt verlief ebenso schweigsam wie die Fahrt am Morgen, denn Grace Wingrove hatte wiederum sehr viel und Ernstes zu denken. Sie empfand, daß sich nun ihr Schicksal entschieden hatte, aber sie wußte nicht, wie das enden sollte. Das Leben, das sie noch vor wenigen Tagen ergeben und zufrieden gelebt hatte, war für sie mit einemmal so dürftig und reizlos geworden, daß sie sich nie mehr würde hineinfinden können. Nun ging sie willenlos einen neuen Weg, ohne zu wissen, wohin er eigentlich führte. Aber das war ihr gleichgültig, wenn...

Ihre Augen suchten scheu den jungen Mann an ihrer Seite, der den Wagen in rasender Fahrt gegen Spittering Farm steuerte.

Mrs. Fanny liebte es nicht, wenn ihre Herrschaften auf sich warten ließen, aber heute kam es ihr sehr gelegen, da sie sich etwas rühren und ihre neue Stütze einführen konnte.

Das unangekündigte Eintreffen ihrer Kusine war ihr völlig überraschend gekommen, und es hatte zunächst eine sehr stürmische Begrüßung und hierauf einen sehr wortreichen und erschöpfenden Familienplausch gegeben. Dabei war der wohlgenährten, gutherzigen Frau sofort aufgefallen, daß ihre Verwandte von einer geradezu schandhaften Magerkeit war und, kurz entschlossen, hatte sie in die arme Person vor allem an Gebäck und Kaffee hineingestopft, was hineinzustopfen ging.

Mary Baxter kaute mit vollen Backen und strahlendem Gesicht, und ihre tränenfeuchten Augen hingen mit unendlicher Dankbarkeit an der stattlichen, rosigen Erscheinung ihrer Wohltäterin. Sie saßen nach einem Rundgang durch das Haus, bei dem die Stütze ihre Pflichten kennengelernt hatte und aus dem Staunen nicht herausgekommen war, auf der Bank vor dem Wohngebäude, und Mary fühlte sich unendlich wohl und geborgen.

»So gut ist es mir schon lange nicht gegangen«, sagte sie, als sie auf dem Grund des umfangreichen Kaffeetopfes angelangt war, indem sie sich umständlich den Mund wischte. »Seitdem unsere Lady...«

Fanny hob die kräftige Hand, mit der sie die pralle Schürze glattgestrichen hatte, und es lag etwas so Gebieterisches in dieser Bewegung, daß die andere sofort verwirrt verstummte. »Daß du es gleich weißt«, bemerkte sie halblaut, aber gewichtig, »es gibt Dinge, von denen in diesem Haus nicht gesprochen werden darf. Da ist vor allem einmal deine Lady, die uns nichts angeht und mit der du Seiner Gnaden beileibe nicht kommen darfst. Du kannst dir ja denken, warum. Zweitens darfst du zu Mr. Rayne, verstehst du mich, nicht ›Euer Gnaden‹ sagen: das mag er nicht, und wenn ich es sage, so ist es schließlich etwas anderes, weil...«

Sie machte wieder eine Bewegung mit der Hand und sah Mary, deren Augen groß und gespannt an ihr hingen, vielsagend an. »Drittens merke dir, daß wir eigentlich keinen Kranken im Haus haben, wenn du ihn auch mit deinen Augen leibhaftig gesehen hast. – Und wenn ich dir noch einen guten Rat geben darf, so mach mit dem Affen, dem Peter, keine langen Geschichten. Was aber unsere Miß betrifft...«

Die dralle Frau brach mitten in ihren etwas unklaren Erläuterungen ab, und ihre wasserblauen Augen starrten neugierig nach dem Tor.

Dort war eben die kleine Eingangstür in einem der Flügel von außen geöffnet worden, obwohl dies doch nur ein Eingeweihter zustande brachte, und herein schob sich eine untersetzte breitschultrige Gestalt, mit der Fanny nichts anzufangen wußte. Der Mann hatte wahrhaftig bei helllichtem Tag einen Frack an und einen Zylinder auf dem Kopf. Hinter ihm zwängte sich ein Bahnbediensteter durch das Pförtchen, der mit vier riesigen Schachteln bepackt war, und der Mann im Frack wies den Träger mit einem kategorischen Wink an, seine Last beim Tor abzuladen, griff dann in die gebauschte Hosentasche und zog eine riesige Handvoll aller möglichen Geldmünzen hervor, von denen er dem andern zuwarf, was gehäuft auf drei Fingerbreiten ging. Mrs. Fanny saß wie versteinert da und wußte nicht, wie sie sich verhalten sollte. – Der Mann tat ganz so, als ob er hierher gehörte, und nun grinste er sie sogar genau so albern an, wie es...

»Alle guten Geister«, kam es aus ihrem halbgeöffneten Mund, »Pe – Mr. Forge...«

Sie klappte den Mund hörbar zu und zwickte sich rasch ins Bein, um sich zu vergewissern, daß sie nicht träumte, und dann besah sie sich mit starren Augen das Wunder.

Das Wunder zog vorsichtig den Zylinder vom Kopf und fuhr sich mit einem riesigen Taschentuch behutsam über die Stirn. Von dem darüberliegenden schnurgeraden Scheitel, auf dem ein Haar unverrückbar an dem andern klebte, strömte der Duft einer ganzen blühenden Akazienallee, und das bartlose Gesicht glänzte wie gefettetes Rindsleder. Um den Hals schlang sich ein feuchter weicher Lappen mit einer mächtigen Schmetterlingsmasche, und unter der Frackweste bauschte sich eine Hemdbrust in unregelmäßigen Wellenlinien. Auf ihrem Weiß prangten einige deutliche Fingerabdrücke, und die etwas zu langen Beinkleider sowie die Schuhe waren dick mit Staub bedeckt.

Nichtsdestoweniger entdeckte Mrs. Fanny sofort, daß es funkelnagelneue Hosen und blitzende Lackschuhe waren, und alles das verschlug ihr für eine Weile völlig die Rede.

»Großer Gott, Mr. Forge«, hauchte sie endlich – und dieses ›Mr. Forge‹ war die größte Genugtuung, die Peter erleben konnte – »was ist los?«

Mr. Forge ließ sich erst einmal auf die Bank nieder, wo man ihm sofort höflich Platz machte, und begann dann mit verkniffenem Gesicht mit den Beinen krampfhafte Bewegungen zu machen.

»Was soll los sein?« knurrte er unbefangen.

»Nun«, kam ihm die üppige Frau zu Hilfe, »weil Sie sich so fein hergerichtet haben.«

Der Mann im Frack spitzte bedrohlich den linken Mundwinkel, aber dann spuckte er diskret nach rechts zur Seite.

»Das geht niemanden etwas an«, brummte er unliebenswürdig. »Ich richte mich her, wie ich will. Einmal so, einmal so. Aber es gibt Leute«, fuhr er giftig fort, »denen man es nie recht machen kann. Einmal schaut man aus wie ein Wilder, der sich nicht sehen lassen darf, und dann ist man am Ende wieder zu fein hergerichtet.«

»Ich habe doch nichts gesagt«, beschwichtigte ihn Fanny, die sich plötzlich eingeschüchtert fühlte. »Im Gegenteil, es steht Ihnen sehr gut. – Ich meinte nur wegen des Fracks, weil man doch so etwas Feines nur am Abend zu einem Ball anzieht.«

»Ich werde den ganzen Tag darin herumlaufen«, erklärte Peter bockbeinig, »und wenn ich will, hacke ich darin Holz. Ich kann mir das leisten.«

Die sonst so schlagfertige Frau wußte darauf keine rechte Antwort, und in ihrer Verlegenheit griff sie mit zwei Fingern nach dem Frackärmel, um den Stoff zu prüfen. Mr. Forge schielte mißtrauisch nach der Frauenhand und starrte dann mit grimmigem Gesicht geradeaus, bis Fanny fertig war.

»Ein gutes Tuch«, stellte sie befriedigt fest. »Wenn Sie den Anzug ausziehen, wird ihn Mary, die meine Kusine ist und jetzt hierbleibt«, fügte sie erklärend hinzu, »ordentlich ausklopfen.« Noch nie hatte Mrs. Fanny eine derartige Fürsorge für Peters Garderobe bekundet, und sonderbarerweise erhob der weiberfeindliche Mr. Forge auch keinen Einspruch. Er feixte sogar sehr liebenswürdig, und nachdem er wieder einige schlenkernde Bewegungen mit den Beinen gemacht hatte, stellte er sich vorsichtig auf die Füße und begann mit seinen Schachteln zu hantieren. Endlich schien er die richtige gefunden zu haben, und die beiden Frauen fieberten vor Neugierde. Was sie zu sehen bekamen, übertraf alle ihre Erwartungen. Peters große Hand fuhr etwas unzart in einen Haufen von Schätzen, wie sie kein weibliches Auge zu erblicken vermag, ohne in Verzückung zu geraten. Feine Wäsche aller Art, Seidenstoffe, Strümpfe und Handschuhe waren sorgfältig aufeinandergestapelt, und es leuchtete in allen möglichen bunten Farben.

Peter griff fest und sicher zuunterst, und während der wohlgeordnete Stoß zum größten Entsetzen der Frauen durcheinanderpurzelte, zerrte er etwas Großes und Buntes hervor, das er der sprachlosen Fanny kurzerhand in den Schoß warf. Dann folgten noch ein Bündel Strümpfe und ein Ballen Seidenstoff, worauf Mr. Forge die wunderbare Schachtel gelassen wieder zuklappte und sich mit aufgezogenen Beinen niederließ. Seine Füße brannten, als ob sie in höllischem Feuer steckten, aber er hätte sich eher die Zunge abgebissen, als den gewaltigen Fluch loszulassen, der ihm auf den Lippen lag, seitdem er die verdammten Dinger anhatte.

Die flachsblonde Frau legte das große schottische Tuch, wie sie sich schon immer eins gewünscht hatte, ganz mechanisch um die vollen Schultern, und ihre Finger strichen zärtlich über die knisternden Fäden der Strümpfe und der Seide. Sie war gar nicht sicher, ob dies alles nicht vielleicht doch noch nur ein Traum war, und erst, nachdem sie sich verstohlen, aber kräftig, nochmals ins Bein gekniffen hatte, begann sie der Sache einigermaßen zu trauen.

»Das soll wirklich alles mir gehören?« fragte sie unsicher, aber Peter begann schon wieder borstig zu werden.

»Nein, mir!« höhnte er. »Bin ich ein Pfau, daß ich in so etwas herumlaufen werde?«

Mrs. Fanny war bereits völlig still und drückte die Schätze an ihren wogenden Busen. Um nichts in der Welt mochte sie diesen Mr. Forge, den sie die längste Zeit so arg verkannt hatte, irgendwie kränken – im Gegenteil. Und da kam ihr der naheliegende Einfall, daß der arme Mann ja einen halben Tag vom Haus weggewesen war und sich noch dazu mit den schönen Geschenken für sie abgeschleppt hatte, und daß er daher unbedingt Hunger haben mußte.

Sie hatte dies kaum angedeutet, als Peter auch schon wieder zu grinsen begann; und Fanny schnellte geschäftig auf, indem sie Mary mit sich zog.

»Nur ein paar Minuten, Mr. Forge«, stieß sie hastig hervor.

»Vielleicht einige Scheiben gerösteten Speck und einen Tee mit einem Schuß Rum?«

»Die Hälfte«, schlug Peter etwas zaghaft vor, und obwohl die sommersprossige Frau bereits unter der Tür stand, hörte sie es doch.

»Wie Sie befehlen, Mr. Forge«, beeilte sie sich über die Schulter, um die das wunderbare schottische Tuch hing, zu versichern, und der alte Insulaner fand plötzlich, daß es sich mit Frauenzimmern eigentlich riesig leicht umgehen ließ, wenn man einen Frack anhatte und ein bißchen hergerichtet war. Er konnte dies im Lauf des Nachmittags noch einige Male feststellen, aber als Grace Wingrove und Rayne eintrafen, erlebte er die allergrößte Genugtuung.

Er hatte es sich nicht nehmen lassen, in Frack und Zylinder eigenhändig das Tor aufzureißen und postierte sich dann herausfordernd an den Wagen. Wenn ihn Mr. Rayne wieder davonjagte, so sollte...

Aber Mr. Rayne jagte ihn nicht davon, sondern starrte ihm nur eine Weile sprachlos ins Gesicht, worauf er den Mund sehr freundlich verzog und vor Mr. Forge äußerst höflich den Hut lüftete, was ihm bis heute noch nie eingefallen war.

Aber das war noch gar nichts gegen die junge Lady, die hastig aus dem Wagen schlüpfte und Peter Forge nicht genug beäugeln konnte. Sie faßte ihn an den breiten Schultern, drehte ihn wirbelnd herum und sagte hierbei immer nur: »Ach, wie süß!« Und obwohl der arme Mann mit seinen eingeschraubten, brennenden Füßen nicht recht mitkonnte, strahlte er doch über das ganze Gesicht.

Dann packte er bei der Bank wortlos wieder eine seiner Schachteln aus, und die überraschte Grace erhielt außer einer Handschuhkassette, einigen Flaschen Parfüm und Büchern einen großen Teddybären überreicht.

Fanny und Mary bildeten bei diesem Ereignis mit glänzenden Augen Spalier, und sogar Aubrey Rayne stand im Hintergrund und blickte weit weniger kalt und hochmütig drein als sonst.

Die blassen Wangen des jungen Mädchens glühten vor Erregung, und als Peter endlich fertig war, beugte es sich plötzlich vor, und Mr. Forge erhielt unter den gesalbten duftenden Scheitel einen schallenden Kuß.

Er war einen Augenblick ganz fassungslos, aber dann setzte er artig den rechten Fuß vor, beschrieb damit einen Halbkreis nach rückwärts und sah Rayne herausfordernd an.

Diesem lauten, fröhlichen Nachmittag folgte in Spittering Farm ein stiller Abend. Grace hatte etwas geruht, aber als sie zum Dinner erschien, war sie noch immer sehr blaß und von nachdenklicher Einsilbigkeit. Bis jetzt hatte sie für den Verlauf der Ereignisse in ihrer Wohnung keine Erklärung, und die schüchtern fragenden Blicke, die sie von Zeit zu Zeit auf ihren Tischgenossen richtete, blieben unbeachtet. Sie bemerkte nur, daß Rayne womöglich noch ernster als sonst war und daß Tom, der kurz vor dem Abendessen von der Station gekommen war, sich bemühte, mit geradezu stupider Unbefangenheit dreinzusehen.

Sie fühlte sich sehr benommen und müde und hatte das Bedürfnis, allein zu sein. Irgendein Empfinden, über das sie sich keine Rechenschaft zu geben vermochte, nahm ihr mit einemmal die Sicherheit, und sie erhob sich bald, um mit einem leisen »Gute Nacht« etwas unvermittelt zu verschwinden.

Aber der Mann mit den angegrauten Schläfen hielt ihr die Hand hin, und als sie schüchtern einschlug, hielt er sie fest.

»Schlafen Sie gut, Miß Wingrove«, sagte er leichthin, »und lassen Sie sich durch nichts beunruhigen. Wenn Sie wieder einmal in die Tiefe schweben sollten, so geschieht dies nur, damit

Sie sich völlig sicher fühlen. Ich werde Ihnen morgen die Anlage zeigen, und es wird Ihnen sicher Spaß machen.«

Sie nickte mit abgewandtem Köpfchen, entzog ihm hastig die Hand und verschwand fluchtartig.

»Rufen Sie Forge«, befahl Rayne kurz, und Tom machte sich eilig auf die Suche.

Er fand Peter auf der Bank vor dem Haus zwischen den beiden Witwen, die abwechselnd auf ihn einsprachen. Er fühlte sich sehr behaglich, denn er hatte ein Nachtmahl gehabt, wie es für ihn in Spittering Farm noch keines gegeben hatte, wenn er von dem wunderbaren gehackten Fleisch der kleinen Lady absah. Aber das hatte eigentlich doch ein bißchen zuviel gebrannt, während er nach dem heutigen von Mrs. Fanny nur gerade den richtigen Durst hatte, den man mit Whisky stillen konnte. Die Flasche stand in Reichweite unter der Bank, das Glas, das ihm die fürsorgliche Wirtschafterin dazu hatte bringen wollen, hatte er dankend abgelehnt. Zu dem guten Trunk rauchte er eine große, dicke Zigarre mit einer goldenen Bauchbinde, die er sich in London gekauft hatte und die geradezu wie Weihrauch roch, wie die beiden Frauen übereinstimmend versicherten. Den Frack hatte er abgelegt, aber dafür einen der wundervollen großkarierten Anzüge angelegt, von denen er sich gleich ein halbes Dutzend mitgebracht hatte. Dazu trug er ein ordentliches Hemd mit einem Kragen, und Mrs. Fanny hatte es sich nicht nehmen lassen, ihm die feuerrote Kravatte selbst zu binden. Nun würgte ihn die Geschichte allerdings etwas am Hals, aber das war lange nicht so arg wie die Lackschuhe, die er nun glücklich ausgezogen hatte. Er war eine Stunde lang barfüßig durch das Gras des Parkes gelaufen, um den verteufelten Schmerz loszuwerden, und dann wieder in seine alten Stiefel geschlüpft, die ihm aber Mary auf Geheiß ihrer Kusine vorher so blank wie Lackschuhe gemacht hatte.

Alles das behagte Peter so außerordentlich, daß ihm die Botschaft Toms nicht gerade gelegen kam. Aber wenn Mr. Rayne rief, mußte er gehen, und schließlich hatte er ja auch noch ein Geschäft mit ihm ins reine zu bringen, da er doch nicht ewig mit dem schweren Geld in der Hosentasche herumlaufen konnte. Er hatte in jedem Geschäft, in dem er gewesen war, einen der Scheine aus der Bank auf den Tisch gelegt, und überall hatte man ihm einen solchen Haufen zurückgegeben, daß ihm davon schließlich ganz wirbelig im Kopf geworden war.

Als er in das Eßzimmer trat, war es denn auch seine erste Sorge, diese Sache raschestens loszuwerden. Er türmte zum größten Entsetzen Toms den Berg aus seiner Hosentasche auf den erst halb abgeräumten Tisch und machte dann eine nachlässige Handbewegung.

»Nehmen Sie das wieder, Sir«, sagte er. »Eine komische Sache, das mit dem Geld. Je mehr man einkauft, desto mehr wird es.«

»Wieviel ist es?« fragte der junge Mann geschäftsmäßig, aber Peter zog sich schlau aus der Schlinge.

»Die in der Bank werden es schon zählen«, meinte er grinsend. »Wozu sind sie denn sonst da?«

Rayne ging eine Weile nachdenklich auf und ab, bevor er vor dem vierschrötigen Mann stehenblieb.

»Glauben Sie, daß Evans so weit ist, daß man einige Fragen an ihn stellen kann?«

Forge wiegte überlegend den Kopf und fuhr sich gewohnheitsmäßig ins Haar. Aber plötzlich erinnerte er sich an seinen schönen Scheitel und begann ihn mit dem Handballen wieder zurechtzubügeln. »Es könnte sein, daß er soweit ist«, gab er vorsichtig zurück. »Ich habe ihn vorhin aufgesucht, und da war er bei vollem Verstand. Er hat auch schon ein paar Worte gesprochen, nur geht es noch schwer, und ich habe ihn nicht recht verstanden. Aber die Zigarre...«

Peter brach etwas hastig ab und begann mit einem scheuen Blick auf Rayne fürchterlich zu husten, doch dieser schien die letzten Worte ganz überhört zu haben. Er stand am Fenster und starrte sinnend in den Park, über den sich das Dunkel der mondlosen Nacht senkte. Seine Gedanken weilten bei dem Mädchen mit der Pantherkatze, und er sagte sich, daß es an der Zeit war, dem Rätsel, das sie umgab, auf den Grund zu gehen. Er hielt den alten Evans, dem er sein Leben zu danken hatte, zwar keiner schlechten Tat fähig, aber Grace Wingrove hatte unbedingt das Recht, endlich zu erfahren, was der seltsame Eingriff in ihr Geschick zu bedeuten hatte. Und er war entschlossen, dieses Recht zu vertreten.

27

Murphy hatte an diesem Nachmittag nach einem kurzen Schläfchen stundenlang beschaulich auf der großen Terrasse des Strandhotels herumgelungert und mit der Bucht und den umliegenden Hängen geliebäugelt. Die Festwoche von Chesterhills sollte heute mit einer venezianischen Nacht ihre Fortsetzung finden, für die mehrere Dampfer gechartert worden waren, und es gab alle möglichen Vorbereitungen zu sehen.

Auch Inspektor Elliot gondelte geschäftig hin und her, aber als er endlich den Mann von Scotland Yard erblickte, kam er auf die Terrasse, um ihm eine Weile Gesellschaft zu leisten und sich nach seinen Anstrengungen etwas zu erfrischen.

»Wir haben gestern noch eine unangenehme Sache gehabt, von der Sie wahrscheinlich noch nicht wissen dürften«, begann er mit wichtiger Miene. »Miß Ormond ist im Direktionszimmer betäubt und ihres Schmuckes beraubt worden. Ich wollte Sie schon heute vormittag davon verständigen, aber Sie waren leider ausgeflogen.«

»Ich machte einen kleinen Morgenspaziergang«, erklärte Murphy mit verlegener Hast. »In meinen Jahren muß man früh ein bißchen laufen. Wenn ich natürlich gewußt hätte ... Also, ein richtiger Raub. Schau, schau! Man sollte es nicht für möglich halten, daß solche Dinge in einer so schönen und ruhigen Gegend geschehen können. – Und natürlich wieder keine Spur, wie bei den anderen Geschichten?«

Er blinzelte den schneidigen Inspektor erwartungsvoll an, aber dieser tat sehr kühl und verschlossen und nestelte mit großer Umständlichkeit an seiner fabelhaften Krawatte.

»Ich habe natürlich sofort Erhebungen eingeleitet«, schnarrte er leichthin, »vielleicht...« Er ließ es bei dieser Andeutung bewenden, und Murphys enttäuschtes Gesicht bereitete ihm eine große Genugtuung.

Er ließ den armen Oberinspektor sehr niedergeschlagen zurück, und als einige Zeit später Hearson auftauchte, fand er Murphy mit sorgenvollen Falten in dem behäbigen Gesicht. »Etwas Neues?« fragte der lebhafte Mann, wartete aber nicht erst die Antwort ab, sondern kam ebenfalls sofort in geheimnisvollem Flüsterton auf die Juwelengeschichte zu sprechen. »Das ist eigentlich der böseste Fall von allen«, meinte er bedrückt. »Wenn man nicht einmal hier im Hotel mehr sicher ist, droht uns eine Katastrophe. Glücklicherweise konnte ich den Colonel noch im letzten Moment daran hindern, Lärm zu schlagen. Er verdächtigte nämlich einen Gast, der von Spittering Farm herübergekommen war.« Er machte eine kleine Pause und schob seine Brille herum, bevor er etwas zögernd fortfuhr. »Wie Sie sich vielleicht erinnern werden, bin ich wegen dieser Leute vor einigen Tagen bei Ihnen gewesen. Es handelte sich um die Panther.«

»Die Panther...«, hauchte Murphy und riß die Äuglein weit auf. »Richtig. Natürlich erinnere ich mich. Sie meinen doch nicht...?«

Hearson hob vielsagend die Schultern.

»Ich meine gar nichts«, stellte er dann hastig fest. »Aber es sind doch schließlich die einzigen Leute in der Umgebung, von denen man nichts Näheres weiß, und da ist es nur natürlich, daß alles mögliche über sie gemunkelt wird. Ebenso wie über den Mann von Englemere, der auch erst vor kurzem in der Gegend aufgetaucht ist und wie ein Einsiedler haust. Ich glaube, er heißt Short, und sein kleiner Besitz liegt etwa eine Meile hinter der Bucht. Außerdem soll ihm auch noch eine der Hütten im Ort gehören. – Das sind die einzigen Fremden, die wir hier haben«, schloß er bedächtig und richtete seine scharfen Brillengläser auf den Oberinspektor, der mit hängender Unterlippe und ratlosen Augen dasaß.

»Dieses Chesterhills wird mich noch um mein ganzes Renommee bringen, und das überlebe ich nicht«, seufzte er so verzweifelt, daß Hearson sich gedrängt fühlte, ihn zu trösten.

»Sie werden sicher plötzlich über den gewissen toten Punkt hinwegkommen, wenn Sie sich nicht zu sehr in die Sache einspinnen. Das soll man nicht, denn das trübt den Blick. – Wenn ich vor einer schwierigen geschäftlichen Sache stehe, schlage ich sie mir immer für eine Weile aus dem Kopf und zerstreue mich. Sehen Sie sich also zunächst einmal unser heutiges Wasserfest an. Es wird wirklich sehr hübsch werden, denn wir haben für alle möglichen Überraschungen gesorgt.«

Er sprach sehr lebhaft und eindringlich, aber Murphy schüttelte wehmütig den dicken Kopf.

»Das ist leider nichts für mich. Ich bin rheumatisch und könnte mir dabei das schönste Gliederreißen holen.«

Hearson drückte dem Mann, dem so schwer zu raten und zu helfen war, teilnahmsvoll die Hand und eilte geschäftig davon, um sich wieder in seine Verpflichtungen zu stürzen, während Murphy die großen Hände über dem Bauch faltete und trübselig über das spiegelnde Wasser blinzelte.

28

Ein Viertel vor elf löste sich in dieser Nacht ein dünner Schatten von dem verwitterten Mauerwerk des »Tanzenden Delphin« und setzte sich schnurgerade gegen Westen in Bewegung.

Der Mond war noch nicht aufgegangen, und der festliche Lichtschein, der vorne über der Bucht lag, vermochte nicht, bis hierher zu dringen, aber Spang bedurfte seiner nicht. Er spurte sicher und lautlos über Stock und Stein, und wenn er ja einmal etwas ausbiegen mußte, weil ihm ein Haus oder ein Loch in den Weg kam, so war er schon in der nächsten Minute todsicher wieder in seiner Richtung.

Er hatte sich eben durch eine ziemlich breite und dichte Hecke gezwängt und war mit dem Zählen genau bis vierhundertvierundneunzig gekommen, als er unmittelbar vor sich die leise Warnung vernahm:

»Passen Sie auf, daß Sie Hannibal nicht auf den Schwanz treten. Sie wissen, daß er das nicht mag.«

Spang stoppte gehorsam und tastete mit seinen scharfen Augen in die Dunkelheit.

Zwei Schritte vor ihm stand ein windzerzauster Baum, und noch etwas weiter stieg eine mit Gestrüpp bestandene Steinwand auf. Neben dem Baum aber erblickte er ein Loch, und darin hockte eine umfangreiche dunkle Masse.

Der Empfang war nicht eben freundlich.

»Sie taugen zum Polizisten, wie ich zum Seiltänzer. Warum haben Sie nicht gleich ein Posthorn geblasen, damit ja jeder weiß, daß Sie sich hier herumtreiben? Seit zehn Minuten höre ich Sie heranpoltern, und Hannibal spitzt seine großartigen Ohren noch länger. Wenn er nicht ein so verständiger Hund wäre, hätte er einen Mordsspektakel losgelassen. – Wenn ich Sie zu einer Stunde, zu der ein anständiger Mensch schon längst ins Bett gehört, an einen so verdammt ungemütlichen Platz bestelle, haben Sie so leise zu kommen wie eine Laus, die vom Blatt fällt. – Was gibt es Neues in dem Loch?«

Mit dem Loch meinte der respektvolle Murphy Scotland Yard, und Spang legte im Flüsterton wie ein aufgezogener Automat los. »Inspektor Maathuis ist nach Hatcham versetzt worden. Man sagt, weil er in der Kelsall-Sache nichts ausgerichtet hat und...«

»Spang«, fiel ihm Murphy ins Wort, »wenn Sie so etwas vielleicht einmal auch von mir so kaltschnäuzig erzählen sollten, und ich höre davon, so werden Sie etwas erleben. – Aber recht ist ihm geschehen. Diese jungen Leute glauben eben, daß sie die Gescheitheit mit dem großen Löffel gefressen haben und arbeiten mit allen möglichen Instrumenten, nur nicht mit der eigenen Nase. Die aber ist verläßlicher als alle Daktyloskopie, Phrenologie, Graphologie und wie sonst der Humbug heißt. Merken Sie sich das. – Weiter.«

Der eingeschüchterte Sergeant fand es ratsam, in seinen Mitteilungen etwas vorsichtiger zu sein und sich auf unverfänglichere Neuigkeiten zu beschränken.

»Heute vormittag ist ein kleines Paket mit einem Brief abgegeben worden, aber man weiß nicht recht, was es damit für eine Bewandtnis hat. In dem Päckchen war ein kostbarer Schmuck, und in dem Brief stand, daß er Lord Shelley gehört. Ein Beamter ist deshalb nach Highgate-Castle gefahren.«

»Aha!« hauchte der Oberinspektor gedehnt. »Eine nette Bescherung.«

Dann schwieg er eine Weile, und Spang wartete auf ein neues Stichwort. In der Mulde war es mäuschenstill, und nur Hannibal tat hie und da einen grimmigen Schnapper nach einem zudringlichen Mückenschwarm.

»Vorwärts«, gebot Murphy endlich. »»Wozu erzählen Sie mir so dumme Geschichten, die mich nichts angehen? – Ich will wissen, was Sie die ganze Zeit getrieben haben. Natürlich nichts Gescheites.«

»Ich habe den Anwalt gefunden, bei dem das Schriftstück von der Lady mit der Pantherkatze aufgesetzt worden ist«, murmelte der Sergeant zaghaft, und erst, als ihn sein Vorgesetzter nicht sofort wieder anschnauzte, wurde er etwas gesprächiger. »Es sind aber nur ein paar Zeilen: ›Ich, Al Evans, vermache alles der kleinen Lady mit der Pantherkatze. Peter Forge weiß, daß das schon immer mein Wille war und kann es beeiden. Alles andere steht in dem schwarzen Buch in der Truhe, die Peter zu den Panthern stellen sollte. Ich bitte Mr. Rayne, daß er es herausnimmt und dem Gericht übergibt‹.« Spang hatte den Inhalt des Schriftstückes aus dem Gedächtnis heruntergeleiert, ohne auch nur einmal zu stocken und gestattete sich erst jetzt eine kleine Atempause. Aber Murphy fand das höchst überflüssig.

»Daß man Ihnen doch immer die Würmer stückweise herausziehen muß«, knurrte er verdrießlich, und der erschrockene Sergeant setzte seine Zunge rasch wieder in Schwung.

»Der Mann, der das Dokument diktierte, hat den Anwalt ersucht, es vierzehn Tage aufzubewahren. Wenn er es binnen dieser Zeit nicht selbst abholen würde, so sollte es Mr. Aubrey Rayne in Spittering Farm eigenhändig übergeben werden. – Und es war gewiß der Fremde«, fügte Spang hinzu, »der aus dem Hotel in Bermondsey verschwunden ist. Die Beschreibung stimmt ganz genau überein. Er soll sehr aufgeregt gewesen sein und ausgesehen haben wie einer, der etwas Besonderes vorhat. Im Hotel hat er am letzten Tag sehr viel telefoniert, und gegen Abend ist er dann von einem Ford-Wagen abgeholt worden. Den Schofför hat niemand genauer gesehen, aber das Auto hatte einen zerbeulten Kühler, wie der Wagen, der später auf der Landstraße gefunden worden ist. Er war am Nachmittag einem Geschäftsmann in der City gestohlen worden.«

Der Oberinspektor schien für diesen Bericht kein sonderliches Interesse zu haben, denn er unterhielt sich zwischendurch mit Hannibal, dem die Sache schon zu lange zu währen schien. Er richtete sich immer wieder auf, zog hörbar den Wind ein und ließ ein leises Knurren hören. Er reagierte nicht einmal auf den gewissen dünnen Pfiff, und als er einen kräftigen Nasenstüber abbekam, fletschte er beleidigt die Zähne.

»Ich werde dir auch noch dein zweites Ohr abdrehen, du ungezogenes Rabenvieh«, drohte ihm sein erboster Herr. »Sind das Manieren für einen Polizeihund? – Aber daran sind auch wieder nur Sie schuld, Spang. Anstatt zu schauen, daß Sie zu Ende kommen, quasseln Sie um Mitternacht herum, daß selbst meinem armen, braven Hund die Geduld ausgeht. Machen Sie es also kurz, zum Teufel, wenn Sie noch etwas zu sagen haben.«

Der Sergeant war schon längst daran gewöhnt, daß er an allem schuld war, und daß er es nie recht machen konnte, aber das vermochte ihn nicht zu entmutigen, sondern nur anzuspornen. Er stellte sein Gedächtnis auf die größte Präzision und seine Zunge auf die höchste Geschwindigkeit ein und begann alles hervorzusprudeln, was er über Colonel Rowcliffe in Erfahrung gebracht hatte. Der Rapport war etwas bunt und sehr eingehend, und als der Besuch in dem alten Haus in Limehouse an die Reihe kam, fand auch der merkwürdige Rundgang von Mr. Hearson eine entsprechende Erwähnung, aber das Wichtigste behielt sich der Sergeant zum Schluß vor.

»Ich habe auch festgestellt, daß sich auf dem Stadthaus des Colonel ein Einschlupf für Brieftauben befindet«, lispelte er, »und auch bei Mr. Johnson ist ein solcher. Ganz knapp unter dem Kamin auf der Hofseite.«

Der Oberinspektor schwieg diesmal, und nur Hannibal machte neuerlich durch ein kräftiges Zerren an der Leine und ein bösartiges Schnaufen seinem Mißvergnügen Luft.

»Kusch, du Mißgeburt«, schnauzte ihn Murphy an, und dann kam sofort wieder Spang an die Reihe. »Das ist wohl alles, ha? Und Sie bilden sich vielleicht ein, daß man damit etwas anfangen kann? – Nun, ich habe ja gewußt, daß Sie dem lieben Gott die Zeit und unserem armen Staat den Sold stehlen werden, wenn ich nicht hinter Ihnen her bin. Aus Ihnen wird nie etwas werden. Sie besitzen keine Intelligenz, mein Lieber, und was Ihr Gedächtnis betrifft« – er machte eine kleine, nachdenkliche Pause, um plötzlich eine Frage herauszuschnellen – »so sagen Sie mir doch, was mit Bill Short damals eigentlich los war?«

Es dauerte ungefähr zehn Sekunden, bevor der Zettelkasten im Kopf des Sergeanten Spang das gesuchte Blatt auswarf, aber dann ging es monoton und unhemmbar los.

»Bill Short, mit dem richtigen Namen Allward, heute ungefähr fünfunddreißig Jahre alt. Sohn eines kleinen Reeders in Exmouth, der sich wegen Bankrotts erschossen hat. Es soll sich aber eigentlich um Erpressungen wegen eines Versicherungsbetruges gehandelt haben. Bill kam in Pflege zu zwei vermögenden Tanten, ging jedoch durch und wurde Schiffsjunge. War einige

Jahre verschollen, tauchte dann plötzlich in London auf und trieb sich mit unseren schwersten Kunden herum. Man konnte ihm aber nie etwas nachweisen. Während des Krieges verschwand er wieder, und man weiß nicht, was er während dieser Zeit getrieben hat. Wir stießen erst vor etwa zwei Jahren wieder auf ihn; bei dem großen Einbruch in der London Joint Stock Bank, bei dem als einziger Anhaltspunkt ein Zettel mit dem Stampiglienabdruck eines Panthers gefunden wurde, den wahrscheinlich einer von der Bande verloren hatte. Es sind dabei den Räubern über dreißigtausend Pfund in die Hände gefallen, man konnte jedoch nur Bill Short fassen, der mit einem gebrochenen Bein und einer schweren Gehirnerschütterung unter dem zertrümmerten Glasdach eines Lichthofes aufgefunden wurde. Vor Gericht hat er sich dann ausgeredet, daß er in einem Nachbarhaus aus einer ungesicherten Tür zur Feuerleiter abgestürzt sei, was nach dem Lokalaugenschein immerhin möglich war, und er mußte schließlich mangels Beweisen freigesprochen werden. – Dieses war der zweite Fall der Panther«, schloß der Sergeant gewissenhaft, aber er hätte sich diese Bemerkung ersparen sollen, denn sie erregte Murphys Mißfallen.

»Habe ich Sie gefragt, der wievielte Fall der Panther das war?« knurrte er. »Sie können nie bei der Sache bleiben. Und was ich Ihnen gerade vorhin gesagt habe, Sie besitzen keine Intelligenz. Ein Mensch von Intelligenz fängt nicht von hinten an, wie Sie, sondern wenn es einen ersten und einen zweiten Fall der Panther gibt, so beginnt er mit dem ersten. Verstehen Sie mich?«

»Jawohl, Sir«, hauchte Spang hastig. »Der erste Fall war viel früher. Etwa vor zwanzig Jahren. Damals, als Sie mit dem Prinzen von Wales auf der Weltreise waren. Sir William Lyndsell in Worcester hat zuerst Briefe erhalten, daß er einen bestimmten großen Betrag an dem und dem Ort hinterlegen solle, und auf diesen Briefen war genau so ein Tier, wie man es später auf dem Zettel in der Bank gefunden hat. Der Mann hat sich an die Polizei gewandt, aber bevor diese noch etwas ausrichten konnte, ist plötzlich seine dreijährige Tochter verschwunden. Einige Nächte später wurde sie jedoch wieder vor das Haus gebracht und hatte auf der Schulter eine Pantherkatze eintätowiert. Nun zahlte Sir William eiligst, ohne der Polizei ein Wort zu sagen, aber es hat ihm nichts genützt. Nach wenigen Monaten war das Kind wieder fort und diesmal für immer. Auch ein Gärtner ist damals mit verschwunden ...«

»Sein Name?« stieß der Oberinspektor kurz hervor.

»Al Skinner«, gab der Sergeant ebenso hastig zurück, denn er war noch nicht fertig. »Die Anwaltfirma Palmer & Pitkin hat damals eine Belohnung von zehntausend Pfund für die Auffindung des Mädchens ausgeschrieben, und die Prämie läuft noch immer. Ich habe sie erst unlängst in unserem Journal gefunden.«

»Zehntausend Pfund ...« echote Murphy tonlos. – »Und das sagt dieser Mensch so, als ob es sich um einen Pappenstiel handelte.« Er vermochte sich vor Staunen und Erregung nicht zu fassen. »Zehntausend Pfund ...! – Ich fürchte, Spang, Sie sind noch viel dümmer, als ich bisher geglaubt habe, und wissen nicht einmal, wieviel Geld das ist. – Und wenn man Ihnen, sagen wir« – er überlegte bedächtig, als ob es sich um eine ganz ernsthafte Sache handelte – »zweitausend Pfund auf die Hand zählt, kämen Sie sicher in die größte Verlegenheit, weil Sie nicht wüßten, was damit anfangen.«

»Jawohl, Sir«, gestand der Sergeant ohne weiteres, und sein Vorgesetzter triumphierte.

»Sehen Sie ...! Wie sagten Sie doch gleich, daß die Anwaltfirma heißt?«

»Palmer & Pitkin, Sir. Lincoln's Inn.«

In dem Gebüsch auf der Steinwand vor ihnen leuchtete in diesem Augenblick ein greller Blitz auf, und in die letzten Worte Spangs fuhr der harte Knall eines Schusses. Über ihre Häupter summte eine bleierne Hummel und schlug auf das Gestein hinter ihnen, daß die Splitter flogen.

In der Hecke einige Schritte weiter wurde irgendein Wild aufgestört und brach in eiliger Flucht durch das Gestrüpp.

Hannibal röhrte in grimmiger Wut, denn sein Herr hatte ihn noch im letzten Augenblick an der Leine erwischt, und Spang streckte, mit einem Revolver in der Rechten, hochaufgerichtet die spitze Nase in die Luft. Aber die Hand seines Vorgesetzten legte sich so nachdrücklich auf seinen Rücken, daß er sofort wieder platt zu Boden fiel.

»Nieder!« zischte ihm Murphy kategorisch zu. »Ihr Schädel ist ja nicht viel wert, aber wenn Sie ein Loch hineinbekommen, wird er nicht besser. Der Kerl schießt zwar wie ein Schwein, das sind jedoch die gefährlichsten. Er ist imstande, auf Sie zu zielen und mich zu treffen. – Das könnte Ihnen wohl so passen?«

Eine Viertelstunde blieb es in der kleinen Bodensenkung still, dann verlor der Oberinspektor die Geduld.

»Wenn der Bursche glaubt, daß ich seinetwegen statt in meinem feinen Bett auf dem harten Boden schlafen werde, hat er sich geirrt«, raunte er dem Sergeanten zu. Ich krieche jetzt heraus, und Sie halten Hannibal so lange. Und wenn es drüben blitzen sollte, so knallen Sie hin. Bei Ihrem saumäßigen Glück legen Sie ihn am Ende um.«

Spang wußte zwar nichts von seinem saumäßigen Glück, aber er riß gehorsam die Augen weit auf und hielt die Waffe schußbereit, während Murphy auf allen vieren behende aus der Grube kletterte. Dann kam Hannibal an die Reihe, und schließlich lagen sie alle drei hinter dem Baum auf dem Bauch. »Jetzt geht's hinter die Hecke«, ordnete der Oberinspektor leise an. »Wieder zuerst ich...«

Er hatte eben ausgesprochen, als es von der Steinwand neuerlich angesummt kam. Diesmal nicht unter Blitz und Knall, sondern leise schwirrend, wie ein großer Käfer, der an den Baum klatschte.

Murphy ließ einige Sekunden verstreichen, dann richtete er sich hinter dem Stamm vorsichtig auf und griff blitzschnell danach. Das Ding steckte tief im Holz, aber schließlich gab es doch nach, und als der Oberinspektor den Bolzen fühlte, barg er ihn zunächst vorsichtig in seiner Streichholzschachtel. Erst als sie die Häuser des Ortes bereits vor sich hatten, besah er sich die Sache näher. Der Sergeant mußte mit seiner Taschenlampe leuchten, und Murphy zog mit den Fingerspitzen einen Papierstreifen ab, der mit einem dünnen Bindfaden um den Stahl gewickelt war.

Spang steckte neugierig die lange Nase in den winzigen Zettel, aber sein Vorgesetzter wies ihn sofort zurecht.

»Was ist das wieder für eine Wichtigtuerei? Sie können so etwas hundertmal lesen und werden es doch noch immer nicht verstehen.«

Der arme Sergeant hätte es selbst nach zweihundertmaligem Lesen nicht verstanden, denn der Streifen enthielt in flüchtiger Blockschrift nur die Worte: »Im blauen Haus...«, und selbst Murphy bedurfte einer ziemlichen Weile, um sich über ihren Sinn, vor allem aber über ihren Zweck einigermaßen klar zu werden.

Die ganze Episode, die sich oben in der Mulde abgespielt hatte, gab ihm nun doppelt zu denken. Hatte der Schuß ihm und Spang oder, was fast wahrscheinlicher schien, einem anderen gegolten, der dann auch flüchtend durch die Hecke gebrochen war? Aber wer war der Schütze und wer war der andere gewesen, und was sollte die seltsame Botschaft durch das Blasrohr? Sie konnte ein wertvoller Fingerzeig, aber auch eine böse Falle sein, und der Oberinspektor saß fünf Minuten mit geschlossenen Augen und hängender Unterlippe. »Spang«, sagte er nach dieser Zeit gelassen, »Sie gehen jetzt diesen Fußweg hinunter und warten beim letzten Haus auf mich. Ich habe auf der anderen Seite des Ortes noch etwas zu tun, und wenn ich nicht selber kommen sollte, so wird Sie Hannibal schon aufstöbern. Denken Sie jedenfalls an sein Halsband, obwohl ich nicht glaube, daß dies heute notwendig sein wird.«

Das blaue Haus lag etwas abseits von dem planlos durcheinander geschachtelten alten Fischerdorf und hatte seinen Namen offenbar von dem nicht mehr neuen, aber unverwüstlichen Anstrich.

Murphy pürschte mit Hannibal an der Leine wenigstens eine Viertelstunde um das Haus herum, bevor er sich geschmeidig und lautlos an die Rückseite heranschlängelte, in der nur ein winziges Pförtchen und zwei kleine vergitterte Fenster zu sehen waren. Er wußte, daß es eine etwas waghalsige Sache war, in die er sich da einließ, aber es geschah nicht zum erstenmal, und er setzte wieder einmal alles auf seine Kaltblütigkeit und die Nase seines Hundes. Hannibal würde sich schon rühren, wenn es irgendwie brenzlig wurde, wie er sich eben oben in dem

Loch gerührt hatte, aber vorläufig war er lediglich verdrossen. Er hatte die Rute so zwischen die Hinterläufe geklemmt, daß nur die geknickte Spitze hervorlugte, und seine Augen schielten unwirsch nach dem Herrn, der ihm nicht einen Augenblick Freiheit ließ, obwohl es ringsherum von Mäusen und Fröschen nur so wimmelte.

Der Oberinspektor drückte auf die Klinke des Pförtchens, aber dieses schien nur angelehnt gewesen zu sein, denn es ging sofort auf, und Murphy suchte blitzschnell hinter der Mauer Deckung. Als nichts geschah, leuchtete er mit seiner starken Taschenlampe in den dunklen Gang, der bis zur vorderen Tür lief und suchte dann mit dem Licht Schritt für Schritt den Ziegelbelag des Fußbodens, die Seitenmauern und die Decke ab. Auch Hannibal steckte die Nase in den Raum, zog sie aber sofort gelangweilt wieder zurück.

Einige Minuten später war Murphy damit beschäftigt, Nachschau zu halten, was es in dem Haus für ihn eigentlich so Besonderes zu sehen gebe. Er hatte das Pförtchen mit einem Stein so angelehnt, daß es sich nicht schließen konnte, und für alle Fälle hatte er auch die Vordertür handbreit geöffnet, um für den Hund einen Ausschlupf zu schaffen. Er hatte das ganze Haus unversperrt gefunden und wunderte sich nicht so sehr darüber, denn in den Räumen zu beiden Seiten des Flurs gab es so gut wie gar nichts, was weggetragen werden konnte. In der einen Stube stand nur eine wertlose, wurmstichige Truhe, und in der anderen fand er zwei wacklige Sessel und einen ebensolchen Tisch. Sonst war in dem ganzen Haus weder ein Möbelstück noch irgendein Gebrauchsgegenstand, und nichts deutete darauf hin, daß es zu Wohnzwecken benutzt wurde.

Der Oberinspektor suchte etwas enttäuscht nach einem Zugang zum Kellerraum oder zum Dach, und als er nichts dergleichen fand, begann er mißtrauisch zu werden. Vielleicht hatte man ihn doch nur hierhergelockt, um...

Ein leises Schnaufen Hannibals ließ ihn herumfahren, und im Nu verlöschte seine Laterne. Aber es blieb alles still. Nur der Hund zog durch die irgendwo angepreßte Nase die Luft ein und begann dann lebhaft zu scharren.

Murphy ließ den Lichtkegel über die Schwelle spielen, die Hannibal so angelegentlich beschäftigte, und einige Augenblicke später steckte er seinen Arm in die freigelegte Öffnung. Der Gegenstand, den er zunächst zu fassen bekam, war überraschend schwer, und als er ihn endlich draußen hatte, glitt er ihm aus der Hand und verursachte ein dumpfes Poltern. Der Oberinspektor griff vorsichtig nochmals in die Höhlung, aber außer einem Messer konnte er nichts mehr aufstöbern.

Er brachte seinen Fund zum Tisch, um sich ihn genauer zu besehen. Das unförmige Ding war ein zolldicker Gummihandschuh, der an der Innenfläche mit dreieckig gestellten messerscharfen Schneiden besetzt war und am Handgelenk einen Riemen durchgezogen hatte. Das Messer war ein primitives fremdländisches Fabrikat, und Murphy legte es nach kurzer Prüfung wieder beiseite, um sich von neuem mit dem weit interessanteren anderen Gegenstand zu beschäftigen.

Er war so in Aufregung geraten, daß er sich den Schweiß von der Stirn wischen mußte, und seine Augen funkelten vor Eifer. »Teufel, Teufel«, murmelte er strahlend. »Also, das sollte es wohl sein. – Die Pranke des Panthers...«

Hannibal schoß mit einem wuterstickten Laut gegen das Fenster, und der Oberinspektor lag bereits auf dem Boden, als mit dem Knall die Kugel durch Holz und Glas splitterte und gegenüber dem Tisch in die Mauer einschlug.

In der nächsten Sekunde schon fiel draußen ein zweiter Schuß, aber dieser schien irgendwo fehlgegangen zu sein.

Spang glaubte seinem Vorgesetzten von den Schüssen im Ort berichten Zu müssen, als dieser sich mit einem schweren Paket, das er in sein riesiges Taschentuch eingeschlagen hatte, endlich bei ihm einstellte.

»Die Schüsse kamen aus der Richtung, in die Sie gegangen waren, Sir«, erklärte er eifrig. »Und der zweite wurde aus der gleichen Waffe abgegeben wie vorhin oben in der Mulde. Ich konnte das ganz genau unterscheiden. Der erste Schuß aber war aus einem großkalibrigen Amerikaner.«

»Spang«, sagte der nachdenkliche Murphy trocken, »werden Sie mir nicht am Ende größen-
wahnsinnig, weil Sie vorhin einmal in Ihrem Leben ein bißchen Pulver gerochen haben. Das
könnte mir so fehlen. Sie und Schießsachverständiger! Wahrscheinlich hat man in der Bucht
ein paar Raketen abgebrannt, und Sie haben gleich die Hosen vollbekommen. – Weiß der liebe
Himmel, wie das mit Ihrer Einfalt noch enden wird.«

Der Sergeant schwieg, denn er wußte es auch nicht.

Auf jeden Fall bekam er in der Nähe des »Tanzenden Delphin« noch eine Standrede zu hören.

»Es kann sein, daß Sie mich in den nächsten Tagen nicht zu sehen bekommen«, sagte Murphy, »denn ich glaube, ich werde eine Menge zu tun haben. Mir geht es leider nicht so gut, daß
ich mich wie Sie ausfaulenzen und mästen könnte. Aber wenn Sie sich unterstehen, sich von
Ihrem ›Tanzenden Delphin‹ auch nur zwanzig Schritte wegzurühren, so holt Sie der Teufel. –
Sagen Sie den Leuten, wenn diese neugierig sein sollten, daß man Sie aus einer Anstalt für
Schwachsinnige zur Erholung hierhergeschickt hat. Das wird Ihnen jeder glauben. Und wenn
ich Ihnen die zweitausend Pfund geben sollte...«

Der Oberinspektor vollendete nicht, denn er wollte sich die Sache erst überlegen.

29

Grace Wingrove hatte den Schreck des verflossenen Tages überwunden, aber ihre Befangenheit war geblieben.

Rayne war diesmal pünktlich zum Frühstück erschienen und gab sich wirklich alle Mühe, ihre frühere Laune zu wecken, aber es wollte ihm nicht gelingen. Das junge Mädchen lächelte höchstens verträumt und ein bißchen wehmütig, gab kurze, fast schüchterne Antworten und vermied es vor allem, ihn anzusehen, so sehr er sich auch anstrengte, einen Blick aus ihren dunklen Augen aufzufangen. Es gab immer wieder lange Minuten, in denen das Gespräch völlig stockte, aber nach solch einer ungemütlichen Pause hob Grace plötzlich den Kopf, starrte irgendwohin in den Park und begann nervös mit den schlanken Fingern zu spielen.

»Was ist mit dem Mann, von dem Sie mir gesprochen haben?« fragte sie, aber ihre Wißbegierde gab sich lange nicht mehr so trotzig und befehlend, wie noch vor wenigen Tagen. Es fiel ihr vielmehr sichtlich schwer, von der Sache zu sprechen, und die Worte kamen immer langsamer und leiser von ihren Lippen. »Der mich angeblich hierher bringen ließ und von dem es abhängen soll, was mit mir geschieht. Einmal muß sich das ja endlich entscheiden«, schloß sie apathisch, und Rayne sah höchst betroffen in ihr müdes Gesichtchen, in dem es verdächtig zuckte.

»Gewiß, Miß Wingrove«, stimmte er lebhafter bei, als es sonst seine Art war. »Ich hoffe sogar schon heute. Der Mann war schwer krank, aber nun dürfte man sich mit ihm vielleicht bereits verständigen können.«

»Wer ist es?« forschte sie, aber aus ihrer Frage klang kaum mehr als ein geringes Interesse.

Rayne war längst entschlossen, der Geheimniskrämerei ein Ende zu bereiten, soweit er dies vermochte, und das junge Mädchen erhielt diesmal keine ausweichende Antwort.

»Ein Mr. Al Evans aus Java. Er liegt in dem Zimmer unter dem Ihren und ist der Kompagnon von Mr. Forge.«

Er hörte plötzlich ein leises, belustigtes Lachen, und als er überrascht nach Grace blickte, konnte er für einige Sekunden ihre Augen erhaschen.

»Es ist so komisch, daß der arme, gute Mr. Peter ein Kompagnon ist«, meinte sie heiter. »Ich bitte Sie, wovon? – Und Sie sind wohl der Dritte im Bunde?«

Er freut sich, sie in etwas fröhlicher Stimmung zu sehen und schlug einen scherzhaften Ton an, um sie in dieser Laune zu erhalten.

»Sehen Sie, so kann der Schein trügen, Miß Wingrove. Dieser arme, gute Mr. Peter trägt einen Depotschein von über zwei Millionen unter seinem nicht immer ganz sauberen Hemd. Allerdings in holländischen Gulden, aber auch in Pfunden macht das eine ganz nette Summe aus.«

»Hundertsiebzigtausend Pfund«, rechnete sie prompt im Kopf aus, weil sie einmal auch in einem Wechselgeschäft tätig gewesen war, und konnte sich vor Staunen nicht fassen. »Womit kann man soviel Geld verdienen?«

»Dort drüben mit allem möglichen, und die beiden Männer haben es auch getan.«

»Und Sie?« fragte Grace nach einer langen Weile leichthin.

»Ich gehöre nicht dazu«, erklärte er, »aber ich verdanke den beiden braven Leuten sehr viel. Sie haben mich und Tom nach einem verunglückten Ausflug aufgelesen und gesundgepflegt. Und dann hat es sich so geschickt, daß wir zusammen herübergefahren sind. – Das heißt, Mr. Evans ist später nachgekommen.«

Grace Wingrove hatte noch eine Frage auf dem Herzen, aber sie kämpfte lange mit sich, ehe sie sie in Worte kleidete. »Und warum haben sie die Panther mitgebracht?« Es sollte gleichgültig klingen, kam aber stockend und tonlos heraus.

»Das weiß ich leider nicht«, gab er mit einem Achselzucken ehrlich zurück. »Offengestanden habe ich mich auch schon oft darüber gewundert. Es sind ja gewiß keine Tiere für einen englischen Haushalt. Aber Mr. Evans wollte sich auf keinen Fall von ihnen trennen. Da Sie es wünschen, werde ich ihn darüber befragen.«

Damit sollte ihm jedoch ein anderer zuvorkommen.

»Mr. Murphy«, meldete Tom steif und förmlich unter der Tür. »Er läßt sich nicht abweisen, obwohl ich ihm sagte, daß Sir um diese Stunde nicht empfangen.«

»Nein«, sagte der Oberinspektor unverfroren, indem er auch schon sein feistes, strahlendes Gesicht ins Zimmer steckte, »das können Sie mir nicht antun, Mr. Rayne. Ich bin zufällig mit meinem Auto« – er nahm mit dem Wort den Mund so voll, als ob es sich um einen riesigen Rennwagen gehandelt hätte – »hier vorübergekommen und habe mir gedacht, daß wir eigentlich doch noch Verschiedenes zu besprechen hätten.«

Er gewahrte plötzlich das junge Mädchen, umfaßte sie mit einem raschen Blick und machte ihr dann eine ehrerbietige Verbeugung.

»Oh, Verzeihung, daß ich so eingedrungen bin, Mrs. ...«

Grace errötete bis unter die Haarwurzeln und wollte sich scheu und eilig zurückziehen, aber der Mann mit den angegrauten Schläfen blieb trotz seiner Empörung über den zudringlichen Gast Herr der Situation.

»Gestatten Sie, Miß Wingrove«, sagte er mit ausgesuchter Höflichkeit, »daß ich Ihnen Mr. Murphy vorstelle.«

Der vierschrötige Mann dienerte neuerdings, Grace neigte das Köpfchen, und diesmal ließ Rayne sie ungehindert gehen. Die Dinge, deretwegen dieser Mann kam, waren unbedingt nicht für ihre Ohren bestimmt, und er wußte selbst noch nicht, worum es diesmal gehen würde. Es konnte wieder die Sache mit Evans sein, aber auch die Geschichte von heute nacht in Chesterhills.

Murphy saß bereits ohne Aufforderung in einem bequemen Stuhl, schnaufte, als ob er einen Dauerlauf hinter sich hätte, und wischte sich umständlich die Stirn. Aber kaum hatte sich die Tür hinter dem Mädchen geschlossen, als er das Taschentuch energisch einsteckte, ein Bein über das andere schlug und mit einemmal alle Mätzchen sein ließ.

Rayne sah ein Paar blitzende Äuglein in einem gespannten Gesicht und einen dicken Daumen, der nach der Tür gerichtet war.

»Die Lady mit der Pantherkatze ...«, sagte der Oberinspektor halblaut, und der junge Mann richtete sich unwillkürlich blitzschnell halb auf, als er diese Bezeichnung zum erstenmal aus dem Mund eines Fremden hörte. Er war so überrascht, daß er nicht wußte, was er erwidern sollte, aber Murphy überhob ihn der Verlegenheit, indem er kurz, abgehackt und bestimmt weitersprach. »Gut, das ist mir eine Beruhigung. Ich habe es mir zwar gleich gedacht, aber es ist besser, man weiß so etwas ganz sicher. Nun kann ich danach meine Maßnahmen treffen. Schließlich ist die Dame für mich zehntausend Pfund wert. Oder eigentlich nur acht, weil der blöde Spang ... Aber das macht immerhin gegen vierhundert Pfund Zinsen im Jahr.« Er drohte schon wieder, ins Uferlose zu geraten, stoppte jedoch noch im letzten Augenblick. »Ich sage Ihnen das nur, Sir, damit Sie begreifen, wie sehr mir an der Sache gelegen ist, von meiner verdammten Pflicht und Schuldigkeit natürlich ganz abgesehen. – Und sie ist ein wunderschönes Mädchen. Finden Sie nicht auch?«

Murphy schien gerade auf diese ganz unwesentliche Frage eine Antwort zu erwarten, denn er sah den eleganten Mann erwartungsvoll an, aber dieser begnügte sich mit einem leichten Neigen des Kopfes. Er hatte bisher nicht ein Wort von dem verstanden, was der Oberinspektor hervorgestoßen hatte, und war nur begierig, wo das hinaus sollte.

Der seltsame Detektiv trommelte mit den Fingern einen schottischen Marsch, bevor er seinen Faden wieder aufnahm. »Nun heißt es aber verdammt aufpassen, damit nicht noch im letzten Augenblick ein Malheur geschieht. Die Burschen werden das Äußerste wagen, denn es steht für sie dabei zuviel auf dem Spiel. – Hoffentlich kennen Sie die Verantwortung, die Sie auf sich genommen haben, als Sie Miß Wingrove hierherbrachten?« schloß er nachdrücklich.

»Nein«, gab Rayne etwas unsicher zurück, und der Oberinspektor schnellte wie ein Ball empor.

»Nein?« Er schlug entsetzt die Hände zusammen, daß es durchs ganze Haus schallte und rannte mit großen Schritten auf und nieder. »Allmächtiger«, murmelte er verstört, »was daraus hätte entstehen können!«

»Es war der Wunsch eines Bekannten«, glaubte sich Rayne entschuldigen zu müssen, »und ich bin ihm nachgekommen.«

»Mr. Rayne«, sagte er dann bestimmt, »ich muß mit Mr. Evans sprechen. Machen Sie keine Ausflüchte und foppen Sie mich nicht wieder mit Ihrer hübschen Maschinerie, denn ich weiß schon längst, daß er hier ist. Kommen Sie mir auch nicht etwa mit formalen Einwänden, denn wir haben keine Zeit, und es geht um das Mädchen. Eigentlich sollte man sie hinter Schloß und Riegel setzen, bis alles vorüber ist.«

»Sie wird seit gestern sorgfältigst bewacht«, erklärte der junge Mann mit einiger Befangenheit, und der Oberinspektor hörte etwas heraus, was ihn stutzig machte.

»Warum seit gestern?«

Rayne wußte nicht, was ihn dazu bewog, aber er gab einen kurzen Bericht über die Ereignisse. Als er davon sprach, wie die Burschen die Stiege hinuntergeflogen waren, nickte Murphy lebhaft und befriedigt, aber schließlich schüttelte er mißmutig den Kopf.

»Ganz brav, aber natürlich nur halbe Arbeit«, meinte er. »Wie immer bei den Dilettanten. Nachdem die Halunken so hübsch im Keller lagen, wäre es doch die reinste Spielerei gewesen, jedem ein paar verläßliche Handschellen anzustreifen. Oder wenigstens einen soliden Strick. Aber die Hauptsache überläßt man eben immer der Polizei. Die kann sich jetzt nach der Bande die Beine ablaufen.«

30

Al Evans saß halb aufgerichtet im Bett, und in seinem hageren Gesicht spiegelte sich eine gewisse Unruhe, als er hinter Rayne einen Fremden eintreten sah.

Aber der breitschultrige Mann tat so herzlich, wie ein alter Bekannter, und faßte nach der knochigen Rechten, die matt auf der Bettdecke lag.

»Freut mich, daß Sie glücklich über dem Berg sind«, sagte er und fühlte ihm mit wichtigem Gesicht Stirn und Puls. »Alles in Ordnung«, stellte er befriedigt fest, und der Kranke dachte erleichtert, daß es wahrscheinlich der Arzt sei, der ihn während seiner tagelangen Ohnmacht behandelte. Er hatte ihn zwar noch nie gesehen, aber es war ihm ja auch alles andere entgangen, was während dieser Zeit um ihn geschehen war.

In diesem Augenblick kam noch Tom mit einer Mappe und einem Schreibzeug, und Murphy ließ sich so am Bett nieder, daß er dem Kranken voll ins Gesicht sehen konnte, während Rayne an dem kleinen Tisch Platz nahm.

Alles das war so seltsam, daß Evans es mit der Angst zu tun bekam, aber der Mann vor ihm merkte es und legte die Hand beruhigend auf die seine.

»Regen Sie sich nicht auf, Al Skinner«, sagte er, »einmal muß es ja sein. Sie haben es sich vielleicht anders gedacht, aber so geht es nicht, glauben Sie mir. Um der jungen Lady willen muß alles vollkommen ins reine gebracht werden.«

In die blauen Augen des Kranken kam plötzlich ein lebhaftes Leuchten, und er versuchte, sich noch mehr aufzurichten. Dann bewegte er die Lippen, als ob er etwas sagen wollte, aber er brachte keinen Ton hervor und konnte nur nicken.

»Sehen Sie, das habe ich mir gedacht«, meinte der Oberinspektor zufrieden. »Aber nur langsam, ganz langsam. Wir haben Zeit. Sie werden uns alles erzählen, und Mr. Rayne wird es aufschreiben, und die Sache wird in Ordnung sein. Für die junge Lady und auch für Sie, Mr. Evans, wie Sie jetzt heißen. Dabei wollen wir auch bleiben. Den Al Skinner brauchen wir nur als Kronzeugen, und alles andere kommt schon in Ordnung.«

Der Kranke war in fieberhafte Erregung geraten, und seine Augen suchten mit einem flehenden, ratlosen Blick Rayne, bis dieser endlich auch ans Bett trat und ihm beruhigend über die feuchte Stirn fuhr.

»Die kleine Lady...«, lallte Evans schwer und unbeholfen, und der ängstliche Ausdruck seines Gesichtes verriet, daß es eine Frage sein sollte.

»Sie ist schon seit Tagen hier, Evans«, sagte Rayne mit Nachdruck, und mit dem hageren Mann ging plötzlich eine überraschende Veränderung vor. Er lächelte glücklich, richtete sich mit einem energischen Ruck auf und griff sich an den dürren Hals.

»Es wird schon gehen, Sir«, preßte er hervor. »Wenn sie nur hier ist.«

Er hielt erschöpft inne, und der Oberinspektor ließ ihm geduldig Zeit, seine Kräfte zu sammeln.

»Und nun erzählen Sie uns die Geschichte von Lyndsell House«, sagte Murphy nach einer Weile gemütlich. »So kurz, wie Sie können. Je kürzer, desto besser.«

Der kranke Mann nickte und schien es nun selbst nicht erwarten zu _ können, sich auszusprechen. Die ersten Worte überstürzte er förmlich, aber dann wurde er ruhiger und sprach sogar ziemlich klar und deutlich.

»Ich war zuerst Gärtner, dann bin ich ein paar Jahre zur See gewesen. Als ich abheuerte, konnte ich lange keine Stellung finden und logierte in einem Heim in Poplar. Dort machten sich einige Burschen an mich heran, die immer bei Geld waren, besonders ein Buckliger. Eines Abends gaben sie mir tüchtig zu trinken und nahmen mich dann mit sich. Ich weiß heute eigentlich noch immer nicht, was damals vorgegangen ist, aber es muß eine üble Sache gewesen sein. Als ich nüchtern war, sagte mir der Bucklige, daß ich nun zu ihnen gehörte und daß ich zu parieren hätte, weil sie mich sonst fürs ganze Leben ins Gefängnis bringen würden. Ich bekam es mit der Angst zu tun, und sie konnten mit mir machen, was sie wollten. Sie brachten mich in verschiedene Stellungen, aber nirgends konnte ich lange bleiben, denn ich mußte überall etwas für sie ausführen und dann verschwinden. Sie versteckten mich immer eine Weile, aber dann ging es von neuem los, und ich hatte es nicht besser als ein gehetztes Tier.«

Der hagere Mann schloß die Augen und schwieg erschöpft, und Murphy ließ rücksichtsvoll einige Minuten verstreichen, bevor er ihn zu der Sache führte, um die es sich handelte.

»So kamen Sie nach Lyndsell House«, sagte er leichthin, und Evans nickte.

»Als Gärtner. Ich hatte es sehr gut dort und dachte schon, daß man mir nun vielleicht Ruhe geben würde, als sie plötzlich mit einer neuen Geschichte kamen. Sie hatten von unserem Herrn viel Geld erpressen wollen, aber er hatte sich an die Polizei gewendet, und sie verlangten nun von mir, daß ich unsere kleine Lady in ihre Hände bringen sollte...«

Der Kranke begann zu zittern, machte mit den Händen fahrige Bewegungen, und seine Augen füllten sich mit Tränen.

»Es war ein wunderschönes, liebes Kind«, stammelte er, »und ich habe mich lange gesträubt, aber es half nichts. Ich hätte damals ein Ende machen und alles anzeigen sollen, aber sie überwachten mich auf Schritt und Tritt, und ich wußte, daß es um mein Leben ging. Außerdem hatten sie mir versprochen, daß dem Kinde nichts geschehen sollte, und eines Tages nützte ich einen günstigen Augenblick und reichte ihnen die Kleine über die Parkmauer, wo einige von unseren Burschen ständig auf der Lauer lagen.«

Er machte wieder eine Pause, und in seinen Mienen spiegelte sich die Erschütterung, die diese Erinnerungen in ihm hervorriefen.

»Am selben Abend holten sie mich«, fuhr er plötzlich mit trockenen Lippen und irrem Blick fort, »um der kleinen Lady einen Panther auf die Schulter zu tätowieren. Ich hatte das als Matrose gelernt. Es war unser Zeichen, und so nannten wir uns, und der Herr sollte sehen, welche Macht die Panther hatten, und daß es ihnen mit ihren Drohungen ernst war. – Ich habe auch das getan«, murmelte er tonlos, »und in meinem ganzen Leben bin ich diese Stunde nicht mehr losgeworden. Ich habe die arme kleine Lady immer vor mir gesehen und...« Ein wehes Stöhnen erschütterte seinen hageren Körper, und er schlug die Hände vors Gesicht.

»Bitte, haben Sie bisher alles mitgeschrieben, Mr. Rayne?« fragte der Oberinspektor, nachdem er sich mehrere Male geräuschvoll geschneuzt hatte, und als der junge Mann mit verkniffenen Lippen nickte, wandte er sich wieder Evans zu. Er hätte ihn gerne geschont, aber es war zu fürchten, daß die Kräfte des Kranken jäh versagten, und die Angaben waren zu wichtig, um sie auch nur für Stunden unvollständig zu lassen. »Damals ist das Kind wieder zurückgekommen. Dann aber...«

»Das war ungefähr ein halbes Jahr später«, nahm Evans seinen Bericht wieder auf, und er schien nun die Sache auch möglichst rasch vom Herzen haben zu wollen, denn er stieß mit großer Anstrengung Wort für Wort hastig hervor. »Sie wollten das Kind abermals haben, und ich sollte es ihnen wieder bringen. Diesmal sollte aber die kleine Lady für immer weg. Man sagte mir zwar nicht warum, aber ich hörte sie tuscheln, daß die junge Miß, die seit einiger Zeit Sekretärin bei unserem Herrn war, von diesem geheiratet werden wollte, und daß zu diesem Zweck zuerst das Kind aus dem Weg geräumt werden müßte. Dann würde er leichter herumzukriegen sein. Die Miß hat mir auch die Dienstboten vom Leib gehalten, als ich die Kleine holte. Ich sollte sie in eine unserer Herbergen bringen – wir hatten fast jeden Tag eine andere, wo wir zusammenkamen –, aber unterwegs überlegte ich mir's. Ich wollte nicht mehr mittun, mochte geschehen, was wollte. Ich brachte die Kleine zu einem verheirateten ehemaligen Kameraden, einem armen Burschen, gab ihm drei Pfund und bat ihn, er möchte sich ihrer annehmen. Ich war ganz von Sinnen und hatte nur den einen Wunsch, den Teufeln für immer zu entkommen. Fast hätten sie mich aber im letzten Augenblick doch noch erwischt, und vielleicht wäre es besser gewesen. Ich habe in meinem ganzen weiteren Leben keine ruhige Stunde mehr gehabt...« Er wandte das Gesicht jäh zur Wand und begann wie ein Kind zu schluchzen.

»Sir«, sagte Murphy zu Rayne, indem er sich mit dem Handrücken über die Augen fuhr, »wollen Sie, bitte, an der Stelle, wo der Mann von der Sekretärin von Sir William Lyndsell sprach, am Rande folgendes bemerken: Miß Margaret Nash, später Lady Lyndsell...«

Er hatte noch nicht ausgesprochen, als der junge Mann mit einem Ruck aufsprang und ihn mit verstörten Augen anstarrte, aber der Oberinspektor achtete nicht weiter darauf, sondern drehte die Daumen und klapperte mit der Unterlippe. »Sehen Sie, lieber Evans«, meinte er nach einer Weile, »nun wäre das Ärgste vorüber. Jetzt sagen Sie mir nur noch, wie das war, als Sie zurückgekommen sind. Alles andere ist nicht so wichtig.«

Der Kranke beruhigte sich allmählich, und der weitere Teil seiner Aussagen nahm ihn auch nicht mehr so her. »Ich bin früher gekommen, als mich Mr. Rayne und Peter erwarteten, weil ich mit den ›Panthern‹ abrechnen wollte. Sie hatten mich zum Verbrecher gemacht, mich gequält und verfolgt, mir mein ganzes Leben zerstört, und ich wollte ihnen das alles heimzahlen. Ich hatte jetzt Geld, und mit Geld läßt sich manches machen. Viele Jahre lang hatte ich mir vorgestellt, wie ich mich rächen würde, und wenn ich an die arme, kleine Lady dachte, so schien mir für diese Bestien keine Strafe arg genug. Einmal brachte mir drüben ein Eingeborener ein Paar junge schwarze-Panther ins Haus, und da ist der Teufel in mir erwacht. Ich habe mir seither immer solche Tiere gehalten und habe täglich stundenlang vor dem Käfig gesessen und habe mir gedacht, wie das wäre, wenn ich die Burschen bei der Hand hätte und einen nach dem andern durch die Gittertür stoßen könnte…« Die sanften Augen des Mannes begannen plötzlich zu glühen, und sein Gesicht verzerrte sich. »Damit sie am eigenen Leibe zu spüren bekommen, was ein Panther ist. Vor allem dieser Satan, der Bucklige.«

»Das war also der Hauptanführer?« unterbrach ihn Murphy interessiert, aber Evans schüttelte mit dem Kopf.

»Nein. Er hat nur uns kleine Leute von der Bande kujoniert. Der Führer war jemand anders. Es hieß, er solle ein ganz junger Mensch sein, aber Sicheres wußte niemand und wollte auch keiner wissen. «Wenn er sich sehen ließ, war es bös. Ich bin einmal mit dabei gewesen und werde das nie vergessen. Wir waren gegen zwanzig Burschen in der Herberge, als plötzlich die Tür aufflog und zwei Männer mit großen Mänteln und verhüllten Gesichtern oben auf der Treppe standen. Es war im Nu still wie auf einem Kirchhof, denn die meisten wußten, was das zu bedeuten hatte. Dann ist einer der beiden langsam die Stufen heruntergekommen, auf einen von uns zugegangen, hat eine riesige Hand unter dem Mantel hervorgezogen, und im selben Augenblick gab es einen harten Schlag, unter dem ein starker Bursche wie ein Halm zusammenbrach. Es waren wie gesagt, gegen zwanzig Leute da, denen sonst die Messer und Schießeisen recht locker saßen, aber keiner wagte zu zucken. Der Mann oben auf der Treppe – es soll der ›Panther‹ gewesen sein, wie sie ihn hießen – hatte in jeder Hand eine Pistole, und man hatte schon öfter erfahren, daß die kleinste Bewegung das Leben kosten konnte. Der andere war die ›Pranke‹ und das Ganze nannten sie ein ›Gericht‹.«

Evans suchte wieder zu Atem zu kommen, und der Oberinspektor wackelte mittlerweile lebhaft mit den Ohren. »Und jetzt sind Sie der ›Pranke‹ selbst in den Weg gelaufen?« meinte er nach einer Weile teilnahmsvoll.

Das harte Gesicht des hageren Mannes bekam einen schreckhaften Ausdruck. »Man hat mich in eine Falle gelockt«, erklärte er flüsternd. »Ich hatte einen der Leute von damals aufgetrieben und versprach ihm viel Geld, wenn er mich auf die Spur bringen würde. Er wollte zuerst um keinen Preis, aber als er hundert Pfund in der Hand hielt, ließ er mit sich reden. Er wollte mich irgendwohin bringen, wo ich Näheres erfahren könne, und an dem gewissen Nachmittag teilte er mir telefonisch mit, daß mich abends ein Wagen abholen würde. – Ich hätte auf meiner Hut sein sollen, denn ich kannte ja die heimtückische Bande. Aber der Mann sollte noch neunhundert Pfund von mir bekommen, und ich hatte nur den Wunsch, den Buckligen aufzustöbern. Er war der ärgste Bluthund von allen gewesen. Trotzdem steckte ich für alle Fälle einen Revolver zu mir, aber der Schofför kümmerte sich nicht weiter um mich. Erst als wir zu dem Gehölz kamen, sagte er, daß ich aussteigen und quer durch den Wald gehen müßte, wo ich den andern, mit dem ich die Sache besprochen hatte, treffen würde. Aber nach vielleicht hundert Schritten hörte ich plötzlich hinter mir ein leises Geräusch, und als ich mich blitzschnell umdrehte…« Er brach schaudernd ab und ließ seinen scheuen Blick ängstlich durch das Zimmer wandern. »Ich konnte gerade noch einen Schuß abgeben«, stieß er mühsam hervor.

»So«, sagte Murphy befriedigt, indem er sich erhob, »nun ruhen Sie sich aus. Es war ein bißchen viel für das erstemal, aber dafür sind Sie jetzt die Last los.« Er drückte den kranken Mann behutsam in die Kissen zurück und blinzelte nach dem Tisch. »Nur noch eine kleine Unterschrift, wenn Mr. Rayne fertig ist.«

Auch das war bald geschehen, aber Evans hatte sichtlich noch etwas auf dem Herzen. In seinen Augen stand eine flehentliche Bitte, und seine blassen, dünnen Lippen bewegten sich.

»Wenn ich die kleine Lady sehen könnte...«, preßte er endlich leise und zaghaft hervor. »Nur ganz von weitem...«

»Die kleine Lady?« sagte Murphy lebhaft und begann mit den Augen zu blinzeln. »Aber natürlich! – Mr. Rayne...«

Der junge Mann war bereits verschwunden, und der Kranke rückte unruhig auf seinem Lager hin und her. Dann richtete sich sein Blick starr nach der Tür, und der Oberinspektor wandte sich zum Fenster, wo er mit seinem Taschentuch sehr geräuschvolle Manipulationen ausführte.

Grace Wingrove erschien zögernd und mit der leichten Falte zwischen den Brauen auf der Schwelle und sah neugierig fragend in das hagere Gesicht, das ihr mit fieberhaften Augen entgegenstarrte. – Wer war dieser Mann, der so entscheidend in ihr Leben getreten war, und was wollte er von ihr? Plötzlich vernahm sie einen erschütternden Wehlaut, gewahrte ein Paar magere, zitternde Arme, die sich ihr flehend entgegenstreckten, und das junge Mädchen schritt wie eine Traumwandlerin in das Zimmer, um nach diesen Händen zu fassen.

Murphy war mit großer Behendigkeit der erste auf dem Flur und hatte schrecklich viel zu schnauben und in seinem feisten Gesicht herumzuwischen. Auch Rayne fühlte nicht das Bedürfnis zu sprechen. Er schritt mit versteinertem Gesicht neben dem andern her und suchte mit den Enthüllungen fertig zu werden, die ihm die letzte halbe Stunde gebracht hatte. Soweit sie Grace Wingrove betrafen, war nun eine große Sorge von ihm genommen. – Aber das andere war entsetzlich und in seinen Folgen unausdenkbar.

Er ging in Gedanken versunken mit dem Mann von Scotland Yard bis vor das Tor, wo Murphys wunderbares Auto hielt. Auf dem Rücksitz hockte, dünn und starr, Ben Kitson, und neben ihm fletschte Hannibal unaufhörlich die Zähne nach den karierten Hosen.

Der Oberinspektor klopfte seinen Wagen erst eine Weile liebevoll ab und kletterte dann unbeholfen auf den Bock.

»Sir«, sagte er und legte plötzlich besonderen Nachdruck auf diese Anrede, »nun sind Sie im Bilde und wissen, was auf dem Spiel steht. – Und in den nächsten Tagen werden Sie wahrscheinlich noch etwas erfahren, was Sie sich heute nicht träumen lassen.«

31

Etwa um die Mittagsstunde meldete sich am Tor von Spittering Farm abermals ein Besuch, und Peter war von dem Anblick so betroffen, daß er Miß Jetta Ormond ohne weiteres einließ. So etwas von einer lebenden Puppe hatte er noch nicht gesehen, und er schielte teils neugierig, teils mißtrauisch nach all den zierlichen Dingen, die sich höchst gebieterisch vor ihm aufpflanzten.

»Führen Sie mich zu Mr. Rayne!« befahl die junge Dame kurz, und Mr. Forge in seinem neuen großkarierten Anzug mit der neuen orangefarbenen Krawatte glättete sich etwas ratlos den gewichsten Scheitel. Er hatte Rayne vor einer Weile in den Park gehen sehen und konnte doch das kleine Frauenzimmer nicht durch das Gras und das schreckliche Gestrüpp schleifen. Wenn sie mit den wenigen Sachen, die sie anhatte, irgendwo hängen blieb, konnte es das größte Unglück geben.

Er stapfte also voran zum Haus und verstaute die Puppe zunächst einmal in dem Zimmer neben dem Eßraum, um sich dann eiligst auf die Suche nach Rayne zu machen.

Jetta Ormond trippelte ungeduldig auf und ab, und ihre Erregung war so groß, daß sie sogar Puderdose und Lippenstift vergaß. Es hing auch von der nächsten halben Stunde für sie allzuviel ab. Die rätselhafte Schmuckgeschichte hatte sie nicht nur um die glitzernden Steine gebracht, sondern auch um ihre Starstellung am Parisiana-Theater, wo für sie gestern eine niederträchtige Rivalin eingesprungen und »mit Applausstürmen überschüttet« worden war, wie sie heute am Frühstückstisch hatte lesen müssen. Jetta wunderte sich, daß sie in diesem schrecklichen Augenblick nicht gestorben war und sich damit begnügt hatte, dem Colonel lediglich die Zeitung an den Kopf zu werfen. Dann waren allerdings etwa eine halbe Stunde lang noch einige arge Anzüglichkeiten über seinen äußeren und inneren Menschen gefolgt, und schließlich hatte sie dem völlig gebrochenen, graugelben Mann erklärt, daß es zwischen ihnen endgültig aus sei.

Und nun war sie in Spittering Farm, um zunächst einmal hier bezüglich ihrer Zukunft zu sondieren. Dieser Aubrey Rayne hatte einen außerordentlichen Eindruck auf sie gemacht, und wenn die Sache mit dem Schmuck auch eine Gemeinheit sondergleichen war, so zeugte sie anderseits wieder von einer männlichen Entschlossenheit, die ihr gefiel. Ihre Begriffe über diese Dinge waren von frühester Jugend an etwas verwirrt, und die Gesellschaft, in der sie sich bewegte, hatte sie nicht zu klären vermocht .. Sie wußte, daß auch der Colonel so manches auf dem Kerbholz hatte, und sogar sie selbst war dem alten Johnson bei verschiedenen Dingen behilflich gewesen, die nicht gerade sauber waren. Aber das ging schließlich außer der pedantischen Polizei niemanden etwas an, und sie war weit davon entfernt, dem feschen Mann die Geschäfte, die er zu treiben schien, übelzunehmen. Im Gegenteil, solch eine Beschäftigung mußte ungemein reizvoll sein, und Jetta Ormond schien es geradezu verlockend, den langweiligen Mr. Rowcliffe gegen einen Freund zu vertauschen, den die Gloriole eines waghalsigen Abenteurers umwob. Wenn sie ihn erst in ihren Netzen hatte, ließ sich auch der Verlust von vorgestern sicher wieder einbringen, obwohl ihr daran augenblicklich nicht so sehr gelegen war. Ihre Attacke galt zunächst dem Mann als solchem, und wenn der Colonel mit seiner Behauptung von dem tätowierten Mädchen recht hatte, so wollte sie mit doppelter Leidenschaftlichkeit ins Zeug gehen. Sie empfand gegen diese Person einen tödlichen Haß und kannte keinen anderen Wunsch, als ihr die ausgiebige Ohrfeige gehörig heimzuzahlen.

Aber vorläufig durfte sie an diese Sache nicht denken, denn die Wut stand ihr nicht besonders. Sie bemühte sich vielmehr krampfhaft, ihrem pikanten Gesichtchen einen melancholischen Ausdruck zu geben und ihre goldbraunen Augen in einem hingebungsvollen Schmelz leuchten zu lassen, und eben als Aubrey Rayne mit sichtlicher Verwunderung eintrat, glaubte sie endlich die richtige Nuance gefunden zu haben.

Der Blick, den sie auf ihn richtete, war halb verlegen und vorwurfsvoll, halb lockend und verheißend, und ihr roter Mund war zu einem entzückenden Schmollen gespitzt, aber der große Mann hatte als Antwort nur eine deutliche stumme Frage und eine einladende Handbewegung, der Jetta Ormond mit einem schüchternen Seufzer nachkam.

Dieser Empfang enttäuschte sie, und das Schweigen brachte sie völlig aus dem Konzept, aber dann fiel ihr ein, daß der Mann jedenfalls ein schlechtes Gewissen hatte, und daß sie ihn zunächst über den Zweck ihres Besuches beruhigen mußte.

»Sie scheinen über mein Kommen nicht gerade erfreut zu sein«, hauchte sie, »und wir haben uns doch vorgestern so gut unterhalten. Aber dann haben Sie sich allerdings wenig nett benommen, da Sie sich gar nicht mehr um mich bekümmerten.«

»Sie waren leider plötzlich verschwunden«, gab Rayne mit kühler Höflichkeit zurück, und sie nickte geheimnisvoll und nahm eine jener verführerischen Posen ein, mit denen sie auf der Bühne Erfolg hatte.

»Ja«, flüsterte sie harmlos, indem sie ihre behandschuhte Rechte vertraulich auf die seine legte, »denken Sie sich nur, was mir widerfahren ist: Ich hatte mich ein Weilchen in die Direktionszimmer zurückgezogen und wurde dort betäubt und meines Schmuckes beraubt. Sie haben ja die Steine selbst gesehen. – Aber daran liegt mir eigentlich nicht gar zuviel«, fügte sie hastig hinzu und sah Rayne bedeutsam an, »im Gegenteil. Ich habe mich nämlich wegen dieser Sache mit dem Colonel verkracht, und das ist mir mehr wert als so ein lumpiger Schmuck.« Jetta geriet in ehrlichen Eifer, und in solchen Augenblicken pflegte sie ihre Worte noch weniger auf die Waagschale zu legen als sonst. »Nun bin ich den gelben Popanz endlich los, und ich dachte mir, daß Sie das vielleicht interessieren wird. – Und überhaupt wollte ich mich einmal umsehen, wo Sie eigentlich stecken, weil man Sie sonst vielleicht erst wer weiß wann wieder zu Gesicht bekommen hätte.«

Der temperamentvolle Rotkopf meinte, daß dies der Begründung und Einleitung genug sei, und ließ nur der Sicherheit halber die wunderbaren Beine noch etwas länger werden. Aber der Mann ihr gegenüber war offenbar so schwerfällig, daß er weder mit dem einen noch mit dem anderen etwas anzufangen wußte. Er saß korrekt und steif wie ein Steinbild da, und Jetta mußte sich mit einem schmachtenden Seufzer entschließen, noch etwas deutlicher zu werden.

»Was Sie doch für ein komischer Junge sind!« lispelte sie und blitzte ihn mit heißen Augen an. »In Chesterhills waren Sie so schneidig und heute, da ich zu Ihnen komme und wir allein sind, tun Sie auf einmal wie ein Mönch. – Statt lieb und nett zu mir zu sein, wo ich doch so verlassen und so unglücklich bin.« Sie seufzte sehr hörbar und richtete den tränenschweren Blick lauernd auf ihr Gegenüber, aber bei diesem Eiszapfen von einem Mann schien einfach alles zu versagen. Er sah sie aus halb geschlossenen Augen noch immer völlig verständnislos an.

»Wenn Sie mir sagen wollten, womit ich Ihnen dienlich sein kann...«, meinte er endlich mit kühler Höflichkeit, und Miß Jetta begann in Erregung zu geraten.

»Dienlich sein kann...!« äffte sie ihn ärgerlich an. »Reden Sie nicht so geschwollen und tun Sie nicht so albern. Ich bin hergekommen, weil ich mich mit Ihnen aussprechen wollte. Sie haben ja vorgestern so getan, als ob Ihnen das nicht so unangenehm wäre.«

»Ich bedaure, daß Sie mich mißverstanden haben, Miß Ormond«, sagte er unverfroren, und die temperamentvolle Dame schnellte empor wie ein geschmeidiges Raubtier. Einen Augenblick versagte ihr die Stimme, aber dann brach sie kreischend los. »Mißverstanden, so ...? – Sie sind mir ein feiner Hecht. Da haben Sie es wohl von Anfang an nur auf meine Steine abgesehen gehabt?« Sie brach in ein krampfhaftes hysterisches Kichern aus, und es schien, als ob sie sich im nächsten Augenblick auf den großen Mann stürzen wollte. »Und so etwas spielt den Gentleman«, fuhr sie in wild auflodernder Wut fort. »So ein gemeiner Hochstapler, so ein Räuber und Mörder...« Sie mußte eine Sekunde nach Luft schnappen, weil sie zu ersticken drohte, aber dann ging es im höchsten Diskant weiter. »Aber das werde ich Ihnen heimzahlen. Und Ihre heutige Niedertracht auch, denn ich weiß, warum Sie so scheinheilig tun. Wenn mir dieses tätowierte ...«

»Miß Ormond wünscht zu ihrem Wagen geleitet zu werden«, schnitt ihr die kalte Stimme Raynes jäh das Wort ab, und Tom, der an der Schwelle stand, machte eine sehr entschiedene einladende Handbewegung.

Einen Augenblick überlegte die ergrimmte junge Dame, wie sie sich einen möglichst effektvollen Abgang schaffen könnte, aber die Sache schien ihr nicht ganz geheuer, und sie zog es daher vor, schleunigst davonzustürmen.

Es war ein Glück,, daß Grace Wingrove die Stufen noch nicht ganz erreicht hatte, als die andere wie ein Pfeil aus dem Haus geschossen kam, aber beide Gegnerinnen blieben mit einem Ruck stehen und starrten einander sekundenlang an.

Der Blick des jungen Mädchens war fragend, überrascht und böse, jener des Rotkopfes stechend und voll glühenden Hasses. Blitzschnell dachte Miß Jetta daran, daß sie vielleicht hier den Knalleffekt anbringen könnte, nach dem es sie gelüstete, und sie war bereits auf dem Sprung – aber dann erinnerte sie sich an die schmerzhafte Ohrfeige und begnügte sich damit, einige Male höchst giftig auszuspucken. Peter riß mit großer Eilfertigkeit das Pförtchen auf, und als die rasende Puppe an seinem gespitzten linken Mundwinkel vorüberkam, konnte sie gerade noch im letzten Augenblick empört zurückspringen.

Der ungezogene Mann bekam ein kräftiges Schimpfwort aus Deptford an den Kopf geworfen und tat darüber sehr beleidigt.

»Das hat man von seinem guten Willen«, knurrte er ihr nach.

»Ich habe Ihnen doch nur zeigen wollen, wie man's macht. Sie spucken zu kurz, Miß.«

Colonel Rowcliffe hat auch später nie erfahren, welchen besonderen Umständen es zuzuschreiben war, daß sich seine erzürnte Freundin noch am selben Abend seinen zaghaften Versöhnungsversuchen zugänglich erwies.

Er hatte nach der stürmischen Szene am Morgen diesmal wirklich das Allerschlimmste befürchtet, und das hatte ihm den Tag noch aufregender und sorgenvoller gestaltet, als dieser sich ohnehin schon anließ. Die leidige Schmuckgeschichte schien mit einemmal sehr bedenklich zu werden, denn er hatte in dieser Sache heute bereits zwei dringende Telefonanrufe aus Highgate-Castle über sich ergehen lassen müssen, und die verstörten halben Andeutungen von Lady Margaret hatten ihm verraten, daß etwas höchst Unangenehmes im Zug war. Solche Überraschungen, deren Entwicklung sich nie absehen ließ, liebte der Colonel nicht, und nachdem er einige Male vergeblich bei Johnson angeklingelt hatte, begann er sich mit ernsten und weittragenden Plänen zu beschäftigen. Er hatte eine ungemein feine Witterung, und die Ereignisse der letzten Woche mit ihren eigenartigen Begleitumständen wollten ihm gar nicht gefallen. Selbst der Alte in Limehouse hatte bei seinem gestrigen Besuch eine bedenkliche Unruhe gezeigt, und wenn der Colonel alles zusammennahm, so schien ihm eine schnelle Luftveränderung äußerst ratsam. Nicht, daß er sich gerade eines Vergehens gegen die Gesetze bewußt gewesen wäre, aber es gab verschiedene Beziehungen, über deren Bedeutung er sich nicht recht im klaren war, und vor allem wollte er den unvermeidlichen Auseinandersetzungen mit Lady Shelley aus dem Wege gehen. Die Sache ließ sich sehr rasch und ohne irgendwelche Schwierigkeiten machen, denn er war ein sehr bedachtsamer Mann und hatte in seiner Voraussicht alles so wohl geordnet, daß er den Staub Englands jederzeit binnen wenigen Stunden von den Füßen schütteln konnte, ohne auch nur den geringsten wesentlichen Wert zurücklassen zu müssen.

Leider war er aber augenblicklich gerade jenes Besitzes, an dem er am meisten hing und den er um keinen Preis im Stich lassen wollte, nichts weniger als sicher, und alle seine Entschlüsse hingen letzten Endes davon ab, was Jetta Ormond dazu sagte. Erst nach vielen Stunden, die er grübelnd, telefonierend und allerlei Vorbereitungen treffend, in seinen Zimmern zugebracht hatte, wagte er es, den entscheidenden Schritt zu tun, und als er zu seiner größten Überraschung ohne weiteres vorgelassen wurde, begann seine Zuversicht zurückzukehren. Er fand seine Freundin zwar mit höchst ungnädigem, verweintem Gesicht vor, aber daß sie nicht sofort neuerlich zu einem temperamentvollen Angriff überging, war ein gutes Zeichen, das er raschestens ausnützen wollte.

»Ich mache mir die schwersten Vorwürfe«, begann er reuig und in seinem öligsten Tonfall, indem er verliebt die Augen verdrehte, »daß ich auf deinen Zustand keine Rücksicht genommen habe. Die schreckliche Geschichte war zuviel für die Nerven einer Frau, und du bedarfst dringend einer ausgiebigen Erholung. Ich habe daher auf einem Luxusdampfer, der morgen von Portsmouth nach dem Mittelmeer abgeht, Plätze belegt. – Keine Widerrede«, fuhr er mit zärtlicher Entschiedenheit fort, obwohl gar kein Widerspruch erfolgt war, »denn dein Wohlbefinden geht über alles. Die Sache mit dem Parisiana-Theater habe ich bereits in Ordnung gebracht, und deine Vorbereitungen werden sich gewiß im Laufe des Abends erledigen lassen. Wir fahren um acht Uhr früh mit dem Auto nach London und von dort nach Portsmouth; der Dampfer geht um sechs Uhr nachmittag in See.«

Er hatte immer rascher und bestimmter gesprochen, und je weiter er kam, desto herzzerbrechender schluchzte Miß Jetta Ormond, weil sie sich so furchtbar bedauernswert vorkam.

Erst nach einer längeren Weile vermochte sie ihres Schmerzes einigermaßen Herr zu werden und endlich die Sprache wiederzufinden.

»Ist das so ein großes Schiff, auf dem man sich unterhalten kann und auf dem auch getanzt wird?« fragte sie mit tränenerstickter Stimme mißtrauisch, und der Colonel bejahte lebhaft.

»Du wirst in jeder Hinsicht zufrieden sein«, versicherte er ehrlich, und eine Viertelstunde später raste der Rotkopf trällernd durch die Zimmer und brachte die abgehetzte Zofe über all den Koffern zur Verzweiflung.

Am nächsten Morgen war von Colonel Rowcliffe und Miß Jetta Ormond in Chesterhills nur eine flüchtige Abschiedskarte zurückgeblieben, die Mr. Hearson mit pedantischer Gründlichkeit und einem nervösen Hüsteln immer wieder überflog.

32

Murphy war von Spittering Farm mit einer Stundengeschwindigkeit von ganzen sieben Meilen losgefahren, denn er hatte noch einen Besuch vor, der ihm außerordentlich am Herzen lag. Bill Short hatte schließlich als alter Bekannter ein gewisses Anrecht darauf, daß er sich etwas um ihn kümmerte, und außerdem war es vielleicht ganz zweckdienlich, mit dem Mann ein wenig zu plaudern.

Fast hätte der Oberinspektor Pech gehabt, denn eben als er das kleine saubere Landhaus »Englemere« in Sicht bekam, trat der Besitzer eilig aus der Tür und schickte sich an, ein Motorrad zu besteigen.

Das allerdings paßte Murphy nicht, und er ließ daher zunächst einige furchtbare Töne aus seiner gewaltigen Hupe los, um dann lebhaft mit der Hand zu winken, als der andere sich erstaunt umsah.

Short lehnte sein Rad wieder an die Mauer und wartete wirklich, bis der Oberinspektor herangerollt kam und umständlich von seinem hohen Kutschbock kletterte. Der Einsiedler von Englemere schien von dem heutigen Besuch weit weniger betroffen als damals von der Begegnung zwischen den Häusern des Ortes und legte sogar eine vollendete weltmännische Höflichkeit an den Tag. Er trug einen tadellosen Sportdreß, der seine mittelgroße, sehnige Gestalt sehr gut kleidete, und das schmale Gesicht mit der scharfen Nase sprang aus der Haube wie das Profil eines Raubvogels hervor. In seinen Augen lag ein starrer lauernder Blick.

»Ich halte Sie doch hoffentlich nicht auf«, legte er unbefangen los, indem er angelegentlich nach einer Sitzgelegenheit Umschau hielt. »Sie sind ja ein glücklicher freier Mann, dem es auf ein Viertelstündchen nicht ankommen kann.« Er beäugelte mit Kennerblick das Motorrad und hantierte daran herum. »Eine schöne Maschine, die gewiß einen Haufen Geld gekostet hat, aber verdammt gefährlich. Ehe man sich's versieht, kann man mit dem Schädel an eine Mauer oder sonst etwas Hartes kutschieren. Da ist mir mein Auto viel lieber, denn damit gibt es so etwas nicht.« Er hatte auf dem Rasenplatz neben dem Haus eine primitive Sitzbank mit einem ebensolchen Tischchen entdeckt und steuerte schnaufend darauf los. »Sehr hübsch haben Sie. es hier, nur ein bißchen einsam«, fuhr er unterwegs fort. »Aber daran sind Sie ja gewöhnt. – Wie lange waren Sie eigentlich damals in freier Wohnung und Verpflegung?«

»Mit dem Aufenthalt im Hospital waren es fast fünf Monate«, erklärte Short freimütig und zeigte seine starken gesunden Zähne. »Aber schließlich ist nichts daraus geworden, wie Sie ja wissen.« Er lächelte geradezu aufreizend und schien außerordentlich belustigt, aber der Oberinspektor saß mit geschlossenen Äuglein und nickte sinnend.

»Nein, es ist damals nichts daraus geworden«, wiederholte er bedächtig. »Es war verdammt fein, wie Sie sich herausgedreht haben.«

»Von drehen kann keine Rede sein«, verwahrte sich der Mann gelassen, indem er ein Bein über das andere schlug. »Es hatte sich alles genau so zugetragen, wie ich ausgesagt habe. Die Feuertür vom Nachbarhaus war ...«

Er brach ab, und sein Blick heftete sich auf Murphy, der schon wieder ernsthaft nickte und mit der dicken Unterlippe klapperte.

»Sehr richtig, – die Feuertür. Die Sache war eigentlich ganz klar, und wenn ich mit dem Fall zu tun gehabt hätte ...« Der Oberinspektor verriet nicht, was dann gewesen wäre, sondern kam unvermittelt auf etwas anderes zu sprechen. »Daß Sie sich nicht hie und da ein bißchen im Strandhotel umsehen! Es gibt doch dort alle möglichen Vergnügungen für junge Leute, und Sie sind doch kein Greis.« Er musterte sein Gegenüber prüfend und blinzelte schalkhaft. »Sechsunddreißig, schätze ich.«

»Siebenunddreißig«, stellte Short richtig.

»Sehen Sie! – Und ich habe mir sagen lassen, daß Sie noch vor ein paar Jahren ein recht flotter Lebemann gewesen sein sollen.«

Der Herr von Englemere schnippte die Asche von seiner Zigarette und lächelte etwas unangenehm.

»Gewesen«, sagte er mit Nachdruck, aber der Oberinspektor blieb hartnäckig bei der Sache.

»Dabei gibt es dort eine ganz nette Gesellschaft. Mr. Hearson, Colonel Rowcliffe und auch mein Kollege Elliot sind sehr angenehme Menschen, und wenn Sie wollen...«

Er sah Short fragend an, aber dieser blickte mit starrem Gesicht geradeaus und schüttelte sehr entschieden mit dem Kopf.

»Danke, ich mag wirklich niemanden kennenlernen.«

»Schade«, meinte der Oberinspektor, »ich hätte Sie gerne bekannt gemacht. Aber schließlich haben Sie es hier ganz hübsch, und es macht nichts, wenn man einmal einige Zeit ausspannt.«

Er erhob sich, ging langsam auf die Haustür zu und klinkte sie ohne weiteres auf. »Fein«, murmelte er, indem er sich neugierig in der kleinen gemütlichen Diele umsah. »Wenn ich so etwas hätte, würde mich auch nichts von zu Hause fortbringen.« In demselben Augenblick schlüpfte er auch schon hinein, und seine Bewunderung wollte kein Ende finden. »Alles alt und gediegen«, stellte er fest, indem er prüfend auf die Möbel klopfte. »Ein solides englisches Landhaus von ehedem, nicht so ein Kitsch von heute.« Plötzlich griff er blitzschnell in einen dicht behangenen Kleiderständer und zog den Saum eines Wettermantels hervor, den er eingehend betrachtete. »Echter Burberrystoff«, murmelte er. »Ein gutes und teures Stück. Aber Sie gehen mit Ihren Sachen schlecht um, Mr. Short; da vorne ist ein ganzer Zipfel ausgerissen.« Die stechenden Augen in dem Raubvogelgesicht bohrten sich für den Bruchteil einer Sekunde in die harmlosen Äuglein Murphys, aber dann hob Bill Short unbefangen die Schultern.

»So etwas kann auf dem Lande vorkommen.«

»Natürlich«, gab der Oberinspektor eifrig zu und kroch einige Minuten später wieder auf seinen Wagen.

Er hantierte bereits umständlich an den verschiedenen wuchtigen Hebeln, als er an den Herrn von Englemere noch eine Frage hatte.

»Woraus schießen Sie eigentlich, Mr. Short? Aus einer automatischen Pistole oder aus so einem amerikanischen Monstrum?«

»Weder aus dem einen noch aus dem andern«, gab Bill Short nach einer kurzen Pause leichthin zurück. »Es könnte bei unseren kleinlichen Gesetzen ein zu teurer Spaß werden.«

»Sehen Sie, das meine ich eben auch«, bestätigte Murphy lebhaft und winkte dem nachdenklichen Mann freundschaftlichst zu, während sich das wunderbare Auto mißmutig brummend in Bewegung setzte.

Etwa hundert Schritte von »Englemere« stand dicht an der Straße eine kleine Baumgruppe, und der Oberinspektor schielte scharf nach den einzelnen Stämmen. Als er in einem Schatten dahinter den Sergeanten seines Kollegen Elliot erkannte, schob er die dicke Unterlippe vor und begann sehr heftig mit den Ohren zu wackeln.

Vor dem Strandhotel lief ihm der ewig eilige Hearson in den Weg, der eben für einige Stunden nach London wollte. Der Oberinspektor besah sich neidvoll den eleganten Wagen und seufzte wehmütig.

»Am liebsten möchte ich mit Ihnen fahren und gleich daheim bleiben«, sagte er. »Ich bin ja hier ganz gut aufgehoben, aber die rechte Bequemlichkeit hat man in so einem Hotel doch nicht. Und außerdem weiß ich wirklich nicht, was ich hier noch soll. Ich habe mir gewiß die Füße genug abgelaufen, aber das ist eben so ein Fall, in dem sich nichts machen läßt.« Er zuckte ergeben mit den Schultern und faßte den etwas ungeduldigen Hearson vertraulich am Arm. »Eigentlich mache ich mir aber gar nicht soviel daraus«, fuhr er halblaut fort. »So einen niederträchtigen Mörder zu fangen, ist ja eine ganz schöne Sache, aber wenn man einmal gesehen hat, wie solch ein Bursche dann zu dem gewissen Schuppen torkelt, und wie er die Augen nach dem Strick verdreht...« Der empfindsame Oberinspektor zog sein riesiges Taschentuch, um sich auszuschnauben, und der elegante Herr zupfte ungeduldig an seinem Spitzbart, weil er wirklich in Eile war. »Es ist gewiß kein sonderlich angenehmer Beruf«, gab er höflich zu, »aber überall gibt es Schattenseiten. Sogar bei mir«, fuhr er mit einem dünnen Lächeln fort »obwohl Sie es vielleicht nicht glauben werden. Ich bin so abgehetzt, daß ich die ganze Geschichte hier bald satt haben werde. Man überläßt mir einfach alles, und anstatt mich zu unterstützen, bereitet man mir womöglich noch Schwierigkeiten.«

Er sah wirklich verdrießlich drein, und Murphy schüttelte den Kopf.

»Was Sie nicht sagen! Ich dachte Colonel Rowcliffe...«

»Oh, um den handelt es sich nicht«, fiel Hearson ein. »Aber unser Hauptaktionär Johnson ist ein etwas schrullenhafter, unangenehmer Patron.« Er erinnerte sich plötzlich wieder an seine dringenden Geschäfte und schüttelte dem Oberinspektor hastig die Hand. »Sie entschuldigen mich. Im übrigen scheinen Sie auch erwartet zu werden, denn vor etwa einer Stunde haben zwei Herren nach Ihnen gefragt. Sie sitzen augenblicklich im Speisesaal.«

»Wer das schon sein wird!« meinte Murphy wegwerfend. »Wahrscheinlich soll ich wieder einmal einer verlorenen Aktentasche mit irgendwelchen Schwindelpapieren oder einem armseligen Kassierer mit ein paar hundert Pfund nachlaufen.«

Nichtsdestoweniger saß der Oberinspektor eine Viertelstunde später mit den beiden Herren in seinem sorgfältig versperrten Appartement, und es gab eine sehr lange Unterreifung, deren erster Teil in fast lautloser Ruhe verlief. Murphy führte das große Wort, aber er sprach in einem kaum hörbaren Flüsterton, und die beiden Chefs der Anwaltfirma Palmer & Pitkin hörten ihm mit fieberhaft gespannten Gesichtern zu. Endlich breitete er einen dicht beschriebenen Bogen Papier auf dem Tisch aus und legte seine riesige Hand darauf.

»Hier haben Sie die gesuchte Grace Lyndsell«, sagte er. »Die Aussage des ehemaligen Gärtners von Lyndsell-House ist in meiner Gegenwart und im Beisein eines zweiten höchst vertrauenswürdigen Zeugen gemacht worden, und es besteht kein Zweifel darüber, daß sie den Tatsachen entspricht. Im übrigen glaube ich, daß wir bald noch mehr Beweise in die Hand bekommen werden. Ich habe Sie nur deshalb schon jetzt eingeweiht, damit Sie Ihre Vorbereitungen treffen können. Und wegen der zehntausend Pfund«, schloß er geschäftsmäßig, »die ja kein Pappenstiel sind.«

Palmer & Pitkin studierten das mit Al Skinner-Evans aufgenommene Protokoll und zogen sich dann mit feierlichen Mienen zu einer Beratung zurück. Sie waren Anwälte von großem Ruf und ausgedehnter Praxis, aber der Fall Lyndsell war von nicht alltäglicher Art, und es ging um ein Vermögen, das bereits zu vielen Millionen angewachsen war.

»Mr. Murphy«, begann Mr. Palmer, als sie endlich ins reine gekommen waren, »Ihre Mitteilung bereitet uns eine der freudigsten Genugtuungen unseres Lebens...«

»...nicht nur als Juristen, sondern auch als Menschen«, fügte Mr. Pitkin mit ehrlichem Empfinden hinzu.

»Jawohl«, setzte Mr. Palmer fort, »und wir sind Ihnen zu außerordentlichem Dank verpflichtet...«

»...der mit der Prämie von zehntausend Pfund keineswegs abgetragen sein wird«, ergänzte Pitkin.

»Selbstverständlich wollen wir nun sofort alles Erforderliche in die Wege leiten...«

»...und bitten Sie daher, uns über den weiteren Gang der Dinge auf dem laufenden zu halten.«

»Vor allem erachten wir es als unsere Pflicht, Miß Lyndsell in unsere Obhut zu nehmen...«, erklärte Mr. Palmer.

»...und sie in einem Milieu unterzubringen, das ihrem Stand entspricht«, ergänzte Mr. Pitkin.

Bis hierher hatte Murphy mit gefalteten Händen und hängender Unterlippe den wohlgesetzten Redestrom von Palmer & Pitkin wortlos über sich ergehen lassen, aber nun hob er den Kopf und begann lebhaft zu blinzeln.

»Wo wollen Sie sie unterbringen?« fragte er scharf und mißtrauisch, »In einem Milieu?« Er fing an, mit seinen Fingern die Tischplatte zu bearbeiten, daß es klang, als ob eine große Trommel gerührt würde. »Wenn Sie gesagt hätten, in Ihrem Tresor«, fuhr er trocken fort, »wäre das etwas anderes, aber auch dann hätte ich auf alle Fälle noch ein paar handfeste Polizisten danebengestellt. Glauben Sie denn, daß die Burschen ihr Spiel schon verloren geben? Da kennen Sie diese Banditen schlecht. Im Handumdrehen würden sie das Mädchen aus Ihrem schönen Milieu wieder herausholen, und ich könnte dann Ihrer Miß Lyndsell und meinen zehntausend

Pfund neuerlich nachlaufen. Daraus wird nichts! Sie bleibt vorläufig, wo sie ist, denn dort ist sie am sichersten aufgehoben. Dafür habe ich schon gesorgt. Übrigens ist Miß Lyndsell kein Wickelkind, das sich so ohne weiteres hin- und herschubsen läßt«, fügte er mit einem breiten Grinsen hinzu, »sondern volljährig, und ich müßte mich verdammt irren, wenn sie an Ihrem Milieu eine besondere Freude hätte.«

Als Palmer & Pitkin das Wort »Banditen« vernahmen, erbleichten sie gleichzeitig und wechselten einen Blick, der jede weitere Beratung überflüssig machte.

»Wir wissen Miß Lyndsell unter Ihrer Obhut am sichersten geborgen...«, beeilte sich Mr. Palmer zu erklären.

»... und bitten Sie, in allem für uns verfügen zu wollen«, schloß Mr. Pitkin, worauf beide gleichzeitig eine sehr höfliche Verbeugung machten und in alphabetischer Reihenfolge abgingen. Den weiteren Nachmittag verbrachte der Oberinspektor nach einem kurzen Imbiß bei einer Flasche Whisky, einer Flasche Soda und einer Schachtel dicker, schwarzer Zigarren auf seinem kleinen Balkon, wo er sich einer höchst eigenartigen Beschäftigung hingab. Er hatte ein kleines Reiseschachspiel vor sich, und während er bedächtig die einzelnen Figuren aufstellte, murmelte er ganz kindisches Zeug vor sich hin:

»So, Ben Kitson, du kommst hierher. – Und Sie, Mr. Hearson haben da Ihren Platz. – Nur immer hübsch der Reihe nach, meine Herrschaften. Jetzt kommt Mr. Rayne daran mit seiner Gesellschaft. Daneben stellen wir Miß Wingrove. – Und dort hinüber Evans. Ach, Mr. Rowcliffe! Sie gehören natürlich aufs Rössel, verehrter Herr Colonel. – Lieber Kollege Elliot, Sie müssen auch ein bißchen mittun, dafür haben Sie hier Lady Margaret gegenüber. Und nun, Mr. Short, wenn ich bitten darf. Sie bekommen einen besonderen Ehrenplatz...«

Er hielt inne, besah sich sinnend die aufgestellten Gruppen und fuhr dann mit kaltem Lächeln langsam nochmals in die Schachtel. »Sie hätte ich fast vergessen, Mr. Johnson. Eigentlich müßte ich Sie ja nicht bemühen, aber ich möchte doch, daß wirklich alle beisammen sind.«

Diese Gesellschaft schien Murphy so interessant, daß er sie wenigstens eine Stunde wortlos anstarrte, um dann plötzlich mit einem raschen Griff dazwischenzufahren, eine der Figuren blitzschnell mit Daumen und Zeigefinger zu fassen und ihr buchstäblich den Kopf abzudrehen.

Gegen sieben Uhr wandelte der Oberinspektor mit dem übel gelaunten Hannibal an der Leine schon wieder drei Meilen nordwestlich von Chesterhills durch den kühlen Abend. Die Landstraße war ziemlich stark befahren, und einer der Wagen hatte eine Panne erlitten, an deren Behebung der Schofför im Schweiße seines Angesichts herumarbeitete.

Die übrigen Insassen, vier ernste Männer mit würdigen Amtsmienen, saßen mittlerweile schweigend am Straßenrand, und Murphy fühlte plötzlich auch das Bedürfnis, ein wenig zu verschnaufen. Er lüftete höflich den Hut und ließ sich ohne weitere Umstände neben dem Herrn am äußersten rechten Flügel nieder.

»Ich hoffe, daß auch alles andere so klappen wird«, sagte er zu dem Vertreter des General-Staatsanwalts. »Worum es sich handelt, habe ich ja den Chefkonstabler ausführlich wissen lassen. Wenn Sie jetzt losfahren, kommen Sie gegen elf Uhr nach Stevenford, und das ist gerade die richtige Zeit. Sie brauchen bloß den Geistlichen mit dem Friedhofswärter und einen Vertreter der Ortsbehörde beizuziehen. Das kleine Grab wird sich ja leicht finden lassen, da es erst fünf Jahre her ist. Der Name der Mutter ist Mary Baxter. Nur möchte ich Ihnen ein möglichst genaues Protokoll ans Herz legen. Über den äußeren Zustand des Grabes, die Beschaffenheit und den Verschluß des Sarges und vor allem über dessen Inhalt. Wenn Sie auch nur die Spur einer Kindesleiche darin finden, kann man mich morgen nicht nur sofort davonjagen, was man ja ohnehin tun würde, sondern meinetwegen auch gleich köpfen. – Gute Nacht, meine Herren.«

Er krabbelte sich umständlich auf, um sich nach dem kurzen Plausch zu empfehlen, als ein eiliges Rattern hinter seinem Rücken ihn mißtrauisch herumfahren ließ. In diesem Augenblick schoß auch schon ein Motorrad an ihnen vorüber, aber das Raubvogelgesicht: Bill Shorts starrte geradeaus, als ob die Gruppe am Straßenrand überhaupt nicht vorhanden wäre. Der Oberinspektor blickte dem Fahrer mit verkniffenen Äuglein und wackelnden Ohrenspitzen nach, dann tat er die Begegnung mit einem Achselzucken und einem seltsamen Lächeln ab.

33

Der erste Morgenzug nach London passierte Chesterhills kurz nach halb sieben Uhr, aber Murphy saß mit seinem Hund bereits vor sechs hinter einer Hecke nächst der Station und sprach sehr nachdrücklich auf den verschüchterten Spang ein.

»Wenn Sie mir Hannibal herumflanieren lassen, kommen Sie in des Teufels Küche, das sage ich Ihnen. Führen Sie ihn hübsch an der Leine und kümmern Sie sich um ihn. Seine Milch hat er schon bekommen, aber mittags braucht er etwas Ausgiebiges. Suchen Sie in der Nähe ein anständiges Wirtshaus, denn den Fraß in Ihrem ›Tanzenden Delphin‹ würde er wahrscheinlich nicht vertragen. – Und dann halten Sie Augen und Ohren offen. Streichen Sie vor allem ein bißchen um Spittering Farm herum, ob sich dort nicht etwas zusammenbraut. Der Wichtigtuer Kitson will heute nacht in der Gegend auffallend viele Stromer bemerkt haben, aber wahrscheinlich war er betrunken. Er säuft jetzt aus lauter Glückseligkeit, weil er eine Braut hat, und dann wird er aus Verzweiflung saufen, weil er ein Weib hat. Das ist immer so.« Der dünne Sergeant fuhr mit seiner spitzen Nase so lebhaft auf und nieder, daß der Oberinspektor seine philosophischen Betrachtungen unterbrach und ihn mit ärgerlicher Verwunderung betrachtete.

»Was machen Sie denn mit Ihrem Rüssel für Turnübungen?«

»Es stimmt, Sir«, flüsterte Spang. »Als ich gestern abend von Ihnen in den ›Delphin‹ zurückkehrte, saßen dort vier Burschen und steckten die Köpfe zusammen. Darunter McKidd, den sie das ›Kamel‹ nennen, weil er einen langen Hals und einen Buckel hat.«

»Der Bucklige ..., so!« entfuhr es dem Oberinspektor, und es dauerte eine ziemliche Weile, bevor seine Ohrenspitzen wieder zur Ruhe kamen.

Aber er ging augenblicklich nicht weiter auf die Sache ein, sondern kam erst etwa drei Stunden später im Büro des Chefs des Konstablerwesens darauf zurück. Er fand dabei ein sehr erlesenes und gespanntes Auditorium, denn man wußte in Scotland Yard seit dem frühen Morgen, daß es diesmal nicht nur um einen umfangreichen und komplizierten Kriminalfall, sondern im Zusammenhang damit auch noch um andere sensationelle und wichtige Dinge ging. Das bereits vorliegende Protokoll der nach Stevenford entsandten Kommission hatte die Vermutungen des Oberinspektors vollauf bestätigt: In dem kleinen Sarg waren in einem Bündel lediglich einige Holzstücke vorgefunden worden, und diese Feststellung gab auch allen übrigen Folgerungen Murphys eine bedeutsame Grundlage. Nun saßen die Herren um den mächtigen Tisch, und aller Augen waren erwartungsvoll auf den massiven Mann gerichtet, der den bisher erwiesenen Tatbestand und seine Kombinationen kurz und bestimmt darlegte. Murphy verzichtete diesmal auf alle seine kleinen Späße und brachte auch nur das vor, was ihm paßte. Er erachtete den Zeitpunkt zu seinem Eingreifen noch nicht für gekommen und machte auch kein Hehl daraus.

»Was den Fall Grace Lyndsell betrifft«, sagte er, »so ist wohl alles klar, und auch in der anderen Sache gibt es für mich kein Rätsel mehr, aber darum geht es uns vorläufig eigentlich nicht. Wir sind durch ein an sich unbedeutendes Vorkommnis auf eine Serie .von Verbrechen gestoßen, die teilweise Jahrzehnte zurückliegen, und alles deutet darauf hin, daß sie sämtlich von demselben Kopf ausgeheckt und von seiner straffen Organisation von Helfershelfern verübt wurden. Zweifellos hat die Bande auch sonst noch Verschiedenes auf dem Kerbholz, und wenn es uns endlich gelingt, das Nest auszuheben; so werden wir sicher einen guten Fang machen. Aber wir müssen unbedingt die ganze Gesellschaft zu fassen bekommen, und deshalb möchte ich nicht zu früh losschlagen. Wenn wir sie noch ein oder zwei Tage in Ruhe lassen, werden sie uns vielleicht selbst ins Garn laufen. Sie wissen nicht, wie weit die Dinge mit AI Evans und dem Mädchen bereits gediehen sind und scheinen noch einen entscheidenden Schlag führen zu wollen. Bis dahin möchte ich noch warten«, schloß er mit hartem Gesicht, »und auch im Fall von Stevenford vorläufig nichts weiter unternehmen.«

»Handeln Sie ganz nach Ihrem Gutdünken, Mr. Murphy«, sagte der Chefkonstabler so verbindlich, wie er selten zu sprechen pflegte, fügte aber, als der Unterstaatssekretär ein leises Räuspern hören ließ, rasch und nachdrücklich hinzu: »Nur in der gewissen heiklen Sache möchte ich Sie um ein tunlichst taktvolles Vorgehen bitten. – Sie verstehen mich wohl?«

Der Oberinspektor machte eine etwas ungelenke Verbeugung und gab eine Viertelstunde später dem Kommandanten der Fliegenden Kolonne seine knappen, präzisen Anweisungen.

»Wir brauchen ungefähr dreißig Mann. Die tüchtigsten und kräftigsten Leute, die Sie haben, denn es wird vielleicht etwas heiß hergehen. Fahren Sie so los, daß Sie mit Anbruch der Dunkelheit die Gegend von Chesterhills erreichen, und dann ziehen Sie um Spittering Farm einen Kordon. Aber alles so unauffällig wie möglich, denn ich glaube, daß die andern auch schon auf dem Platz sein werden. Am besten ist es, Sie kostümieren ihre Mannschaften als Streckenarbeiter und halten sich an die Bahnlinie. Im übrigen werde ich mich schon rechtzeitig bei Ihnen einfinden. Halten Sie sich während der Nacht an der Südspitze des Wäldchens bei Spittering Farm auf, aber im Gehölz selbst machen Sie sich nicht zu schaffen. Ich habe meine guten Gründe, Ihnen das zu sagen. Bei Einbruch der Morgendämmerung können Sie dann Ihre Leute zurückziehen und irgendwo ausruhen lassen. Wahrscheinlich werden Sie eine oder zwei Nächte umsonst opfern müssen, aber besser, wir kommen zu früh als zu spät.«

Murphy verabschiedete den jungen Kollegen mit einem kräftigen Händedruck und machte sich dann eine geraume Weile mit seiner Kartothek zu schaffen, der er einige der hieroglyphenbedeckten Zettel entnahm, Um sie mit hängender Unterlippe und unruhigen Ohrenspitzen nachdenklich durchzustudieren. Eine weitere Stunde kramte er im Archiv in allen möglichen Aktenfaszikeln herum, und schließlich setzte er sich mit einer großen Grundstücksmaklerfirma in Verbindung, um eine Auskunft einzuholen.

»Könnten Sie mir etwas über die Besitzverhältnisse bei den zwei großen Häuserblocks an der Ecke der Well Street in Limehouse sagen?« fragte er den Chef, der selbst an den Apparat gekommen war.

»Zufällig ja«, kam es beflissen zurück, »denn ich habe die Sache damals gemanagt. Der ganze Komplex gehört einem Konsortium. Durchweg angesehenen und kapitalkräftigen Leuten.«

»So, einem Konsortium«, meinte Murphy etwas enttäuscht. »Das kann natürlich alles mögliche sein. – Näheres wissen Sie nicht?«

»O doch, wenigstens einiges«, erklärte der Mann. »Der Grund hat ursprünglich einem Mr. Johnson gehört, der auch heute noch in einer alten Bude mitten drin sitzt. Durch meine Vermittlung wurde er dann an eine Gesellschaft unter Führung eines Mr. Hearson verkauft, die sofort mit den Neubauten begonnen hat. In der letzten Zeit scheint aber Johnson wieder die Aktienmehrheit an sich gebracht zu haben, und Hearson ist aus der Verwaltung ausgeschieden. – Mehr ist mir allerdings nicht bekannt«.

»Danke, das genügt«, schloß Murphy lebhaft, legte den Hörer auf und verließ kurz nachher Scotland Yard.

Der Alte in Limehouse saß wie immer in dem verdunkelten Hofzimmer des kleinen Hauses und hatte sein Faktotum in der Arbeit.

Der Mann bekam seinen geheimnisvollen Herrn täglich meist nur für wenige Augenblicke zu Gesicht und oft auch das nicht, aber die kurzen Minuten genügten, den robusten Burschen in ständiger Erregung und Sorge zu halten. Er wußte, daß das Wesen hinter dem Schreibtisch, das er bereits zu hundert Malen in den verschiedensten Verkleidungen, aber noch nie in seiner wirklichen Gestalt gesehen hatte, von unberechenbaren und unerbittlichen Entschließungen war und daß sein Leben nur an einem haardünnen Faden hing, sooft er die Schwelle des düsteren Zimmers überschritt. Er hatte auf Geheiß seines Gebieters ungezählte »Urteile« vollstreckt, die oft aus den nichtigsten Ursachen entstanden waren, und seit den Fehlschlägen in dem Wäldchen bei Spittering Farm und dem mißlungenen Überfall auf das Mädchen konnte er die Angst vor einem plötzlich hereinbrechenden Strafgericht nicht loswerden.

Aber Johnson begnügte sich mit gelegentlichen derben Flüchen und Verwünschungen und war überhaupt in den letzten Tagen so ganz anders, als ihn der Pockennarbige in mehr als zwei Jahrzehnten je gesehen hatte. Die eiserne Ruhe schien völlig von ihm gewichen, und in seinem Gehaben lag dieselbe nervöse Fahrigkeit wie in seinen Anordnungen. Eben widerrief er zum drittenmal den Befehl, den er wegen Spittering Farm erteilt hatte.

»Wir werden die Sache doch noch um einen Tag verschieben«, entschied er. »Es muß alles bis ins kleinste klappen, und außerdem ist vorher noch verschiedenes andere zu erledigen. Ich möchte nicht hier in der Falle sitzenbleiben, wenn es auch diesmal wieder schiefgehen sollte. Nimm dir heute nacht die Leute noch einmal her und bläue ihnen ein, worum es sich vor allem handelt. Wenn wir Al Skinner abtun und die Kiste in dem Zwinger und das Mädchen in unsere Hand bekommen, können wir vielleicht noch aus der verdammten Schlinge schlüpfen. Dieser Murphy ist zwar ein ganz gefährlicher Spürhund, aber schließlich, wenn es sein muß...« Er vollendete nicht und ließ eine ziemlich lange Weile verstreichen, bevor er fortfuhr. »Mehr Sorge macht mir der andere, denn der ist nicht so leicht zu fassen, und der Teufel weiß, was er eigentlich vorhat. Dir ist er beim Tor in den Weg gekommen, und mir hat er in einer der letzten Nächte zweimal eine Kugel dicht vor die Füße gesetzt. Dabei habe ich nicht einmal den Schatten von ihm zu sehen bekommen.«

In die Stille des Raumes klang das dumpfe Rattern des Türklopfers, und Herr und Diener hoben gleichzeitig den Kopf.

»Sind Sie zu sprechen, Sir?« fragte der Pockennarbige hastig, aber Johnson überlegte so lange, bis der Klopfer neuerlich in Bewegung gesetzt wurde.

»Das kommt darauf an«, sagte er nachdrücklich. »Für Lady Shelley ja, weil es etwas sehr Wichtiges sein kann, und auch für den Colonel. – Aber wenn es Hearson sein sollte oder jemand anders, so bin ich todkrank.«

Der Diener blieb ziemlich lange aus, aber plötzlich schlüpfte er mit großer Hast wieder ins Zimmer und schob den Riegel vor die Tür. Dabei war sein Aussehen so verstört, daß der hinfällige Mann hinter dem Schreibtisch unwillkürlich auffuhr.

»Was gibt's?« stieß er betreten hervor.

»Mr. Murphy«, flüsterte der andere erregt. »Er ist nicht abzuweisen, und ich weiß nicht, was ich tun soll.«

Johnson ließ sich wieder in seinen Stuhl fallen, und seine Hände tasteten einige Augenblicke unruhig auf dem Schreibtisch herum. »Ist er allein?« fragte er dann, und der Pockennarbige hörte in der Stimme seines Herrn wieder jenen Ton mitklingen, der ihm durch Mark und Bein ging.

»Jawohl, Sir.«

»Dann laß ihn in fünf Minuten eintreten«, sagte Johnson kalt und bestimmt, »aber nicht eine Sekunde früher. Und sowie sich die Tür hinter ihm geschlossen hat, gehst du aus dem Haus und betrittst es nicht früher wieder, bis du von mir Nachricht erhältst. Kümmere dich sofort um die Sache mit Spittering Farm, und wenn du nichts anderes hörst, bist du morgen um zehn Uhr abends beim Tor.« Er rückte sich in seinem Stuhl zurecht und überlegte einige Sekunden. »Vielleicht wird es jetzt leichter gehen«, schloß er halblaut, und der Diener beeilte sich, der verabschiedenden Handbewegung Folge zu leisten.

Gleich darauf ließ er den Mann von Scotland Yard ein.

Murphy kam wie ein guter alter Bekannter und entfaltete bereits an der Schwelle eine gemütliche Redseligkeit.

»Sie sind krank, wie ich gehört habe, Mr. Johnson. Das tut mir aufrichtig leid. Ich werde Sie auch sicher nicht lange aufhalten, aber ich habe augenblicklich in Chesterhills einen sehr bösen Fall, und da ich alle die anderen netten Herren draußen bereits kennengelernt habe, wollte ich...«

Er stockte und suchte sich in dem dunklen Raum so weit zurechtzufinden, um dem Herrn des Hauses die Hand drücken zu können, aber Johnson kam ihm mit hastiger, zittriger Stimme zuvor.

»Nehmen Sie Platz, bitte. Dort in dem Stuhl zu Ihrer Rechten. Ich kann mich leider nicht rühren, und es ist hier etwas bescheiden.«

»Und etwas düster und dumpfig«, ergänzte der Oberinspektor, indem er sich vorsichtig in dem vorsintflutlichen Fauteuil niederließ. »Sie sollten es einmal mit recht viel Licht und frischer Luft versuchen, Mr. Johnson. Glauben Sie mir, das wirkt Wunder. Ich bin auch schon einmal fast am Abkratzen gewesen, aber das hat mich wieder auf die Beine gebracht. – Soll ich nicht die Fenster ein bißchen öffnen? Wir haben heute den herrlichsten Sommertag...«

Er machte Miene, sich zu erheben, aber der Mann hinter dem Schreibtisch hielt ihn durch seinen ängstlich hervorgestoßenen Einwand zurück.

»Das wäre mein Tod. Ich vertrage weder einen Luftzug, noch das geringste Licht. Mein Arzt hat mich vor beidem gewarnt. Ich bin eben ein armer Krüppel.«

»Schade«, meinte Murphy bedauernd und lehnte sich wieder in seinen Stuhl zurück. »Diese Ärzte sind die ärgsten Feinde jedes Kranken, und ich wundre mich nicht, wenn sich da Ihr Zustand nicht bessern will. – Sie müssen ja von dem Aufenthalt in diesem muffigen Loch schon wie der leibhaftige Tod aussehen.«

Aus seiner Hand schoß blitzschnell ein kleiner Lichtkegel hinter den Schreibtisch, aber Johnson beugte ebenso blitzschnell den Kopf, und es war lediglich der wirre graue Haarschopf auf dem spitzen Schädel wahrzunehmen.

»Was fällt Ihnen ein?« fauchte der Kranke mit hoher Fistelstimme zornig. »Wie können Sie so mit einem halbblinden Mann umgehen? Wenn ich das Augenlicht verliere, werden Sie die Folgen zu tragen haben.«

»Meinetwegen«, gab der Oberinspektor gelassen zurück. »Aber ich habe mir in den Kopf gesetzt, Sie mir einmal etwas genauer anzusehen; und wenn ich mir etwas in den Kopf gesetzt habe, so tue ich es. Machen Sie also keine Geschichten. Es wird sehr kurz und schmerzlos sein, aber ich möchte Sie darauf aufmerksam machen, daß ich in der anderen Hand einen Revolver halte, der...«

Murphy kam nicht dazu, den Satz zu vollenden. Er stürzte mit seinem Sitz jählings hintenüber, und gleichzeitig klappte es über ihm mit einem stählernen Schnappen zusammen, als ob ein schwerer Deckel zufiele. Im nächsten Augenblick vermochte er kein Glied zu bewegen; nur seine Unterschenkel waren frei, aber unterhalb der Knie verspürte er einen schmerzhaften Druck.

Der Oberinspektor wußte, daß es für ihn in diesen Minuten um Leben oder Tod ging, und er spannte alle seine Kräfte bis zum äußersten an, aber schon nach kurzer Zeit sah er die Vergeblichkeit seiner Bemühungen ein. Er war völlig erschöpft und verspürte eine beklemmende Atemnot, die ihm immer mehr das Bewußtsein schwinden ließ...

Plötzlich war ihm, als würde er emporgehoben, und als ob der furchtbare Alp von ihm wiche. Aber es bedürfte noch einer geraumen Weile, bevor er die Augen aufzuschlagen und um sich zu blinzeln vermochte.

Er sah sich in einem Raum, der von Licht durchflutet war und in dem die Tür und die Fenster weit offen standen. Nur der Schreibtisch mit dem Lehnstuhl dahinter und der unförmige Fauteuil, in dem er wieder saß, verrieten ihm, daß es dasselbe Zimmer war, das er betreten hatte, und er schnellte zunächst einmal rasch empor, um von der gefährlichen Sitzgelegenheit wegzukommen. Er fühlte sich wie zerschlagen und verspürte eine seltsame Beklommenheit, die ihn instinktiv zu dem offenen Fenster trieb. Es ging nur auf einen kleinen Hofraum, aber das bißchen frische Luft tat ihm doch gut, und plötzlich vermochte er auch den süßlichen Geruch wahrzunehmen, der aus dem Zimmer strömte. Er wandte sich hastig um, um nach der Gasleitung zu sehen, aber der Hahn war verschlossen, und der Geruch verflüchtigte sich auch immer mehr.

Der Oberinspektor stand eine Weile mit verkniffenen Augen und hängender Unterlippe, dann begann er, seinen zerknüllten äußeren Menschen halbwegs in Ordnung zu bringen. Er war überzeugt, daß es für ihn hier augenblicklich nichts Besonderes mehr zu erfahren gab, und was zu tun war, konnten andere besorgen. An der Schwelle des Zimmers machte er aber doch noch einmal halt und lüftete sehr höflich den Hut in den leeren Raum.

»Also zum dritten Male, mein Lieber«, murmelte er dabei mit seinem freundlichen Gesicht. »Das kann eine nette Rechnung werden.«

Er humpelte etwas schwerfällig durch den Flur, da ihn die Schienbeine schmerzten, und auch auf der Gasse mußte er ein sehr langsames Tempo einschlagen. An der nächsten Ecke war glücklicherweise ein Droschken-Halteplatz, aber der Oberinspektor hatte ihn noch nicht erreicht, als dicht neben ihm ein Auto hielt und Hearson ihm lebhaft die Hand entgegenstreckte.

»Was machen Sie in London?« fragte er überrascht. »Ich wollte erst meinen Augen nicht trauen, da ich Sie natürlich in Chesterhills wähnte. Warum haben Sie mir nichts gesagt? Wir hätten ja sehr gut zusammen fahren können.«

»Ich habe Ihrem Freund Johnson einen Besuch abgestattet«, erklärte Murphy und blinzelte geheimnisvoll mit den Augen, aber Hearson machte eine leicht abwehrende Geste.

»Nun, Freunde sind wir gerade nicht«, stellte er mit einem kühlen Lächeln fest, »obwohl…« Er sprach nicht aus, sondern sah den Oberinspektor etwas ratlos an und schob eifrig an seiner Brille herum. »Wissen Sie, nun kenne ich mich in dem Mann überhaupt nicht mehr aus«, fuhr er dann vertraulich fort. »Er hat mir nämlich das, worum wir lange Jahre einen erbitterten Kampf geführt haben, plötzlich ganz freiwillig auf den Tisch gelegt. Ich komme eben von seinem Anwalt, wo die Sache perfekt geworden ist. Ich habe für das Konsortium alle seine Aktien von Chesterhills und außerdem das kleine Haus hier erworben. Und jetzt bin ich unterwegs, um mit ihm Frieden zu schließen.« Hearson strahlte vor Eifer und Genugtuung, aber Murphy schüttelte bekümmert den Kopf.

»Ich fürchte, Sie werden ihn nicht antreffen«, meinte er. »Und auch an dem Haus werden Sie vorläufig keine rechte Freude haben, da ich Ihnen einige von unseren Leuten hineinsetzen werde.«

Der arme Hearson schien den Sinn dieser Worte nicht gleich fassen zu können, denn er starrte den Oberinspektor sekundenlang völlig verständnislos an, dann aber bekam sein Gesicht einen ganz verstörten Ausdruck, und er vermochte seine Frage nur stammelnd hervorzubringen.

»Was ist geschehen, um Himmels willen?«

»Ein kleiner Mordversuch«, raunte ihm Murphy wichtig zu und tippte auf seine breite Brust. »An mir. Mit einem ganz hinterlistigen Stuhl, mit Leuchtgas und wer weiß, was noch. – Schauen Sie mich nur an, wie ich aussehe. – Aber wenn er gehenkt wird«, schloß er giftig, »werde ich mich an diese Niederträchtigkeit erinnern, und es wird mir dann nicht so schwer werden, ihn baumeln zu sehen.«

Er zog sein Taschentuch, um sich gefühlvoll zu schneuzen und schüttelte dann dem Herrn mit der Brille herzhaft die Hand.

Er war schon längst um die Ecke verschwunden, als ihm Hearson noch immer fassungslos nachstarrte.

»Kehren Sie den Fuchsbau von oben nach unten«, sagte Murphy eine Viertelstunde später zu dem Leiter des Polizeirayons Limehouse, »aber geben Sie acht, daß Sie nicht in irgendein Loch purzeln. Das Haus spielt alle möglichen Stückchen. So werden Sie an der Stelle, wo der Stuhl hinter dem Schreibtisch steht, wohl eine Versenkung finden, und ich wette, daß Sie dann in einem der anstoßenden Häuserblocks herauskommen werden; oder vielleicht sogar in beiden. Jedenfalls setzen Sie sich aber nicht in die niederträchtige Kiste vor dem Schreibtisch, denn das könnte Ihnen ebenso übel bekommen wie mir.«

Der Oberinspektor war in großer Eile, denn es drängte ihn, wieder nach Chesterhills zu kommen, wo allen Anzeichen nach die Ereignisse zur letzten Entscheidung reiften. Inwieweit diese durch sein Abenteuer im Haus Johnsons beeinflußt wurde, vermochte er augenblicklich nicht zu beurteilen, aber jedenfalls sah er nun in dem schwierigen Fall völlig klar und hatte auch den letzten Faden zu dem Netz in der Hand. Sein Besuch in Limehouse war einer etwas kühnen Folgerung entsprungen, auf die ihn der einfältige Spang mit seinem konfusen Bericht gebracht hatte, aber nun stimmte plötzlich alles. Allerdings wäre ihm dieses Schlußglied um ein Haar zum Verhängnis geworden, und daß er so heil davongekommen war, bildete eigentlich ein neues Rätsel. Aber so oft Murphy daran dachte, kam ein schlaues Schmunzeln in sein feistes Gesicht, und er mußte sich dann immer mit dem Taschentuch über die feuchten Äuglein fahren.

Es war kurz nach zwei Uhr, als der Oberinspektor noch einen letzten Blick durch sein Büro in Scotland Yard schweifen ließ und dann energisch die Melone auf das mächtige Haupt drückte. Der Zug nach Chesterhills ging gegen halb vier, und er hatte gerade noch Zeit, ein kleines Frühstück einzunehmen.

Er war schon fast an der Tür, als die Ordonnanz eintrat und gewohnheitsmäßig die Abendzeitung brachte. Murphy griff danach, um sie als Lektüre während der Fahrt zu sich zu stecken, als ihm plötzlich vom obersten Blatt einige Zeilen in fetten Lettern in die Augen sprangen und seine Mienen förmlich erstarren ließen:

»Lord Shelley ist heute morgen auf Highgate-Castle plötzlich verschieden.«

Kaum eine Viertelstunde später gerieten die Telefonapparate von Scotland Yard zum zweitenmal an diesem Tag in fieberhafte Tätigkeit, und zum zweitenmal an diesem Tag fand hinter den dicken Polstertüren des Chefzimmers eine lange, ernste Beratung statt.

Als sie beendet war, empfing Murphy in seinem Büro dieselben vier Herren, mit denen er am Tag vorher auf der Landstraße bei Chesterhills zusammengetroffen war, und dann rief er nach einiger Überlegung Spittering Farm an.

Es meldete sich zunächst Tom, durch den er Rayne an den Apparat bitten ließ.

»Ich wollte mich nur erkundigen, wie es Miß Wingrove und Ihnen geht«, erklärte er auf die etwas erstaunte Frage unbefangen. »Alles in Ordnung? Ja? Schön, freut mich. Passen Sie nur ja recht gut auf. Besonders während der Nacht. Ich kann leider heute nicht mehr zurückkommen, aber da Sie draußen sind, bin ich vollkommen beruhigt. – Lesen Sie Zeitungen?« fügte er plötzlich ganz nebenbei hinzu und lauschte gespannt auf die Antwort. »Nein? Man erfährt daraus nichts Erfreuliches? – Da haben Sie recht. Also auf morgen. Bitte, empfehlen Sie mich Miß Wingrove.«

Bei hereinbrechender Dunkelheit hatte der große, schnelle Wagen von Scotland Yard die Hälfte seines Weges zurückgelegt, und es war bereits Nacht, als er endlich vor dem düsteren Tor von Highgate-Castle hielt. Von einem der klobigen Türme wehte die Flagge auf Halbmast, und aus den dunklen Fensterreihen leuchtete nur hie und da ein mattes Licht.

Murphy setzte den wuchtigen Klopfer energisch in Bewegung, aber er mußte es zu wiederholten Malen tun, bevor ein mürrischer, verschlafener Diener erschien.

»Melden Sie Lady Shelley, daß wir sie zu sprechen wünschen«, sagte er kurz, indem er den Mann beiseite schob und mit seiner Begleitung in die Einfahrt trat. »Wir kommen in amtlicher Eigenschaft. Zuerst aber führen Sie die beiden Herren in den Raum, in dem Lord Shelley aufgebahrt ist.«

Der Diener knickte plötzlich zusammen, schaltete das Licht ein und beeilte sich, mit großen scheuen Augen dem erhaltenen Auftrag nachzukommen. Unterwegs ließ er den Oberinspektor und die beiden anderen Beamten in ein hohes, unwohnliches Zimmer treten und geleitete dann den Arzt und dessen Begleiter weiter. Die Geduld der in tiefem Schweigen Harrenden wurde auf eine harte Probe gestellt, denn es verging fast eine halbe Stunde, ohne daß der Mann zurückgekehrt oder die Herrin des Hauses erschienen wäre.

Nach wenigen weiteren Minuten ließ aber der Diener die beiden Herren wieder ein, und Murphy hielt ihn zurück.

»Bestellen Sie Lady Shelley, daß wir nicht mehr länger als höchstens eine Viertelstunde warten können«, sagte er ernst und eindringlich. »Dann müßten wir sie selbst aufsuchen.«

»Nun?« wandte sich der etwas ungeduldige Gehilfe des Staatsanwalts gespannt an den Arzt, aber dieser hob unsicher die Schultern.

»Jedenfalls ganz seltsame Symptome«, erklärte er zögernd. »Vielleicht eine Blutvergiftung, die von einem winzigen Schnitt an der Wange ausgegangen ist...«

Diesmal hielt Lady Margaret die gestellte Frist ein, aber sie befand sich in einem derartigen Zustand, daß sie sich von dem Diener führen lassen mußte. Sie vermochte sich kaum aufrecht zu halten, und ihr Gesicht war grau und verfallen. Sie versuchte, den verstörten Blick in ihren Augen durch eine kalte hochmütige Miene zu verschleiern, und rang verzweifelt nach Fassung, aber Murphy überrumpelte sie sofort.

»Wir müssen Sie um einige Auskünfte ersuchen, Lady Shelley«, begann er ohne weitere Einleitung. »Erstens über das seinerzeitige Verschwinden der kleinen Grace Lyndsell, zweitens über die näheren Umstände, unter denen Ihr erster Gatte Sir William gestorben ist, drittens über das Schicksal des Kindes von Mary Baxter und viertens über das plötzliche Ableben Lord Shelleys. Wir wollen Ihnen die Sache nicht allzu schwer machen, und es wäre daher gut, wenn Sie bei der Wahrheit bleiben würden.«

Der Oberinspektor hatte mit kalter, harter Stimme gesprochen, und jede der Fragen war wie ein Keulenschlag auf die regungslose Frau niedergesaust. Der Angriff kam ihr zu unvorbereitet, und das Entsetzen ließ sie den letzten Rest ihrer geistigen Widerstandskraft verlieren. Sie war ihr ganzes Leben lang kaltblütig und ohne Bedenken jeden Weg gegangen, der ihr für ihre ehrgeizigen Pläne dienlich erschienen war, und jeder Erfolg hatte sie sicherer und skrupelloser gemacht. Nie war ihr der Gedanke gekommen, daß so lange zurückliegende Geschichten wieder lebendig werden könnten, und nur die Schwierigkeiten der letzten Wochen hatten ihr einige Sorgen bereitet. Aber seit dem heutigen Morgen war sie auch dieser wieder ledig – und nun stürzte plötzlich alles um sie zusammen.

Sie wußte, daß diese furchtbaren Fragen kaum verhüllte Anklagen bedeuteten, und ihre rasenden Gedanken suchten verzweifelt nach Antworten, mit denen sie ihnen begegnen könnte. »Ich verstehe Sie nicht«, stieß sie endlich schroff und heiser hervor, indem sie den alten, hochmütigen Zug in ihr verfallenes Gesicht zwingen wollte, aber es wurde nur eine krampfhafte Grimasse daraus.

»Dann muß ich allerdings etwas deutlicher werden«, meinte der Oberinspektor gelassen, und seine sonst so freundlichen Augen bekamen einen so stechenden Ausdruck, daß die große Frau sich scheu zusammenduckte. »Schreiben Sie, bitte, was ich jetzt sagen werde«, wandte er sich an einen seiner Begleiter, »und wir werden ja hören, was Lady Shelley darauf zu erwidern hat.«

Er nahm die dicke Unterlippe zwischen die Zähne und ließ eine kleine Pause eintreten.

»Lady Shelley«, begann er dann knapp und bestimmt, ohne auch nur einen Blick von den Mienen der Frau zu wenden, »die kleine Grace Lyndsell ist seinerzeit unter Beihilfe der Sekretärin Miß Nash aus dem Wege geräumt worden. Dafür haben wir in dem ehemaligen Gärtner von Lyndsell-House einen unbedingt verläßlichen Zeugen. Auch Mr. Johnson wird uns darüber sicher sehr wichtige Angaben machen können. Ebenso über die Geschichte von der Geburt des Erben von Highgate-Castle. Dieser Fall liegt übrigens so klar, daß eine Bestätigung durch Sie eigentlich nur mehr eine Formsache ist. Und was den Tod von Sir William betrifft...«

Zum erstenmal fand die gebrochene Frau den Mut zu einem entschiedenen Widerspruch.

»Er ist einem Herzschlag erlegen«, stieß sie keuchend hervor. »Er war schon lange Jahre leidend...«

»Möglich«, gab Murphy mit einem Achselzucken zu, »denn Sie haben ihm wohl arg zugesetzt; wegen des Testaments, in dem er sein ganzes Vermögen seinem verschollenen Kind für dreißig Jahre vorbehielt. – Auch Ihr Einvernehmen mit Lord Shelley war nicht gerade das beste«, fuhr er mit bedeutsamer Betonung fort. »Nicht einmal der Umstand, daß Sie ihm auf so ungewöhnliche Weise einen Erben schenkten, hat auf die Dauer gewirkt. Und die ärgerliche Schmuckgeschichte der letzten Tage hat wohl den völligen Bruch gebracht...«

Der Oberinspektor hielt inne, und Lady Shelley starrte ihn mit Augen an, in denen der Wahnsinn stand.

»Alles das können Sie nicht beweisen«, schrie sie trotzig auf, und ihre weißen Hände gruben sich wie Krallen in die Lehnen des Sessels.

»O doch«, gab Murphy sanft zurück, »nur wird es vielleicht längere Zeit dauern. Und das hätte ich Ihnen gerne erspart, Lady Shelley, denn so eine Untersuchungshaft ist etwas sehr Peinliches, wenn man nicht daran gewöhnt ist.« Seine dicke Unterlippe begann zu zucken, und seine Stimme klang plötzlich unsicher und belegt. »Erstens schon die ungewohnte Umgebung und die furchtbare Einsamkeit. Und dann die ewigen Verhöre bei Tag und Nacht, die einen nicht zur Ruhe kommen lassen. Schrecklich, wie diese armen Leute davon hergenommen werden! Was ich da schon alles gesehen habe...«

Er mußte das Taschentuch ziehen, um seiner aufsteigenden Rührung Luft zu machen, und die noch vor wenigen Tagen so stolze und entschlossene Frau bot ein Bild völligen Zusammenbruchs. Ihr glasiger Blick war irgendwohin ins Leere gerichtet und ihre hohe, üppige Gestalt ganz in sich zusammengesunken. Sie schien für das, was um sie vorging, überhaupt kein Verständnis mehr zu haben, aber Murphy mußte sich seinen Jammer von der empfindsamen Seele reden. »Und schließlich hilft doch aller Widerstand nichts«, seufzte er wehmütig. »Besonders, wenn es so erdrückende Beweise gibt. Dann war alles umsonst, und man hat nicht einmal die Wohltat eines reuigen Geständnisses, das unter Umständen aus fünfzehn Jahren zehn machen kann. Oder aus...«

Er vollendete nicht, sondern richtete seine unruhigen, feuchten Augen auf Lady Margaret.

»Ich habe einen ordnungsmäßigen Haftbefehl, und wir werden Sie also mitnehmen müssen; sofort, und wie Sie hier sitzen. Falls Sie noch etwas anzuordnen haben, können Sie es in unserer Gegenwart tun. Mit irgendwelchem Gepäck brauchen Sie sich nicht zu beschweren, denn bei uns bekommen Sie alles.«

Er deutete durch eine kurze Geste an, daß er fertig sei, und seine Begleiter rüsteten zum Aufbruch, aber die Frau in dem tiefen Fauteuil gab minutenlang nicht das geringste Lebenszeichen von sich. Plötzlich jedoch ging über ihr starres Gesicht ein krampfhaftes Zucken, und über die blutleeren Lippen rang sich mühsam und tonlos die Frage:

»Und wenn ich spreche...?«

»Dann ist das natürlich etwas anderes«, beeilte sich Murphy lebhaft zu erwidern. »In diesem Fall können Sie auf eine gewisse Rücksichtnahme rechnen, und ich will Ihnen gerne« – er dachte einige Sekunden nach, bevor er langsam fortfuhr – »sagen wir: eine halbe Stunde Zeit geben, in aller Ruhe das, was notwendig ist, zu erledigen. – Natürlich dürfen Sie keinen Fluchtversuch unternehmen, der auch völlig aussichtslos wäre.«

Lady Margaret war schon wieder in ihre unheimliche Starre verfallen, aber nach einer endlosen Pause regten sich ihre Lippen kaum merklich, und der Oberinspektor gab dem Mann, der mit bereiter Füllfeder über dem Papier saß, verstohlen ein Zeichen. »Ich habe das Mädchen aus dem Haus schaffen lassen«, murmelte sie, »aber Lyndsell ist eines natürlichen Todes gestorben. Ich schwöre es. – Das Kind gehört Mary Baxter. Johnson hat mir bei allem geholfen und mich durch seine Erpressungen zugrunde gerichtet. Er hat mir auch die Sache gegeben, an der Shelley...Das Rasiermesser...«

Ihre Stimme ging in ein Lallen über, sie sah sich wie hilfesuchend um und fiel dann ohnmächtig in den Stuhl zurück. Es dauerte eine geraume Weile, bis es dem Arzt gelang, sie wieder zum Bewußtsein zu bringen, und die herbeigerufene Zofe und der Diener mußten sie kräftig stützen, um sie aus dem Zimmer zu geleiten.

»In einer halben Stunde, wenn ich bitten darf, Lady Shelley«, sagte Murphy höflich und mit seltsam bewegter Stimme, aber die gebeugte blonde Frau schien ihn nicht gehört zu haben...

In einer halben Stunde standen die fünf ernsten Männer in einem anderen Raum von High-gate-Castle, und der Arzt hatte nur ein hoffnungsloses Achselzucken. Das Gesicht von Lady Margaret war noch bleicher als vordem, aber es lag die Ruhe des Todes darauf.

Erst vor der Pforte wagte der Gehilfe des Staatsanwalts sich zu räuspern und vorsichtig zu einer tadelnden Bewegung anzusetzen.

»Ich hätte nicht die Verantwortung übernommen, Lady Shelley allein...«

»Aber ich«, fiel ihm Murphy entschieden ins Wort, indem er heftig in sein Taschentuch trompetete. »Und ich glaube, Sie sollten mit Ihrer Ansicht über diese traurige Geschichte nicht zuviel herumhausieren, wenn Sie Karriere machen wollen.«

35

Es war um die Mittagsstunde des folgenden Tages, als Murphy übernächtigt und mit verkniffenem Gesicht auf der kleinen Station den aus London kommenden Zug verließ, und sein erster Blick galt unwillkürlich dem roten Dach von Spittering Farm, das von hier aus deutlich zu sehen war. Er hatte sich zwar bereits am Morgen durch einen neuerlichen Anruf von Scotland Yard aus versichert, daß dort alles in Ordnung ging, aber es bereitete ihm doch eine große Erleichterung, wieder an Ort und Stelle zu sein und selbst nach dem Rechten sehen zu können.

Einen Augenblick überlegte er nochmals, ob er nicht doch den Umweg machen und schon jetzt auch die andere Sache erledigen sollte, die in den letzten Stunden spruchreif geworden war, aber dann machte er eine energische Wendung und marschierte auf das kleine Wäldchen zur Rechten los. Nach etwa hundert Schritten begegnete ihm ein Arbeiter mit Krampe und Schaufel, der auf dem Weg zur Strecke war, und er ließ sich von diesem Feuer für seinen angekohlten Zigarrenstummel geben.

»Nichts Neues?« brummte er dabei paffend, und auch der Mann bewegte kaum die Lippen, als er antwortete:

»Noch nicht, Sir. Aber wir haben bereits mehr als zehn Galgengesichter in den Büschen gezählt, und jede Stunde kommen neue.«

Der Oberinspektor nickte dankend und griff so flott aus, daß er das Strandhotel in kaum zwanzig Minuten erreichte.

Der erste, der ihm hier begegnete, war Inspektor Elliot, aber dieser tat so kühl und geheimnisvoll, daß Murphy höchst mißtrauisch zu blinzeln begann.

»Mir scheint, Sie haben einen Trumpf in der Hand, mit dem Sie mich ausstechen wollen«, sagte er mit einem leichten Seufzer und ließ melancholisch die dicke Unterlippe hängen. »Unsereiner wird eben doch schon ein bißchen alt, und ich wäre Ihnen sehr dankbar, wenn Sie mir einen kleinen Fingerzeig geben würden. Schließlich geht es ja diesmal um mein ganzes Renommee.«

Der Inspektor wurde noch zugeknöpfter, und die hochgezogenen Brauen in dem selbstbewußten Gesicht sagten dem andern, daß er nichts zu erwarten hatte. Aber Elliot kleidete die Ablehnung immerhin in eine höfliche Ausflucht.

»Ich weiß nicht, ob Sie damit etwas anfangen könnten«, schnarrte er überlegen, »denn es sind ganz persönliche Schlußfolgerungen. Und Sie werden verstehen...«

Er räusperte sich und trachtete eiligst loszukommen, und Murphy konnte ihm nur mit einem wehmütigen Blick nachsehen. Er suchte sich zunächst durch ein ausgiebiges Frühstück auf der Terrasse wieder ins Gleichgewicht zu bringen, aber eben als sein Appetit halbwegs angeregt war, störte ihn Mr. Hearson, der sofort auf ihre gestrige Begegnung in Limehouse zu sprechen kam.

»Ich habe mir wegen Ihres Befindens große Sorge gemacht«, erklärte er teilnahmsvoll, indem er den Oberinspektor durch seine scharfen Brillengläser forschend betrachtete. »Sie sahen wirklich sehr angegriffen aus, und nachdem Sie nicht zurückkehrten...«

»Kunststück, angegriffen auszusehen«, meinte Murphy mit vollem Mund, »wenn über einem plötzlich so eine verdammte Kiste zusammenklappt und man außerdem noch eine gehörige Portion Leuchtgas in die Lungen bekommt. – Pfui Teufel!«

Der zart besaitete Hearson zog schaudernd die Schultern ein und vermochte vor Entsetzen kaum zu sprechen.

»Furchtbar«, stammelte er. »Da war es noch ein Glück, daß Sie so glimpflich davongekommen sind.«

»Ein Wunder!« stellte der Oberinspektor mit Nachdruck richtig und blinzelte dabei so geheimnisvoll, daß der Mann mit der Brille eine Fortsetzung erwartete, aber sie kam nicht, und Hearson zwirbelte verlegen an seinem gepflegten Spitzbart.

»Ich kann mir nicht erklären, was in Johnson gefahren ist«, nahm er nach einer Weile das Gespräch wieder auf, »obwohl ich mir über ihn schon seit langem meine besonderen Gedanken machte. Sie wissen ja, daß wir nicht sehr gut miteinander standen. Und ich war höchst überrascht, als er plötzlich mein Angebot so ohne weiteres annahm. Dabei wäre ich unbedingt noch weiter gegangen.«

»Der alte Bursche ist einfach verrückt geworden«, erklärte Murphy, indem er das Messer in seiner gewaltigen Rechten wie einen Mast aufpflanzte. »Man bringt doch einen harmlosen Menschen, wie mich, der einen besuchen kommt, nicht kurzweg um. Und noch dazu auf so gemeine Weise. Daß es in seinem Kopf nicht richtig war, verraten auch die verschiedenen Spielereien, auf die man in dem Haus gekommen ist. Auf seinem Schreibtisch waren lauter Knöpfe. Mit dem einen konnte man den Stuhl, auf dem ich saß, zusammenklappen lassen, mit dem andern eiserne Jalousien vor die Tür und die Fenster rollen, und mit dem dritten ist er mit einem Sessel in die Tiefe gefahren, wie ein leibhaftiger Teufel. Es soll unter dem Haus eine Menge von Gängen geben, durch die man in alle Richtungen gelangen kann. Aber wir werden ihn schon zu fassen bekommen und auch den Halunken von seinem Diener. Morgen um diese Zeit« der Oberinspektor sah nach seiner Uhr – »sitzt er.«

Hearson konnte mit dem Kopfschütteln nicht fertig werden, und seine Mienen verrieten, wie nahe ihm das alles ging.

»Nun habe ich wirklich die ganze Sache allein auf dem Hals«, sagte er endlich mißmutig, »denn auch der Colonel hat mich ganz unvermittelt im Stich gelassen. Er mußte, wie er mir schrieb, plötzlich eine längere Reise antreten.«

Murphy zuckte kaum merkbar mit den Ohrenspitzen und bestrich einen ansehnlichen Bissen Steak, den er auf der Gabel hatte, sehr dick mit Senf.

»Ich habe den Colonel schon immer für einen sehr gescheiten Menschen gehalten«, meinte er etwas unklar und begann dann eifrig zu kauen.

Bevor der Oberinspektor sein Zimmer aufsuchen konnte, mußte er auch noch Ben anhören, der ihn bereits mit großer Ungeduld erwartet hatte.

»Sir«, stieß der ehemalige Landstreicher aufgeregt hervor, »man hat mir hier im Hotel eine Stelle angetragen. Bei den Maschinen. Und wenn Sie mich nicht mehr brauchen sollten…« Er schubste aus alter Gewohnheit die Hosen hoch und sah seinen Herrn etwas unsicher an, wußte aber mit der Antwort nichts Rechtes anzufangen.

»Scher dich zum Teufel«, brummte nämlich Murphy unliebenswürdig, weil er augenblicklich ganz andere Sorgen hatte, aber immerhin erinnerte er sich bei dieser Gelegenheit, warum er den Stromer so ausstaffiert und mit sich nach Chesterhills geschleppt hatte. Die Angelegenheit mit der Brieftaube war noch nicht ganz geklärt, und wenn sie auch heute keine wesentliche Rolle mehr spielte, so bildete sie doch immerhin ein Glied in der Kette, und Murphy war für gründliche und saubere Arbeit.

Er nahm daher oben zunächst einmal die Karte zur Hand, in die er nach den Angaben Kitsons den roten Strich eingezeichnet hatte, und verfolgte denselben in seinem Verlauf. Er ging etwa zwei Meilen westlich an Chesterhills vorbei, und es war nicht wahrscheinlich, daß es sich um eine der Brieftauben des Colonels gehandelt hatte. Nach dem eingravierten »R« war sie vielmehr für diesen bestimmt und sollte offenbar den Flug zu seiner Stadtwohnung nehmen.

Was die Botschaft selbst betraf, so war sich der Oberinspektor über deren Bedeutung schon längst im klaren, da sich der Colonel so prompt an seine Fersen geheftet hatte. Nachdem aber die Taubenpost nicht in seine Hände gelangt war, mußte ihm der Auftrag schließlich noch auf einem anderen Weg zugekommen sein, und die Vermutung, daß Johnson dies besorgt hatte, lag ziemlich nahe.

Obwohl er sich hiervon nicht sonderlich viel versprach, stahl sich Murphy gegen Abend wieder einmal aus dem Hotel, um der gewissen roten Linie in ihrer Verlängerung nachzugehen. Vorher hatte er mit großer Gründlichkeit seine zwei Pistolen instand gesetzt und mit einigen anderen Dingen zu sich gesteckt, und als er in die Nähe des »Tanzenden Delphin« kam, ließ er einen schrillen Pfiff durch die Finger los.

Mit Hannibal im Gefolge machte er sich auf den Weg. Er ließ seine Augen unausgesetzt nach links und rechts schweifen, aber weit und breit war kein Objekt zu erblicken, das für seine

Nachforschungen in Betracht kam, und er beschloß daher, diese bei dem kleinen Baumbestand, den er vor sich hatte, abzubrechen.

Es waren alte hohe Kiefern, die mit hohem Gestrüpp durchwachsen waren, und als Murphy zwischen die Stämme trat, hatte er alle Mühe, sich durchzuschlängeln. Hannibal dagegen war ganz in seinem Element, und je dichter die Hindernisse waren, desto mehr reizten sie ihn. Schließlich fand ihn sein Herr vor einem umfangreichen Baumstrunk von mehr als Manneshöhe, an dem er mit gewaltigen Sprüngen hochzukommen versuchte.

Der Oberinspektor hatte kaum einen Blick auf den morschen Stamm geworfen, der an der Gabelung völlig abgebrochen war, als auch schon sein Interesse erwachte. Er turnte an den leiterartigen Astansätzen mit überraschender Behendigkeit in die Höhe, und wenige Augenblicke später sah er mit einem befriedigten Schmunzeln in die umfangreiche Aushöhlung. Sie war zwar leer, aber die verbliebenen Federn von der gleichen schwarzen Farbe verrieten, daß er offenbar den gesuchten Ort gefunden hatte.

In diesem Augenblick fuhr Hannibal wie der Blitz ins Gebüsch, und sein bösartiges Kläffen verriet, daß er irgend etwas gestellt hatte. Das konnte, wenn es ein Wild war, unangenehm werden, und Murphy beeilte sich, den gewissen leisen Pfiff loszulassen und raschestens zur Stelle zu kommen. Er hatte noch keine zehn Schritte zurückgelegt, als er sich plötzlich dem Einsiedler von Englemere gegenübersah, den Hannibal mit gesträubtem Fell und gefletschten Zähnen umkreiste.

»Ach, Mr. Short!« sagte Murphy höflich, indem er rasch nach dem Halsband seines Köters faßte. »Wir begegnen einander in den letzten Tagen ziemlich häufig. – Glauben Sie nicht, daß Ihnen das schaden könnte?«

»Die Hauptsache ist, daß es Ihnen nützt«, gab der Mann mit dem Raubvogelgesicht grinsend zurück und ließ den Oberinspektor stehen.

36

In Spittering Farm wurde das Abendbrot serviert, aber Aubrey Rayne mußte es, ebenso wie die früheren Mahlzeiten dieses Tages, allein einnehmen. Grace Wingrove, die noch vor kurzem alles daran gesetzt hatte, nicht als Gefangene gehalten zu werden, schien min dieses Los freiwillig auf sich nehmen zu wollen. Sie war seit vierundzwanzig Stunden nicht mehr aus ihrem Zimmer herauszubringen, und so oft auch die besorgte Mrs. Fanny mit irgendeiner freundlichen Einladung nach oben kam, mußte sie unverrichteter Dinge wieder abziehen. Selbst für einen Plausch war das junge Mädchen nicht mehr zu haben, und nur ein einziges Mal hatte sie ihr hartnäckiges Schweigen durch eine Frage unterbrochen. »Was wollte die rothaarige Person, die gestern hier war? Ist sie eine Bekannte von Mr. Rayne?«

Gerade darüber vermochte aber die so gerne behilfliche Frau keine Auskunft zu geben, und die Falte zwischen den Brauen Graces wurde noch etwas schärfer.

Auch Rayne beschäftigte sich immer wieder mit der seltsamen Veränderung, die mit dem jungen Mädchen vorgegangen war, und er fand Spittering Farm plötzlich unerträglich langweilig. Er hatte am gestrigen Nachmittag wiederholt versucht, Grace irgendwo aufzustöbern, und hatte sie auch wirklich an einer einsamen Stelle des Parkes entdeckt, aber kaum hatte sie ihn bemerkt, als sie fast fluchtartig ausgewichen war. Und dann hatte sie sich am Abend und den ganzen heutigen Tag über nicht mehr blicken lassen, und die unglückliche Mrs. Fanny bekam die Mahlzeiten fast unberührt in die Küche zurück.

Das alles vergällte der guten Frau sogar die gemütliche Stunde, die sie eben auf der Bank vor dem Haus zwischen Peter auf der einen und Mary auf der anderen Seite verbrachte, und sie mußte sich ihren Kummer vom Herzen reden.

»Was unsere liebe Miß nur haben mag?« seufzte sie ganz unvermittelt, nachdem sie dem andächtig lauschenden Peter eben mit einer Aufzählung ihrer raffinierten Kochkünste den Mund wässrig gemacht hatte. »Sie ist nicht wiederzuerkennen. Immerfort schaut sie geradeaus, und ich kann machen, was ich will, sie ist nicht zum Reden zu bringen. Dabei hat sie so traurige Augen« – sie suchte verstohlen nach einem Schürzenzipfel –, »daß es einen erbarmen könnte, und auch Seine Gnaden...« Sie verstummte jäh mit offenem Mund und sah blitzschnell auf Peter und Mary. Dann atmete sie tief auf und sagte halblaut und geheimnisvoll nichts weiter als: »Großer Gott...«

Dabei legte sie ihre fleischige Linke ganz unbewußt auf Peters knochige Rechte, und dieser hatte ein so angenehmes Gefühl, daß er still hielt.

Ein Klopfen am Tor unterbrach das tiefe Schweigen, und Mr. Forge ging übellaunig und mißtrauisch, um nachzusehen.

Aber so vorsichtig er auch das Pförtchen öffnete, Murphy genügte der Spalt, um mit Hannibal an der Leine hereinzuschlüpfen.

»Guten Abend, Mr. Forge«, sagte er mit so ausgesuchter Höflichkeit, daß sich das tückische Gesicht des Insulaners mit einem Ruck zu einem verbindlichen Grinsen verzog. »Könnte ich Mr. Rayne auf einen Augenblick sprechen?«

Er marschierte auch schon auf die Bank los, griff mit beiden Händen nach der Rechten der verlegenen Mary und sah der abgehärmten Frau mit einem seltsamen Blinzeln in die Augen. »Sehen Sie, da bin ich. Ich habe Ihnen doch gesagt, daß ich einmal nach Ihnen sehen werde, und was ich sage, darauf kann man sich verlassen. – In jeder Beziehung«, fügte er mit besonderem Nachdruck hinzu. »Sie werden schon noch darauf kommen.«

Dann wurde auch Fanny mit einem kräftigen Händedruck und einer Schmeichelei beglückt, und Peter schielte etwas neidisch nach dem Mann, der mit den Frauenzimmern so großartig umzugehen verstand, daß sie über das ganze Gesicht strahlten.

Just in dieser Minute verlöschte die kleine Bogenlampe über der Haustür, und Forge stieß in der Diele mit Rayne zusammen der eiligst aus dem Eßzimmer kam.

»Wir scheinen einen Kurzschluß oder sonst eine Störung in der Leitung zu haben«, sagte der junge Mann hastig und befremdet. »Sehen Sie doch rasch nach.«

»Das wird wohl nicht viel nützen«, tuschelte ihm Murphy, der sich ins Haus geschlängelt hatte, leise zu, und der überraschte Rayne ließ sich von ihm ohne weiteres in einen Winkel des Vorhofes ziehen, wo der Oberinspektor eine Weile auf seine Taschenuhr blickte.

»Es ist erst wenige Minuten nach neun«, meinte er nachdenklich, »und eigentlich ist die Sache etwas früh gekommen. Aber daß so etwas geschehen wird, habe ich mir gedacht. Sie werden sich überzeugen, daß auch der Aufzug nicht funktioniert, weil irgendwo draußen die Leitung abgeschnitten worden ist.« Er klemmte die dicke Unterlippe zwischen die Zähne, und sein vierschrötiges Gesicht bekam wieder den gewissen harten Ausdruck. »Nun wissen wir wenigstens, daß der Tanz heute wirklich losgehen wird. – Sind Sie auf so etwas vorbereitet?«

»Ich habe seit einigen Tagen mehrere verläßliche Leute in einem alten Gebäude im Park untergebracht; außerdem sind wir hier drei Männer. Und an Waffen fehlt es auch nicht.«

Murphy winkte mit einer leichten Geste lebhaft ab.

»Keine Waffen, um Gottes willen. Die machen zuviel Lärm, und es kann damit leicht etwas geschehen. Ordentliche Knüppel werden es auch tun. – Aber sagen Sie diesem schrecklichen Mr. Forge, daß er nur so vorsichtig zuschlagen darf, wie man auf ein Ei tippt. Die Leute hierzulande haben keine Affenschädel. – Ich könnte ja die Gesellschaft einfach draußen abfangen lassen«, fuhr er überlegend fort, »aber vielleicht würde dabei doch der eine oder der andere entwischen. So werden die Burschen von der Kraxelei über die Mauer und dem Empfang hier gehörig außer Atem sein und wir können sie aufklauben wie abgefallenes Obst. – Sonst etwas Neues?« schloß er unvermittelt und sah dem jungen Mann seltsam forschend an, aber dieser schüttelte mit dem Kopf, und Murphy verschwand ebenso eilig, wie er gekommen war.

Der junge Polizeioffizier, der die Fliegende Kolonne befehligte, stand seit mehr als einer Stunde an der Südspitze des Wäldchens und suchte mit dem scharfen Nachtglas ununterbrochen das Vorterrain von Spittering Farm ab. Er konnte aber nicht viel unterscheiden, denn gegen Abend war im Westen ein leichter Wolkenschleier aufgestiegen, und es roch bereits nach Regen.

Murphy kam so leise, daß der andere ihn erst bemerkte, als er dicht neben ihm stand und zu sprechen begann.

»Schieben Sie Ihre Leute langsam an Spittering Farm heran und halten Sie sich bereit. Ich glaube, nach Mitternacht dürfte es dort losgehen. Wenn sonst hier herum etwas geschehen sollte, kümmern Sie sich nicht darum.«

Der Oberinspektor schlug sich bereits wieder zwischen die Bäume, und da ihm Hannibal an der Leine hinderlich war, ließ er ihn los. Der Hund begann sofort seine Freiheit auszunützen, und sein Herr schritt behutsam gegen die Steinwand mit der eigenartigen Pforte zu. Er wollte Nachschau halten, ob hier vielleicht etwas Besonderes zu sehen war, aber alles lag ruhig und dunkel, und auch als er mit angespannten Sinnen dicht an der Platte vorüberstrich, vermochte er nichts Verdächtiges wahrzunehmen.

Er hatte aber kaum zwei Schritte weiter getan, als er mit einemmal im Rücken einen kühlen Lufthauch zu spüren glaubte, und schon in der nächsten Sekunde fühlte er sich von eisernen Armen umfaßt und zurückgerissen. Gleichzeitig legte sich eine knochige Hand um seinen Hals, und so gewaltig seine Kräfte auch waren, in dieser furchtbaren Umklammerung versagten sie vollständig. Er vermochte nicht den geringsten Widerstand zu leisten und keinen Laut hervorzubringen.

Plötzlich leuchteten in seine schwindenden Sinne zwei grelle Blitze, und sein Ohr vernahm den scharfen Knall zweier Schüsse.

Die Klammern um seine Brust und seinen Hals lockerten sich für den Bruchteil einer Sekunde, und Murphy schleuderte die beiden Angreifer zur Seite.

In diesem Augenblick fegte auch Hannibal mit wütendem Gekläff heran, aber ein scharfes »Hannibal – Spang!« seines Herrn ließ ihn blitzschnell eine andere Richtung nehmen, und der Oberinspektor verschwand mit einem nichtigen Sprung in der Öffnung, die er vor sich hatte.

Die Steinplatte drehte sich unter seinem wuchtigen Druck langsam um ihre Achse, und Murphy lehnte sich erschöpft an die Wand, um seine Kräfte zu sammeln.

Er schien völlig allein in dem Schlupfwinkel zu sein, aber erst nach einer langen Weile begann er vorsichtig Umschau zu halten. Er mußte damit rechnen, daß seine Angreifer ihm auf irgendeinem Wege folgten und daß ihm noch ein harter Kampf bevorstand.

Mit dem entsicherten Browning in der einen und der Taschenlampe in der anderen Hand nahm er vor allem seine nächste Umgebung in Augenschein. Er befand sich in einem schmalen, ziemlich steil nach abwärts führenden Gang, der sich aber schon nach einigen Schritten zu einer geräumigen Höhle verbreitete. Es handelte sich hier offenbar um einen jener von Naturgewalten verursachten Erdrisse, wie sie an diesem Teil der Küste häufig vorkamen, und nur der Zugang vom Wäldchen schien künstlich geschaffen zu sein. Nichts ließ erkennen, zu welchem Zweck der Schlupfwinkel eigentlich diente, und der Oberinspektor hielt es augenblicklich auch nicht für geraten, auf Entdeckungen auszugehen. Es fiel ihm nur auf, daß der unterirdische Raum von einer feuchten Kühle erfüllt war und daß aus einem jenseits der Höhle weiterlaufenden Stollen ein steter Luftzug drang. In dieser Richtung lag die Hauptbucht, und Murphy schätzte, daß die gerade Entfernung bis dahin kaum mehr als eine Meile betragen konnte.

Aber alles das würde sich ja später ergeben. Vorläufig war er einzig und allein darauf bedacht, nicht nochmals überrumpelt zu werden und schleunigst wieder aus dem Bau zu gelangen, in den er ganz instinktmäßig geschlüpft war, um seinen Angreifern zu entwischen. Draußen bereiteten sich wohl eben äußerst ernste Dinge vor, und wenn er sich auch auf seine Leute verlassen konnte, wollte er doch unbedingt dabei sein, weil er die Verhältnisse weit besser kannte.

Er tastete sich daher bei dem Schein seiner Lampe wieder zu dem Eingang zurück und begann seine Kräfte an der beweglichen Felsplatte zu versuchen. Er hatte sie verhältnismäßig leicht schließen können, aber nun, da er sie öffnen wollte, trotzte sie allen seinen Bemühungen. So oft er sich auch gegen die eine oder die andere Seite warf, der Stein saß unverrückbar fest, und er konnte auch nirgends eine Handhabe oder sonst eine Vorrichtung zum Öffnen entdecken.

Plötzlich erinnerte er sich an den heftigen Schlag, den er seinerzeit bei der ersten Untersuchung des Spaltes erhalten hatte, und wußte nun, woran er war. Es mußte irgendwo einen elektrischen Verschlußmechanismus geben, aber trotz eingehenden Suchens vermochte er die Leitung nicht zu entdecken. Sie konnte durch einen der zahlreichen kleinen Spalte oder vielleicht auch außen geführt sein, und selbst wenn er ungestört blieb, konnten viele Stunden vergehen, bis er sie auffand.

Aus bloßer Hartnäckigkeit zerrte und stemmte er noch ungefähr eine halbe Stunde an dem Tor herum, aber schließlich blieb ihm als letzte Hoffnung nur mehr Spang. Wenn Hannibal diesen aufgestöbert hatte und der Sergeant wenigstens einen Funken von Intelligenz besaß, mußte er sich bereits über das Halsband gemacht haben und nun wissen, was er zu tun hatte.

Murphy wartete also gespannt, aber geduldig, und schlich nur zuweilen gegen die Höhle, um sich zu überzeugen, ob von dort nicht eine Gefahr nahe.

Bei solch einer Gelegenheit verspürte er plötzlich, wie der Luftzug sich jäh verstärkte, und als er sich blitzschnell umblickte, glaubte er seinen Augen nicht trauen zu dürfen: die Steinplatte, an der er alle seine Kräfte vergeblich versucht hatte, stand mit einemmal wie eine offene Drehtür senkrecht in dem Gang, und durch die Öffnung zu beiden Seiten konnte er deutlich die Stämme des Gehölzes unterscheiden. Wenige Sekunden später tat der Oberinspektor einen gewaltigen Sprung aus der Pforte und war auch schon mit schußbereiter Waffe hinter einem der starken Bäume in Deckung. Aber es rührte sich nichts...

Zum viertenmal innerhalb weniger Tage hatte der Geheimnisvolle im entscheidenden Augenblick eingegriffen, um ihn aus einer bedenklichen Lage zu befreien: Das erstemal durch den Schuß oben in der Mulde, wo wahrscheinlich eine Gefahr in der Hecke gelauert hatte, kurze Zeit darauf durch den zweiten Schuß vor dem blauen Haus, dann bei den Vorgängen » im Zimmer Johnsons und schließlich am heutigen Abend, da er ihm Gelegenheit geboten hatte, seine Angreifer abzuschütteln und nun auch aus dem verdammten Loch wieder herauszukommen ... Hannibal hatte seine Schuldigkeit getan, und Spang hatte den Funken von Intelligenz besessen, aber als er hinter dem an der Leine keuchenden Köter mit Riesensätzen bei der Steinwand angeschnellt kam, fand er wenig Anerkennung.

»Wenn ich auf Sie hätte warten müssen«, fauchte es ihm aus der Dunkelheit entgegen, »wäre ich in der netten Falle schon längst umgekommen. Aber ich werde Ihnen schon den Rost vom Gehirn und von den Beinen putzen, verlassen Sie sich darauf.«

Es war kurz nach ein Uhr nachts, als sich auf der Mauer von Spittering Farm plötzlich einige dunkle Schatten abzeichneten und dort eine Weile regungslos verharrten. Der Himmel war so bewölkt, daß der Park in tiefer Dunkelheit lag, und auch vom Haus her drang nicht der winzigste Lichtschimmer.

Nach einigen Minuten glitten die Schatten wie auf Kommando auf der Innenseite der Mauer hinab, aber sie hatten noch kaum den Boden berührt, als es hageldicht auf sie niedersauste. Durch die nächtliche Stille klangen plötzlich dumpfe Schläge, wilde Schmerzenschreie und ängstliche Zurufe, und in den Lärm der menschlichen Stimmen mischten sich langgezogene schaurige Laute, die die Eindringlinge in wilder Flucht durch die Büsche brechen ließen. Sie kamen aber nicht weit, denn überall schlugen ihnen schwere Knüppel auf die Beine, und die wenigen, die die Mauer wieder erreichten, fanden sie plötzlich von einem anderen Trupp besetzt. Kaum eine halbe Stunde nach ihrem Eindringen war die Bande auf dem Vorhof von Spittering Farm zu einem stöhnenden, scheuen Haufen zusammengetrieben, und ringsherum waren die mit gefährlichen Brandstoffen getränkten Bündel aufgehäuft, die die Leute mit sich geschleppt hatten.

Murphy ging von Mann zu Mann, und als er in die finsteren, verstörten Gesichter leuchtete, wurde seine Laune immer strahlender. Es waren zahlreiche schwere Jungen darunter, nach denen Scotland Yard jahrelang vergeblich gefahndet hatte, und die »heulende Daumenschraube« begrüßte jeden einzelnen mit den freundlichsten Willkommensworten.

»Selbst wenn Sie noch fünfzig Jahre dienen sollten, was ich Ihnen von Herzen wünsche«, wandte er sich dann feierlich an den Kommandanten der Kolonne, »wird Ihnen nie mehr ein solcher Fang gelingen. Ich schätze daß Sie da mindestens zweihundertfünfzig Jahre Zuchthaus beisammen haben und vier oder fünf sichere Kunden für die Schlinge.«

Hierauf wurden die Gefangenen paarweise zusammengekoppelt, aber als es ans Zählen ging, stellte sich plötzlich heraus, daß zwei Leute fehlten. Einige der eingeschüchterten jüngeren Burschen hatten übereinstimmend angegeben, daß sie neunundzwanzig gewesen wären, aber es waren nun nur siebenundzwanzig zusammenzubringen.

Der Polizeioffizier erklärte mit aller Bestimmtheit, daß es auch nicht einem Mann gelungen sei, auszubrechen, und es wurde daher nochmals eine Streife durch den Park vorgenommen. Dabei machte die Polizeimannschaft eine Entdeckung, für die niemand eine Erklärung zu geben vermochte: Dicht vor den Zwingerstäben, in die die beiden Panther mit hängenden Lefzen und blutgierig knurrend ihre Pranken schlugen, fand man einen Buckligen und einen Pockennarbigen bewußtlos auf, und ihre Arme und Gesichter waren furchtbar zugerichtet. Sie mußten den Bestien irgendwie zu nahe gekommen sein, aber die Stäbe waren unversehrt und standen so dicht beieinander, daß dies ausgeschlossen schien.

Vielleicht hätte Peter Forge hierüber etwas Näheres sagen können, aber dieser stand breitbeinig und mit den Händen in den Hosentaschen beiseite, blickte unbefangen nach dem nächtlichen Himmel, und nur der dicke Priem in der rechten Wange und der in lebhafter Tätigkeit befindliche Mundwinkel verrieten, daß überhaupt Leben in ihm war.

»Lassen Sie die Gesellschaft von der Hälfte Ihrer Leute noch heute nach London bringen«, trug Murphy dem Polizeioffizier auf. »Für Sie selbst aber habe ich noch etwas Besonderes. Sie können sich in der Höhle in dem Wäldchen umsehen, zu der Sie Spang führen wird. Morgen früh berichten Sie mir darüber, und dann fahren wir zusammen heim.«

Der Oberinspektor selbst wußte es so einzurichten, daß ihn Aubrey Rayne notgedrungen zu einer kleinen Stärkung einladen mußte, obwohl der junge Mann sichtlich nicht in der Stimmung war, die lebhafte Beredsamkeit des Detektivs über sich ergehen zu lassen. Er hatte Stunden banger Sorge um Grace hinter sich, deren völlig verändertes Wesen er sich nicht zu deuten wußte. Als er sie auf die drohenden Ereignisse hatte vorbereiten wollen, war sie ihm einfach davongelaufen und hatte sich in ihr Zimmer eingeschlossen, und sie war auch jetzt, da alles vorüber war, nicht zu bewegen, mit ihm zu sprechen. Nur die besorgte Fanny wurde eingelassen, kam aber schon nach wenigen Minuten mit einem ratlosen Kopfschütteln und einem eigenartigen Blick in den wasserblauen Augen wieder zurück.

Nach dem zweiten Glas Whisky begann Murphy plötzlich in seinen Taschen, zu kramen und zog eine vergilbte illustrierte Zeitschrift hervor, die er umständlich auf dem Tisch ausbreitete. »Habe ich Ihnen nicht gesagt, daß wir uns schon einmal gesehen haben?« fragte er und blinzelte sein Gegenüber triumphierend an. »Ja, mein Gedächtnis!« Er patschte mit seiner mächtigen Hand auf eines der Bilder und warf sich in die Brust. »Hier haben Sie! Und das ist volle fünf Jahre her. – ›Lord und Lady Shelley, Highgate-Castle, denen ein Erbe geboren wurde‹ «, begann er aus dem Blatt vorzulesen, »und gleich daneben: ›Aubrey Rayne Highgate Abbey, der Neffe Lord Shelleys, tritt eine Weltreise an‹. Als ob das irgendwie zusammenhinge«, flocht er so ganz nebenbei ein und ließ dann seine Blicke vergleichend zwischen dem Bild und dem jungen Mann hin und her gehen, der mit eisigem Gesicht und halbgeschlossenen Augen dasaß.

»Sie haben sich fast gar nicht verändert«, stellte Murphy fest, indem er die Zeitschrift wieder zusammenlegte und in seiner gemütlichen Art auf den Tisch zu trommeln begann.

Rayne war am Ende seiner Geduld angelangt, und der Ton seiner Stimme ließ keinen Zweifel darüber.

»Was sollen diese Anspielungen?« fragte er kurz und scharf, aber der Oberinspektor war nicht so leicht aus seinem umständlichen Konzept zu bringen.

»Habe ich Anspielungen gemacht?« fragte er unverfroren. »Das wollte ich natürlich nicht, denn ich kann mir denken, wie peinlich Ihnen und Ihrer Familie gewisse Verhältnisse gewesen sind. Deshalb haben Sie ja wohl seinerzeit auch England verlassen. – Aber irgendwie mußte ich doch schließlich beginnen, Lord Shelley...«

Der junge Mann richtete sich mit einem Ruck zu seiner vollen Höhe auf und sah den gelassenen Mann aus seinen grauen Augen verständnislos fragend an.

»Ihr Oheim ist tot, und Lady Margaret auch«, sagte Murphy halblaut und zwinkerte unruhig mit den Augen. – »Das kommt davon, wenn man keine Zeitungen liest«, fuhr er dann mit krampfhafter Laune fort. »Sie wären imstande gewesen, noch monatelang als Mr. Rayne hier herumzusitzen.«

Aubrey Rayne stand noch immer wie eine Bildsäule, und es dauerte lange, bis die ersten Worte über seine Lippen kamen.

»Und das Kind?«

Murphy schlug sich lebhaft auf den Schenkel.

»Gut, daß Sie mich daran erinnern. – Sie müssen Mary Baxter mit sich nehmen. Das Kind braucht eine Mutter. – Seine richtige Mutter, verstehen Sie mich?«

Der junge Mann verstand nicht so rasch, aber in einer Viertelstunde hatte ihm der Oberinspektor endlich alles beigebracht.

Und so kam es, daß beim Morgengrauen ein Auto mit einem Schofför von hochherrschaftlicher Haltung, einem düster gestimmten jungen Mann und einer in Freudentränen aufgelösten schlichten Frau aus dem Tor von Spittering Farm rollte; und daß Grace Wingrove mit dem ersten Frühstück von der aufgeregten Mrs. Fanny eine Nachricht erhielt, die ihre schönen Augen noch starrer und ihr feines Gesichtchen noch blasser werden ließ.

37

Was der um den Ruf von Chesterhills so besorgte Mr. Hearson schon immer befürchtet hatte, war nun wirklich eingetreten. Auf irgendeine Weise war einiges von den nächtlichen Vorgängen in Spittering Farm in die Öffentlichkeit gedrungen, und die Gäste wimmelten seit dem frühen Morgen um das Strandhotel wie ein aufgescheuchter Ameisenschwarm. Als gegen neun Uhr Murphy sein wunderbares Auto vor das Portal lenkte, um seine Abreise in die Wege zu leiten, wurde der Auflauf noch größer. Alles wollte den berühmten Mann von Scotland Yard von Angesicht zu Angesicht sehen, aber schließlich fand man seinen Wagen bei weitem interessanter. Der Oberinspektor hatte jedoch an dieser Aufmerksamkeit nicht mehr soviel Freude wie ehedem, denn er war entschlossen, sich demnächst von dem Gefährt zu trennen.

Als der dünne Spang die ersten Gepäckstücke vorsichtig angeschleppt brachte, begann sein Chef zum erstenmal davon zu sprechen.

»Einfältig, wie Sie sind, werden Sie nächstens zweitausend Pfund bekommen«, sagte er. »Dann werde ich Ihnen dieses schöne Auto verkaufen. Es ist unter Brüdern hundertzwanzig Pfund wert, aber weil Sie es sind, lasse ich es Ihnen um hundert. Ein Detektiv muß ein Auto haben, wenn er es zu etwas bringen will, und außerdem können Sie Ihre Frau und Ihre Kinder darin spazierenfahren. Einen besseren Wagen für solche Zwecke finden Sie auf der ganzen Welt nicht.«

»Ich habe keine Frau und keine Kinder«, wagte der völlig verständnislose Sergeant schüchtern zu erinnern, aber Murphy tat diesen Einwand mit einer kurzen Handbewegung ab. »Wenn Sie erst zweitausend Pfund haben werden, werden Sie auch eine Frau und Kinder bekommen. – Es bleibt also dabei.«

Auch Ben Kitson ließ es sich nicht nehmen, bei der Übersiedlung seines ehemaligen Herrn behilflich zu sein, und als der Wagen vollgeladen war, erhielt er eine Pfundnote, eine ganze Zigarre und einen wertvollen Rat.

»Wenn es Ihnen einmal wieder schlecht gehen sollte, lassen Sie sich in einer Schaubude sehen, mein Lieber. Sie können damit viel Geld verdienen, denn Sie sind der einzige Mensch, der durch die ›heulende Daumenschraube‹ sein Glück gemacht hat. Aber das nächstemal, wenn Sie mir unterkommen...«

Er konnte zur größten Erleichterung Bens nicht vollenden, denn eben nahm ihn Mr. Hearson in Beschlag, der, gefolgt von Inspektor Elliot, geschäftig wie immer, aus dem Portal stürzte.

»Sie haben es ja furchtbar eilig, von hier fortzukommen«, meinte er vorwurfsvoll. »Auf einen so überstürzten Aufbruch war ich nicht vorbereitet. – Aber ich kann mir denken, daß es nun für Sie in Scotland Yard in Hülle und Fülle zu tun geben wird«, fügte er verständnisvoll hinzu, indem er heftig an seiner Brille rückte. »Sie haben einen großen Erfolg gehabt, wie ich mir sagen ließ. Man weiß zwar nichts Näheres, aber es soll eine ganze Bande ausgehoben worden sein.«

»Mit Stumpf und Stiel«, bekräftigte Murphy stolz und nickte dazu lebhaft mit dem mächtigen Schädel, aber Elliot ließ plötzlich ein unangenehmes Räuspern hören.

»Vielleicht doch nicht so ganz, wie Sie glauben, Mr. Murphy«, sagte er spitz. »Sie haben es zwar nicht der Mühe wert gefunden, mich von der Razzia in meinem Rayon zu verständigen, aber ich kenne meine Pflicht und habe auf eigene Faust gearbeitet. Und ich werde mir erlauben«, schloß er herausfordernd, »zu dem Gesindel, das Sie mit Ihrem Massenaufgebot zusammengetrieben haben, in Scotland Yard den Kopf der Bande abzuliefern.«

Der Oberinspektor starrte den Sprecher sekundenlang mit offenem Munde an, dann geriet seine Kinnlade in Bewegung, aber er konnte die Worte nur stoßweise hervorbringen.

»Den Kopf ...? Was wollen Sie damit sagen?«

Elliot hob etwas mitleidig die Schultern.

»Nun, den Anführer«, warf er selbstbewußt hin. »Wir haben ihn heute nacht abgefangen, als er wahrscheinlich von Spittering Farm in eiliger Flucht nach Hause zurückkehrte.«

»Daß dich der...«, murmelte Murphy völlig fassungslos, und sein Gesicht war so erbarmungswürdig, daß Mr. Hearson sich wieder einmal gedrängt fühlte, ihn zu trösten.

»Das kann ja Ihren Erfolg absolut nicht schmälern«, meinte er verbindlich. »Die Hauptsache ist, daß die Herren unsere Gegend gründlich gesäubert haben.«

»Jawohl, natürlich«, stimmte der Oberinspektor lebhaft bei und begann in seiner argen Verlegenheit ergrimmt nach Hannibal zu pfeifen, der umständlich von den zahlreichen Ecken von Chesterhills Abschied nahm.

In diesem Augenblick kam das große Auto von Scotland Yard mit sechs Insassen angefahren, und der Kommandant der Fliegenden Kolonne wechselte mit Murphy einen raschen Blick. Dieser senkte kaum merklich den Kopf und begann dann mit großer Gründlichkeit seine Gepäckstücke abzuzählen. Erst als er dies zweimal getan hatte und der wie immer widerspenstige Hannibal endlich bequem auf dem Rücksitz untergebracht war, durfte sich Spang auf das winzige freie Plätzchen daneben zwängen, und dann machte auch der Oberinspektor Miene, auf seinen Bock zu klettern, wobei ihm Hearson in zuvorkommendster Weise behilflich war. Murphy schüttelte ihm dankbar die Hand, klemmte dann die Lenkstange zwischen die Knie und wandte sich an den Polizeioffizier.

»Sie können vorausfahren, denn Ihr Wagen ist vielleicht ein bißchen schneller als der meine. Nächstens wird das aber wahrscheinlich schon anders sein. Dieses Vehikel taugt für einen verschlafenen Sergeanten, aber nicht für unsereinen«, schloß er mit einem höchst anzüglichen Blick auf den armen Spang.

Er rückte kräftig an einem der Hebel, worauf der Motor ein tiefes Brummen hören ließ, und auch der Polizeioffizier schaltete die Zündung ein, aber es gab noch einen Aufenthalt, da sich plötzlich Inspektor Elliot wieder bemerkbar machte.

»Ich habe Sie doch ersucht, mich mitzunehmen, da ich meinen Gefangenen in Scotland Yard abliefern möchte«, sagte er eisig und winkte dabei irgendwohin mit dem Kopf. »Ich glaube, es wird auch notwendig sein, daß ich persönlich Bericht erstatte.«

Der Oberinspektor verkniff das Gesicht und räusperte sich sehr umständlich.

»Natürlich«, gab er dann süßsauer zu. »Da kann man nichts machen.«

Seine blinzelnden Augen hefteten sich starr auf die kleine Gruppe, die um die Ecke des Strandhotels anmarschiert kam, und je mehr sie sich näherte, desto mehr zog sich sein breites, feistes Gesicht in die Länge. Voran schritt, die Hände fein säuberlich gefesselt und sogar mit einer zolldicken Leine um die Fußgelenke, Bill Short, und hinterdrein kam Elliots Sergeant mit noch einem Polizisten. Es war ein Aufzug, der die in respektvoller Entfernung angesammelte Menge erschauern ließ, und nur der Verbrecher selbst schien der Sache keine sonderliche Bedeutung beizumessen. Sein scharfes Raubvogelgesicht war eine höhnisch grinsende Fratze, und Murphy konnte über diesen unerhörten Zynismus nur den Kopf schütteln.

»Hat man Sie also endlich doch erwischt, Bill Short?« meinte er, und auch sein breiter Mund verzog sich plötzlich zu einem Grinsen.

»Sozusagen auf frischer Tat«, schnarrte Elliot stolz und klopfte auf seine Tasche. »Wir haben ihm eine Waffe abgenommen, aus der kurz vorher zwei Schüsse abgegeben worden sind.«

Der ängstliche Hearson zuckte zusammen und warf dem gefährlichen Häftling durch seine scharfen Brillengläser einen entsetzten Blick zu, und der Oberinspektor nickte bedächtig mit dem Kopf.

»Zwei Schüsse«, murmelte er, »ganz richtig. – Habe ich Ihnen nicht gesagt, daß Sie mit der verdammten Schießerei noch in des Teufels Küche kommen werden?« feixte er dann den Einsiedler von Englemere an, aber dieser befand sich bereits in den Händen der Polizeimannschaften, die ihn auf den Wagen beförderten.

Endlich war nun doch alles soweit, und der Polizeioffizier wartete nur mehr auf das Zeichen Murphys, als dieser sich plötzlich an die Stirn schlug und auch schon wieder vom Wagen kletterte. »Das kommt davon, wenn man alt wird«, brummte er, um sich dann, unten angelangt, vorwurfsvoll an den auf dem Wagen thronenden Elliot zu wenden, »und wenn man durch solche Albernheiten ganz konfus gemacht wird. – Fast hätte ich vergessen, weshalb ich eigentlich nach Chesterhills gekommen bin.« Er stand mit einem gelenkigen Sprung, plötzlich vor dem völlig überrumpelten Hearson, und ebenso plötzlich tauchten vier Polizisten hinter dem Herrn mit der Brille auf.

»Mr. Hearson, alias Mr. Johnson, recte Mr. Gardiner«, sagte der Oberinspektor gemütlich, »kommen Sie mit. Nachdem wir Ihnen heute nacht das seetüchtige Motorboot in Ihrem wunderbaren Schlupfwinkel ausgeführt haben, müssen Sie schon mit einem Polizeiwagen vorliebnehmen.«

Hearson hob rasch die Hand, aber nur bis zur Brille, an der er nervös herumfingerte.

»Pech«, sagte er mit einem stoischen Achselzucken. »Aber einmal mußte es wohl sein. – Als ich hörte, daß Sie sich mit dem Fall beschäftigen sollten, hatte ich gleich das Gefühl...«

»Keine Schmeicheleien, Mr. Hearson«, wehrte Murphy höflich, aber entschieden ab. »Sie wissen sehr gut, daß ich sie nicht verdiene. Sie hätten wahrscheinlich auch diesmal das Spiel gewonnen, wenn Mr. Short nicht gewesen wäre. – Sie kennen ja Mr. Short? Das heißt, diesen Namen hat er von seinen Tanten angenommen, weil Sie seinen eigentlichen etwas diskreditiert hatten. Sein Vater, in dessen Diensten Sie standen, war das erste Opfer Ihrer erfolgreichen Laufbahn, und seit einigen Jahren war der Junge deshalb dicht hinter Ihnen her. Und er hat mich jetzt immer herausgehauen, sooft Sie mich schon zu haben glaubten. – Aber darüber können wir uns ein andermal unterhalten.«

Während Hearson mit würdevoller Fassung auf dem Polizeiwagen Platz nahm und Short von seinen Fesseln befreit wurde, schwang sich der Oberinspektor, diesmal äußerst behende, wieder auf sein wunderbares Auto und ließ seinen Blick nochmals über den wimmelnden Platz vor dem Strandhotel gleiten. Dabei winkte er dem Einsiedler von Englemere mit einem lebhaften Augenzwinkern freundschaftlichst zu und konnte gerade noch den Inspektor Elliot gewahren, der eiligst um die Ecke bog.

»Mr. Elliot«, rief er scharf, und als dieser sich umwandte, deutete er einladend auf den Platz neben sich. »Sie können auch so mit nach London kommen«, raunte er dem arg enttäuschten Mann zu. »Man ist dort sehr begierig, Sie kennenzulernen.«

Während das wunderbare Auto gemächlich auf der Landstraße dahinrollte, bekam Inspektor Elliot von seinem Kollegen von Scotland Yard einige Dinge zu hören, die ihn noch mehr herabstimmten.

»Ich glaube, man wird Sie in einen Rayon stecken, wo Sie Ihre Ausbildung vervollständigen können«, meinte Murphy bedächtig. »Golf, Tennis, Polo, Kartenspiel und was sonst noch ein Chefkonstabler notwendig hat, treffen Sie ja bereits, aber mit dem anderen hapert es noch etwas. Sonst hätten Sie sich nicht mit einer solchen Gesellschaft, wie dem Colonel und diesem Hearson einlassen können.« Er verkniff die strahlenden Äuglein und zuckte vergnügt mit den Ohrenspitzen. »Wissen Sie, was ich in meine Kartothek eingetragen habe, als der abgefeimte Bursche mit der albernen Geschichte von den Panthern in Spittering Farm zu mir kam? – ›Einer der niederträchtigsten Schurken, die je ihre kalte Schnauze in mein Büro gesteckt haben‹. – Jawohl, das habe ich geschrieben. Sie können es in meinem Büro schwarz auf weiß lesen. Das heißt, Sie werden es nicht lesen können, aber das macht nichts. Die Hauptsache ist, daß ich die richtige Nase gehabt habe. Und die muß unsereiner haben, wenn er etwas ausrichten will. Der gute Mann wollte mich von Anfang an dumm machen, und ich habe ihm den Gefallen getan. Aber schließlich« – seine Mienen wurden sehr bedenklich und seine Unterlippe sank tief herab – »wäre ich ihm doch auf den Leim gegangen. Man soll sich nie zuviel zutrauen. Und wenn dieser Teufelskerl von einem Bill Short nicht gewesen wäre und mein altes Glück...«

Er vollendete nicht, sondern klopfte an das Holz seines wunderbaren Autos, und Inspektor Elliot saß steif und starr wie ein Stock und sah düster nach dem rauchigen Himmel der Riesenstadt, der sie immer näher kamen.

38

Seit dem Morgen, an dem Aubrey Rayne Spittering Farm so überstürzt verlassen hatte, war eine volle Woche verstrichen, ohne daß der junge Mann ein Lebenszeichen von sich gegeben hätte, aber er geriet deshalb nicht in Vergessenheit. Wenigstens bei Mrs. Fanny nicht, die ihrem Wortschatz nun den Ausdruck »Seine Lordschaft« einverleibt hatte und denselben ungefähr nach jedem zehnten Wort, das sie sprach – und sie sprach in diesen aufregungsreichen Tagen noch mehr als früher – einzuflechten wußte.

Nachdem nun die Sache für alle Welt klar war, glaubte sie kein Geheimnis mehr daraus machen zu müssen, daß ihre Eltern bei den Raynes in Highgate-Abbey bedienstet gewesen waren, und daß sie daher Seine Lordschaft sozusagen von Kindesbeinen an kannte. Das ergab natürlich einen unerschöpflichen Gesprächsstoff für die Plauderstündchen auf der Hausbank, und sogar Grace Lyndsell, wie sie jetzt hieß, fand sich dazu ein, seitdem sie einmal im Vorübergehen aufgeschnappt hatte, worum sich diese angeregte allabendliche Debatte drehte. Sie saß still und verträumt dabei, hatte das feine schmale Gesichtchen in die Hände gestützt und schien an dem Gespräch selbst nicht den mindesten Anteil zu nehmen. Nichtsdestoweniger wurde Fanny in ihrer Gegenwart in den Erinnerungen an Seine Lordschaft noch eingehender und überschwenglicher, während sie sich Peter und dem schweigsamen Evans gegenüber mehr über das unerhörte Glück von Mary zu verbreiten pflegte.

»Denken Sie sich, sie hat plötzlich ein leibliches Kind, und Seine Lordschaft wird ihr ein hübsches Häuschen bauen«, sprudelte sie eines Abends völlig neidlos und strahlend hervor, aber auf Mr. Forge schien dies keinen sonderlichen Eindruck zu machen, denn er zuckte etwas wegwerfend mit den Achseln.

»Das kann ich Ihnen auch...«, platzte er selbstbewußt heraus, verlor aber plötzlich den Faden und mußte seinen linken Mundwinkel erleichtern, um eine Fortsetzung zu finden. »Ich kann zehn hübsche Häuschen bauen, wenn ich will«, brummte er dann, und die stattliche Frau an seiner Seite seufzte tief auf. Diesen anregenden Abenden pflegten aber immer höchst einförmige Tage vorauszugehen, die Grace zumeist in dem weiten Park verbrachte. Dabei streiften Peter und Al unablässig wie zwei treue wachsame Hunde um sie herum, um sich auch wie solche eifersüchtig anzuknurren, wenn der eine oder der andere sich gar zu sehr um die kleine Lady kümmerte.

Der heutige Vormittag hatte einen Besuch gebracht, der das stille Haus und seine Bewohner in arge Aufregung versetzt hatte. Die Anwaltfirma Palmer & Pitkin war korporativ erschienen, um der neuen Klientin von ihren ersten Erfolgen zu berichten, die über das günstige Endergebnis der eingeleiteten Schritte eigentlich keinen Zweifel mehr ließen.

Grace hatte es ursprünglich trotzig abgelehnt, die Herren überhaupt zu empfangen, da sie die ganze Sache nicht interessierte, wie sie sagte, aber schließlich erklärte sie sich dazu bereit, wenn Peter und Evans mit dabei sein würden.

Die äußerst feierlich gekleidete Firma Palmer & Pitkin machte zunächst Miß Lyndsell eine sehr tiefe, den beiden Männern aber eine etwas abgemessenere Verbeugung und ließ dann eine sehr wohlgesetzte Rede los, in der jedem der beiden Teilhaber die gleiche Anzahl von schönen und bedeutsamen Worten zufiel.

»...Und nun möchten wir Sie ergebenst bitten, Miß Lyndsell«, endete Mr. Palmer, »uns schon heute etwaige besondere Wünsche bekanntzugeben...«

»...und uns vor allem wissen zu lassen, ob Sie zu irgendwelchem Zweck bereits in allernächster Zeit über eine namhafte Summe zu verfügen gedenken«, schloß Mr. Pitkin.

Dann saßen Palmer & Pitkin wie zwei ausgerichtete Lineale und blickten erwartungsvoll auf Miß Lyndsell, die mit der kleinen Falte zwischen den Brauen an ihnen vorüberstarrte.

»Ich werde ein Waisenhaus bauen«, stieß sie endlich hastig hervor, aber diese ihre Willenskundgebung störte plötzlich den würdigen Verlauf der ernsten Beratung, denn Mr. Forge schlug höchst unmanierlich auf den Tisch.

»Das Waisenhaus baue ich!« sagte er entschieden, stieß aber damit auf den Widerspruch Evans, der zwar weniger nachdrücklich, aber ebenso entschieden erklärte: »Das ist meine Sache!«

Darüber gerieten die beiden alten Gefährten sehr hart aneinander, und der Erfolg war, daß das junge Mädchen plötzlich die Hände vors Gesicht schlug und schluchzend aus dem Zimmer lief.

Palmer & Pitkin blieb schließlich nichts anderes übrig, als unverrichteter Dinge, aber mit unerschütterter Würde, abzugehen, worauf die beiden Kampfhähne ihre Debatte fortsetzten.

»Das Waisenhaus baue ich!« schrie Peter herausfordernd. »Ich habe keine Kinder...«

»Nein, ich!« gab Evans weit sanfter, aber nicht weniger bockbeinig zurück. »Und außerdem kannst du noch welche kriegen.«

Peter schielte ihn betroffen und mißtrauisch an, sagte aber kein Wort mehr, und als ihn gleich darauf die resolute Fanny in der Diele abfaßte, fühlte er sich plötzlich äußerst verlegen.

»Peter«, flüsterte sie ihm erregt zu – das »Mr.« ließ sie in letzter Zeit wieder weg, da es eigentlich doch gar zu fremd klang – »haben Sie unsere Miß gesehen? Sie ist schon wieder ganz außer sich und weint sich in der hübschen Laube, die Sie ihr gebaut haben, die Augen aus.« Die flachsblonde Frau atmete tief auf, und ihr sommersprossiges Gesicht bekam einen höchst energischen Ausdruck. »Das kann so nicht weitergehen«, entschied sie. »Schließlich ist sie ja nicht die erstbeste, sondern eine vornehme Dame, und wenn ihr Seine Lordschaft den Kopf verdreht hat, so sollte man vielleicht...«

Sie brach ab und sah Forge vielsagend an, aber dieser kratzte sich mit einem Finger vorsichtig den gestriegelten Scheitel und wußte nicht recht, was das eigentlich heißen sollte.

»Wieso glauben Sie, daß er ihr den Kopf verdreht hat?« fragte er ausweichend, worauf Fanny die runden Schultern hob und den Blick verschämt an ihrer blütenweißen Schürze hinabgleiten ließ.

»Dafür hat unsereiner doch einen Blick«, meinte sie. »Wenn eine Frau soviel seufzt, und überhaupt plötzlich so eigen ist.«

»Sie seufzen doch auch manchmal«, wandte er ein, bekam aber von der erglühenden Frau einen Klaps und wurde dann hastig in die Küche gezogen, wo die Beratung ihre Fortsetzung fand.

Eine Viertelstunde später schoß Mrs. Fanny in geheimnisvoller Geschäftigkeit durch das Haus, telefonierte eifrig, band dann Peter umständlich und sorgsam die neue Krawatte, telefonierte nochmals und besah sich schließlich Mr. Forge in dem neuesten seiner neuen Anzüge kritischen Auges von allen Seiten. Dann geleitete sie ihn sogar bis vor das Tor, wo das aus Chesterhills bestellte Auto hielt, und als er würdevoll in dem Wagen saß, schärfte sie ihm nochmals ein:

»Sie dürfen ihm das natürlich nicht so geradezu ins Gesicht sagen, sondern so ein bißchen rundherum.«

Sie machte mit der fleischigen Hand eine erklärende Bewegung, und Peter nickte verständnisvoll.

»Mr. Peter Forge«, meldete um die Mittagsstunde Tom seinem Herrn in der Brook Street sehr steif und förmlich, und der junge Mann, der hinter einem Stoß von Papieren saß, erhob sich mit großer Lebhaftigkeit. Die letzte Woche hatte ihm zwar eine Unmenge von Arbeit gebracht, aber seine Gedanken waren oft nach Spittering Farm gewandert...

Peter kam auf dem dicken Teppich etwas unsicher hereingetänzelt, doch seine Mienen verrieten, daß er sich der Wichtigkeit und des Ernstes seiner Sendung vollkommen bewußt war. Nur das mit dem »rundherum« hatte seine Schwierigkeiten, und er beschloß daher, lieber direkt auf die Sache loszugehen.

»Eure Lordschaft, oder wie man zu Ihnen jetzt sagen muß«, platzte er also ohne weitere Umschweife heraus, als er in dem tiefen Klubsessel saß, »das mit unserer kleinen Lady kann so nicht weitergehen. Schließlich ist sie ja nicht die erstbeste, sondern eine vornehme Dame, und wenn Sie ihr den Kopf verdreht haben, so sollten Sie eigentlich...«

Er wußte nicht recht weiter, da ja Mrs. Fanny auch nicht weiter gesprochen hatte, dafür aber starrte er den jungen Mann aus seinen funkelnden schwarzen Augen so herausfordernd an, daß er außer Fassung geriet.

»Was fällt Ihnen ein, Peter?« stammelte er betroffen und verwirrt. »Wie kommen Sie auf so etwas?«

Aber Mr. Forge hob nur die mächtigen Schultern und zog den linken Mundwinkel etwas spitz.

»Dafür hat unsereiner doch einen Blick«, sagte er. »Wenn eine Frau so viel seufzt und überhaupt plötzlich so eigen ist ...«

Als nach weiteren zwei Stunden der große, dunkle Wagen wieder einmal in den Hof von Spittering Farm rollte, stand Mrs. Fanny mit strahlenden Augen und in dem von Mr. Forge gespendeten neuen Seidenkleid unter der Haustür und knickste ehrerbietig vor dem jungen Mann, der ihr lebhaft, aber etwas zerstreut, zunickte. Peter aber, der stolz aus dem Auto kroch, deutete mit seinem dicken Daumen stumm nach einer Ecke des Parks, und Lord Shelley verschwand mit Riesenschritten in dem dichten Gebüsch.

Grace Lyndsell saß, mit dem Köpfchen in den Händen, in der kleinen Laube und grübelte mit der düsteren Falte zwischen den Brauen vor sich hin, als plötzlich ein Schatten auf den Eingang fiel.

Sie blickte teilnahmslos auf und starrte den großen Mann vor sich sekundenlang wie ein Traumbild an, dann aber schnellte sie jäh empor und suchte nach einem. Weg zur Flucht.

Als sie sah, daß es keinen gab, erwachte plötzlich wieder der alte Trotz in ihr, und mit einemmal glich sie wieder der sprungbereiten Pantherkatze, die Aubrey Rayne am ersten Tag kennengelernt hatte.

»Ach, Lord Shelley!« höhnte sie. »Welche Ehre, daß Sie sich wieder einmal an Spittering Farm erinnert haben.«

Peter Forge hätte von dieser Begrüßung wohl keine sonderliche Freude gehabt, Lord Shelley aber lächelte nur.

»Weshalb empfangen Sie mich so, Grace?« fragte er weich, richtete damit jedoch nur noch mehr Unheil an.

»Wie sollte ich Sie denn sonst empfangen?« stieß sie aufs höchste gereizt hervor. »Etwa wie Miß Ormond, die Ihnen wohl sofort um den Hals gefallen wäre? – Was hatten Sie mit dieser Person?«

Das junge Mädchen stand mit sprühenden Augen und bebenden Gliedern vor dem großen Mann, und in ihrem Gesichtchen zuckte es verdächtig.

»Das werde ich Ihnen ein andermal sagen, Grace«, versuchte er sie zu beruhigen.

»Wann?« wollte sie, noch immer heftig und mißtrauisch, wissen.

»Wenn Sie zum erstenmal den Rubinschmuck der Shelleys anlegen werden«, sagte Aubrey ernst und feierlich. »Er bedarf einer neuen Trägerin, die ihn wieder zu Glanz und Ehren bringt.«

Das war eine so komplizierte Antwort, daß Grace Lyndsell diesmal nicht sofort eine Erwiderung fand, sondern verwirrt das dunkle Köpfchen sinken ließ. Als sie aber sprechen wollte, war es bereits zu spät, weil ihr Mund von einem anderen heißen Lippenpaar verschlossen war.

Es dauerte lange Zeit, bis Grace Lyndsell und Lord Shelley Arm in Arm im Gesichtskreis der fieberhaft harrenden Mrs. Fanny auftauchten, aber kaum hatte die flachsblonde, sommersprossige Frau das schöne junge Paar erblickt, als sie mit einem tiefen Seufzer verschämt über ihre blütenweiße Schürze strich und dann kurz entschlossen dem stolz grinsenden Peter einen schallenden Kuß aufdrückte.

Hierauf flog sie in die Küche, um an ihre Arbeit zu gehen, aber gefräßig, wie Peter Forge nun einmal war, stapfte er eilig hinter ihr drein, um zu sehen, ob von dieser feinen Sache vielleicht noch etwas zu haben wäre.

Ende